RENÉ BARJAVEL
et
OLENKA DE VEER

LES DAMES A LA LICORNE

roman

presses de la cité

RENÉ BARJAVEL
et
OLENKA DE VEER

LES DAMES
A LA
LICORNE

roman

presses de la cité

La loi du 11 mars 1957 n'autorisant, aux termes des alinéas 2 et 3 de l'article 41, d'une part, que les « copies ou reproductions strictement réservées à l'usage privé du copiste et non destinées à une utilisation collective » et, d'autre part, que les analyses et les courtes citations dans un but d'exemple et d'illustration, « toute représentation ou reproduction intégrale ou partielle, faite sans le consentement de l'auteur ou de ses ayants droit ou ayants cause, est illicite » (alinéa premier de l'article 40).

Cette représentation ou reproduction, par quelque procédé que ce soit, constituerait donc une contrefaçon sanctionnée par les articles 425 et suivants du Code pénal.

© Presses de la Cité, 1974.

ISBN 2-266-02942-8

ŒUVRES DE RENÉ BARJAVEL

DANS PRESSES POCKET :

LA NUIT DES TEMPS
LES CHEMINS DE KATMANDOU
LE GRAND SECRET
UNE ROSE AU PARADIS

LES DAMES
A LA
LICORNE

Je suis d'Irlande
Et de la terre sainte
D'Irlande.
Beau Sire, je te prie
Par la sainte Charité,
Viens! Danse avec moi
En Irlande...

Foulques, premier comte d'Anjou, dit d'abord le Roux, puis le Plante-Genest, rencontra la licorne le deuxième vendredi de juin de l'année 929 et toute l'histoire de la France, de l'Angleterre, de l'Irlande et de Jérusalem en fut changée. Et aussi, à cause de l'Irlande, celle des États-Unis, qui reçurent tant d'Irlandais bannis, jusqu'à la grande revanche de John Kennedy. Et, par ce dernier et la lointaine licorne, l'histoire de la Lune fut changée aussi.

Foulques avait trente et un ans. Il était grand, large, fort et souple. A cette époque, la race des hommes du bout de l'Europe était petite. Dans une assemblée, Foulques dépassait chacun de la tête et du cou. Il avait la tête ronde et les longues boucles du lion, les yeux et les cheveux couleur d'ambre. Il ressemblait au héros Vercingétorix dont le portrait circulait encore au fond des forêts sur des pièces d'or usées par les siècles. Les bûcherons disaient qu'il était le fils de ses fils. Vercingétorix était beau, mais Foulques plus encore. Quand il passait dans le soleil, ses cheveux devenaient rouges comme le feu.

Ce fut ainsi que la licorne l'aperçut pour la première fois, alors qu'il traversait une clairière du bois d'Anjy, sur un grand cheval de même couleur que lui, à l'automne de l'année 928. Il venait de perdre sa femme Ermenge qui lui avait donné deux fils. Il en éprouvait une grande peine qu'il cherchait à cacher, car lui-même en avait honte. Il lui arrivait de quitter brusquement la compagnie, de sauter à cheval, et de se mettre à courir les labours ou de s'enfoncer dans les futaies comme un cerf poursuivi par les chiens.

Ce jour-là un vent d'orage le suivait, arrachait les feuilles jaunies et rouillées, et les jetait derrière lui en traîne déchirée. Quand il traversa la clairière, brusquement, le soleil perça les nuages, et le cheval et le vent s'arrêtèrent. Foulques leva son visage vers le ciel comme pour y trouver un espoir ou une réponse. Le soleil fit flamber ses cheveux, et les feuilles devenues oiseaux d'or et de flamme tournèrent doucement autour de lui. Les arbres tendaient vers le soleil leurs branches dépouillées où s'accrochaient encore des lambeaux de splendeur. Toute la clairière était comme un grand feu de joie et de regret, dont le soleil avait allumé la beauté, et qui la lui offrait.

Au centre de toutes les flammes, le Roux sur son cheval roux, immobile dans sa blouse de cuir, gardait son visage tourné vers le ciel. Et dans ses yeux brillaient des larmes.

La licorne le vit ainsi, dans sa douleur et sa fidélité, et dans la gloire du soleil. Elle était tournée vers lui, debout au pied du seul arbre qui n'eût pas été touché par l'automne, un cèdre qui poussait depuis deux cents ans. Sa tête dominait la forêt et les saisons. A l'abri de ses branches basses, dans son amitié, la licorne rayonnait de blancheur pure. Sa robe blanche sans mélange ne recevait ni l'ombre ni les reflets.

Quand Foulques se remit en mouvement, il passa près d'elle sans la voir. Il vit sous le cèdre un grand buisson d'aubépine couvert de fleurs, et n'y prêta aucune attention. Il savait pourtant que rien ne pousse sous le cèdre, et que l'épine fleurit en mai. C'est ainsi que les hommes passent près de la licorne sans la reconnaître, même si des signes évidents la leur désignent. Ils marchent enfermés dans leurs soucis futiles comme dans une tour sans fenêtres. Ils ne voient rien autour d'eux ni en eux.

La licorne trouva qu'il était superbe et pur. Elle fut percée jusqu'au cœur par l'image de son visage tourné vers la lumière. C'était pour une telle rencontre qu'elle vivait depuis si longtemps. Mais il fallait que le Roux vînt de nouveau vers elle et qu'il n'eût pas changé.

La famille et les alliés de Foulques le pressèrent de se remarier. Il résista pendant des mois, puis se laissa persuader d'épouser la fille d'un baron qui lui apportait en dot de quoi arrondir son comté du côté du Maine. Elle avait douze ans et elle louchait de l'œil gauche, que sa mère lui dissimulait avec une mèche. Foulques n'en savait rien, il ne l'avait jamais vue.

La cérémonie fut fixée au deuxième samedi de juin. La fiancée, accompagnée de ses parents et de quelques valets, arriva le vendredi après-midi au château du comte. Mais celui-ci n'était pas là pour l'accueillir. Une fois de plus, il était parti à travers ses terres, essayant, au bout d'un galop interminable, de rejoindre celle qui ne pouvait plus être retrouvée.

La lune en son entier se leva alors que le soleil venait de se coucher et les deux lumières mêlèrent l'or et l'argent au-dessus des champs et des bois. Foulques se retrouva dans la clairière qu'il n'avait plus traversée depuis l'automne. Son cheval de nouveau s'arrêta. Foulques le sentit trembler entre ses cuisses. Il sut que ce n'était pas de fatigue. Il regarda devant lui, et cette fois vit la licorne. Elle était debout sous le cèdre et le regardait, brillante de toute la blancheur de la lune. Sa longue corne désignait le ciel par-dessus les arbres, et ses yeux bleus regardaient Foulques comme les yeux d'une femme, d'une biche, et d'un enfant.

Les oiseaux qui chantaient leur bonheur du soir se turent par curiosité, et se mirent à écouter. Dans le silence, Foulques entendit le cœur de la licorne qui battait avec un bruit de soie.

Il pressa doucement son cheval qui fit un pas en avant. Sa peine avait d'un seul coup disparu, non par infidélité, mais au contraire par certitude qu'il n'y avait plus de séparation et que la mort n'existait pas. Maintenant, il le savait.

Quand la licorne bougea, les feuilles des arbres devinrent blanches et le ciel noir. Un nuage passa devant la lune. Au fond du bois, une renarde poussa un long cri d'inquiétude : la blancheur allait s'éteindre, la liberté allait être enchaînée.

La licorne traversa la clairière d'un bond et s'enfonça au galop dans la forêt, qui s'ouvrit devant elle. Le cheval et l'homme roux s'élancèrent à sa poursuite. La licorne fuyait maintenant devant ce qu'elle avait voulu, elle essayait de rendre impossible l'inévitable. Entre l'espoir et le regret, son galop déchirait en deux sa vie comme une étoffe. Cette nuit serait sa dernière nuit dans le monde libre, elle ne voulait pas en perdre un instant. A son passage, tout ce qui était blanc dans la forêt s'illuminait, les fleurs minuscules dans la mousse, les duvets des oiseaux neufs et les colombes endormies. Au lever du jour elle parvint à la lisière de la forêt. Au-delà se trouvait une courte prairie qu'elle traversa au pas, sachant que le moment était venu. Tout autour de la prairie, face à la forêt, se dressait une énorme muraille de genêts, bouillonnante de fleurs. Le soleil surgit et en fit éclater la gloire. La licorne s'arrêta et se retourna. Le Roux sur son cheval, immobile, la regardait. Le soleil flambait à travers ses cheveux. Il vit les yeux bleus de la licorne pâlir et tout son corps devenir clair comme le croissant de lune qu'on devine au milieu des jours d'été dans le ciel. Puis elle s'effaça entièrement, et Foulques ne vit plus devant lui que la montagne d'or des genêts.

A côté de lui, à le toucher, se tenait, sur un cheval couleur de miel, une fille de même couleur. Ses cheveux lisses tombaient jusqu'à sa taille sur sa robe de lin. Ses yeux étaient bleus pailletés de roux. Elle lui souriait.

Il la conduisit à son château qui n'était pas loin, droit à la chapelle où attendait l'archevêque, et l'épousa. La fiancée de douze ans rentra chez elle avec ses parents et des cadeaux. Elle était très contente. Son père l'était moins mais il n'avait pas assez d'hommes d'armes pour se permettre d'être vraiment mécontent.

Foulques avait trouvé ce jour-là, en cette femme si différente, non seulement la femme qu'il avait perdue et toutes celles qu'il aurait pu perdre, mais aussi la réponse à des questions qu'il ne s'était jamais posées, et qui maintenant lui emplissaient la tête comme le grand bruit de la mer maintenue dans ses rivages.

Sept ans jour pour jour après leur mariage, il fit célébrer dans la chapelle du château une messe de gratitude, avec des chanteurs venus de Rome, et tout un clergé superbe en robes rouges, roses, pourpres, blanches, et l'archevêque doré fil à fil.

Tous les gens du château et quelques grands voisins s'entassaient dans la petite nef ronde comme la moitié d'une pomme, qu'éclairaient d'étroites fenêtres percées sur tout le pourtour de sa coupole. Des cierges accrochés partout palpitaient de leur mille flammes et répandaient un parfum d'abeilles.

Les deux époux écoutèrent la messe à genoux sur un tapis de martre, avec le sourire du bonheur tranquille. Lui était vêtu de renard et de cuir roux, elle de soie blonde venue du bout du monde, ses cheveux relevés en une couronne de nattes surmontée d'un chapeau mince et pointu, en dentelle de lin raidie au fer, un peu, très peu, incliné vers l'avant...

Quand la messe s'acheva, Foulques se releva et tendit une main à son épouse pour qu'elle se levât à son tour. Elle s'y appuya du bout des doigts, mais quand elle fut debout elle continua de s'élever, quittant le sol de ses pieds, lâchant son époux et montant droit au-dessus de l'assistance, tandis que l'odeur sauvage de la forêt mouillée emplissait tout à coup la chapelle. Après un instant de stupeur, les personnes les plus proches saisirent le bas de son manteau, mais il leur resta dans les mains et elle continua de monter, de plus en plus vite, parmi les cris d'effroi, et jaillit au-dehors par une fenêtre dix fois trop petite pour la laisser passer.

Les quatre sabots d'une cavale frappèrent le pavé de la cour du château et s'éloignèrent au galop tandis que retentissait, venant du bois, le long rire de la renarde. Dans la fenêtre, on voyait la lune, au premier tiers de sa grosseur.

On ne sait rien de ce que fit l'archevêque sur le moment, mais quelque temps après il devint pape.

Foulques ne parut pas surpris ni chagriné par l'événement. A l'endroit de la rencontre, il fit planter cent fois plus de genêts qu'il n'y en avait déjà. Il envoya des émissaires dans les monts d'Auvergne et des Cévennes et jusqu'au mont Ventoux et en petite Bretagne pour y arracher les plus énormes plants. Des caravanes de chariots les apportèrent en Anjou. Une forêt d'or surgit à côté de la forêt verte. A l'époque où elle flambait de son plus grand éclat, Foulques passait des heures dans la petite prairie, entre l'ombre des bois sombres et la plaine où il semblait que le soleil fût tombé. Peut-être espérait-il que la licorne viendrait de nouveau se faire prendre au piège. Mais y avait-il encore une licorne?

Sans doute savait-il ce qu'elle était devenue, comme il avait su qu'elle ne pouvait rester plus longtemps auprès de lui, et cette folie du genêt était-elle seulement l'hommage d'un bouquet.

Pour lui plaire, ses paysans, qui l'aimaient, mirent des genêts dans toutes les haies de leurs champs, et c'est ainsi que l'Anjou pendant plusieurs siècles fut cousu de fleurs d'or. De là vint à Foulques Ier le nom de Plante-Genest, que son descendant Henri II « Plantagenêt » portait encore quand il devint roi d'Angleterre. Et ce fut l'usage, pour les hommes de cette famille, de planter cette fleur à leur chapeau, ou, quand ils se trouvaient en guerre au printemps, d'en orner leurs armes d'une branche épanouie.

PRESQUE mille ans plus tard, un matin de septembre, Sir John Greene, descendant par les femmes d'Henri Plantagenêt, faisait sa promenade quotidienne dans le jardin de son domaine, en l'île de St-Albans, sur la côte ouest de l'Irlande. Une de ses filles l'accompagnait.

— Pourquoi, demanda Griselda à son père, la licorne n'est-elle restée que sept ans auprès de Foulques?

Un grand vent d'ouest soufflait sur l'île, tordant les arbres et emportant les oiseaux. Les nuages venus de l'océan abordaient l'Irlande avec les bras pleins de pluie et la laissaient tomber n'importe comment et n'importe où. A deux cents mètres du rivage, l'île recevait en premier les offrandes du ciel : le vent, le soleil et l'eau bousculés, courants, mélangés et ronds comme les moutons d'un troupeau.

— Sept ans, c'est déjà beaucoup, dit Sir John Greene.

Il avait répondu spontanément, mais après coup la question de Griselda le surprit. Il s'arrêta, se tourna vers elle et la regarda. Sa présence à côté de lui était déjà surprenante. D'habitude c'était Helen qui l'accompagnait dans sa promenade. Il ne s'était même pas vraiment aperçu que ce matin une de ses filles avait pris la place d'une autre.

Griselda... Il la vit, dans sa longue cape de drap vert sous le bonnet rond de laine blanche d'Aran, les joues brillantes de pluie et de lumière, les yeux hardis, les cils mouillés, tendue, passionnée de savoir et de voir. Il devina à demi ce qu'elle ferait de sa vie, si la vie la laissait faire. Son cœur se serra un peu en constatant qu'elle était déjà prête à commencer...

— Quel âge as-tu exactement? demanda-t-il.
— Dix-sept ans! Vous ne le savez pas?

Les yeux verts et la voix chaude, un peu rauque, étaient indignés.

Sir John fit un geste vague en reprenant sa marche.

— Avec tous ces temps qui passent..., dit-il.

Dix-sept ans. Et c'était presque la plus jeune. Alors Alice, l'aînée, devait avoir... Il refusa de faire le compte. Un coup de vent secoua sa belle barbe blonde à peine grisonnante. Un rai de soleil courant en alluma la pointe puis glissa sur sa hanche. Il respira profondément, heureux de se sentir vivant et d'être dans l'île au milieu des siens.

Le temps ne s'enfuit que si on lui court après.

— La licorne, dit-il, n'accepte que ce qui est parfait. Les habitudes, les petites indifférences, les humeurs, les joies pas tout à fait réussies, l'indulgence, tout ce qui fait finalement la vie d'un couple, et la rend possible, cela la blesse et la fait saigner. Les femmes aussi, parfois. La licorne s'en va, les femmes restent.

— Moi je m'en irai! dit Griselda.

Un grand morceau de ciel presque bleu passa au-dessus de l'île, qui fut baignée de soleil en entier. Et la pluie suivit.

FOULQUES, le Roux, le Plante-Genest, premier comte d'Anjou, mourut un vendredi de juin, sept ans après l'envol par la fenêtre de celle dont on ne sait plus le nom. Ses cheveux étaient devenus blancs comme la fleur de l'épine. Il mourut dans son lit, sans fatigue et sans maladie. Après avoir demandé et reçu les sacrements, il alla rejoindre la licorne là où elle se trouvait.

Ses deux premiers fils étaient morts, mais la licorne lui en avait donné un troisième qui prit le comté très jeune, et mourut à trente ans Il fut juste, studieux, un peu effacé, comme frappé de crainte par la puissance intérieure qu'il était chargé de transmettre : il fut le seul à porter dans ses veines le pur mélange des sangs de la licorne et du lion d'Anjou.

Ce fut Foulques II, le Bon.

Son fils Geoffroy Ier laissa le souvenir d'un homme triste vêtu de gris, ce qui lui valut le nom de Grisegonelle. Ces deux-là furent les effacés, les endormis, les flacons sous la poussière desquels le vin prend sa force.

Le bouchon éclata avec Foulques III. Les deux sangs, unis dans les veines de son grand-père, désaccordés par l'entrée des sangs étrangers, essayèrent de se séparer en lui, et ce fut la fin de la paix. Il vécut d'excès de violence en excès de repentir, mais on ne saurait dire d'où venait la violence, du lion ou de la licorne emprisonnée.

Sous leurs impulsions contraires, il construisit autant de monastères que de forteresses, et accomplit quatre fois le pèlerinage de Jérusalem en expiation de ses péchés.

Pour terminer sa quatrième pénitence, il se fit traîner sur une claie dans la Ville sainte, se frappant la poitrine et criant au milieu de la poussière qui sentait la crotte de chameau : « Seigneur, ayez pitié de Foulques, traître et parjure ! » Il mourut au retour. C'était peut-être la pitié qu'il avait demandée.

Dans le combat intime que se livraient le lion et la licorne, celle-ci prit momentanément le dessus : deux générations plus tard, faute de garçons, ce fut une fille, Ermangeard, qui transmit le sang. Elle fut la première de ces femmes, humbles ou dominatrices, triomphantes ou victimes, qui jouèrent un rôle si considérable dans la descendance de la licorne.

Ermangeard épousa Geoffroy Ferréol de Gâtinais, et d'eux sortirent d'autres Geoffroy et d'autres Foulques avec qui commença la double gloire de cette lignée extraordinaire, écartelée entre le désir de conquête et celui de renoncement, entre l'action et le rêve, le soleil et la lune, entre la terre et l'eau.

Foulques V, descendant à la sixième génération du Roux et de la fondatrice, ressemblait étrangement à cette dernière. Mince et rêveur, infatigable et fragile, têtu, batailleur, galopant, voyageur curieux, tôt lassé du but atteint, il était si blond et paraissait si frêle qu'on le nomma le *Jeune*, jusqu'à sa mort. Il eut deux femmes successives. La seconde, Melisende, portait un nom de fée, et peut-être l'était-elle. Brune de poil et de peau, le nez bossu, l'œil de diamant noir, vive comme une chèvre, savoureuse comme une olive, elle était la fille de Baudoin II roi de Jérusalem. Foulques le Jeune la connut au cours d'un pèlerinage, l'épousa et devint roi de Jérusalem.

Ainsi la licorne fut-elle portée aux lieux saints pour y régner. Mais peut-être n'était-ce qu'un retour Baudoin IV, petit-fils du Jeune, prit la lèpre et mourut sans enfants, le visage marqué du terrible masque du lion, que donne parfois la maladie maudite et sacrée. Et une fois de plus ce fut par les femmes, ses sœurs, que le sang fut transmis. L'une d'elles engendra Marie, qui engendra Isabelle, qui épousa Frédéric, empereur germanique et roi des Romains.

En trois siècles la licorne avait conquis les deux villes saintes, Rome et Jérusalem, et la ville forte, Aix, capitale des grands empereurs, Charlemagne et Barberousse. Mais elle avait fait, d'une autre part, d'autres conquêtes.

Foulques V le Jeune, celui qui ressemblait à son aïeule comme un poulain à sa mère, avant d'épouser Mélisende de Jérusalem, avait eu de sa première épouse, Erembourg, un fils superbe : Geoffroy V dit le Bel, qui le premier devait porter glorieusement le nom de Plantagenêt. Alors qu'il avait quatorze ans il épousa Mahaut, qui en avait dix de plus. Elle était la petite-fille de Guillaume le Conquérant, et la fille du roi d'Angleterre. Quand celui-ci mourut, le beau Plantagenêt dit : « L'Angleterre à moi! » Mais il ne put y prendre pied. Où il avait échoué, son fils réussit : Henri II Plantagenêt fut sacré et couronné à Westminster en l'an 1154, six jours avant Noël. Avec lui la licorne s'assit sur le trône anglais. Elle y est encore. Tous les rois et reines qui s'y sont succédé, depuis le Plantagenêt jusqu'à ce jour, sont, directement ou indirectement, des descendants du Roux et de l'épouse qui l'attendit devant les buissons d'or. Les Tudor, les York, les Lancaster, les Stuart, les Nassau, les Hanovre, ont le sang de la licorne. Sa Majesté Elisabeth II a le sang de la licorne, et son mari, Philippe de Battenberg-Mountbatten, prince de Grèce, duc d'Edimbourg, l'a aussi. L'un et l'autre l'ont reçu de leur ancêtre commune, la reine Victoria.

En leurs enfants le sang s'est redoublé, comme cela s'est produit cent fois au cours des siècles. Dilué par les sangs étrangers, il s'est toujours renoué avec lui-même par d'innombrables mariages entre cousins de tous degrés. Il a été largement répandu dans les batailles et sur les échafauds. Du Plantagenêt à Elisabeth II, l'histoire des monarchies anglaises est une longue suite de tragédies. Les successions se règlent à coups d'épée ou de hache. Embrouillée comme un rosier sauvage, la famille jette des rameaux en tous sens, se déchire et se rassemble, couvre de ses rejetons l'Europe moins la France dont elle s'arrache à grande douleur en une guerre de deux siècles, s'enracine définitivement dans l'Ile britannique et jette ses branches sur les océans et les terres du monde. L'Empire. La terre et l'eau. La terre par l'eau. Au centre l'Ile, et le Trône. Et sur le trône la licorne dominante ou le lion triomphant ou les deux réconciliés. Mais les plus grands monarques anglais, et les plus douloureux furent des reines. Henri VIII, le lion fou, qui eut tant de femmes, paraît sans envergure à côté de sa fille Elisabeth Ire, qui n'eut pas d'hommes. Elle avait les cheveux flamboyants du grand ancêtre roux, mais les cils blancs de la licorne, et son teint de lune. Elle se laissa convoiter par tous les princes d'Europe, ne dit non à aucun et oui à personne. L'amour la prit à plus de cinquante ans, pour Essex, qui avait trente ans de moins qu'elle. Elle lui donna tout, sauf elle-même, puis lui fit couper la tête, pour se punir d'avoir failli accepter l'inacceptable, et en mourut.

Marie Stuart, la décapitée, avait aussi le sang de la licorne, et avant elle la douce et belle Jane Grey, qui, à seize ans, fut reine pendant neuf jours, puis eut la tête tranchée. Et Anne, qui eut dix-sept enfants tous morts avant elle. Catherine Howard, une des épouses qu'Henri VIII donna au bourreau était aussi une rose du rosier. Et aussi Sarah Lennox la fidèle, dont le mari Marlborough s'en alla-t-en-guerre et en revint mort.

Parmi les fils du sang apporté en Angleterre par le Plantagenêt, les premiers furent Richard Cœur de Lion, qui n'y resta guère, se battit en France et en Terre sainte et mourut d'une flèche devant Châlus. Et Jean sans Terre à la tête folle. Puis vinrent tous les Henry, les Edouard et les Jacques, et les Georges, les Charles et les Guillaume. Et les grands fauves de la branche jetée en Europe : Frédéric le Grand et Guillaume II, le Kaiser aux moustaches en crocs.

Grands rois, petits rois, chassés, conquis, conquérants, régnant une vie ou une semaine, tueurs, tués, jamais en paix avec le monde, ni avec la famille, ni en eux-mêmes. Et il y faut ajouter ces enfants qui n'étaient rien, nés d'amours rapides avec une servante ou une dame du palais, ou une fille rencontrée à la chasse ou à la guerre. Les mésanges et les bergeronnettes recevaient les graines du rosier et en ensemençaient la nation.

Plus grand que les plus grands rois, il y eut parmi eux William Shakespeare, qui tenait le sang de la licorne du très volage et cruel Edouard IV. Celui-ci fit une fille à la femme de l'homme qui lui taillait ses chausses. Elle était belle, elle tendait à son mari les aiguilles et les fils en regardant Edouard. Il avait des yeux d'eau et le visage blanc. Après sa mort, ses deux fils légitimes, lionceaux à qui n'avaient poussé encore ni les griffes ni les dents, furent étranglés dans la Tour de Londres sur l'ordre de leur oncle Richard III, le lion bossu. La fille de l'aiguillère avait reçu de l'or en même temps que la semence. Elle épousa un drapier. Il y eut quatre générations de bourgeois commerçants jusqu'à William Shakespeare, qui choisit de ne pas l'être. Il connaissait le secret de sa famille, et le bruit et la fureur des rois grondaient dans sa tête. Il accoucha d'eux comme Jupiter. Né de leur ombre, il prit sa revanche en leur donnant vie à son tour, plus l'immortalité.

Au moment où Henri II Plantagenêt devint roi d'Angleterre, l'Église élut à Rome le seul Anglais qui devint jamais pape. Il prit le nom d'Adrien IV et donna mission à Henri II d'aller remettre de l'ordre romain dans l'Église d'Irlande : les moines irlandais, au lieu de porter la tonsure ronde, se rasaient le crâne en carré...

L'Irlande était alors une nation indépendante. Adrien IV était anglais. En envoyant Henri II tondre en rond les moines, il travaillait à la fois à l'unité de l'Église et à l'accroissement de l'Angleterre. *God save the King*.

Henri II, bulle au poing et genêt au casque, envahit l'Irlande en 1170. Adrien IV étant mort entre-temps, Henri ne s'occupa guère des moines, mais déclara que désormais la terre d'Irlande appartenait au roi de Londres. Il la distribua à ses barons, à charge pour eux de la faire travailler par les paysans irlandais, et de payer une rente au Trésor royal.

Ce fut pour le peuple gaël le commencement d'une terrible et interminable servitude. Huit siècles plus tard, sa libération n'est pas encore achevée. Le lion d'Anjou avait planté ses griffes dans l'Irlande. Mais sa compagne blanche, la licorne, allait se prendre d'amour pour cette terre de vent et d'eau, et confondre son rêve avec les siens.

L ES parents de Johnatan Green allaient mourir. Ils étaient minces et pâles, avec des cheveux blonds et des yeux bleus, et se ressemblaient tellement qu'on ne s'était pas étonné que la même maladie les eût pris en même temps. Cousins au neuvième degré, ils descendaient l'un et l'autre, à travers vingt et une générations, d'Henri II Plantagenêt, et à travers lui, de la licorne et du lion. A cause de leur mort, Johnatan allait plus tard déplacer le siège de la famille, et ni son fils John si ses petites-filles ne naîtraient au château ancestral de Greenhall, qui résonnait pour l'instant des voix étouffées des servantes.

— Johnatan! Johnatan!...

L'enfant entendait qu'on l'appelait à voix presque effrayées. Les servantes aux pieds nus qui couraient à sa recherche à travers les salles glacées et les escaliers sombres n'osaient pas crier son nom. Il s'était réfugié derrière un fauteuil de la bibliothèque, assis sur un tapis de laine, près de la cheminée où brûlait doucement la tourbe. Il serrait contre lui, comme une défense, un livre qui lui couvrait toute la poitrine de son cuir chaud. Il avait presque sept ans, il savait très bien lire, mais le jour n'était plus assez clair pour lui permettre de continuer sa lecture.

C'était l'aventure de Joseph d'Arimathie, qui arrivait en terre de Bretagne sur une barque, en apportant dans une coupe le sang du Christ.

Il écoutait les appels des servantes, il ne voulait pas répondre. Il savait pourquoi on l'appelait, et il avait peur.

On le trouva, on le tira, on le poussa, on l'emporta jusqu'à la cuisine. Avec des gémissements et des soupirs on le déshabilla devant le grand feu, on le lava dans un baquet d'eau chaude, on le peigna, on l'habilla de son habit neuf rouge et blanc et on le conduisit à la chambre de ses parents

Ils étaient malades depuis des mois. Ils étaient couchés depuis des semaines, fatigués avant d'être malades, heureux de s'être rencontrés et unis, et de ne plus se quitter.

Ils étaient couchés dans deux grands lits à colonnes qu'à leur demande les serviteurs avaient poussés l'un près de l'autre. On avait allumé à leurs chevets et aux extrémités d'une table garnie de dentelle des bouquets de chandelles qui composaient de petits buissons de lumière, auxquels venaient se brûler les bords de l'obscurité.

Johnatan fut amené dans la chambre et conduit jusqu'au pied des lits, juste au milieu, en face de l'espace sombre qui les séparait. Il voyait sur les oreillers de lin bleu deux taches pâles qui étaient les visages de son père et de sa mère avec leurs longs cheveux blonds. Son père était à gauche et à droite sa mère. De part et d'autre des pâles visages, les flammes des bougies se reflétaient sur les reliefs des colonnes de bois sombre sculptées en licornes, dressées vers le plafond, dans la nuit.

Johnatan n'osait pas regarder les visages. Il fixait, droit devant lui, l'espace étroit qui séparait les deux lits comme une tranche de ténèbres. Aux extrémités de sa vision il voyait les deux visages flous et blancs, identiques. Ils avaient les yeux fermés et un mince sourire sur les lèvres. Il ne savait pas s'ils étaient encore vivants ou déjà morts. Les buissons de chandelles sentaient une bonne odeur d'étable chaude.

On le reprit par la main, on le ramena à la cuisine, on le déshabilla, on le frotta devant le feu, on lui mit sa chemise de nuit. Il avait fermé les yeux et continuait de voir derrière ses paupières les deux visages un peu effacés, un peu fondus, avec cette tranchée noire d'obscurité entre les deux. Parmi les soupirs et les gémissements retenus il entendit un petit rire avec des mots chuchotés. Ces mots disaient que Napoléon avait battu les Russes. Il savait que Napoléon était l'empereur des Français et le grand ennemi des Anglais. Tout ce qui était mauvais pour les Anglais ne pouvait que réjouir le cœur des Irlandais, même un soir de grand malheur comme ce soir-là.

Sa nourrice, la femme du fermier de Rosslough, le porta dans son lit et le coucha en faisant semblant de croire qu'il dormait. Elle lui dit doucement quelques mots d'amour en langue gaële, les mêmes qu'elle lui chuchotait quand, tout petit, repu, sombrant dans le sommeil, il laissait échapper le bout de son sein bienheureux. Elle lui baisa les mains et se retira afin que seul, sans honte, il pût enfin pleurer.

Mais il résista comme une pierre au flot des sanglots qui voulaient l'emporter, à l'envie folle de se dresser sur son lit, de tendre les bras vers son père et sa mère, et de crier, crier, jusqu'à ce qu'ils viennent...

Les poings pressés sur les paupières, il essayait de chasser l'image des deux visages doux et terribles. Peu à peu ils s'effacèrent de ses yeux et de sa mémoire. Il s'endormit tandis que la petite flamme à son chevet se noyait dans les dernières larmes de la chandelle.

Dans le mois qui suivit, son oncle, qui habitait l'Angleterre, le fit chercher pour l'élever avec ses propres enfants, et mit Greenhall entre les mains d'un régisseur. L'oncle de Johnatan, Arthur Wellesley, allait bientôt partir pour la guerre, après bien des batailles battre Napoléon à Waterloo, et être fait successivement, par le roi, comte, marquis et duc de Wellington.

Quatorze ans après son arrivée en Angleterre, à quelques semaines de sa majorité, Johnatan revenait à cheval de sa promenade habituelle vers le château de son oncle, lorsqu'il vit arriver vers lui, au grand galop, sur le vieil alezan asthmatique, George, le maître d'écurie, qui paraissait fou d'excitation et agitait sa casquette en criant des mots qu'il ne comprit pas tout d'abord. George passa près de lui et continua de galoper vers le village en criant : « Napoléon est mort! Napoléon est mort! »

Au passage de George, et du râle de sa monture, le cheval de Johnatan prit peur et se cabra. Et Johnatan vit cette chose affreuse : le milieu de la tête du cheval, dressée devant lui, n'existait plus. Ce n'était qu'un trou sans couleurs et sans formes, de part et d'autre duquel pointaient les oreilles blanches. Et quand la bête reprit terre des antérieurs, Johnatan vit, entre les ornières du chemin, une longue tranchée de brume. Il fut pris de vertige et tomba.

Ce fut la première manifestation de cette étrange maladie qui lui faisait transporter devant lui, dès qu'il ouvrait les yeux, une barre de vide gris qui coupait le monde visible par le milieu.

Son oncle le fit conduire à Londres pour qu'il fût

soigné par les meilleurs docteurs. Les médecins rasèrent le crâne de Johnatan, lui appliquèrent sur le cuir chevelu des ventouses et des moxas, le saignèrent au bras gauche puis au droit, lui firent avaler des potions de fiel. Au bout de trois mois de leur traitement, Johnatan ne pesait plus que le poids de son ombre. Il sentit venir la mort et se fit ramener d'urgence à la campagne, où il se soigna seul. Cela consista à refuser désormais tous les soins et à n'avaler que ce qui lui faisait envie. Il ne mangea presque plus de viande, se nourrit de porridge, d'œufs frais, de pommes et de laitages. Ses forces lui revinrent en même temps que repoussaient ses cheveux, mais la barre de vide opaque était toujours présente dans son regard. Des hommes à qui il s'adressait il ne voyait que les favoris. Quand son oncle lui rendit ses comptes de tutelle, il ne put lire aucun papier. Sa confiance envers lui était aussi grande que sa reconnaissance et son affection. Il ferma les yeux pour signer.

Malgré son infirmité, il décida de prendre personnellement la direction de son domaine. Il n'était plus retourné en Irlande depuis que son oncle l'avait fait venir près de lui, à la mort de ses parents. Quand il arriva à Greenhall, il demanda avant toute chose qu'on le conduisît à leur chambre, et il s'y enferma seul.

C'était le milieu du jour, la lumière du printemps arrivait de la gauche par deux grandes fenêtres aux rideaux écartés. La pièce avait été tenue en ordre, mais elle avait vieilli comme un être vivant laissé dans la solitude. Elle avait pris du gris dans ses couleurs et du jeu dans ses meubles. Les colonnes des lits ne brillaient plus.

Johnatan, bouleversé, sentait le souvenir rentrer en lui par toute la peau de son corps. Il avança lentement vers les lits qui n'avaient pas été bougés de place, et quand il fut à l'endroit exact où la main d'une servante l'avait conduit et abandonné jadis, il vit à gauche et à droite, entre les licornes dressées, les pâles visages de son père et de sa mère sur des oreillers bleus. Et la barre de néant qu'il portait devant les yeux se confondit avec l'espace de ténèbres entre les lits.

Il se laissa tomber à genoux, posa ses poings sur ses yeux et, enfin, pleura. Sans bruit, en paix et en délivrance. Dans le silence il les *entendit* sourire. Et il sut qu'ils étaient heureux et n'avaient jamais cessé de l'être.

Quand il se releva et rouvrit les paupières, la barre grise avait disparu de son regard.

Il fit dans l'heure même laver les carreaux des fenêtres, changer les rideaux et les dentelles, cirer le bois, frotter le cuivre et l'argent, emplir la chambre de brassées de genêts.

Le château se mit à rayonner, comme si ses maîtres fussent revenus en même temps que leurs fils. Tous les soirs on ouvrait leurs lits et on allumait les chandelles pendant quelques minutes. Parfois, le matin, une servante en trouvait une qui s'était rallumée seule dans la nuit.

PREMIÈRE terre à l'ouest en face du monde des eaux, l'Irlande subit depuis la création des continents l'assaut obstiné de l'océan. Il l'attaque nuit et jour en tempêtes et en caresses, avec ses vagues, ses brouillards et ses pluies. La côte atlantique de l'Irlande est usée, amincie, découpée en dix mille îles, échancrée profondément par les langues de l'océan qui pénètrent la terre au plus profond de son intimité. L'eau verticale de la pluie, accumulée entre les collines, retenue par chaque racine de l'herbe, glissant d'un lac à un autre lac, rejoint l'eau horizontale de la mer, comme une lèvre se joint à une autre lèvre. L'Irlande, peu à peu, fond dans la bouche de l'océan. Dans mille fois mille millénaires il l'aura avalée comme une sucette.

Les îles de l'ouest, entourées d'autres îles, entourées d'eau et de vent, de pluie et de brumes, entourées de terre qui entoure l'eau, sont les soldats avancés de la longue bataille. Mais ici le combat entre la terre et l'eau ressemble à une mêlée d'amour. C'est une union plus qu'un affrontement. Mélangés de tous leurs membres, l'Irlande et l'océan couchés se fondent et se confondent. On ne sait plus où ils finissent et commencent. L'eau devient immobile et la terre vogue. Chaque miette du sol enferme une goutte de la mer.

Sur une de ces îles, à portée de voix du rivage, une communauté de moines fonda en 589 un monastère fortifié. Après le déferlement des barbares, et l'écroulement de Rome et de la chrétienté, tout ce qui restait du christianisme en Europe s'était réfugié à son extrême pointe : en Irlande. Pour résister à cette marée sauvage il fallait de la foi et des muscles. Prier et se battre. La seule porte du couvent dans l'île s'ouvrait à trois mètres du sol, dans un mur épais comme la longueur d'un homme. On n'y pouvait accéder que par une échelle, qu'on retirait dès que le frère guetteur, du haut de la tour conique, haute et mince comme une corne, signalait l'arrivée d'une flottille barbare, venue une fois encore tâter de cette terre d'Irlande, juteuse comme un fruit sauvage.

En l'an 603, un des moines du couvent reçut la visite de Dieu qui lui dit comme à Abraham : « *Va-t'en de ton pays, de ta patrie et de la maison de ton père, dans le pays que je te montrerai.* » Le nom latin de ce moine était Albans, ce qui signifie blanc, pur. Mais on le nommait plus familièrement Clauq Canaqlauq, ce qui se prononce comme deux tuiles qu'on entrechoque, et ne signifie rien. Ou du moins en a-t-on oublié le sens. Ce n'est pas un nom gaélique. Sans doute vient-il de plus loin dans le temps, de la langue du peuple qui habitait l'Irlande il y a 8 000 ans, avant l'arrivée des Gaëls. Une même ferveur spirituelle a traversé les âges. Aux prêtres qui faisaient dresser les grandes pierres succédèrent les druides celtiques, puis aux druides les moines. Mais, sous des noms différents, ils servaient le même dieu avec la même foi. Clauq Canaqlauq était peut-être déjà le nom d'un saint.

Albans monta dans une barque avec un pain, une pomme et un bol d'eau. Dieu souffla sur sa barque, lui fit faire le tour de l'Irlande par le sud, et la poussa jusqu'au rivage de France, en un lieu qui se nomme Beauvoir, en Vendée. C'est aujourd'hui un village à l'intérieur des terres, mais alors l'océan le baignait.

Albans laissa sa barque sur le sable et marcha vers l'est. Il fut un de ces moines irlandais qui rechristianisèrent l'Europe. Il fonda pour sa part six couvents en France et, alors qu'il était devenu vieux, et tout blanc de poil comme son nom, repartit pour en fonder un septième, toujours plus à l'est. Il s'enfonça dans la forêt germanique, fut capturé par un petit roi goth, qui lui trancha lui-même la tête et le fit jeter aux cochons. Mais les cochons s'agenouillèrent autour de sa dépouille. A la vue de ce miracle, le roi goth tomba lui-même à genoux et crut en Dieu. Albans, satisfait se releva, prit sa tête sous son bras, retraversa la France, retrouva sa barque sur le sable, y monta et retourna dans l'Ile. Quand il y fut parvenu, il posa sa tête sur ses épaules, remercia Dieu et mourut. Les moines l'enterrèrent dans le cimetière du couvent et mirent sur sa tombe une croix de pierre gravée. Au centre de la croix était représenté Albans rajustant à deux mains sa tête avec son col. Ses pieds nus reposaient sur un cygne gaélique, dont le long cou gracieux dessinait autour de lui une spirale de six tours et demie. Six et demie seulement parce qu'il n'avait pas réussi à fonder son septième couvent.

Il fut canonisé en 707, sous le pape Sisinnius. Depuis lors, l'île porte le nom de St-Albans.

A vingt et un ans, quand Lord Wellington lui rendit ses comptes, Johnatan, c'est-à-dire Sir Johnatan Greene, landlord de Greenhall, se trouva à la tête d'une fortune de 100 000 livres [1] et d'un domaine de 9 000 hectares dans le comté de Donegal, en Irlande, dont il devait la rente au Trésor royal. Il y était né, il l'avait quitté à l'âge de sept ans, il n'y était plus jamais retourné.

Son premier désir fut de connaître sa terre. Il la parcourut jour après jour à cheval, visita les fermes et les villages, trempé par la pluie, séché par le vent, découvrant avec étonnement un monde inconnu, et adressant à Dieu sa consternation, son émerveillement et sa colère, par de courtes prières en plein galop. Il redécouvrait l'Irlande oubliée, sa terre gorgée d'eau, ses ânes poilus, ses poneys libres, ses moutons au visage noir et à la longue robe blanche, et ses habitants qui ne demandaient qu'à être fraternels mais dont l'inimaginable misère l'emplissait de stupeur et de honte.

L'Irlande était alors très peuplée. La condition des paysans irlandais n'avait fait que se dégrader, puis se

---

1. Environ un milliard et demi de francs anciens.

stabiliser au plus bas, depuis que la conquête anglaise les avait dépouillés de tout. Les « tenanciers » ne possédaient rien en propre. Travaillant une parcelle qui ne leur appartenait pas, ils en devaient le revenu à leur landlord. Tout ce qu'ils cultivaient servait à payer le fermage, sauf le champ de pommes de terre destiné à leur nourriture. S'ils apportaient quelque amélioration à leur exploitation, ils voyaient aussitôt augmenter leur redevance, et n'en tiraient aucun profit, car ils ne pouvaient vendre leur droit au bail. Le landlord ou son intendant pouvait les renvoyer après six mois de préavis. Sans argent, sans toit, sans terre, il ne leur restait plus qu'à aller coucher dans les trous de tourbe ou dans les fossés, en attendant de mourir de faim. Cela arrivait, chaque année, à nombre d'entre eux. Si un fermier refusait de quitter son champ de pommes de terre et sa maison, le landlord faisait appel à la troupe qui la démolissait. C'était d'ailleurs une opération facile, car elle était composée d'une seule pièce où vivait toute la famille, entre quatre murs de terre, sous un toit de chaume, et généralement sans fenêtre. A l'intérieur, il n'y avait aucun meuble. Les seuls endroits où on pouvait, parfois, voir les paysans assis, étaient une pierre ou un muret. Non loin de Greenhall, chez les neuf mille habitants du district de Tullahobagly on ne trouvait que 10 lits, 93 chaises et 243 escabeaux [1]. Encore ces derniers n'étaient-ils sans doute si nombreux que parce qu'ils étaient utiles pour traire les vaches. Les habitants des maisons aux murs de terre couchaient sur de la paille que, souvent, la compagnie des cochons transformait en fumier. Par bon-

---

1. Cecil Woodham-Smith : *La Grande famine d'Irlande* (Plon).

heur les hivers étaient doux et la tourbe pour le feu ne coûtait rien. Et les paysans gardaient une solide bonne humeur, tant qu'ils avaient pour se nourrir des pommes de terre et du petit-lait, auxquels venait s'ajouter de temps en temps un peu de whisky. Les portes des habitations restaient toujours ouvertes, et chaque passant était le bienvenu.

Fermiers ou non, les catholiques, c'est-à-dire les Irlandais de souche, descendants du vieux peuple de l'âge de pierre et du peuple gaël, n'avaient aucun droit politique, ne pouvaient siéger dans les assemblées, devenir avocats, ni juges ni fonctionnaires. Toutes les portes qui auraient pu leur permettre de s'émanciper et d'améliorer leurs conditions de vie avaient été verrouillées par les lois du conquérant. Il en fut ainsi jusqu'en 1829 où l'oncle de Johnatan, le duc de Wellington, alors Premier ministre anglais, fit voter au Parlement le Bill d'Émancipation des catholiques par lequel les Anglais, pour la première fois, acceptaient de considérer les Irlandais comme des êtres humains.

Les révoltes avaient été nombreuses depuis la conquête. Malgré la violence des répressions, elles recommençaient toujours. En sept cents ans d'esclavage et de misère, le peuple gaël n'avait perdu ni sa joie de vivre ni son espoir.

La plupart des landlords vivaient en Angleterre, ne visitant leur domaine irlandais que quelques jours par an. Un assez grand nombre ne le visitaient même pas une seule fois dans leur vie. Un intendant l'administrait pour eux selon la loi.

D'autres landlords, par contre, s'étaient pris d'amour pour l'Irlande dès leur installation dans le pays et se considéraient comme ses fils. C'était le cas des Greene, les ancêtres de Johnatan. Ils avaient toujours vécu sur leurs terres, et fait leur possible pour améliorer le sort de leurs fermiers, mais ils ne pouvaient aller contre la loi. Celle-ci interdisait toute mesure qui eût amélioré d'une façon permanente la vie des Irlandais, qui étaient et devaient demeurer assujettis aux travaux élémentaires et n'en tirer profit que juste assez pour subsister. C'est ainsi que sont traitées les bêtes de somme qui gagnent chaque jour, par leur travail, le droit d'être nourries. Naturellement, il était interdit à tout citoyen anglais, mâle ou femelle, de contracter mariage avec des gens du pays : on n'épouse pas un âne ou une mule. La loi punissait même les Anglais qui se coiffaient « à l'irlandaise ». C'était, pour les garçons, des cheveux mi-longs, désordonnés, qui couvraient les oreilles et le cou. En liberté.

Johnatan retrouva l'Irlande avec une émotion profonde. Au milieu de son domaine il se sentit enfin chez lui, de retour d'exil. Ses paysans nonchalants, qui le regardaient passer en souriant, un peu moqueurs, devaient devenir ses amis.

Il n'avait, en son enfance, connu que le château dans lequel il était né. Il venait maintenant, à l'âge adulte, brusquement, de découvrir la réalité du monde paysan, le monde de travail et de misère qui avait, siècle après siècle, construit la fortune de ses ancêtres et nourri le Trésor anglais.

Sans même en avoir formulé en lui-même la résolution, il commença aussitôt à se battre contre l'injustice et le malheur.

Ayant vécu quatorze ans, les années de son adolescence, les plus longues années de la vie d'un homme, dans la campagne anglaise peignée, lustrée, ordonnée comme un salon, il fut physiquement frappé par l'aspect rude et primitif de la terre irlandaise. Elle était bourrue comme ses ânes. Un petit nombre de routes la traversait. Tous les transports se faisaient à dos de cheval, d'âne, ou d'homme. Sur les rares chemins carrossables se déplaçaient quelques lourds chariots aux roues pleines. Les paysans, pieds nus, travaillaient la terre avec des bêches en bois.

Johnatan fit venir d'Écosse des charrons pour enseigner à ses fermiers comment on construit des roues à rayons et des voitures légères. Et des tanneurs et des cordonniers, pour leur apprendre à fabriquer des chaussures de cuir. Les paysans s'amusèrent beaucoup de la fantaisie de leur jeune landlord : les chaussures leur faisaient mal aux pieds; quant aux voitures, sur quels chemins les faire rouler?

Alors Johnatan entreprit de construire une route.

Ce serait l'occasion de donner du travail aux hommes de son domaine, ferait entrer de l'argent dans les familles, et améliorerait de façon permanente les échanges, le commerce et en conséquence la prospérité de tous. Elle traverserait toutes les terres de Greenhall, avec des embranchements qui desserviraient chaque village. C'était un travail de longue haleine, qui aurait dû être réalisé peu à peu avec les revenus de chaque année, mais lorsque Johnatan vit la satisfaction des ouvriers le jour de la première paie, il décida d'employer le plus d'hommes possible, tout de suite, et d'ouvrir en même temps la totalité du chantier. Il fit venir deux ingénieurs d'Angleterre. La route fut construite en trois ans, avec quatre ponts de sept à dix mètres, et vingt-trois pontets.

Alors quelques voitures se mirent à rouler, et il se trouva des fermières pour aller à la messe avec des chaussures, qu'elles quittaient d'ailleurs en sortant de l'église pour mettre leurs pieds à l'aise. Johnatan se déplaçait maintenant dans un cabriolet vif comme une plume. Quand il croisait un paysan, celui-ci lui souriait et lui adressait le salut gaélique, la main ouverte levée au-dessus de la tête. Et Johnatan souriait et saluait de même. Ses fermiers disaient qu'il était un peu fou. Un vrai Irlandais, s'il n'avait pas été si pressé...

Il était grand, fort, beau comme un héros. L'Irlande lui avait rendu toute sa santé. Ses cheveux bruns aux reflets roux, coupés à la mode romantique, couronnaient un front généreux, haut et large. Ses yeux verts étaient à la fois hardis, joyeux et bienveillants, son nez droit et fin, sa bouche volontaire et gourmande. Il ne portait d'autres poils sur le visage que de légers favoris mousseux, dont la couleur, vers le bas, s'échauffait. Il aimait les beaux chevaux et les beaux vêtements, tout ce qui donnait de la joie à la vie, à la sienne et à celle des autres.

Au printemps de 1825, il reçut la visite d'un camarade de Cambridge, Clinton Hyde, accompagné de sa femme et de sa sœur, Elisabeth. Celle-ci, âgée de dix-sept ans, était blonde et belle comme un épi mûr. Johnatan, dès qu'il la vit, se mit à brûler d'amour pour elle comme un fagot de pin, d'une flamme subite, claire et totale. Il ne put supporter l'idée de se séparer d'elle un seul jour. Il la raccompagna en Angleterre pour demander sa main, l'obtint, l'épousa, et la ramena à Greenhall. Elisabeth, étonnée, amoureuse aussi, s'était laissée emporter par cet homme-ouragan avec juste assez de crainte et de pudeur pour être plus heureuse au moment de les abandonner. Il lui fit partager sa passion pour la terre d'Irlande. Elle l'accompagna dans ses randonnées à travers le vent, le soleil et la pluie. Elle en revenait heureuse et harassée. Un tel mari, un tel amour, une telle terre étaient trop forts pour elle. Au bout d'un an, Johnatan l'entendit, un soir, tousser comme il avait entendu tousser sa mère lorsqu'il était enfant.

Il était cinq heures du matin. C'était un jour exceptionnel, sans nuage. Le soleil en profitait. En été, dans le comté de Donegal, qui se trouve au nord de l'Irlande, on peut lire sans lumière à dix heures du soir, et à deux heures après minuit le jour nouveau est déjà clair. L'amour et la crainte avaient réveillé Johnatan. Il regardait Elisabeth dormir. Elle était couchée dans un des lits aux licornes, lui dans l'autre. Le soir de leur retour d'Angleterre, après leur mariage, il avait présenté Elisabeth à ses parents. Dans le grand salon de Greenhall, leurs deux portraits étaient accrochés l'un près de l'autre. Ils étaient très jeunes, ils avaient son âge. Il avait pris Elisabeth par la main, l'avait amenée devant eux et, levant la tête, leur avait dit :

— Voici Elisabeth, ma femme.

Elisabeth avait poussé un petit cri de surprise : elle les avait vus sourire. Ainsi Johnatan sut que ses parents si jeunes et si beaux acceptaient sa femme et l'aimaient.

Il la conduisit à leur chambre pour la lui faire visiter. Entre les rideaux écartés, la lumière de la lune entrait par les deux fenêtres et dansait sur les dentelles entre les nuages et le vent. Un lit était ouvert et une chandelle brûlait.

La jeune servante qui avait accompagné le couple avec un flambeau s'en fut en le remportant. Elle semblait émue. John et Elisabeth n'y prêtèrent aucune attention. Ils étaient debout au milieu de la chambre, se tenant par la main, muets, regardant et écoutant.

Par la fenêtre de gauche, entrouverte, arrivait le chant des oiseaux de nuit, un rossignol tout proche qui chantait à en éclater et s'arrêtait parfois pour entendre d'autres rossignols qui lui répondaient, un peu plus éloignés, un peu plus loin encore, davantage estompés, effacés, puis noyés dans le silence. A ce concert de diamants dans le vert de la nuit s'ajoutait sans s'y mêler la conversation de ces oiseaux grands comme des merles dont Johnatan ne connaissait pas le nom, qui ont le dos noir et le ventre bleu et qui se perchent sur la plus haute branche des arbres pour s'interpeller et échanger leurs souvenirs de la journée. De temps en temps un grand et long soupir du vent ensommeillé jetait dans la chambre le parfum du proche buisson d'azalées couleur de safran, qui sentait à la fois le chèvrefeuille et l'œillet. C'était une odeur humide et chaude, douce et âpre, l'odeur de la terre, de la mer, de la vie, brassées et assemblées par le printemps. Elisabeth ferma les yeux et inspira longuement. Elle dit à voix très basse :

— Que c'est beau...

Alors Johnatan fit ce qu'il n'avait pas osé faire en Angleterre, même le soir de leurs noces : il déshabilla lui-même sa femme. Surprise, troublée, elle restait immobile, debout au milieu de la chambre. Il tournait autour d'elle, il se prit les doigts dans les agrafes, fit des nœuds aux ganses. Alors elle se mit à rire et à l'aider. Ils riaient tous les deux à mesure qu'elle perdait ses écorces et ses enveloppes. Quand elle fut nue il la regarda et ils se turent. La lumière bleue de la lune et la lumière d'or de la chandelle se mêlaient en petites vagues sur la peau blanche d'Elisabeth immobile et droite, comme deux rêves qui s'épousaient pour en créer un troisième, un rêve de grâce et de perfection né de la flamme et du ciel pour que Johnatan pût le prendre dans ses mains.

Elle leva les bras, ôta ses épingles et dénoua sa chevelure, pendant qu'à son tour il se défaisait de ses vêtements sans la quitter du regard. Ses seins étaient ronds et gonflés, ses hanches fines, ses cuisses longues, ses pieds parfaits comme ceux d'un enfant. Ses cheveux coulèrent sur ses épaules et sur son corps, et la lumière bleue et la lumière d'or s'y multiplièrent à chaque vague et sur chaque fil. Johnatan vint se placer devant elle. Il l'attira doucement vers lui et mit ses mains autour d'elle. Elle mit ses mains autour de lui, et sa tête contre sa poitrine. Ils sentirent la chaleur de leur peau l'une contre l'autre, deux chaleurs qui se confondaient et les unissaient, et sur le dos de ses mains Johnatan sentait la fraîcheur des cheveux d'Elisabeth. Il laissa doucement glisser sa main gauche jusqu'au bas de ses reins fragiles, la souleva, et l'emporta vers le lit de sa mère.

Dans le même temps, un grand émoi se propageait parmi les servantes. C'était la chambre bleue qu'elles avaient préparée pour le jeune couple. Dans la chambre aux licornes, personne n'avait ouvert le lit et allumé la chandelle.

Elisabeth dormait, la tête un peu de profil sur l'oreiller bleu. Ses cheveux tressés en une natte pour la nuit brodaient le drap d'un long serpent blond. Sur sa tempe visible trois petites perles de sueur bril-

droits. Les Greene avaient toujours réussi à empêcher sur leurs terres de graves affrontements. C'était d'autant plus difficile que le Donegal, comme les autres comtés du Nord avait été, après les exécutions et les déportations qui avaient suivi la révolte d'O'Neill, en partie repeuplé, sur l'ordre du roi d'Angleterre Jacques Ier, par des « planteurs » écossais presbytériens. Leurs descendants tenaient une partie des terres de Johnatan. Ils bénéficiaient de droits que les catholiques n'avaient pas. Ils pouvaient s'enrichir, s'élever socialement, ce qui était interdit aux Irlandais de souche. Ils n'étaient pas en majorité, mais assez nombreux pour entretenir chez les catholiques le sentiment permanent de l'injustice. Cela se traduisait par des bagarres sur les marchés ou à la sortie des pubs, mais n'allait guère plus loin car, en cet endroit de l'Irlande, grâce aux Greene, les catholiques étaient un peu moins malheureux qu'ailleurs, et les protestants un peu moins favorisés.

Landlord et protestant, irlandais de cœur mais anglais par la loi, Johnatan se hâtait, pressait Hill Boy autant qu'il pouvait, dans l'espoir d'arriver assez tôt pour empêcher une flambée de violence. Il avait enfilé une culotte blanche qui lui moulait les cuisses et les mollets, des bottes blanches et une chemise de laine blanche, tissée à la main, aussi légère que de la soie des Indes. Blanc sur son étalon blanc. Il traversait tout droit la campagne gorgée de vert, sans souci des chemins, des ruisseaux et des haies. Il lui fallut moins d'une heure pour atteindre la côte. Plusieurs centaines d'hommes étaient rassemblés sur le rivage, face à l'île, avec autant de femmes et beaucoup plus d'enfants. Les hommes étaient tous armés, de fourches de bois, de pelles, de bêches, de triques, de manches de pioches, de gourdins, de bûches, solidement serrés dans leurs mains dures. Ils étaient séparés en deux clans, face à face à quelques pas l'un de l'autre. Entre eux s'étendait une sorte de « no man's land » perpendiculaire au rivage, dans lequel le cavalier blanc s'engagea puis s'arrêta.

L'orchestre orangiste le salua le premier. C'était un cornet à pistons et un tambour, auxquels répondirent aussitôt la flûte et le violon catholiques.

— C'est bien! c'est bien! cria Johnatan. Vous faites de la bonne musique! Tenez-vous-en là pour l'instant! Qui m'emmène à St-Albans?

La marée était haute. Une douzaine de barques voguaient vers l'île ou en revenaient. Celles qui faisaient cap sur l'île étaient bourrées de combattants debout, celles qui en revenaient n'avaient plus que le rameur. L'une d'elles abordait. Johnatan y sauta, suivi par un homme. Il fut ainsi emmené par deux rameurs, un catholique et un protestant.

Debout vêtu de blanc à la pointe de la barque, il put enfin lever les yeux vers l'île, et son souffle s'arrêta. Il sut que ce qu'il voyait venait d'être à l'instant construit dans le temps et l'espace exprès pour qu'il le vît, et qu'il était le seul à le voir, bien que ce fût visible pour tous. Ce lieu du monde venait de se dévêtir et se montrait à lui dans sa vérité parfaite. Une chance lui était donnée de voir et de comprendre.

C'était une offrande de beauté qui ne durerait que le temps de son regard. Le ciel était bleu entièrement, comme on ne le voit jamais en Irlande. La mer était lisse comme un miroir. Tout le paysage était immobile, hors du mouvement. De grandes lignes courbes parfaites le composaient pour l'œil de celui qui se trouvait juste en cet instant à la pointe de la barque. Un mètre plus loin, tout serait différent.

laient. L'aile de son nez paraissait mince et fragile comme un pétale d'églantine. Le médecin de Donegal avait dit qu'elle avait besoin de se reposer et de manger de la viande crue. Elle avait frissonné de dégoût, et Johnatan n'avait pas insisté. Il savait personnellement combien on doit se méfier des médecins. En la regardant, si frêle dans ce grand lit, dans cette grande chambre de cette grande, lourde, épaisse demeure, il comprenait de quoi elle était malade, et de quoi étaient morts son père et sa mère, qui lui ressemblaient. Pour supporter le poids de ces murs, l'obscurité des couloirs et des escaliers, l'air silencieux et noir qui montait des caves voûtées et des souterrains éboulés, et l'ombre des arbres immenses, aussi vieux que la maison, qui la couvaient comme un œuf de pierre, il fallait être bâti de pierre et de bois comme elle, solide comme elle ou comme il l'était lui-même. Ses parents avaient été écrasés. Elisabeth, malgré sa joie et son amour, était en train de céder. Il fallait qu'elle quitte Greenhall. Il fallait qu'*ils* quittent Greenhall. C'était une solution déchirante. Mais il l'accepta aussitôt. Il en parlerait à Elisabeth dès qu'elle s'éveillerait.

Depuis quelques instants il entendait se rapprocher le galop d'un cheval sur le chemin des tourbières, un chemin qu'on était obligé de rempierrer tous les cinq ans, car la tourbe l'avalait. Le cheval passa sous les fenêtres de la chambre et s'arrêta net devant la grande porte, qui, deux secondes plus tard, résonnait sous les coups du heurtoir.

La maison se mit à frémir. Les serviteurs déjà éveillés se hâtaient, ceux qui dormaient encore se levaient, toute l'agitation convergeait vers la porte que continuait à secouer le visiteur incongru.

Johnatan y arriva le premier, sa robe de chambre

volant derrière lui, furieux, prêt à battre celui qui venait de réveiller Elisabeth.

C'était un adolescent aux cheveux rouges et au visage de brique, le fils d'un laitier de Donegal.

Le garçon ne lui laissa pas le temps de parler :

— Ah Monsieur c'est vous que je voulais voir! Il faut que vous veniez tout de suite! Patrick Kilian et Dermot Mac Craig vont se battre à mort! Ça va faire du vilain! Faut y aller vite!

— Se battre? Où? Pourquoi?

— A St-Albans... Dermot Mac Craig y a fait passer ses vaches à marée basse, mais Patrick Kilian dit que la pâture de l'île est du droit de sa ferme. Et Dermot Mac Craig dit que Patrick Kilian y a pas mené un seul veau depuis vingt ans, et qu'il faut que cette herbe serve et que le Seigneur veut pas qu'on la laisse gaspiller, et Patrick Kilian est catholique et Dermot Mac Craig orangiste, ils seront pas seuls! Ça va faire du vilain, Monsieur! Mon père a dit : « Il y a que Sir Johnatan qui peut empêcher ça. Va le chercher! »

— J'y vais, dit Johnatan.

La palefrenier avait déjà couru lui seller Hill Boy, son cheval le plus rapide, un poney du Connerama, blanc, superbe. Cinq minutes plus tard, il galopait vers l'océan.

Il connaissait les deux fermiers, qui étaient des siens, et l'île de St-Albans, avec les ruines de son monastère et sa tour épointée. Elle faisait partie de son domaine, mais comme elle était inhabitée et inexploitée il n'y avait pas encore mis le pied.

Tandis que Hill Boy l'emportait vers la côte, il priait Dieu de faire qu'il arrivât à temps. Depuis la conquête par le Plantagenêt, les Irlandais se battaient pour essayer de recouvrer leurs libertés et leurs

Johnatan le comprit et reçut toute l'image à la fois. Sous la coupole immaculée du ciel s'élevait, tendue vers lui par la coupe marine, l'île verte, exquise et ronde comme un sein adolescent, avec, à son sommet, le mamelon figuré par les ruines du couvent et le cône trapu de la tour. A la courbe lointaine de l'horizon le bleu plus foncé de la mer rejoignait le bleu plus clair de l'air. L'île était au milieu.

C'était une image magique. Elle ne dura pas. Mais Johnatan l'avait vue. Le vent souffla, des nuages se mirent à courir, l'océan se brisa, l'île perdit sa forme ronde tandis que la barque commençait à la contourner avant de l'aborder. Du côté du large elle se prolongeait longuement en pente douce vers la mer. Sur cette pente, à mi-chemin entre les ruines du couvent et la ligne des marées, six pierres levées, larges et hautes comme des hommes, formaient un cercle ébréché par la chute d'une septième, couchée vers l'intérieur comme l'aiguille d'une montre. Des milliers d'années, pleines du souffle de l'océan, les avaient usées et fouillées, et des lichens les habillaient d'une tunique vivante qui se nourrissait d'elles, et de la lumière et du vent. Ils étaient aussi vieux qu'elles et les accompagneraient jusqu'à la fin des temps. Au sommet de la plus haute pierre, les moines du couvent avaient planté une croix de fer. Il n'en restait qu'un trou couleur de rouille.

Quand Jonathan sauta sur l'île il ne pensait presque plus aux deux fermiers qui voulaient se battre. Ils l'avaient vu venir et l'attendaient, la tête tournée vers lui mais leurs corps face à face, leur buste nu, leur bêche verticale, tenue à deux mains, fichée à terre entre leurs pieds. Les partisans de chacun formaient derrière eux deux groupes compacts. Tout le monde regardait venir Jonathan.

Il s'arrêta et les regarda tous. Il sut quelle était sa décision. Et en même temps la solution du conflit.

— Vous n'avez plus de raison de vous battre pour l'île, leur dit-il. Je la prends pour mon usage. Je vais y vivre Je vais y bâtir ma maison.

Cramby de Tullybrook, au moment où il allait enfin déboucher à l'intérieur de la tour, éventra une excavation verticale qui contenait un squelette debout, couvert de longs cheveux bruns qui tombaient jusqu'aux larges os de ses hanches. Ses radius et ses cubitus tenaient serré contre ses côtes ce qui restait du squelette d'un enfant. Tout cela, ce fut Josuah Cramby qui le raconta. Car, lorsqu'il fut revenu de sa stupeur et cria pour appeler tout le monde, le grand et le petit squelette s'effondrèrent, et les témoins accourus ne virent qu'un tas de poussière et de fragments d'os mêlés à des cheveux.

Les presbytériens triomphèrent. Ces cochons de moines! Tout ce qu'on racontait d'eux était encore au-dessous de la vérité! Les catholiques répliquèrent que tout ce qu'on avait pu voir c'était des manches de côtelettes, sans doute celles d'une brebis. Tout le reste n'était qu'une invention due à l'éternelle malveillance des protestants. Et si la brebis avait des cheveux noirs c'est parce qu'elle était anglaise. De quoi se mêlait-elle, dans un couvent irlandais?

La bagarre que Johnatan avait pu empêcher sur le pâturage éclata sur le chantier. Il dut distribuer lui-même quelques coups de planche pour y mettre fin. Il ramassa les os et les cheveux, respectueusement, avec une pelle, les mit dans un sac, fit creuser un trou dans le vieux cimetière abandonné, à trois pas de la croix de saint Albans-Canaqlauq, et envoya un messager au curé de Tullybrook pour lui demander de venir bénir ces restes avant qu'ils fussent inhumés. Le curé lui fit répondre qu'il ne viendrait pas bénir des os de brebis. Alors Johnatan fit appeler le pasteur, mais les maçons catholiques l'empêchèrent d'approcher, disant que la brebis, même si elle avait des cheveux noirs, était sûrement catholique puisqu'on l'avait trouvée dans le couvent. Après une courte colère, Johnatan prononça lui-même une prière au bord du trou, devant tous les ouvriers silencieux, y déposa le sac avec piété et le recouvrit de la douce terre d'Irlande.

Au moment où tombait la dernière pelletée, Josuah Cramby de Tullybrook fut pris de tremblements et ses camarades durent tout l'après-midi le réconforter avec du whisky, ce qui le fit sortir au milieu de la nuit de la baraque où ils couchaient, pour aller satisfaire un besoin naturel. Il rentra en hurlant et montrant quelque chose au-dehors de son bras tendu. Claquant des dents, il ne parvenait pas à s'expliquer. Au deuxième verre de whisky, il put dire enfin qu'il avait vu, défilant de la tour au cimetière, toute une troupe de moines précédés par l'un d'eux qui tenait sa tête sous son bras.

— Saint Canaqlauq! s'écrièrent les catholiques.

Le vieux Killin Laferty de Ballycavany qui n'avait plus que deux dents mais beaucoup de sagesse, se risqua au-dehors. Mais il n'y avait plus rien à voir.

Mis au courant le lendemain, Johnatan essaya de calmer les esprits qui bouillonnaient d'autant d'excitation et de curiosité que de crainte. Mais l'ardeur au travail était tombée.

Killin Laferty de Ballycavany lui dit :

— Clauq Canaqlauq n'est pas content... Vous pouvez demander à Josuah Cramby. Il l'a bien vu : il tenait sa tête sous son bras gauche. Ça veut dire qu'il n'est pas content. Quand il est content il la tient sous son bras droit... Il ne peut pas accepter que cette brebis, si ce n'en est pas une, avec son agneau innocent, aient été mis en terre comme un sac de pommes de terre pourries, sans seulement un signe de croix.

Clauq Canaqlauq n'est pas content. Il va sûrement bien encore le montrer.

Dans les jours qui suivirent, des incidents se produisirent sur le chantier. Un échafaudage glissa. Un tailleur de pierre fendit son bloc de travers. Enfin, ce qui était tout à fait caractéristique, le ciment préparé par les presbytériens ne prenait pas.

La maison n'avançait pas. Johnatan enrageait. Il la voulait prête à temps pour que son fils y vînt au monde. Il alla personnellement trouver le curé de Tullybrook et lui affirma que les os qu'il avait enterrés n'étaient vraiment pas ceux d'une brebis. Il avait, lui-même, tenu dans ses mains un crâne humain d'adulte, et les restes d'un crâne d'enfant. Si ces deux êtres étaient catholiques, ils ne pouvaient pas reposer en paix avec la seule prière que lui, protestant, avait dite sur leur tombe.

Le curé le regarda, vit qu'il était sincère, posa sa pipe, et le suivit.

Devant tous les ouvriers de nouveau rassemblés, après avoir fait une génuflexion à la pierre de saint Albans, il dit la prière des morts sur la tombe fraîche où reposaient les os anciens. Et, pendant qu'il y était, il baptisa l'enfant, et lui donna le nom de Patrick.

Au moment où il se détournait, ayant terminé, Josuah Cramby tomba à genoux devant lui et lui demanda de le baptiser dans la religion catholique. Après avoir vu ce qu'il avait vu dans le milieu de la nuit, il ne pouvait plus douter de la vraie foi.

Les catholiques du comté de Donegal disent que ce fut là le plus grand miracle de saint Canaqlauq.

LES incidents cessèrent, et à la fin de l'été 1829 Johnatan put voir poindre le jour où la maison serait prête pour accueillir Elisabeth. La route arrivait maintenant jusqu'à la digue, mais celle-ci restait toujours réduite à deux tronçons entre lesquels la marée montait et descendait en rugissant.

Le 13 septembre, Killin Laferty planta sur la plus haute cheminée un bouquet de bruyère, et lança son bonnet en l'air en poussant un cri gaélique qui ressemblait au chant d'un coq qui eût avalé du verre pilé. C'était fini.

Johnatan donna une somme d'argent à tous ceux qui avaient travaillé à l'édification de sa maison, et fit ouvrir des caisses qui attendaient depuis quelques jours. C'était de la bière et du whisky en quantités inoubliables. Une barque apporta du pain d'avoine, du mouton froid cuit comme de la semelle, et un immense chaudron de pommes de terre bouillies dans leur peau, pour réconforter et donner soif. Avant la fin de la journée, tous les hommes verticaux étaient devenus horizontaux. Ceux qui ne s'étaient pas étendus à l'abri recevaient des averses avec un sourire heureux. Josuah Cramby ne retrouva ses esprits que le dimanche, juste à temps pour aller à la messe.

A Greenhall, on préparait depuis des semaines le déménagement. Le 23 au matin, le cortège se mit en route. En tête venait le cabriolet que Johnatan conduisait, avec sa femme à son côté. Derrière suivaient douze véhicules chargés de ce qui était indispensable dans l'immédiat, meubles, serviteurs, tapis, caisses et malles pleines de provisions, de linges et d'objets, puis les chevaux de renfort montés par les valets d'écurie.

Les lits à la licorne occupaient à eux seuls le plus long chariot. La sage-femme de Milanacross était assise entre les deux, sur un fauteuil. Johnatan avait exigé qu'elle fût du voyage et qu'elle ne quittât plus Elisabeth jusqu'à sa délivrance, bien que celle-ci ne fût prévue que pour deux semaines plus tard. Une bâche recouvrait les deux lits, le fauteuil et la sage-femme car il pleuvait.

Sous la capote du cabriolet, le vent apportait par moments une brume d'eau qui faisait briller les joues roses d'Elisabeth. Elle avait très bonne mine. Sa grossesse lui avait, dès les premières semaines, donné de la joie et de l'appétit. Elle s'était arrondie de partout à la fois. Les douleurs la prirent à mi-chemin de l'île. Johnatan fit arrêter le convoi et extraire la sage-femme qui courut sous la pluie du chariot au cabriolet. Elle tâta le ventre d'Elisabeth, regarda sous ses jupes, reparut à la lumière et s'exclama qu'il fallait retourner à Greenhall, en vitesse.

Johnatan ruisselant l'écoutait à terre, tenant le cheval impatient. Il sauta d'un bond dans la voiture et fouetta la bête d'un grand coup de guides. Droit vers la mer... Son fils devait naître dans l'île. S'il se montrait, tout à coup, pressé d'arriver, ce n'était évidemment pas pour qu'on retournât en arrière ! Debout dans le vent et la pluie, tenant les rênes dans la main gauche, le fouet dans la droite, Johnatan criait des mots furieux d'amitié et d'encouragement à son cheval dont le poil roux ruisselait, le stimulait avec des claquements de langue, lui fouettait les flancs de la mèche mouillée. Le cheval s'excitait, mordait la pluie de ses dents jaunes, galopait sur la route neuve. Au bout du nez de Johnatan coulait un filet de pluie que le vent prenait et emportait. Sous la capote qui tanguait. Elisabeth réconfortait la sage-femme épouvantée.

Le convoi suivait à la débandade, étiré sur un kilomètre. Le valet qui montait Hill Boy serrait au plus près le cabriolet. Quand on arriva au rivage, la mer baissait. Les barques étaient échouées à vingt mètres de l'eau qui tourbillonnait dans la brèche de la digue avec parfois un énorme bruit de baiser. Johnatan monta sur Hill Boy, prit sa femme dans ses bras et, des genoux, engagea son cheval vers l'île. Le grand vent de septembre, qui venait de la mer, emportait la pluie et les embruns presque à l'horizontale, les lui jetait au visage, lui en frottait les épaules, les lavait, lui et sa femme, à grands coups de draps d'eau claquants et ruisselants, comme s'il eût voulu ôter d'eux la moindre trace de terre ou d'air du continent. Le vent et la pluie s'étaient réchauffés pendant des jours et des nuits sur le dos du Gulf Stream, le grand dragon de mer qui vient de l'autre côté du monde ouvrir sa gueule autour de l'Irlande comme s'il voulait l'avaler. Son haleine d'algue et de sel faisait fumer le cheval et ses cavaliers. Elisabeth, blottie contre son mari, cramponnée à lui des deux bras, trempée, aventurée, secouée, déchirée, se sentait, dans la chaleur de Johnatan et l'odeur de la laine et du cheval mouillés, incroyablement en sécurité et en joie. Elle avait l'impression qu'elle était, elle aussi, en train de naître. Hill Boy avançait, de l'eau jusqu'au poitrail. La violence du vent redoublait. On entendait, derrière les autres îles invisibles, gronder la fureur de la tempête qui reculait avec le reflux. Le cheval mit un pied au bord de St-Albans. Elisabeth poussa un cri. Johnatan la laissa glisser à terre, la rejoignit, la souleva, l'emporta, entra dans la maison, grimpa l'escalier, entra dans la chambre, la posa sur le grand tapis de mouton blanc qui en constituait pour l'instant tout le mobilier, s'agenouilla près d'elle, et reçut son fils. Il le salua par son nom et son titre : Sir John Greene, lui souhaita la bienvenue, puis lui tapa sur les fesses pour le faire pleurer.

Dans la cheminée, des bûches attendaient depuis trois jours. Une petite flamme naquit entre elles et elles se mirent à flamber. Ce fut la première fois que le feu s'alluma tout seul pour annoncer l'arrivée de Sir John Greene chez lui.

L'ÎLE avait la forme d'une cuisse de femme aux trois quarts immergée dans un bain. Elle présentait au rivage le doux arrondi de son genou et de l'autre côté, descendait en longue pente jusqu'à l'océan.

Le vent d'ouest, qui soufflait six jours sur dix, trouvait en ce glacis une sorte de tremplin, de toboggan à l'envers sur lequel il se donnait un grand plaisir. Ayant pris son élan au large, il se rabattait entre l'île à Cloches et l'île au Sel, visait St-Albans, s'y projetait de tout son long à plat ventre et jaillissait à son sommet, vers le ciel. Sous son rabot perpétuel rien ne poussait plus haut que l'épaisseur du doigt. Les brins d'herbe étaient épointés. Les pâquerettes survivaient à l'horizontale.

L'innocent jardinier de Greenhall, transplanté sur cette piste, vit ses poireaux s'envoler, essaya de sauver ses choux en les haubanant, mais les perdit aussi. Il se plaignit amèrement à son maître des outrages du vent. Sir Johnatan monta sur la terrasse qu'il avait fait aménager en haut de la tour neuve et comme l'eût fait son oncle Wellington, examina le champ où il aurait à livrer bataille.

C'était un jour presque sans vent. Une brume légère coulait et tournait lentement sur la terre et les eaux. Les éléments solide et liquide se confondaient et fumaient comme au jour de la création. L'océan glissait ses doigts et ses poitrines d'eau dans le continent qui s'ouvrait et s'en allait par morceaux en voyage immobile. Sir Johnatan sentit sous ses pieds que l'île flottait depuis le commencement des temps et que toute la création l'accompagnait. L'île était au milieu, la maison au sommet, et lui en haut de la tour. Et rien de cela n'était dû au hasard. Il était venu dans l'île et il avait construit la maison parce qu'il devait le faire, parce qu'il avait une tâche à accomplir en ce lieu, il ne savait pas laquelle, peut-être simplement y être vivant.

La brume avait apporté l'odeur de la fièvre basse du Gulf Stream, l'haleine moite du long dragon, enchaîné sous l'équateur d'Amérique, qui s'étirait en vain à travers la moitié du monde dans l'espoir d'embrasser les glaces vierges du Grand Nord sans cesse évanouies à son approche.

Elle s'en allait avec la marée. La terre et les eaux reprenaient leur réalité. L'odeur du goémon découvert se mélangea dans les narines de Sir Johnatan avec l'odeur imaginée des humus tropicaux. Il entendit les cris des perroquets multicolores, il vit flamboyer des fleurs grandes comme des assiettes. Il sut quel était son devoir envers l'île nue : il devait la vêtir. Il y ferait pousser tous les arbres du monde. Mais le vent ne tolérait même pas une marguerite... Eh bien, il allait se battre contre le vent.

Dans son habit blanc en haut de la tour blanche, se découpant sur le ciel gris tourmenté, Sir Johnatan, comme un capitaine sur la dunette de son navire, tendit les bras, montra des directions, indiqua des tâches à un équipage imaginaire. Le vent l'attaqua. Un petit tourbillon essaya de lui arracher les cheveux, fit le tour de son cou, lui entra dans la bouche et, de l'intérieur chercha la sortie vers les oreilles. Sir Johnatan se mit à rire, et le respira jusqu'au fond des poumons.

A l'extrémité nord-ouest de l'île, un massif rocheux s'élevait à plusieurs hauteurs d'homme au-dessus de la terre et de la mer. Taraudé par les tempêtes, creusé de cavernes et de trous d'orgue, il chantait et grondait pendant les tempêtes, de façon différente selon le cap du vent. Les pêcheurs du nord de la baie le nommaient the Head, la Tête, et ceux du sud the Thumb, le Pouce. Ce fut sur ce rocher que le maître de St-Albans ancra sa défense.

Dès le mois suivant, des convois recommencèrent à se diriger vers l'île. Mais cette fois on savait d'où venait la pierre. Sir Johnatan avait fait ouvrir une carrière à quelques kilomètres de la côte, et en tirait de la solide et dure pierre grise du pays. Avec elle il fit construire un mur épaulé sur le massif rocheux, et aussi solide que lui. Il faisait le tour de l'île, ne s'ouvrant que pour laisser passer la route de Sir Johnatan, coupée en deux par le pan de digue inachevé. St-Albans était devenue une île fortifiée. C'était la première fois au monde que l'on construisait une citadelle contre le vent.

Sir Johnatan commença ses plantations. Il traça lui-même le dessin des allées, et rassembla entre elles des arbres de toutes essences, nordiques et méditerranéennes, orientales, himalayennes, qu'il fit voisiner pour leur couleur ou leur architecture, sans souci de leur climat d'origine. Et, dans l'espèce de cassolette humide et tiède constituée par l'espace abrité à l'intérieur du mur, tous poussèrent à merveille, ceux qui étaient nés au chaud comme ceux qui venaient du froid. Une place prépondérante fut donnée aux rhododendrons de toutes couleurs. Il y en avait des bouquets aux détours des allées et une épaisse ceinture en doublait le mur tout autour de l'île. Sir Johnatan dégagea entièrement ce qui restait du cimetière des moines, et le fit recouvrir de gazon, d'où sortaient comme des fleurs plus anciennes la pierre de saint Albans et deux autres presque aussi usées par le temps.

Au-devant, du côté de la terre, la maison s'ouvrait par une grande porte double à laquelle on accédait par un escalier en corbeille. De celui-ci partait une allée qui, à cause de la pente assez vive, dessinait un S pour arriver jusqu'à la digue. Sir Johnatan fit planter tout le long de l'allée des chênes verts, au feuillage persistant, car il ne voulait pas avoir des squelettes d'arbres sous les yeux pendant l'hiver. C'était une gageure. Ces arbres aiment le sec et le chaud. Même s'ils survivaient il leur faudrait un siècle pour pousser. Ils survécurent, et ils poussèrent aussi vite que des asperges. Le reste de la pente, de la maison à la digue, était couvert d'une pelouse épaisse sur laquelle s'ébattaient librement deux ou trois poneys, un âne et quelques moutons angora au caractère indépendant, que Sir Johnatan nommait ses moutons-muscats.

Un après-midi qu'il marchait dans une allée transversale, derrière la maison, entre l'anneau de pierres et le rocher, caressant au passage la tête pointue des arbres enfants, il s'arrêta soudain et cria pour appeler les jardiniers. Il leur fit commencer sur-le-champ à creuser l'allée sur toute sa largeur, et sur une longueur d'une vingtaine de mètres. Les jours suivants, les maçons vinrent travailler avec les terrassiers, et, au bout de quelques semaines, le résultat de leur travail prit la forme d'un tunnel sous lequel l'allée s'enfonçait pour ressortir à l'autre bout, sans aucune nécessité.

Alors qu'elle approchait de ses quatorze ans, Griselda, un beau jour, se demanda brusquement à quoi servait le tunnel. Le mois de mai touchait à sa fin, le printemps était très beau, avec des grands morceaux de ciel bleu clair, qui jetaient sur l'île des nappes de soleil courant où s'éblouissaient les primevères. Et le printemps était aussi dans le corps et dans l'esprit de Griselda, faisant s'épanouir l'un et l'autre. Griselda se regardait, regardait le monde, s'étonnait de le voir différent, de se voir et de se sentir nouvelle. Elle en était satisfaite. Elle pensait que la vie devait être cela : une succession de jours qui apportaient quelque chose de nouveau. Elle traversa le tunnel en courant. Elle le connaissait depuis qu'elle connaissait les choses, elle l'avait toujours vu et il ne l'avait jamais intriguée. Il existait parce qu'il existait, c'était tout. Et voilà qu'elle se rendait compte qu'un tunnel a généralement une utilité, et celui-ci n'en avait pas. Elle le parcourut de nouveau dans les deux sens, le franchit également par-dessus, s'arrêta, regarda autour d'elle dans toutes les directions, et ne comprit pas. Elle n'aimait pas ne pas comprendre. Elle courut jusqu'à la maison, grimpa l'escalier de l'étage, ouvrit en bourrasque la porte

de la bibliothèque et, essoufflée, impatiente, cria :
— Père, à quoi sert le tunnel?

Puis, se rendant compte de l'incongruité de sa brusque arrivée, elle ajouta après avoir repris son souffle :
— Je vous prie de m'excuser...

Et fit une révérence.

Sir John Greene était assis à son bureau sur lequel des livres ouverts, des dossiers, des manuscrits, étaient disposés dans un ordre qui avait l'apparence du désordre, comme un vol de mouettes au repos sur le sable.

Il redressa la tête, ôta son lorgnon et regarda Griselda avec un sourire plein de gentillesse et de rêve.
— Je suis heureux que tu te sois posé cette question, dit-il. Aucune de tes sœurs aînées ne s'en est inquiétée... Je me suis moi-même longtemps demandé pourquoi ton grand-père avait fait creuser ce tunnel au milieu du jardin. Et puis, un jour...
— Vous avez compris à quoi il sert? Il sert à quelque chose?
— Je ne sais pas... dit Sir John. J'ai seulement compris un jour que s'il est nécessaire de se poser des questions il faut aussi parfois admettre qu'on ne recevra pas de réponse...

Il se leva, alla vers la fenêtre la plus proche, regarda le ciel et les arbres, caressa doucement sa barbe et se retourna vers Griselda.
— Le tunnel ne sert peut-être à rien... A moi il m'a servi à accepter de ne pas savoir à quoi il sert...

Il soupira, regagna son bureau, reprit place dans son fauteuil, et dans son travail. Ses recherches lui posaient d'innombrables questions. Quoi qu'il en eût dit, il ne se résignait pas à ne pas recevoir les réponses Il remplaçait les questions insolubles par des questions nouvelles. Il lui fallait allier son désir de savoir à une patience sans fin. Ce n'était pas facile. Mais cela convenait à son tempérament. Cette longue tâche à l'issue incertaine comblait sa vie.

Griselda sortit à reculons. Ce fut seulement en arrivant à la porte qu'elle se rendit compte de la présence d'Helen, assise à une petite table, à gauche, tournant le dos aux fenêtres, la tête penchée sur un énorme dictionnaire de latin. Elle avait dû trouver tout à fait incompréhensible la préoccupation de Griselda à propos du tunnel. Si toutefois elle avait entendu. Elle avait un peu plus de quinze ans. Elles étaient nées toutes les deux à St-Albans, ainsi que Jane, la dernière. Leurs aînées, Alice et Kitty, étaient nées en Angleterre.

Quelques jours plus tard, alors qu'elle ne pensait plus à sa question, Griselda reçut la réponse, ou du moins une réponse, qui lui donna satisfaction.

Il avait fait soleil trois jours de suite, puis il avait plu à l'aube, et le soleil brillait de nouveau depuis le matin. Vers midi, Griselda entra dans le tunnel. Il était sombre, humide, et à mesure qu'elle y avançait elle sentait le froid devenir épais et noir. En quelques pas elle atteignit l'autre extrémité et sortit. Il lui sembla qu'elle se jetait dans le feu.

Sir Johnatan avait planté de chaque côté de l'allée, à la sortie du tunnel, des massifs de genêts d'Anjou. En un demi-siècle, dans le climat particulier de l'île, ils étaient devenus presque des arbres, s'étaient multipliés, mélangés, chevauchés, créant de part et d'autre de l'allée un mur infranchissable. Et en trois jours ils avaient tous fleuri. Le soleil était au bout de l'allée d'or, et le ciel bleu et blanc au-dessus. La lumière et le parfum des genêts chauffés depuis des heures composaient une explosion silencieuse qui entra dans Griselda par les yeux et les narines, si violemment qu'elle ouvrit la bouche et les mains pour mieux les recevoir. Elle se hâta de vider ses poumons pour respirer encore, et recommença, sans parvenir à se rassasier.

Elle s'adossa au mur du tunnel. Avec ses mains entre elle et le mur elle sentit que la mousse qui couvrait celui-ci était chaude. La gloire du soleil coulait vers elle sur la flamme des genêts. Elle comprit alors à quoi servait le tunnel. Quand on en sortait, à un tel moment de l'année, on surgissait de la nuit, brusquement, dans le cœur du brasier de lumière. Sir Johnatan avait fait creuser ce chemin enterré dans le noir exprès pour l'instant où on en sortait. Ce fut du moins ce que pensa Griselda. Peut-être avait-elle raison. La nature de son grand-père était de créer des joies. La sienne, de les attendre avec certitude. Elle ferma les yeux et les rouvrit, pour recevoir de nouveau le choc de la lumière d'or. Puis elle leva lentement son regard au-dessus des fleurs, vers le ciel. Celui-ci était bleu et blanc, doux et tendre. Les yeux de Griselda, entre ses longs cils noirs, avaient la couleur imprécise de la mer, et le reflet des genêts faisait briller en leur centre un point d'or. Elle était heureuse d'être là, en ce moment, et de le savoir. Elle portait juste une chemise de fin coton et un pantalon brodé, sous sa robe de tartan marron. Ses longs cheveux roux foncé lui descendaient dans le dos jusqu'aux reins. Un jour on les lui relèverait et on les coifferait au-dessus de sa tête pour toujours, et seul son mari aurait le droit de les voir dénoués. Ce serait un prince. Il viendrait de l'Orient et l'emmènerait sur un éléphant d'or, jusqu'au bout du monde.

A la jointure du mur et du rocher, Sir Johnatan ancra deux constructions perpendiculaires, une tour et une jetée. La tour, étroite, octogonale, ne contenait qu'un escalier tournant qui descendait de l'île à la mer pour desservir la jetée. Celle-ci, courte et trapue, permettait aux barques d'aborder l'île à marée haute du côté de l'océan. Sir Johnatan baptisa l'ensemble Port d'Amérique, car il suffisait de s'embarquer et de ramer tout droit pour arriver au Canada...

Il rêva peut-être du lointain rivage, mais il ne quitta jamais son pays, où l'enracinaient ses devoirs et ses amours. Après son fils John, Elisabeth lui donna trois filles, Arabella, Augusta et Anne. Ce fut elle qui leur choisit des noms commençant tous par A, mais elle ne sut expliquer pourquoi à son mari. Elle était heureuse et se portait bien. L'iode des goémons, la grande lumière de l'île, avaient guéri sa toux. Elle ne ressemblait plus à la frêle jeune fille que Johnatan avait épousée. Elle ne s'était jamais complètement désarrondie de sa première grossesse, et les suivantes accentuèrent ses courbes. Mais elle restait belle et surtout très gaie, et son mari se nourrissait de sa gaieté comme de l'air et des couleurs de l'Irlande.

A huit ans, John fut envoyé en pension dans une école préparatoire de Londres, d'où il sortit à douze ans pour entrer à Eton. Il n'avait pas encore terminé ses études quand la plus grande calamité du siècle s'abattit sur l'Irlande.

Sir Johnatan se rendait presque chaque jour sur ses terres de Greenhall pour y rencontrer ses fermiers. Le 11 septembre 1845, un petit tenancier qui faisait valoir une superficie de douze hectares et demi, dont plus d'un tiers de tourbières, lui montra avec désolation les pommes de terre qu'il venait de récolter : la moitié était pourrie, l'autre moitié en train de pourrir. Sir Johnatan avait entendu parler de la maladie qui avait frappé les pommes de terre d'abord aux États-Unis, puis en Belgique, en France et en Angleterre. Les dégâts étaient ici ou là, plus ou moins importants. Quand la maladie atteignit l'Irlande, ce fut un désastre. En quelques semaines, la plus grande partie de la récolte fut transformée en une bouillie noirâtre et puante dont même les porcs ne voulaient pas.

Pour les paysans irlandais, dont la pomme de terre constituait toute la nourriture, ce fut la famine. Ceux qui disposaient d'un peu d'argent achetèrent ce qu'ils purent. Bientôt il n'y eût plus rien à acheter. Les céréales étaient traditionnellement exportées en Angleterre. Les fermiers qui ne livraient pas leurs récoltes de seigle, d'avoine ou de blé ne pouvaient pas payer leur fermage et étaient expulsés, perdant ainsi toute possibilité de cultiver des pommes de terre pour eux et leur famille. On vit en pleine famine des céréales, protégées par la troupe, gagner à pleins chariots les ports irlandais, sous les regards des paysans qui les avaient fait pousser et qui n'avaient rien à manger.

Quand il se rendit compte de l'ampleur du désastre, Sir Johnatan, immédiatement, dispensa ses fermiers du paiement de leur fermage, leur donnant ainsi la possibilité de se nourrir avec leurs récoltes diverses, et de se procurer des aliments avec l'argent qu'ils avaient gagné sur ses chantiers. Ces mesures leur permettraient d'attendre la récolte suivante. Mais en 1846, l'espoir du pays affamé fit place rapidement au désespoir : les nouvelles pommes de terre pourrirent en totalité. En 1847, la maladie sembla reculer, mais l'arrachage fut faible, faute d'ensemencement. Reprenant courage, mobilisant leurs dernières forces, résistant au désir de manger les pommes de terre de semence qu'on put leur procurer, les fermiers rescapés semèrent au maximum. La récolte de 1848 s'annonça superbe. Mais dès les premiers coups de bêche on se rendit compte que la maladie était revenue partout. Comme en 1846, elle réduisit tout en pourriture.

L'acharnement du malheur eut raison de l'acharnement du courage. Quatre années successives de famine avaient transformé l'Irlande en un charnier. Dans les campagnes, des mourants en haillons se traînaient sur la terre en friche. Dans les villes les commerçants n'ouvraient plus leurs boutiques, les ordures et les cadavres encombraient les rues. Le typhus et le choléra achevaient les moribonds. Le salut ne pouvait venir que de l'extérieur. L'Angleterre, appelée au secours, au lieu d'envoyer des vivres envoyait des soldats. L'association « Jeune Irlande » essayait de soulever le peuple. Des groupes de demi-squelettes, armés de cailloux et de bâtons, montaient à l'assaut des garnisons et mouraient d'épuisement avant de les atteindre. Les landlords expulsaient les fermiers insolvables et faisaient abattre leurs maisons. Les familles allaient mourir dans les fossés et les tourbières. Les Irlandais, si amoureux de leurs pays, se mirent à le considérer avec terreur et essayèrent de le fuir. Des trafiquants leur promirent le paradis en Amérique et les entassèrent comme du bétail dans des bateaux surchargés. Certains coulaient à la sortie du port. Dans ceux qui continuaient leur route, les émigrants, sans hygiène, presque sans nourriture et parfois sans eau, mouraient en masse et étaient jetés à la mer. Parfois le vent s'arrêtait, les voiles tombaient, le voyage devenait interminable, le navire arrivait au Canada ou aux États-Unis vide et noir comme une noix mangée par le ver.

En 1850, quand la pourriture, la faim, les épidémies et la peur firent enfin relâche, près du tiers de la population irlandaise avait disparu.

Pendant ces cinq années terribles, Sir Johnatan se battit comme un sauvage pour sauver ses tenanciers de la mort. Il leur abandonna les fermages, ouvrit de nouveaux chantiers pour leur faire gagner de l'argent, envoya des cargos chercher de la farine et du maïs aux États-Unis. Et parce qu'il n'y avait dans le pays que des moulins de pierre, incapables de broyer les grains de maïs, il acheta en Amérique des meules d'acier, et fit bâtir en face de St-Albans un moulin mû par des retenues d'eau de la marée. C'était un système qu'il avait conçu en une nuit. Des centaines d'hommes y travaillèrent, venus de tous les points de son domaine. Il fut construit en quelques mois.

Le résultat de cette bataille fut celui-ci : pendant les cinq années de la grande famine, il y eut *un seul mort* sur les terres de Greenhall.

Mais le domaine n'existait plus.

Sir Johnatan avait dépensé sa fortune jusqu'au

dernier sou. Il avait commencé avec la route, poursuivi avec l'île, et accéléré pendant la lutte contre la faim. Il avait, pendant cinq ans, nourri non seulement les cinq mille personnes qui dépendaient de lui, mais aussi toutes les familles errantes qui étaient venues s'écrouler en agonie sur ses terres, et y avaient retrouvé la vie.

Le Trésor lui réclama les taxes dues par le domaine. Sir Johnatan fit valoir qu'il n'avait pas perçu de fermage pendant les années du désastre et qu'il avait avancé de l'argent pour des travaux publics. Dans tous les pays du monde, le fisc est une machine insensible qui pompe le sang des hommes vers le cœur de la nation, pour permettre à celui-ci de le renvoyer ensuite dans les différentes artères au service des citoyens. Dans le cas de l'Irlande, le double circuit était un peu particulier. L'argent irlandais partait pour Londres et revenait sous forme de soldats. Cela durait depuis des siècles. Le Trésor ne prit en considération aucun des arguments de Sir Johnatan, et exigea le paiement des taxes. Pour payer, il dut vendre Greenhall. Une loi nouvelle permettait aux fermiers d'acheter de la terre. Les paysans de Greenhall achetèrent le domaine par petits morceaux, avec l'argent que Sir Johnatan leur avait fait gagner. Ainsi avait-il commencé à réaliser, sans le savoir, la grande réforme agraire que l'Irlande attendait depuis sept cents ans.

AU mois d'octobre 1850, Sir Johnatan écrivit à son fils John pour le rappeler à St-Albans. Il l'avait maintenu à Londres pendant tout le temps de l'horreur.

Débarqué à Dublin, John dut traverser l'Irlande en diagonale, pour regagner son comté natal. Il découvrit avec étonnement les ravages du cataclysme. Il parcourait des campagnes dépeuplées, des terres abandonnées, jalonnées de chaumières éventrées et de cimetières hâtifs qui bossuaient les abords des villages. Il semblait que le peuple irlandais se fût presque en entier allongé sous une mince couverture de terre, pour trouver enfin son repos, après tant de siècles harassés. Des groupes d'enfants demi nus regardaient passer la berline de John avec cette stupeur passive que donne l'inanition. Ils avaient de nouveau de quoi manger, mais pas encore l'habitude. Leur corps ne parvenait pas à retrouver sa chair. Ils n'avaient jamais appris à rire.

John ne pouvait supporter leur regard. Il se rejetait au fond de la voiture et pensait à l'île qu'il allait revoir après une si longue absence. C'était le paradis mouvementé de son enfance, un chantier perpétuel pittoresque, changeant, que son père parcourait à grandes enjambées. Il avait vu bâtir le mur, planter les arbres.

Aux vacances scolaires, année après année, il les retrouvait grandis. Maintenant ils devaient être adultes, comme lui.

Sur l'île on l'attendait avec des sentiments divers. Sir Johnatan avec souci, Lady Elisabeth avec émoi, ses trois sœurs avec une impatience et une curiosité un peu folles. Elles ne l'avaient pas vu depuis cinq ans. Il avait dû beaucoup changer. Et il revenait de Londres, la capitale crainte et rêvée, où elles n'étaient jamais allées.

Augusta était le plus souvent hors de l'île, chevauchant les terres du matin au soir, avec son père, ou seule. Elle était fiancée depuis l'hiver, mais ce qu'on avait appris de la situation financière de Sir Johnatan ralentissait singulièrement les préparatifs du mariage.

Arabella, pour la première fois, en l'honneur de son frère, venait d'être coiffée avec les cheveux relevés. Elle s'en trouvait étourdie. Elle n'osait plus bouger la tête. Elle avait froid au cou.

Anne, la plus jeune, était couchée depuis plusieurs semaines. Elle avait maigri. Elle toussait. Elle avait quinze ans.

Il faisait très doux. Dans les cheminées, les feux de l'automne ne brûlaient pas encore. Lorsqu'elle apprit que « Monsieur John » allait revenir, Collie, la femme de chambre de Lady Elisabeth, disposa quelques branches sèches dans la cheminée de la chambre ronde. Et plusieurs fois par jour telle ou telle servante trouvait un prétexte pour monter au premier étage et jeter un coup d'œil vers l'âtre. Le jeudi, au début de l'après-midi, Collie redescendit en courant et cria : « Monsieur John arrive ! Monsieur John arrive ! » Elle avait vu les branches s'enflammer sous ses yeux. Ce fut du moins ce qu'elle déclara, mais ce ne pouvait être vrai : quand des phénomènes de cet ordre se produisent, personne ne peut les voir commencer, car ils n'ont pas de commencement.

La berline de John s'arrêtait au bas du grand escalier rond.

Sir Johnatan, d'une fenêtre du premier étage, regarda son fils monter les marches de pierre. John était nu-tête, en pantalon gris perle et manteau tabac. Ganté de blanc, il tenait dans sa main droite une mince canne à pommeau rond d'ivoire, et dans la gauche un chapeau de haute forme dont il se couvrit et qu'il ôta dix pas plus haut en entrant dans la maison. Il s'était vêtu à la dernière mode de Londres, pour honorer ses parents.

Sir Johnatan fut frappé par l'extraordinaire ressemblance de John avec sa mère au moment où il l'avait épousée. Mince, souple, élégant comme elle... Et la même fraîcheur et la même intelligence sur le visage. Il ne restait de la jeune épousée que le souvenir, presque incroyable. Lady Elisabeth était devenue très grosse. Elle se déplaçait avec peine, sur des jambes en sacs et des pieds douloureux.

Assise dans le petit salon, elle entendit s'approcher les pas rapides de son fils, et sourit de bonheur. Mais la voix forte de Sir Johnatan appela du haut de l'escalier de l'étage. Le pas de John ralentit, tourna, puis grimpa rapidement les marches, tandis que résonnaient les rires de ses sœurs.

Sir Johnatan attendait au sommet de l'escalier. John montait, la tête levée vers lui. Il s'arrêta un peu au-dessous de son père, en le regardant.

— John, dit sir Johnatan, je vous ai fait venir pour vous mettre au courant : Greenhall est en vente, je n'ai plus d'argent, vous n'hériterez rien. Vous devez songer à gagner votre vie.

— Bien, Monsieur, dit John.

Il passa l'hiver sur l'île avec sa famille et repartit pour l'Angleterre au mois de mars. Son père avait réussi à sauvegarder la maison de Londres et St-Albans. Anne mourut sept jours après le départ de son frère.

Lady Elisabeth fut profondément blessée par le départ de John et la mort d'Anne. Elle s'enfermait parfois dans la chambre ronde, où John était né, et où les deux grands lits restaient vides, car Sir Johnatan et elle occupaient maintenant des chambres plus petites, séparées. Elle s'asseyait dans un fauteuil qui craquait sous son poids et y restait jusqu'à la fin du jour, regardant l'armée de branches nues de la forêt de l'île tendre de plus en plus haut vers le ciel leurs bourgeons encore clos, et la nuit, lentement, effacer leur geste immobile.

Elle gémissait un peu par instants. Elle disait : « Mon Dieu !... Mon Dieu ! » Elle se laissait aller à sa peine. Elle ne se le permettait que dans la solitude.

John entra dans une banque qui avait des obligations envers la famille de Lord Wellington. Il y fit rapidement la preuve de son incompétence en matière financière. On l'eût gardé quand même, mais il s'y ennuyait, il s'en alla et obtint un poste de professeur de grec dans une institution pour les jeunes gens du Continent, qui venaient apprendre à Londres à parler, se conduire et s'habiller anglais. Il était peu payé, mais avait peu à faire.

Le directeur de l'établissement avait un frère dont les professeurs savaient vaguement qu'il fouillait les sables quelque part en Asie Mineure. John fit sa connaissance lorsqu'il revint de Mésopotamie, sec comme une momie, apportant de pleines caisses de tablettes d'argiles, creusées de caractères mystérieux. Il les entreposa dans les greniers du collège, et John l'aida à les classer et les ranger sur des étagères. Cette écriture fantastique, qui semblait faite uniquement d'apostrophes et de virgules, révéla tout à coup à John qu'il existait autre chose que l'Angleterre et l'Irlande et le temps qu'il vivait. En un instant le monde étriqué de ses pensées éclata comme un ballon. Il tenait dans la main une tablette dont les encoches avaient encore des barbes et des angles vifs. Il ne lui paraissait pas possible que l'homme qui avait tracé ce message fût mort depuis six mille ans. Regardant les tablettes entassées par centaines sur les étagères, il lui semblait entendre le bruit d'une foule vivante qui l'appelait et dont il ne comprenait pas les paroles. Il rêva de communiquer avec elle. Personne n'était capable de déchiffrer cette écriture. L'explorateur des sables avait changé de sport et venait de repartir en direction de l'Himalaya, espérant en atteindre le sommet. Avant son départ, il avait fait don de ses tablettes au British Museum.

John les y suivit. Il passa ses journées à faire des relevés systématiques des inscriptions. Il accumula des liasses énormes de feuillets où il avait reproduit minutieusement les inscriptions gravées, chacune avec un numéro de référence. Il les comparait entre elles et à des inscriptions persés, arabes, grecques, hébraïques. Il dut apprendre l'hébreu et l'arabe, fortifier ses connaissances en grec et en latin. A trente ans il était devenu à demi chauve, avec une petite barbe d'un blond doré. Il vivait sobrement dans sa maison londonienne, dont la plupart des pièces étaient fermées. Son père lui entretenait deux domestiques. Il mangeait moins qu'eux.

Sa pensée allait parfois vers l'île, qui devenait peu à peu pour lui aussi lointaine que la Mésopotamie :

légendaire, merveilleuse, perdue. Il y revint pour la mort de sa mère, alla s'incliner sur sa tombe couverte de gazon frais, près de celles d'Anne et de saint Albans, puis monta sur la terrasse de la tour et regarda l'île. Les arbres avaient poussé et cachaient le mur. L'île semblait avoir grossi, comme une brebis gonflée de laine. John savait qu'il la voyait pour la dernière fois. Son père venait de lui annoncer qu'elle aussi avait dû être vendue. Le notaire avait obtenu de ses créanciers qu'il habitât St-Albans jusqu'à sa mort.

Arabella et Augusta étaient mariées. John ne les rencontra pas. Il trouva son père en bon état. Les revers de la fortune ne l'avaient pas abattu. Il avait aimé l'argent non pour lui-même mais pour ce qu'il avait pu faire avec. Et cela demeurait, même si ce n'était plus à lui. Il semblait peu s'en soucier. Il continuait de galoper sur les terres de Greenhall, et réussissait à emprunter encore assez d'argent pour garder ses domestiques, ses jardiniers et ses chevaux. La mort d'Elisabeth lui fut une plaie douloureuse qu'il dissimula à ses enfants. Désormais seul dans la grande maison, et n'étant plus emporté par mille projets, il connut le temps de la réflexion. Il se laissa pousser la barbe. Dans son fauteuil devant le feu, ou à cheval dans le vent familier, il pensait à la vie, au bonheur, à la souffrance, et trouvait que tout avait un sens, et en remerciait Dieu.

Quelques-uns des garçons que John avait connus à l'Université lui avaient gardé amitié et parfois l'invitaient, l'originalité de sa passion pour la Mésopotamie permettait de le recevoir malgré son emploi de professeur. A l'occasion d'un bal il rencontra une jeune fille qui n'avait pas réussi à se marier. Sa beauté était calme et discrète. Elle se nommait

Harriet et appartenait à la branche sans fortune de l'excellente famille des Spencer. Elle avait d'immenses yeux clairs, ni tout à fait bleus ni exactement gris, dont la pâleur et la forme plutôt arrondie lui donnaient une expression d'enfant un peu étonné. Si la forme de ses yeux avait été différente on aurait pu lui trouver un certain manque de personnalité. Ils lui tenaient lieu de beauté et faisaient de son visage un spectacle émouvant. Quand John l'invita à danser et qu'elle s'approcha de lui avec son air d'agneau incapable de se défendre contre les couteaux, il sentit naître en lui un désir irrésistible de la protéger. Et, en même temps, il devina qu'elle était douce et reposante. Ce fut surtout cette dernière qualité qui le décida, à plus de trente ans, à renoncer au célibat.

Ils se marièrent à Londres, et Harriet, avec une très douce obstination, parvint à faire renoncer John à un voyage de noces en Irlande. C'était pour elle une terre lointaine et sauvage, et puisqu'il n'y possédait plus rien qu'y seraient-ils allés faire ?

Le volet de bois qui fermait la fenêtre du grenier s'ouvrit vers l'intérieur, et Sir Johnatan parut. Il tendit les bras vers la foule, les paumes en avant, comme pour lui recommander de se taire, mais les hommes et les femmes assemblés devant le moulin se mirent à crier vers lui, l'interpellant avec joie, avec humour, avec amour, en anglais et en gaélique. Quelqu'un marcha sur la queue d'un chien qui poussa des cris de cochon, et un grand rire gagna la foule entière.

Sir Johnatan écarta les bras et cria :

— Taisez-vous!

Un commencement de silence s'établit, avec des remous de rire et des morceaux de phrases ci et là.

— Taisez-vous!... Je ne vous aime pas!

Cette fois ce fut un silence total, consterné. Des milliers de visages regardaient Sir Johnatan avec inquiétude. C'était dimanche et il faisait beau. Entre les deux pentes du toit du moulin, la grande fenêtre ouvrait un rectangle sombre, jusqu'au ras du plancher. C'était par là qu'on hissait les sacs de maïs, avec la poulie et une corde, au temps maudit de la famine. Mais on n'avait, par bonheur, plus besoin de maïs, et le moulin ne tournait plus depuis longtemps. Sir Johnatan, entièrement vêtu de noir, était debout dans la fenêtre. Sa barbe blanche s'étendait sur une partie de sa poitrine, et ses cheveux entouraient tout son visage. Le soleil levant qui le frappait de face faisait briller cette blancheur d'une lumière dorée un peu rose. Jambes et bras écartés, il emplissait la fenêtre. Il avait l'air d'être encadré.

Trois ans plus tôt, un dimanche matin à la même heure, parcourant le moulin désaffecté, il avait ouvert la fenêtre du grenier pour regarder la campagne et le ciel. Il avait alors entendu des phrases cordiales qui montaient vers lui : deux familles de fermiers, se rendant à pied à la messe, l'avaient reconnu et le saluaient. Il leur avait répondu, demandé des nouvelles de leurs terres est de leurs récoltes. On s'était assis sur le talus et sur le bord de la fenêtre, on avait bavardé. Il leur avait parlé des douceurs de la vie même lorsqu'elle est rude, de la bonté de Dieu même lorsqu'il paraît indifférent, et des grands équilibres mystérieux qui font rouler le ciel, la terre et les saisons. Ils avaient posé des questions, il avait répondu quand il le pouvait, et quand il ne savait pas la réponse il disait qu'il ne savait pas. La conversation avait duré plus d'une heure, lui en haut, eux en bas. Ils avaient manqué la messe de huit heures. Ils iraient à la suivante... Ils lui avaient demandé s'il voudrait bien leur parler encore de « tout ça » le prochain dimanche. Il avait dit oui.

Ils étaient revenus avec des voisins. Un mois plus tard ils étaient des centaines, et chaque semaine leur nombre augmentait. On venait même des comtés voisins, on partait le samedi, à cheval ou en voiture, on voyageait la nuit, on emportait quelques branches ou des tranches de tourbe pour les allumer dans l'herbe au lever du jour, et faire chauffer le thé et cuire les pommes de terre.

— Je ne vous aime pas! cria Sir Johnatan. Dieu ne vous aime pas!... Sauvages!... Vous vous êtes encore battus... Mardi à Dunkinelly! Jeudi à Carricknahorna! Et Peer O'Calcalon a perdu un œil et la moitié de ses dents! Et le curé a dû passer la nuit dans un terrier de renard pour sauver sa vie!

Une partie de la foule se mit à rire et une autre à gronder.

— Taisez-vous! Vous êtes plus bêtes que vos ânes!... Vous imaginez-vous que Dieu ne vous a pas vus? Croyez-vous qu'il est content de vous? Pensez-vous quelquefois à lui, dans vos têtes de bois? Savez-vous qui c'est, Dieu?...

Il leur laissa le temps de se poser la question et de devenir perplexes.

— Si vous le saviez vous auriez bien de la chance! Personne ne le sait! Personne ne le sait! Personne ne l'a vu depuis qu'il est mort sur la croix il y a 2 000 ans. Mais vous pouvez être sûrs d'une chose : Dieu n'est pas orangiste!

— Oh!... fit la moitié de la foule pendant que l'autre moitié poussait des cris de joie et applaudissait.

— Dieu n'est pas non plus papiste!

— Ah! Ah! dirent ceux qui avaient dit oh!, et les autres se turent.

— J'ose même affirmer que Dieu n'est pas irlandais!

Cette fois, les protestations fusèrent de partout :

— Qu'est-ce qu'il est, alors?

— Vous allez pas prétendre qu'il est anglais?

— Il n'est ni anglais, ni irlandais, ni chinois, ni nègre des Indes! Il est le Dieu de tous les hommes de toutes les nations, et de toutes les bêtes depuis la puce jusqu'à l'éléphant, et de toutes les feuilles des arbres, et de toutes les étoiles du ciel!... Et quand vous vous battez les uns contre les autres en son nom, c'est contre Lui que vous vous battez! Et quand vous crevez l'œil de Peer O'Calcalon, c'est l'œil de Dieu que vous crevez! Êtes-vous satisfaits d'avoir crevé l'œil de Dieu?

La foule gémit et ondula dans sa honte et sa douleur.

— Mais n'allez pas croire qu'Il vous voit moins bien parce que vous Lui avez crevé un œil! Vous pouvez Lui en crever cent par jour! mille! dix mille! Il continue de rester penché vers vous, et IL VOUS REGARDE!...

— Ah! Mon Dieu! Mon Dieu!

— Seigneur!

Une femme tomba à genoux :

— Mon Dieu ayez pitié de mon mari : c'est même pas sûr que c'est lui qui l'a fait!... Il est pas méchant, il a seulement les poings un peu durs!... Vous pouvez en être sûr, Seigneur, Vous qui voyez tout, Vous voyez mon dos comme il est bleu!...

Le chien qui avait crié se mit à aboyer puis se tut brusquement. La voix de Sir Johnatan devint moins sévère, plus grave, amicale :

— Mais Il ne vous regarde pas avec rancune, même pas avec sévérité!... Il vous regarde avec pitié et avec amour!... Il voudrait tant que vous deveniez raisonnables!.. Il a fait ce qu'Il a pu pour ça : Il est déjà mort une fois, qu'est-ce que vous voulez qu'Il fasse de plus?... Et toi Patrick Laferty, laisse donc ce chien tranquille! Au lieu de lui fermer le museau avec ta grosse main, laisse-le dire ce qu'il a envie de dire! Il en sait plus que toi et moi sur l'amour!... Connaissez-vous des chiens presbytériens ou des chiens catholiques? Ah si nous pouvions nous aimer les uns les autres comme nos chiens nous aiment! Il ne devait pas y en avoir à Jérusalem, sans quoi Jésus aurait dit : « Laissez venir à moi les petits enfants et les chiens... »

Un nuage cacha le soleil et il plut pendant quelques minutes, mais personne n'y prit garde. Sir Johnatan continuait de parler et la foule d'écouter et le chien d'aboyer. Un âne lança un cri horrible par lequel il voulait exprimer simplement qu'il était bien. Des enfants jouaient, courant entre les groupes. Une jument blonde et son poulain vinrent voir ce qui se passait, puis repartirent. Un feu finissait de brûler en fumant sous la pluie. Le soleil revint. Sir Johnatan sortit un fin mouchoir de fil de sa redingote noire et s'essuya le front. Il reprit :

— N'oubliez jamais que chacun de vous est fait à l'image de Dieu et en contient un morceau! N'allez pas le mettre dans des situations impossibles! Chacun de vous... ET VOTRE VOISIN AUSSI! Et également votre femme, malgré son sexe!... Pensez-y jusqu'à dimanche prochain!...

Il se retira et referma le volet de bois. Dans la cour du moulin abandonné, il retrouva sa jument blanche qui cueillait du bout des lèvres les cimes de l'herbe entre les pavés. C'était une descendante de Hill Boy. Elle était jeune et gaie. Il n'avait pas encore réussi à lui donner un nom. Il en avait essayé plusieurs. Elle les rejetait l'un après l'autre en secouant la tête. Il la flatta et lui dit quelques mots tendres, puis la monta avec l'élan d'un jeune homme, et ils sortirent.

La foule les attendait Elle s'écarta pour les laisser passer. Le cavalier noir et blanc sur sa monture blanche traversait lentement les hommes et les femmes gris, s'arrêtait quand quelqu'un posait une question ou demandait un conseil. Puis il continuait son chemin en direction de l'endroit du ciel où le soleil roulait d'un nuage à l'autre.

Une jeune fille blonde et mince surgit devant lui et leva ses deux bras qui tenaient une gerbe de genêts.

La jument hennit et se cabra, et Sir Johnatan se trouva tout à coup transporté à un moment identique de son adolescence. La nuque de sa jument se dressait devant son visage, mais entre les deux oreilles, au lieu d'un gouffre d'absence et de vide, il vit une mince colonne blanche torsadée s'élever vers le ciel et atteindre, de sa pointe effilée, l'œil du soleil.

La lumière envahit sa tête et y éclata. Il tomba. La jument devint enragée, comme un tigre qu'on veut retenir par les pieds. Des dents et des quatre fers elle s'ouvrit un chemin dans la foule effrayée et disparut au galop derrière la colline de Ballintra.

Des femmes gémissantes étaient agenouillées autour de Sir Johnatan qui gisait les yeux fermés, immobile. Elles n'osaient pas le toucher. Une d'elles enfin lui passa sur le visage un coin de son fichu trempé dans sa théière. Il rouvrit les yeux, sourit, voulut se relever, mais ne put bouger. Il s'étonna, puis comprit.

— Je me suis brisé les reins, dit-il.

Il ne souffrait pas. Il indiqua lui-même comment il fallait le soulever. Avec mille précautions les hommes le transportèrent dans le moulin et le couchèrent sur des sacs vides, moisis, rongés par les rats. Un fermier était parti au grand galop chercher le médecin de Donegal. La foule, au lieu de se disperser, augmentait. La nouvelle de l'accident gagnait le pays, et tous ceux qui l'apprenaient accouraient. On voulut savoir qui était la fille qui l'avait provoqué. Mais on ne la retrouva pas, et personne ne la connaissait. Le vent s'était levé et pleurait en essayant de soulever les tuiles du moulin.

Le médecin confirma le diagnostic de Sir Johnatan. Celui-ci lui dit :

— Je veux mourir dans ma maison. Faites-moi transporter dans l'île.

Le médecin hocha la tête et refusa. On ne pouvait se rendre à St-Albans qu'à cheval ou en barque selon la marée, et l'un ou l'autre serait fatal au blessé. Le plus raisonnable était d'aller chercher un lit et quelques meubles et d'aménager la pièce du moulin jusqu'à ce que Sir Johnatan fût transportable.

— Vous savez bien que je ne le serai jamais, dit Sir Johnatan. Je veux aller mourir chez moi.

— Vous n'y arriverez pas vivant, même à marée basse. Écoutez...

Le vent était devenu tempête. Sir Johnatan savait que la marée était en train de descendre. Le courant devait être rapide et les vagues hautes : le médecin avait raison. Sir Johnatan ferma les yeux et dit de nouveau, à voix basse :

— Je veux aller mourir chez moi.

Les serviteurs de St-Albans étaient arrivés, trempés, affolés, apportant des draps mouillés, des couvertures, des bouilloires, de la pommade de mille fleurs pour les courbatures, du vin de Porto, cent objets inutiles. Ils tournaient et bourdonnaient dans la pièce du moulin comme des mouches bleues qui cherchent la fenêtre. Quelques paysans debout, immobiles, muets, regardaient Sir Johnatan qui était là couché sur de vieux sacs avec les yeux fermés et ne disait plus rien. Quand le médecin sortit ils l'accompagnèrent et l'interrogèrent. Il leur dit la triste vérité : Sir Johnatan allait mourir, peut-être dans cinq minutes, peut-être dans cinq heures, peut-être dans cinq jours.

— Alors, dit Falloon de Rossnowlagh, pourquoi vous ne voulez pas le laisser transporter chez lui, puisque c'est là qu'il veut mourir?

— La première secousse lui coupe la moelle et il meurt aussitôt, dit le médecin. Il n'arrivera pas chez lui.

Puis il remonta dans son tilbury.

— Je reviendrai le voir ce soir, mais personne ne peut plus rien pour lui.

Et il claqua de la langue pour faire partir son cheval.

Mais dans la tête rouge de Falloon, la petite phrase de Sir Johnatan n'arrêtait pas de tourner : « Je veux mourir dans ma maison... » Il fit vingt pas pour arriver au bord de la mer. La digue commençait à ses pieds, filait vers l'île au-dessus des galets et des algues maintenant découverts, s'interrompait, déchiquetée, pour laisser passer le courant de la marée descendante, et recommençait de l'autre côté, rejoignant la grande allée de St-Albans.

Falloon leva ses deux bras vers le ciel, ferma ses deux poings aussi gros que sa tête et cria une phrase venue du fond des temps de l'Irlande, qui était peut-être une invocation, peut-être une imprécation, peut-être les deux, et qui résonna sur l'eau et sur les îles comme le cri d'un âne marin. Puis il se tourna vers les hommes qui étaient autour de lui, et leur dit ce qu'il pensait. Ils furent tout à fait d'accord. En quelques minutes les milliers de gens assemblés autour du moulin, et ceux qui continuaient d'arriver de partout furent au courant : on allait finir la digue pour pouvoir transporter Sir Johnatan sans secousses, afin qu'il puisse mourir chez lui.

Tous ceux qui habitaient assez près coururent chercher des pelles, des pics, des pioches, des bêches, des cordes, et ceux qui restaient commencèrent aussitôt à travailler, avec leurs mains.

La digue n'avait jamais pu être terminée parce que la marée emportait les extrémités des deux tronçons avant qu'ils se fussent rejoints. Dans peu de temps la mer serait basse, puis étale, puis elle recommencerait à monter. Il fallait achever la digue avant que l'eau fût assez haute pour de nouveau tout défaire. Il fallait aller plus vite que la marée. C'était possible, parce qu'il y avait là réunies plus de paires de bras qu'aucun chantier de l'Irlande n'en avait jamais compté.

Les pierres ne manquaient pas : celles que l'eau avait dispersées étaient répandues à proximité, il en restait sur le rivage, il y en avait près du moulin et sur l'île. Quelques-unes brutes, la plupart déjà taillées. Et si ce n'était pas assez on en trouverait! Dans une salle du moulin restaient des sacs de ciment dont quelques-uns n'avaient pas encore durci. On alla en chercher d'autres, tout de suite, à Donegal et à Ballintra.

Une heure plus tard, les deux tronçons de la digue ressemblaient à deux os couverts de fourmis. Un clivage s'était fait entre protestants et catholiques. Ils s'étaient démêlés les uns des autres et rassemblés en deux groupes. Les presbytériens venaient de l'île et les catholiques du rivage, rivalisant de vitesse dans leur lutte contre le temps, contre la marée et contre la mort. Ils se jetaient des injures et des défis pardessus l'échancrure qui diminuait. Chaque groupe voulait arriver au milieu avant l'autre groupe. Les fanfares s'installèrent de part et d'autre et jouèrent des airs héroïques. Les femmes brandissaient des bannières et criaient à leurs hommes qu'ils étaient des bons à rien et qu'ils avaient les muscles mous, pour les inciter à démontrer le contraire. Sur le pré, devant le moulin, deux groupes chantaient des cantiques en latin et en anglais, pour détourner l'attention de Dieu, afin qu'il ne recueille pas tout de suite l'âme de Sir Johnatan.

Quand les pierres vinrent à manquer, sans hésiter on en prit où il y en avait, c'est-à-dire qu'on attaqua le coin du moulin qui se trouvait au plus loin de la salle où reposait le blessé, et on jeta bas deux énormes murs.

L'eau montait. Elle se heurta d'abord à un épi, un amoncellement de galets enfermés dans les grillages de tous les poulaillers de la région. Puis elle trouva la digue, terminée. Impuissant contre ce mur sans faille, le courant du flux se détourna et alla chercher son chemin de l'autre côté de l'Ile.

Alors les mains énormes qui avaient joint les pierres s'unirent au-dessous des sacs où Sir Johnatan reposait, et lentement le soulevèrent. Ils étaient six de chaque côté, les plus forts, car il faut être fort pour pouvoir être doux. Et ils commencèrent à le porter comme sur un nuage. Sir Johnatan ouvrit les yeux quand ils sortirent du moulin. Il vit le ciel gris et bleu, et les visages des hommes qui le portaient. Ils regardaient le chemin et leurs pieds. Quand ils arrivèrent au milieu de la digue, Falloon dit :

— Vous voyez, Monsieur, nous avons fini la digue, vous allez pouvoir mourir chez vous.

Sir Johnatan sourit et dit :
— Merci.

En arrivant sur l'île, il commença à voir ce que lui seul pouvait voir. Il vit sa jument blanche qui venait à sa rencontre. Alors il connut son nom et comprit pourquoi il n'avait pu le connaître auparavant. Et personne d'autre que lui n'aurait pu le comprendre. Il vit aussi devant la maison un grand cheval roux debout et un âne poilu couleur de vieilles feuilles qui remuait ses oreilles, et une vache couchée qui ruminait, paisible, et ressemblait à un rocher usé. Sur les premières marches de l'escalier était assise une jeune femme nue aux longs cheveux bruns qui allaitait un enfant. Debout dans la porte, Élisabeth l'attendait. Elle avait dix-sept ans. Son père et sa mère avaient le même âge. Côte à côte à la grande fenêtre de l'étage ils se penchaient un peu et lui souriaient. Saint Canaqlauq était assis sur la cheminée et tendait vers lui à deux mains sa tête bienveillante.

Au moment où ses douze porteurs doux comme des anges entraient avec lui dans la maison blanche de St-Albans, Sir Johnatan Greene mourut dans la joie.

Sir Johnatan Greene est mort le 20 juillet 1860, à l'âge de soixante ans moins onze jours. Il laisse trois enfants vivants. Son fils se nomme John par tradition familiale : alternativement, le fils aîné d'un Johnatan Greene se nomme John et celui d'un John, Johnatan. Quand une fille, en se mariant, perd le nom de Greene, la façon dont elle baptisera ses garçons n'a plus aucune importance.

Au moment de la mort de son père, John a déjà fait la connaissance d'Harriet et hésite à demander sa main. Il l'épousera finalement en 1861 et installera sa femme dans la maison de Londres, dont une grande partie restera inoccupée. Lady Harriet fera preuve de ses grandes qualités en réussissant à garder, malgré un budget modeste, la cuisinière et le maître d'hôtel, et la femme de chambre sans le secours de laquelle une femme de la Société serait incapable de s'habiller ou de se déshabiller.

Leur premier enfant naît en 1864. C'est une fille, Alice. John — maintenant Sir John — espère que le prochain sera un garçon. C'est encore une fille, Kitty, qui viendra au monde en 1866.

Les deux sœurs de Sir John sont mariées. Malgré la ruine de son père, Augusta a réussi à épouser quand même Sir Lionel Ferrers, le landlord auquel elle était fiancée. Ils auront un fils, Henry, en 1863. Arabella est la femme d'un homme de loi, James Hunt. Il fait des affaires et gagne de l'argent. Ils habitent Dublin. Arabella mourra en 1865, sans avoir eu d'enfant.

A la mort de Sir Johnatan les bijoux de famille et même les meubles ont dû être vendus pour éponger ses dernières dettes, et l'acquéreur de St-Albans est entré en possession de l'île. Sir John et ses sœurs ont alors appris avec étonnement que l'acheteur qui avait laissé leur père vivre ses dernières années dans la maison qui ne lui appartenait plus était le notaire lui-même.

La vente des bijoux a permis de lever les hypothèques de la maison de Londres, mais en juillet 1860 la famille Greene ne possède plus un seul mètre carré de terre en Irlande.

En 1864, le colonel Harper, qui avait acheté le château de Greenhall au moment du démantèlement du domaine, le met en vente avec cinquante hectares.

Augusta, passionnée par le désir de recouvrer la maison de ses aïeux, finit par convaincre son mari de l'acheter. En novembre 1864, Greenhall devient la propriété de Lionel Ferrers. Au jour de l'an 1865, dans la maison à peine remeublée, Lady Augusta offre un bal à ses parents, ses amis et ses relations. Un orchestre de violons et de harpes est venu de Dublin, et des cornemuses de Belfast. Des torches brûlent à toutes les fenêtres, des équipages roulent sur tous les chemins vers le château retrouvé. Augusta exulte. Arabella et son mari ne se sont pas dérangés : Arabella est malade et va mourir dans six mois. John et Harriet n'ont pas pu venir : c'est trop loin, trop long, trop cher.

Augusta est si satisfaite qu'elle propose à son mari de s'installer définitivement à Greenhall. Il n'y voit pas d'inconvénients. Il y voit même secrètement un avantage : il aura à se déplacer souvent entre ses deux domaines, ce qui lui permettra de passer au moins la moitié de son temps hors des atteintes du caractère impérieux de sa femme.

La notaire a essayé, en même temps, de leur revendre St-Albans. Mais Augusta a refusé. Elle ne veut plus entendre parler de l'île, pour laquelle son père a abandonné la maison des ancêtres, et où il a ruiné la famille.

L'ÎLE était seule, et attendait.

Depuis la mort de Sir Johnatan, la maison blanche restait inoccupée. Deux fois par an, les domestiques du notaire venaient nettoyer, inspecter la toiture, panser les morsures du vent de mer, graisser les gonds et les serrures. Puis ils repartaient après avoir refermé les volets sur les pièces désertes.

De tout ce qu'avait contenu la maison il ne restait que le portrait de Sir Johnatan que, par respect et affection, personne n'avait voulu acheter au moment de la vente des meubles. Accroché au mur du grand salon, Sir Johnatan en sa jeunesse, dans son habit rouge, sur son cheval blanc, regardait les volets fermés, et attendait.

Les arbres poussaient en liberté, mais ils semblaient obéir à une discipline mystérieuse qui les empêchait de sombrer dans le désordre. Aucune espèce n'essayait d'étouffer une autre espèce, aucune allée n'avait été envahie. Les rhododendrons s'étaient multipliés avec exubérance. Ils épaulaient le mur d'une foule dense, toutes leurs racines et leurs branches torses entremêlées comme du tricot. Au mois de juin ils se couvraient d'un manteau de fleurs, de toutes les couleurs du rouge. Il n'y avait personne pour les voir.

Quinze ans avant sa mort, Sir Johnatan avait décidé d'en planter aussi de l'autre côté de l'île, face à la terre. Il en avait composé des massifs en divers endroits de la pelouse. Les massifs s'étaient arrondis comme des ballons sans cesse dilatés par une sève inépuisable, mais leurs pieds n'étaient pas sortis de leurs limites.

Enfermée dans son mur comme une princesse dans une tour, chaque année plus verte, plus fleurie, plus exaltée, l'île attendait. Les tempêtes la lavaient, les brumes tièdes faisaient gonfler ses arbres, le grand vent se roulait sur elle et emportait au loin ses parfums d'eau et de terre fleurie. Chaque printemps la couvrait de couleurs folles qui faisaient changer la route des oiseaux de mer. La grande maison blanche craquait derrière ses volets. Elle chuchotait dans le vide de ses pièces. Sir Johnatan dans son portrait soupirait, et le cuir de sa selle grinçait. Parfois, l'écho d'un sanglot étouffé venait du passage percé dans le mur de la vieille tour. Mais il n'y avait personne dans la maison pour l'entendre. Dans la cheminée de la chambre ronde, des bûches et des branches étaient disposées pour le feu. Elles devenaient un peu plus sèches chaque année. Elles attendaient.

Au mois d'août 1867, une tempête arriva du milieu de l'Atlantique, écrasa l'île sous son ventre, se releva en emportant un nuage de feuilles et les dernières fleurs, traversa l'Irlande et l'Angleterre et vint mourir sur Hambourg après avoir envoyé par le fond, dans sa traversée de la mer du Nord, six bateaux de pêche et un yacht à voiles. Celui-ci appartenait à Lord Archibald Bart qui faisait une croisière avec ses deux fils. Tous les trois périrent. Quand leurs corps furent rejetés sur la côte allemande, on trouva, profondément enfoncée dans l'oreille droite du plus jeune des garçons, Charles, qui était blond et laid et venait d'avoir dix-neuf ans, une petite feuille barbelée de chêne vert.

Lord Archibald Bart était l'oncle de Harriet, la femme de Sir John. Ses héritiers directs ayant péri avec lui, une partie de sa fortune échut à Lady Harriet, qui en confia la gérance à son mari.

Losque Sir John prit possession du capital, il sentit quelque chose s'ouvrir en lui, comme une de ces fleurs nocturnes qui s'épanouissent d'un seul coup au coucher du soleil. C'était l'image de l'île.

Il se rendit compte alors qu'il l'avait toujours refusée, comprimée, parce qu'il ne voulait pas nourrir le regret de l'impossible. Mais maintenant le possible était arrivé...

Verte et chevelue, l'image de l'île grandissait en lui chaque jour. Elle lui emplissait la poitrine. A travers elle il respirait le grand vent d'ouest et les brumes salées. Il voyait la maison rosir au soleil levant, il se voyait lui-même entouré de ses livres dans la chambre ronde, dont il ferait sa bibliothèque. Il placerait son bureau entre les fenêtres de la tour, il n'aurait qu'à lever la tête pour découvrir les arbres et la mer. Il pourrait faire abattre une ou deux cloisons pour faire de la place à ses livres et à ses dossiers. Il travaillerait loin du bruit, loin du monde, sans être dérangé par personne. Il pourrait enfin se donner tout entier à ses recherches, dans la paix.

Un soir, paisiblement, il annonça à sa femme que ce serait un excellent placement de fermer la maison de Londres, de racheter l'île et de s'y installer. Il partit pour l'Irlande dès le lendemain, sans avoir soupçonné quel effet sa décision avait produit sur Lady Harriet : c'était de la stupéfaction et presque du désespoir.

Pendant qu'il traitait avec le notaire, commandait les transformations, achetait les meubles, engageait des domestiques, elle eut tout le temps de s'efforcer à se résigner, à se persuader qu'il avait raison. Les domestiques étaient moins chers... Le climat était très sain... Ce serait excellent pour les fillettes... Mon Dieu! c'était le bout du monde!... Elle défaillait, perdait courage... Ce pays sauvage!... Mais John avait l'air si heureux... Elle ne lui avait jamais vu un visage aussi éclairé de joie. Comme un enfant...

Il ne lui vint pas un instant l'idée de s'opposer à ce projet. Elle aimait son mari et le respectait. Depuis leur mariage il ne lui avait pas causé la moindre peine. Peut-être pas de grandes joies non plus, mais elle n'imaginait même pas que cela pût exister. Elle lui accordait ce qu'une épouse doit à son époux et n'en éprouvait pas de déplaisir. Elle mettait au monde ses enfants, dirigeait sa maison et s'efforçait de simplifier son existence. C'était ce qu'elle devait faire, et elle le faisait avec satisfaction. Mais l'Irlande... Oh! Mon Dieu!... Elle se mit à dresser la liste de tout ce qu'elle devrait emporter. Parfois ses grands yeux clairs s'emplissaient d'une larme, et on eût dit alors qu'elle était la victime de toutes les injustices du monde. Elle se reprenait, se raisonnait. Elle n'avait aucune raison d'éprouver de la crainte. Il y avait tout de même des gens qui vivaient, en Irlande...

Sir John revint et dit que tout était réglé. Il engagea un secrétaire pour l'aider à classer et emballer ses livres et ses manuscrits. Ils travaillèrent pendant des mois. A Lady Harriet incombait la charge de tout le reste. Elle fut prête bien avant eux. En décembre 1870, elle informa son mari de sa certitude d'une troisième grossesse. Il en fut enchanté, ce serait un garçon, il naîtrait dans l'île comme son père, il se nommerait Johnatan comme son grand-père, le climat lui conviendrait.

En mai 1871, l'inventaire et l'emballage des livres n'étaient pas terminés. Lady Harriet était enceinte de huit mois. Sir John prit peur. Ce qui restait fut entassé sans ordre dans les dernières caisses. Il y en avait en tout cent cinquante-deux dont vingt-trois en vrac, non numérotées. Le 10 juin on s'embarqua à Londres pour Dublin.

Une main noire, doigts écartés, surgit d'un tourbillon de vapeur et s'appliqua contre la vitre, à l'extérieur. Alice poussa un cri affreux et se serra contre sa gouvernante. C'était peut-être l'œil du Diable qui essayait de voir ce qui se passait dans le compartiment. Il avait l'air d'une main, mais l'œil du Diable a peut-être des doigts, et ses mains des paupières. Le Diable a peut-être faim de petites filles et sa bouche crache de la vapeur comme la bouilloire du thé...

Le train roulait au moins à trente à l'heure. La porte du compartiment s'ouvrit, et le Diable entra dans un nuage de fumée, avec l'odeur du charbon et le halètement du dragon qui tirait le train sur les rails. Alice et Kitty essayèrent de disparaître à l'intérieur de leur gouvernante.

Le Diable referma la portière derrière lui. Il était coiffé d'une casquette noire, il avait le visage barbouillé de noir et les mains noires. Il parlait anglais, il s'inclina devant Lady Harriet et tendit sa main gantée vers Sir John qui y déposa les billets.

— Ne soyez pas sottes! dit la gouvernante. Vous voyez bien que c'est le contrôleur!...

Le Diable sourit aux fillettes, rendit les billets, remercia, salua, rouvrit la portière et disparut dans un nouveau nuage. Lady Harriet toussota derrière le mouchoir de dentelle qu'elle tenait appliqué sur ses narines. Le cœur des fillettes cessa de sauter dans leur poitrine comme un écureuil.

— Qu'est-ce que c'est, le contrôleur! demanda Alice.

— Ne soyez pas sotte, dit la gouvernante. Naturellement, c'est l'homme qui contrôle!

— Qu'est-ce que c'est, contrôle? demanda Kitty, qui n'avait que cinq ans.

Sir John prit la parole.

— Le contrôleur, dit-il, est l'homme chargé de vérifier si les voyageurs sont bien munis d'un titre de transport, et si celui-ci correspond à la classe du compartiment dans lequel ils sont installés.

Satisfait de la clarté de son explication, il se lissa la barbe entre les deux mains. Elle avait foncé avec l'âge, elle était devenue couleur de cigare, comme ses cheveux. Ceux-ci avaient reculé du front jusqu'au milieu du crâne. Quand Sir John parlait, cette coupole lisse, au-dessus de son visage rendu vertical et rectangulaire par la barbe, accrochait toujours quelque reflet qui s'accordait aux périodes de sa parole. Cette lumière, au-dessus de sa corpulence raisonnable et de l'ampleur tranquille de ses gestes, le faisait émerger un peu au-dessus de la tête des autres. Il devenait tout naturellement, sans le chercher, le personnage à la fois familier et solennel peint au centre du tableau, qui accorde avec bienveillance sa protection et répand son savoir. Mais dès qu'il souriait une fossette se creusait dans sa joue gauche, juste à la limite de la barbe. Touchante, inattendue, elle éclairait de gentillesse toute cette dignité, et révélait peut-être la survivance d'une fragilité d'enfant.

— Vous l'avez vu, dit-il, c'est un métier aventureux... Cet homme passe d'un compartiment à l'autre sur le marchepied alors que le convoi est en pleine vitesse. Pour gagner sa vie, il la risque chaque jour...

— C'est un bel homme, dit Ernestine, la femme de chambre française de Lady Harriet.

Celle-ci se tamponnait les tempes d'un peu d'eau de lavande, en soupirant d'inquiétude. Elle était enceinte de huit mois son corset la serrait affreusement, l'odeur du charbon lui donnait la nausée, le voyage n'en finissait plus, elle avait peur de céder à la fatigue ou à quelque faiblesse. On avait pris le bateau à vapeur de Londres à Dublin, puis le train jusqu'à Mullingar où on s'était heureusement reposé trois jours chez les cousins Athboy. Puis de nouveau le train si incommode, qui posait de tels problèmes à une femme dans son état. Et ensuite, lui avait dit Sir John, il y aurait encore une demi-journée de voiture. Elle aurait donné un an de sa vie pour être déjà arrivée.

— Et pourquoi, demanda Alice, il contrôle pas quand c'est arrêté?

La question prit Sir John au dépourvu. Il haussa les sourcils, étonné.

— Cessez de poser de sottes questions! dit la gouvernante.

— Laissez! laissez!... dit Sir John.

Il sourit : il venait de trouver l'explication :

— C'est parce que les fraudeurs, s'il y en a, pourraient alors, avec facilité, descendre par l'autre portière et échapper ainsi à la vérification...

Kitty n'avait rien compris. Elle ouvrit la bouche pour une autre question, mais la gouvernante la lui ferma avec une éponge humide qu'elle venait de tirer d'un sac de caoutchouc. Elle la débarbouilla vivement pour effacer les traces de la fumée, en fit autant avec Alice, les secoua toutes les deux, les tapota et remit en place leurs chapeaux de velours en forme de soufflés pour famille nombreuse, cabossés, mous et festonnés, l'un violet, l'autre marron.

Les filles se turent et restèrent tranquilles, les mains sur leurs genoux. Les enfants bien élevés ne devaient pas manifester leur existence. On ne devait à aucun moment s'apercevoir, par leur faute, qu'ils étaient là.

Les années de l'enfance sont immenses. Chacune est gonflée de temps comme une vie entière. Alice avait sept ans et Kitty deux de moins. Au cours de ces siècles, jamais elles ne s'étaient trouvées aussi longuement en présence de leurs parents et en une telle intimité. Leur univers, jusqu'à ce voyage fantastique, s'était composé d'un ensemble de chambres et de salles d'études, à manger, et de toilette, baignées d'air frais, au second étage de la maison de Londres. Elles y travaillaient, dormaient, jouaient, sous la direction perpétuelle de leur gouvernante. Elles n'en sortaient que pour les promenades. Elles voyaient leur mère quelques minutes le soir. Exquise et bonne, elle leur souriait et leur disait des paroles aimables. Elles voyaient leur père le dimanche, pour la prière en commun. On les élevait pour le mariage, elles devaient être parfaites. Quand elles auraient dix-huit ans on leur relèverait les cheveux et on les conduirait au bal en robe blanche. Sir John et Lady Harriet étaient d'excellent parents, qui aimaient leurs enfants.

La gouvernante, Miss Blueberry, les haïssait, mais ne le savait pas. Elle faisait bien son métier, sans laisser ses sentiments surgir des profondeurs. Si elle leur avait donné la liberté, elle se serait trouvée soudain hurlante et armée d'un grand couteau, en train de lacérer tous les visages à sa portée. Elle avait trente-cinq ans, elle était maigre, ses cheveux et sa peau avaient la couleur triste de la rave bouillie. Vingt ans plus tôt, c'était le teint de lys et de roses d'une adolescente. Elle savait qu'elle ne se marierait jamais. Elle était trop instruite pour épouser un homme du commun, et même l'éclat de sa jeunesse n'avait pu lui donner la moindre chance d'être regardée comme un être vivant par un homme de la Société. Elle n'était à sa place ni dans la compagnie des domestiques, qui la méprisaient, ni dans celle des maîtres, qui l'ignoraient. Cet exil en Irlande allait lui faire perdre le seul bien qui lui restât : sa dignité d'Anglaise. Elle haïssait le train qui l'emportait, le passé, l'avenir, la vie, l'univers. Elle croyait assez en Dieu pour le haïr, en se persuadant qu'elle l'aimait.

Le train s'arrêta dans une petite gare paysanne. Le jour s'achevait. Dans le crépuscule, un homme agitait une lanterne en répétant des mots incompréhensibles avec un accent sauvage. Lady Harriet descendit avec sa femme de chambre à la recherche d'hypothétiques commodités. Le compartiment devint tout à coup silencieux et obscur. On entendit meugler mélancoliquement une vache et, beaucoup plus loin, aboyer deux chiens qui se signalaient la présence d'un intrus, vagabond ou renard. L'obscurité s'épaississait peu à peu dans le compartiment. Assises de part et d'autre de Miss Blueberry, serrées contre elle, Alice et Kitty écarquillaient les yeux et se laissaient envahir par une merveilleuse terreur. Le train s'était figé dans un pays inconnu et nocturne, effrayant, qui les assiégeait et se déversait à l'intérieur par toutes les glaces. Mais leur père était là. En sa présence, personne et rien ne pouvait leur faire de mal. Elles avaient le droit d'avoir peur sans rien craindre, délicieusement.

Soudain, un pas énorme retentit sur le toit, et s'arrêta juste au milieu du compartiment. Kitty poussa un petit cri d'oiseau qui voit tourner l'épervier au-dessus de son nid. Tout le monde leva la tête. Un rond plus clair s'ouvrit dans le plafond, une flamme tenue par une main descendit, alluma la mèche d'une lampe à huile et referma le couvercle grillagé. Une douce lumière dorée coula dans le compartiment et l'emplit de sécurité. Le temps du Diable était fini.

Un seul des chiens continuait d'aboyer au loin, de moins en moins souvent, sans conviction. L'autre avait dû s'endormir. La vache ne disait plus rien. Les bruits même de la gare s'étouffaient dans la nuit comme dans du velours. Lady Harriet revint avec le souvenir indicible, à jamais enclos dans sa tête, des péripéties qu'elle venait de vivre dans les annexes de la station. La femme de chambre repartit avec la gouvernante et les fillettes. Un employé moustachu apporta des bouillottes. Lady Harriet posa sur l'une d'elles ses pieds délicats et recomposa peu à peu toute sa dignité, depuis son minuscule chapeau de velours épinglé sur sa tête comme un papillon jusqu'à ses bottines montantes de chevreau feuille-morte. Elle croisa ses mains devant elle. Les manches évasées de sa basquine et les plis savants de sa jupe enveloppaient et dissimulaient son état, convenablement. Des rangées de boutons la fermaient de haut en bas, des épaules aux chaussures, en passant par les manches et les gants ajustés. Ils étaient la marque de sa qualité et de son esclavage : sans sa femme de chambre, elle ne pouvait pas plus se déshabiller qu'un lapin.

Sir John descendit à son tour dans la nuit, pour aller fumer, dit-il, un cigare.

Un peu avant minuit, le train se trouva nez à nez avec une lanterne accrochée au tronc d'un arbre, et stoppa avec de grands soupirs. La voie s'arrêtait là, au ras des racines : les rails n'allaient pas plus loin. La machine fit marche arrière, le convoi bifurqua avec des bruits et des secousses sur un aiguillage et entra à reculons, en soufflant, dans la dernière gare, prêt à repartir dans la direction d'où il était venu, le lendemain ou un autre jour.

Les filles dormaient, écroulées en petits tas. On les secoua, les emporta, elles se retrouvèrent dans une voiture qui roulait dans la nuit épaisse et l'odeur des chevaux fumants. Elles se rendormirent et se réveillèrent assises devant une assiette, à une grande table, dans une pièce immense et obscure. Elles se rendormirent avant d'avoir fini d'avaler. Lady Harriet frissonnait.

Ils étaient au château de Ferrers, la propriété du mari d'Augusta. Celui-ci leur avait envoyé à la gare un valet à cheval, une voiture et un cocher. Ils arrivèrent après une heure de route, Lionel Ferrers était couché, Augusta absente, le souper froid, les chambres glacées.

Au milieu de la matinée suivante, Lady Harriet fut réveillée par le vent du Donegal qui lui jeta une poignée de pluie au visage dans le creux de son oreiller, Ernestine ayant eu l'imprudence d'ouvrir la fenêtre en lui apportant son thé. Pendant quatre jours ils mangèrent du saumon que Lionel pêchait lui-même dans son lac. Il partagea trois de leurs repas. Il était grand et sec, avec un long nez, une peau brique, des yeux si petits qu'on n'en voyait pas la couleur, et des cheveux et une moustache jaunes. Ses cheveux étaient courts et sa moustache pendait. Il parlait peu, émettait des commentaires obscurs et pessimistes sur la situation politique de l'Irlande, citait un ou deux noms inconnus, s'arrêtait au milieu d'une phrase, produisait une sorte de rire aspiré, ajoutait : « Je me comprends »... Il était le seul.

James, le cocher de St-Albans, étant arrivé avec leur propre berline, et leurs malles les ayant rejoints, ils purent enfin repartir. Ils entamèrent la dernière étape du long voyage sous un soleil radieux, qui courait de nuage en nuage comme un enfant qu'on vient de débarbouiller.

La perspective d'être bientôt chez elle, fût-ce au bout du monde, et la douceur de la matinée, avaient remis un peu d'optimisme dans le cœur de Lady Harriet. Elle regardait défiler la campagne, s'étonnait de n'y voir pas de village, mais des chaumières très pauvres, et très éloignées les unes des autres, et presque pas d'êtres vivants, ni humains ni animaux. Ils furent pourtant arrêtés par un attroupement, qui leur barrait le chemin. Des soldats en uniforme anglais avaient accroché un palan aux branches d'un arbre et, sous les ordres d'un sous-officier, étaient occupés à arracher le toit de chaume d'une maison de paysans. Des oiseaux affolés tournaient en criant autour de l'arbre et de la maison. Une jeune femme maigre en robe grise rapiécée, nu-pieds, debout au bord du chemin, regardait et pleurait, deux jeunes enfants serrés contre elle. Dans une brouette étaient posés une marmite et une crémaillère noires de suie, quelques bols et des cuillères en bois, une poêle à frire, un baluchon noué. Quelques pas plus loin un homme coiffé d'une casquette, les poings serrés sur le manche de sa bêche plantée devant lui, maîtrisait sa colère impuissante. Un soldat, fusil à la main, ne le quittait pas des yeux.

— Mais... mais... que se passe-t-il? demanda Lady Harriet. John, que se passe-t-il?

Il y eut un craquement, un envol de poussière, et le toit bascula dans l'herbe à côté de la maison. Un cochon maigre sortit d'un buisson et s'enfuit en criant. Des soldats armés de pics commençaient à abattre les murs de la chaumière.

— Mais John, ... mais ce n'est pas possible!... Mais...

Le chemin dégagé, le sous-officier fit signe au cocher d'avancer. La berline passa devant la femme qui pleurait devant la maison qui s'écroulait, devant l'homme aux mâchoires serrées.

— Mais expliquez-moi! John! Pourquoi détruit-on la maison de ces pauvres gens?

— James, qui est du pays, doit pouvoir nous le dire, répondit Sir John.

Son calme ne l'avait pas quitté. Il passa la tête par la portière :

— James, savez-vous ce que ces gens ont fait pour qu'on démolisse leur maison?

James était un homme fort aux cheveux gris. Il haussa les épaules et gronda :

— Ils sont Irlandais, ça suffit comme raison...

S'étant assuré que les soldats étaient maintenant assez loin pour ne pas l'entendre, il ajouta :

— Ils ont sans doute hébergé un rebelle!...

Lady Harriet poussa un cri :

— Un rebelle!... Mon Dieu!...

James, cette fois-ci, cria :

— Si c'est être rebelle de vouloir être Irlandais en Irlande!...

Les grands yeux de Lady Harriet devinrent immenses. Elle ne comprenait plus rien. Les Irlandais n'étaient donc pas *heureux* de faire partie de la Grande-Bretagne, sous la protection de l'armée de Sa Majesté?... Elle se souvint des soldats éventrant les murs à coups de pics... Elle poussa un léger soupir et hocha un peu la tête. « Cette pauvre femme, pensa-t-elle, avait plus l'air d'une victime que d'une coupable... Mais peut-être son mari?... »

Sir John lui tapota un peu le genou.

— Ma chère amie, dit-il, ce sont des conséquences de la politique. Il est préférable que vous ne vous en mêliez pas, même par la pensée... Surtout n'en soyez pas tourmentée, puisque nous n'y pouvons rien...

Lady Harriet sourit à son mari avec gratitude. Les deux filles avaient écouté et regardé la scène avec un intérêt passionné. C'était un épisode de plus aux aventures merveilleuses qu'elles traversaient depuis qu'elles étaient sorties de leur appartement-univers de Londres. Et elles entendaient un autre épisode qui arrivait...

Depuis plus d'une demi-heure les abois d'une meute se déplaçaient à l'horizon, du côté droit de la berline. Tout à coup ils se rapprochèrent avec fureur et en quelques minutes ils furent là. Rien ne put empêcher Alice et Kitty de se jeter aux fenêtres.

Elles virent un long renard franchir le chemin d'un bond, suivi à cent mètres par une troupe de chiens de toutes races et toutes tailles qui jappaient, aboyaient, hurlaient, gueulaient sur tous les tons, n'ayant de commun que leur ardeur à injurier le fauve et à le poursuivre jusqu'à sa mort ou la leur. Ils traversèrent le chemin comme une trombe. Derrière eux, un énorme cheval roux, dont le galop faisait trembler le paysage, s'enleva par-dessus les buissons et la chaussée, semblant porter au ciel l'amazone qui le montait et qui lui ressemblait, vêtue et coiffée de rouge. Le renard, les chiens, la chasseresse, courant les uns derrière les autres, dévalèrent la pente verte de la vallée, traversèrent un ruisseau dans un jaillissement d'écume et disparurent derrière un boqueteau.

La berline atteignit bientôt le brouillard qui montait avec la marée. Si bien que lorsqu'elle arriva au bord de la mer le paysage baignait tout entier dans une brume légère, lumineuse, comme éclairée de l'intérieur.

Sir John fit arrêter la voiture et invita tout le monde à descendre. Il se coiffa de son chapeau haut de forme gris souris à poils lustrés, prit sa canne d'ébène, s'approcha à pas lents du rivage, s'immobilisa, garda un instant le silence, puis, levant sa canne, désigna le large d'un geste grave et ample.

— Voici l'île..., dit-il.

Lady Harriet regardait, les filles regardaient, la gouvernante regardait, Ernestine assise à côté de James regardait...

Sir John regardait.

Ils voyaient une uniformité translucide, d'un gris presque blanc, où ne figuraient plus ni le ciel ni la mer, où le vertical et l'horizontal et toutes les autres directions s'étaient dissoutes. Cela ressemblait à un tableau vierge voilé par un rideau de gaze sans plis. Et sur cette surface où rien n'existait encore on devinait les contours et le volume de l'île, comme si elle eût été dessinée à traits légers puis effacée, laissant la trace de sa dimension et de sa forme exquise, dans lesquelles elle allait resurgir.

Très doucement, à peine murmuré, Alice dit :
— C'est une île fantôme!...

Kitty lui serra la main très fort.

On entendit la mer étale soupirer le long du rivage. Les abois de la meute n'avaient pas cessé, ils semblaient se rapprocher : le renard courait toujours.

— Je pense, dit Sir John, que nous ferons à pied le bout du voyage...

Et, donnant l'exemple, il s'engagea sur la digue qui s'enfonçait dans le brouillard clair. Tout le monde le suivit, et la voiture suivit tout le monde.

Une tornade dévala derrière eux la pente du coteau, et la meute arriva comme un orage. Le renard, qui n'était plus qu'un long trait fauve, jaillit entre les roues de la voiture, dépassa les piétons, fonça sur la digue et se fondit dans la brume. Les chiens le suivaient à vingt mètres.

Sir John réagit avec une vigueur et une promptitude dont personne dans sa famille ne l'eût cru capable. Barrant l'étroite chaussée de la digue, comme Bonaparte au pont d'Arcole, il fit face aux chiens, les frappant à coups de canne et à coups de pied, les injuriant et les commandant avec tant d'autorité qu'ils s'arrêtèrent, gémissant, quêtant du regard les ordres de leur maîtresse qui arrivait et stoppa dans une gerbe d'étincelles.

— C'est MON renard! cria-t-elle à Sir John. Je le cours depuis trois heures!

— C'est MON île! répondit fermement Sir John. Et je n'y autorise pas la chasse, sous quelque forme et à quoi que ce soit...

— Il mangera vos poules!

— C'est une affaire entre elles et lui... Je crains que vous ne connaissiez pas ma femme... Voici Harriet... Harriet, voici ma sœur Augusta...

Harriet, toute effarée, regarda, de bas en haut, cette étrange belle-sœur juchée sur l'énorme cheval couvert d'écume. Le chapeau de feutre rouge qui la coiffait aurait facilement contenu un pain de six livres. Il s'en échappait tout autour des mèches de cheveux sombres, et, par-devant, un long visage aux dents de cheval. Augusta regardait Harriet de bas en haut, avec une petite curiosité amusée. Elle lui sourit, découvrant des gencives aussi longues que ses dents. Harriet ne savait plus où finissait le cheval et où commençait Augusta.

— Je suis heureuse de vous voir, Harriet, dit celle-ci. J'espère que vous viendrez prendre le thé dimanche à Greenhall...

Elle fit tourner son cheval et cria après ses chiens :

— Vous êtes des veaux et des porcs! Vous auriez dû l'attraper avant le Lough Greene! Vous n'aurez que des pommes de terre!

A un bruit de langue le cheval repartit au galop. Ce fut comme si une colline s'ébranlait. Les chiens suivirent sans hâte, épuisés, éparpillés, les plus petits en dernier sur leurs courtes pattes.

Sir John regarda partir sa sœur, puis se retourna vers le large, leva sa canne pour désigner le but du voyage qui n'avait pas changé, et se remit en route. La mer commençait à baisser. Un vent léger ramassa la brume et l'emporta comme un voile de mariée. L'île apparut, toute neuve et fraîche. Sur la pente verte, entre le bleu du ciel et celui de la mer, les massifs de rhododendrons entièrement fleuris étaient posés chacun comme une seule fleur. Au sommet de l'allée en S, la maison blanche attendait. Dans la cheminée de la bibliothèque ronde de l'étage, le feu s'alluma.

Le renard était une renarde.

LORS de son précédent voyage, Sir John avait engagé, comme cuisinière et chef du personnel, une quadragénaire solide et rugueuse. Son prénom était Amy, et son nom si compliqué que Sir John décida de l'oublier. Elle avait une expérience un peu fruste du service, et des connaissances secrètes sur la vie visible et invisible de l'Irlande.

Elle attendait ses maîtres dehors en bas de l'escalier. A sa gauche se tenaient les deux jardiniers, et à sa droite, en rang, les six filles de paysans qu'elle avait transformées en servantes au moyen d'un tablier blanc et d'un bonnet empesé.

Folles de curiosité, tête inclinée ou le regard droit selon leur hardiesse, les six filles regardaient arriver Sir John Greene, nouveau maître de l'île, avec Lady Harriet à son bras, et le reste de la famille derrière, et la berline suivant tout le monde. Le gravier de l'allée bien ratissé craquait sous les roues de la voiture. Sir John, avec des gestes de sa canne, expliquait ceci ou cela à Lady Harriet. Une brebis mérinos, avec ses deux agneaux aux pieds noirs, traversa en gambadant la pelouse verte et s'arrêta pile pour regarder le cortège. Les fillettes émerveillées poussèrent des cris et voulurent se précipiter vers elle, mais une phrase sèche de la gouvernante les fit rentrer dans le rang. La brebis loucha, prit un air stupide, secoua la tête, fit demi-tour et galopa jusqu'au pied d'un massif de rhododendrons rose saumon où elle brouta un brin d'herbe en faisant semblant de tout ignorer. Ses agneaux la rejoignirent en bêlant le lait. La brume s'en allait lentement sur la mer, en festons blancs illuminés. L'île avait l'air d'être entourée d'un rêve. Des oiseaux chantaient dans le ciel.

Quand les servantes virent de près Lady Harriet, innombrablement boutonnée, avec ses lourdes torsades de cheveux, son petit chapeau perché d'où pendait une écharpe qui palpitait sur son épaule — et Sir John en habit et chapeau ventre-de-souris, avec son gilet vert brodé d'or — et les fillettes en velours prune et pomme coiffées de chapeaux plus grands qu'elles qui les faisaient ressembler à des ruches ramollies — et la gouvernante raide et maigre comme le manche d'un balai déguisé de satin noir — elles furent saisies à la fois d'admiration et de stupeur, et pincèrent leurs lèvres et mordirent l'intérieur de leurs joues pour retenir leurs rires. Mais elles avaient compris, à la perfection des détails, même de ceux qui leur paraissaient burlesques, qu'elles recevaient des maîtres de qualité. Et le regard calme de Sir John, et les immenses yeux paisibles de Lady Harriet leur apprirent qu'elles auraient de la satisfaction à les servir.

Après qu'Amy les eut nommées, ainsi que les deux jardiniers, elles se précipitèrent vers la berline, s'emparèrent des bagages et se dispersèrent en courant, dans un bruit terrible : Amy leur avait acheté des chaussures inusables, en gros cuir ferré.

Pour que tout fût bien visible et clair dès le premier coup d'œil, elle avait ouvert en grand les portes de toutes les pièces. Venant des quatre directions du ciel et de la mer, la grande lumière bleue entrait par toutes les fenêtres et illuminait l'intérieur de la maison comme un diamant. Lady Harriet en fut éblouie. Son mari commença à lui expliquer la disposition du rez-de-chaussée. Elle lui sourit et l'interrompit. Elle désirait avant tout se retirer un instant dans sa chambre.

Elle posa sa main sur le bras de Sir John et ils commencèrent à monter ensemble le large escalier de l'étage.

En gravissant les marches, elle découvrait encore mieux la nudité lumineuse du rez-de-chaussée, les meubles disparates alignés n'importe comment le long des murs fraîchement repeints, les sols sans tapis, les fenêtres sans rideaux; elle écoutait les cris de joie des fillettes qui avaient échappé à Miss Blueberry et se poursuivaient à l'aventure dans l'inconnu de la maison, et les pas des servantes qui résonnaient dans toutes les directions de l'étage et du bas; elle se demandait combien de temps il faudrait pour leur faire venir de Londres des chaussons de feutre; elle pensait à ses tentures, ses tableaux, ses tapis, ses bibelots, son piano, son harmonium, ses coussins, ses petites tables, ses fauteuils, ses chancelières, ses poufs, tous les trésors de son inestimable confort anglais, qui voguaient au fond d'un cargo entre l'Angleterre et l'Irlande, et qui arriveraient quand? et dans quel état? Elle sursauta : Amy lui parlait du bas de l'escalier, d'une voix de bûcheron.

— Y a de l'eau chaude pour les bains et pour le thé, Madame! Tant que Madame en voudra....

Lady Harriet soupira :

— C'est bien, Amy...

Elle pensa que toute cette clarté et toute cette

énergie, mon Dieu! tout cela avait tellement besoin d'être tamisé!...

Brusquement, elle sentit un coton transparent, immatériel, occuper ses oreilles. Le monde des bruits bascula. Les pas des servantes s'éloignèrent à l'infini et se turent. Le vent, au-dehors, s'arrêta. La lumière n'était plus bleue mais verte, comme si le ciel fût devenu d'eau. Lady Harriet s'immobilisa, les deux pieds sur la même marche. Dans le silence cristallisé, un sanglot, si faible qu'il semblait impossible à entendre, si désespéré qu'une pierre l'eût entendu, monta vers elle de l'ombre au-dessous de l'escalier.

— Oh John! Mon Dieu! Quelqu'un pleure!... dit-elle en portant ses deux mains à son cœur.

— Voyons! Voyons! C'est le vent qui souffle.

Le vent ne soufflait pas. Et le sanglot recommença, ténu, sans épaisseur sonore. C'était un sanglot de silence et de grande douleur.

— Oh John! Mon Dieu! Il y a quelqu'un qui pleure sous l'escalier!...

— Voyons, ma chère, ce n'est pas possible!...

Il descendit vivement et ouvrit d'un geste brusque la porte pratiquée sous les marches. C'était celle d'un renfoncement un peu obscur mais sans mystère, qui contenait trois balais de genêt, une bassine de cuivre et un carré de grosse toile séchant sur une ficelle.

— Ce n'est qu'un placard à balai! Avec des balais!...

Il n'était pourtant pas sûr de ne pas avoir entendu lui-même une sorte de...

— C'était le vent! dit-il fermement.

— Oh non Monsieur! dit Amy qui n'avait pas bougé. C'est la pauvre dame..., celle qu'on a trouvée... Sir Johnatan l'a fait mettre en terre sainte, mais la pauvre, elle est quand même pas encore au bout de son chagrin... Elle est restée si longtemps debout dans le mur, Dieu la garde! Quand quelqu'un de nouveau arrive, il faut qu'elle lui dise, elle a besoin...

Sir John monta deux marches, s'arrêta, se retourna vers Amy, leva sa canne et mit définitivement les choses au point :

— Je ne veux plus jamais entendre ici de pareilles sottises! C'était le vent!

— Oui Monsieur! dit Amy.

Et elle s'en fut en courant vers la cuisine.

Lady Harriet entendit de nouveau les pas des servantes, elle vit de nouveau que la lumière était bleue, elle posa de nouveau sa main sur le bras de son mari qui était de nouveau à côté d'elle. Les fillettes se poursuivaient en riant dans les pièces du rez-de-chaussée, le vent soufflait autour de la maison.

Elle comprit en un instant que si des forces et des formes inexplicables vivaient sur l'île, elle ne devait à aucun prix les laisser franchir les barrières de la vie familiale. Le bonheur des siens était à ce prix. La solution était simple : il suffisait de les ignorer. Elle était anglaise, c'est-à-dire d'une race qui refuse l'idée même de l'existence de ce qu'elle ne veut pas admettre. C'est le pilier de sa solidité.

En mettant le pied sur la marche suivante, Lady Harriet avait déjà pris sa décision : elle n'avait rien entendu d'extraordinaire, aucune manifestation surnaturelle ne s'était produite et ne se produirait puisqu'elle lui refusait toute réalité.

Ils arrivèrent au palier de l'étage. En face d'eux, une grande fenêtre découvrait l'horizon vers l'ouest. Par-dessus les toits des communs éclatait la houle des sommets de la forêt plantée par Sir Johnatan. C'était un foisonnement immobile, une vie formidable et diverse, avec les élans aigus des conifères, et les vagues arrondies des feuillus, de toutes les nuances du vert, sur lesquels tranchaient des roux sombres et des orange, et les masses multicolores des rhododendrons fleuris jusqu'à leur cime. Au-delà de cette mer végétale qui semblait bouillir, la véritable mer, bleue pâle, un peu effacée par un reste de brume, reposait immobile.

Lady Harriet, dans ce spectacle, ne vit que la possibilité de faire des bouquets pour décorer la maison.

Elle se tourna vers son mari et lui sourit.

— Nous serons heureux ici, mon ami, lui dit-elle.

joyeusement à recevoir le jeune garçon. Ce fut une fille.

Le léger duvet sur sa tête et les longs cils couchés au bord de ses paupières closes étaient blancs comme l'argent. Quand Amy la vit, elle fut prise d'une grande émotion, qu'elle cacha, et, silencieusement, lui attribua un nom gaélique qui attendait depuis très longtemps de trouver sur qui se poser. Son père la nomma Griselda.

Au bout de quelques semaines, les cheveux et les cils de la fillette tournèrent de l'argent à l'or clair, puis à l'or sombre. Ils se modifièrent lentement le long de son enfance et quand elle fut jeune fille elle portait une longue et lourde chevelure roux foncé, ondulée comme la mer calme. Et ses cils étaient noirs.

Sir John fut un instant déçu de ne pas voir arriver un garçon, mais il s'en consola vite en pensant que ce serait pour la prochaine fois...

Une semaine après la naissance de Griselda la renarde mit bas trois renardeaux, dont un avait la queue blanche.

Miss Blueberry partit avant la fin de l'année. Elle ne pouvait supporter les rires des servantes irlandaises, dont elle comprenait à peine le rude langage et qu'elle supposait en train de constamment se moquer d'elle. Après avoir consulté sa femme, Sir John décida de ne pas remplacer la gouvernante. Il s'occuperait lui-même de l'instruction de ses enfants, et Lady Harriet de leur éducation.

La « prochaine fois » ce fut encore une fille, Helen. Et la fois suivante une cinquième fille, Jane. Il n'y eut plus d'autre fois.

Lady Harriet avait installé sa demeure en comblant les vides inquiétants par ses mille objets familiers. Elle avait dressé contre l'inconnu une muraille constituée de rideaux à franges et glands de soie, de paravents de satin brodé, de fauteuils de tapisserie à fleurs, de chandeliers à bobèches de cristal, sur le piano à queue. A l'abri de ce rempart infranchissable à l'irréel, elle veillait paisiblement au confort des siens et à l'efficacité des servantes. Certaines s'en allaient, se mariaient, d'autres arrivaient. La famille de renards avait évacué l'île. Seul demeurait sous l'if celui que prolongeait une étrange queue blanche. Devenu adulte, il n'avait pas pris de femelle.

Dans sa bibliothèque dominant les quatre horizons, Sir John, entouré de ses livres et de ses manuscrits, isolé de tous contacts avec le monde, vivait plus près de Babylone que de l'Irlande. Il n'avait toujours pas trouvé le secret de l'écriture sumérienne, mais il cherchait, comparait, classait, imaginait, échangeait des hypothèses avec des correspondants du monde entier. Il était tranquille et heureux. Les années passaient sans modifier son apparence. En s'installant sur l'île il s'était placé hors des événements qui font courir le temps. Les saisons ne se succédaient que pour ramener le même avril.

Mais les arbres poussaient et les fillettes devenaient des filles. Et sur les terres, à l'autre bout de la digue, grandissait le désir de l'Irlande de retrouver sa liberté.

Johnatan en habit rouge, pendu au mur sur son cheval, regardait Griselda de haut en bas, et Griselda, debout, droite, mince, tête levée, regardait Johnatan en sens inverse. A genoux, derrière elle, Molly, sa femme de chambre, des épingles plein la bouche, retouchait le plissé de la robe vert absinthe qu'elles avaient élaborée ensemble d'après *Le Magazin des Dames et des Demoiselles,* de Paris. Griselda y avait ajouté, à son inspiration, des serpents et des nids de ganse noire et des boutons noirs, qui en faisaient une sorte de chef-d'œuvre baroque au-delà de la mode, n'ayant, en aucune façon, sa place dans la vie de l'île.

Mais Griselda ne vivait pas dans l'île, elle y existait seulement, en attente. Elle attendait sa vraie vie, qui viendrait sûrement la chercher un jour. Un jour prochain. Ça ne tarderait plus. Elle allait dans deux semaines avoir dix-huit ans. Après, elle commencerait à être vieille...

Kitty entra en coup de vent, vêtue de laine marron, comme une servante. Elle serrait sur sa poitrine un panier d'osier à deux couvercles. Elle cria à Griselda :

— Tiens! C'est pour toi!... Oh qu'est-ce que tu

ressembles à grand-père ! Je ne l'avais encore jamais remarqué !...

Elle s'arrêta une seconde, pour regarder successivement sa sœur et le portrait, puis reprit sa marche en bourrasque, apportant avec elle l'odeur de la campagne, de la mer, de son cabriolet d'osier et de son grand poney gris.

Elle posa le panier devant Griselda, près de Molly, qui avait fait le tour de la robe sur les genoux, souleva un couvercle et sortit une petite boule palpitante de fourrure blanc et feu, qu'elle posa brusquement dans les mains de Griselda.

— C'est un collie, de la chienne d'Emer Mac Roth. Il est pure race !

Le chiot bouleversé de peur et d'amour urina dans les mains de Griselda. Elle poussa un cri et le laissa tomber. Molly le cueillit au vol, Griselda le reprit, le posa à terre, s'agenouilla et le roula sur le tapis en lui disant des injures amicales. Il gémissait et couinait, agitait les pattes quand il se trouvait sur le dos, essayait de se lever quand il était sur le ventre, vacillait et retombait.

Griselda le ramassa à deux mains, et marcha vers la porte en le portant loin devant elle pour épargner un accident à sa robe.

— Où vas-tu? demanda Kitty.

— Je vais le montrer à Waggoo, il faut qu'ils se connaissent...

— Tu es folle ! Il va le manger !

— Non.

Elle sortit en courant, suivie de Molly qui tenait le bout d'une ganse pas entièrement épinglée, et de Kitty qui brandissait son panier.

Quand elles furent dehors, Lady Harriet soupira. Elle était assise près de la grande cheminée, le dos aux fenêtres, devant un immense canevas de tapisserie représentant un bouquet victorien entouré de guirlandes. Il lui faudrait plusieurs années pour en venir à bout.

Sous le massif flamboyant des genêts, une longue forme blanche, furtive, se déplaçait au ras du sol, apparaissant, disparaissant, ondulant entre les arbustes écrasés de fleurs, ou filant comme une flèche de l'un à l'autre. C'était la queue du renard.

Le petit fauve roux et blanc avait depuis longtemps dépassé la longueur de vie de son espèce. L'âge lui courait après sans pouvoir l'atteindre. Ceux qui le voyaient le devinaient cependant un peu plus léger, chaque fois, et si quelqu'un eût pu le prendre entre ses mains, il n'eût peut-être soulevé qu'une poignée de vent. A cause de sa double couleur, les habitants de St-Albans l'avaient baptisé Whitegold. Prononcé par les fillettes, son nom était devenu très vite Waggoo [1]. Depuis quelques années il ne sortait plus de l'île, se nourrissant de taupes, d'escargots, de grillons, de bêtes de plus en plus petites, de rien... Bien qu'il se sût en sécurité, il ne se laissait approcher de personne, et voir seulement de qui lui plaisait.

Parfois Amy, dont les cheveux étaient devenus aussi blancs que la queue de la bête, venait la nuit jusqu'à son terrier, s'asseyait sur une souche qu'elle

1. Prononcez : *ouagoû*...

y avait disposée et lui parlait longuement, tranquillement, avec des silences où on entendait des petits bruits d'oiseaux à moitié endormis et la rumeur douce de la mer. Elle lui racontait, comme elle ne pouvait le raconter à personne, la vie de la maison, la vie de l'Irlande déchirée, elle lui faisait part de ses soucis pour les cinq filles, lui demandait conseil. Waggoo ne se montrait pas, il écoutait du fond de son trou. Il comprenait peut-être. Parfois il était loin de là, à un autre bout de l'île, tapi derrière une feuille morte, à l'affût d'une sauterelle venue d'Amérique sur le vent. Amy repartait réconfortée, détendue, ayant souvent trouvé une réponse dans la grande paix de la nuit. Elle bâillait, elle allait dormir.

Devant le trou au pied de l'if, le chiot balourd tournait sur lui-même, tombait sur le cul, se relevait, reniflait un gravier, en prenait peur, appelait au secours, aimait sa voix, remuait la queue, cherchait quelqu'un, quelque chose, le monde.

Le renard tournait autour de lui dans les genêts, les azalées et les airelles. Il allait de plus en plus vite dans les couloirs verts qu'il avait depuis longtemps tracés. Il courait en rampant, sans le quitter de l'œil. Ce machin! ce poil! cette bête!... Il aurait voulu bondir vers lui, mais il n'était pas seul...

Au tournant de l'allée, les trois filles attendaient. Molly finissait d'épingler la ganse, un œil sur la robe, un œil sur l'if. Kitty, les deux mains crispées sur l'anse du panier, menaçait à voix basse :

— S'il lui fait du mal je t'assomme!

— Allez-vous-en! cria Griselda en frappant du pied. Tant que vous serez là il ne se montrera pas!

— Mais... dit Kitty...

— Allez-vous-en!

Molly planta trois épingles à la fois et fit un nœud Griselda poussa, bouscula les filles.

— Allez-vous-en ! loin ! Rentrez !
— S'il lui fait du mal... dit Kitty.
— Zut !

Quand elle n'entendit plus leurs pas sur le gravier, Griselda revint au tournant de l'allée et attendit, tranquille. Quelques secondes passèrent, puis un fin museau roux pointa au ras du sol, entre deux fleurs de liseron. Deux yeux obliques suivirent, qui souriaient, puis deux oreilles couchées, qui se redressèrent.

— Bonjour, dit Griselda.

Waggoo sortit tout entier, et en un éclair fut près du chiot. Il lui posa le nez dessus et, comme s'il avait mordu une abeille, son dos s'arqua et tout son poil se hérissa. Le chiot se coucha sur le dos et lui montra son ventre. Le renard recula et s'accroupit, le museau tendu, la queue allongée, long, interminable. Il dit très doucement :

— Whoûoû...
— Vouipvouipvouip ! répondit le chiot d'une voix d'aiguille.

Le renard bondit et se mit à danser autour du chiot. Il sautait et ressautait des quatre pattes en même temps, raides, la queue dressée comme celle d'un chat. Il s'arrêta, ouvrit la gueule et prit le chiot entre les dents.

— Waggoo ! cria Griselda.

Il lâcha le chiot et regarda la jeune fille. Il disait : « Je ne veux pas le manger... Je veux l'emporter chez moi... »

— Il n'est pas à toi, dit Griselda.
— Bon ! bon ! bon !...

Il lui donna un coup de nez qui le fit rouler trois

fois, sauta de joie par-dessus lui, et disparut dans les genêts.

Griselda ramassa la petite bête, la serra sur sa poitrine sans plus se soucier de sa robe, traversa toute la forêt par son chemin secret et monta sur la tour de l'embarcadère. Le vent, comme toujours, venait de la mer. Tenant le chiot dans sa main gauche, elle ôta de sa main droite les épingles de ses cheveux et les jeta. Puis elle posa le chiot à terre et à deux mains défit ses tresses. Le vent l'aidait, impatient, et quand sa chevelure fut libre il se coucha dedans et s'y roula, la souleva, la fit danser comme la voile déchirée d'un navire qui brûle. Griselda fermait les yeux et tendait son visage. Les vagues du vent le baignait. Un jour, de la direction du vent, du bout de la terre, viendrait ce qu'elle attendait, elle ne savait pas sous quelle forme, un navire, un homme, la vie...

Le chien dormait entre ses pieds.

L E chiot devint un chien superbe. Lorsqu'il eut deux ans, son épais plastron blanc descendait plus bas que son ventre. Son museau, presque aussi fin que celui de Waggoo, était blanc, le sommet de son crâne feu, partagé par une raie blanche. Des poils feu bourraient ses petites oreilles attentives vers l'avant. Il avait le dos feu, la queue blanche dessous et feu dessus, et le reste du corps partagé par grandes taches entre les deux couleurs. Il était aussi élancé qu'un lévrier, mais plus grand et plus robuste.

Couché au milieu de la chambre, le museau entre ses pattes allongées, il regardait Griselda assoupie sur le lit à licornes. Elle avait fait échange de lit avec sa mère qui n'aimait guère ces bêtes cornues, et, sans vouloir l'avouer, trouvait dans la maladie de sa fille la preuve de leur mauvaise influence. Car Griselda était malade...

Elle avait l'habitude de faire de longues promenades solitaires dans l'île, par tous les temps, accompagnée seulement de son chien. L'été, quand le soleil brillait, elle allait s'asseoir au sommet du Pouce, dans une niche creusée par le vent et la mer et que les pêcheurs nommaient la Chaise d'Eau. En cet endroit, qu'elle avait découvert et adopté dès son encocher. Helen était avec son père dans la bibliothèque. Kitty était déjà en train de visiter « ses pauvres » sur les terres, et de leur distribuer des vivres et le réconfort de son cœur et de ses sourires. Elle avait dû certainement trouver un abri quelque part. D'ailleurs il était probable qu'il pleuvait moins là-bas. Mais Griselda? Ah! Griselda, celle-là, mon Dieu, quel tourment! Encore en falbalas et pieds nus dans son île! Sous le déluge! Lady Harriet sonna pour qu'on envoyât porter une pèlerine à sa fille. Mais Amy était déjà partie à sa recherche avec deux servantes.

De la fenêtre de sa chambre, Lady Harriet regarda en frissonnant le dos de la forêt qui se hérissait sous la bourrasque et la déchirait. Elle connaissait mal tout ce qui s'étendait de ce côté-là jusqu'à l'océan. Elle préférait la pelouse bien tondue, les massifs dégagés et l'harmonieuse allée qui, de l'autre côté, descendaient de la façade vers la digue. Leur vue lui reposait le regard et l'esprit. En fait, elle ne sortait presque jamais de sa maison. Sa maison était sa raison d'être, son abri, sa coquille, une île dans l'île. Celle-ci lui paraissait parfois, en de courts moments de panique aussitôt rejetés, aussi inconnaissable et redoutable que l'Afrique.

La bibliothèque constituait une troisième île, plus petite, enfermée au cœur des deux autres, et défendue par elles, où Sir John poursuivait ses recherches à l'abri de la réalité. Il avait vu grandir ses filles sans que cela constituât pour son esprit un phénomène nécessitant réflexion. Helen, la quatrième, passionnée par les mystères des tablettes sumériennes, travaillait avec lui depuis plusieurs années. Il ne trouvait pas anormal qu'une jeune fille de dix-neuf ans n'eût pas d'autre désir que d'exhumer de la poussière un morceau du passé. Peut-être, ce jour-là, ne s'était-il pas encore aperçu qu'il pleuvait.

Le vent et la pluie redoublaient. Un énorme muscle d'air et d'eau s'enroula autour d'un des chênes verts de l'allée et tordit une branche grosse comme un homme. Elle craqua, se déchira, et tomba en travers du chemin avec toute sa tribu et ses familles de rameaux et sa foule de petites feuilles pointues, juste comme venait de passer une berline ruisselante qui arrivait de Belfast à travers l'Irlande. Les chevaux, le cocher et le voyageur, aveuglés, assourdis, ne se rendirent pas compte du danger qui les avait frôlés. Amy et une servante rentraient par la porte des communs sans avoir retrouvé Griselda.

Molly continuait de chercher. On entendait par moments, dans la forêt, sa voix transpercée de pluie et de vent, qui appelait : « Miss Griselda! Miss Griselda! ». Puis le nom du Chien : « Ardann! Ardann! » Griselda l'entendait mais ne répondait pas. Elle serrait contre elle le chien trempé pour l'empêcher de répondre. Ils étaient sous le tunnel, Griselda assise sur une borne qui en marquait le milieu, Ardann sur ses genoux, serré contre sa poitrine. A travers le poil et les étoffes mouillées elle se réchauffait à la chaleur de la bête. Et puis la voix de Molly se tut. Il n'y eut plus que le bruit énorme de la tempête qui les entourait. C'était le bruit du monde, du destin en mouvement. Griselda avait chaud et froid, elle se serrait contre son chien, elle avait peur, elle était bien.

La berline s'arrêta devant le perron. Le cocher, dont le lourd manteau ressemblait à une fontaine, vint en ouvrir la porte. Lady Harriet, à travers le rideau de pluie, aperçut la silhouette d'un homme qui hésitait à sortir. Elle dépêcha vers lui Brigid, la petite

fance, elle tournait le dos à l'île, elle ne voyait que l'horizon, elle était comme au sommet d'un navire sur le point de lever l'ancre. Le vent chantait dans les fentes du rocher, les vagues résonnaient comme des orgues basses dans ses racines sous-marines creusées de cavernes où se réfugiaient les grands poissons sauvages. Les oiseaux de mer passaient en jetant leurs appels. Griselda, peu à peu, voyait l'horizon bouger, sentait tanguer le navire, elle fermait les yeux, elle était partie...

Plus tard, elle y apporta des livres pris à la bibliothèque de son père. Abritée et isolée, elle lisait pendant des heures, toujours des vies de femmes, de ces femmes illustres et belles qui avaient vécu au-dessus des conventions et changé le cours de l'histoire en dominant les hommes qu'elles fascinaient. La plupart avaient fini misérablement, mais Griselda ne se souciait pas de la fin. Elle attendait le commencement, et rêvait qu'il l'emporterait vers un destin du même ordre, ou même vers un destin plus grand, plus extraordinaire dont elle resterait maîtresse, en pleine liberté.

Mais les années passaient, et elle n'avait reçu que son chien.

Il ne pouvait l'accompagner jusqu'à la Chaise. Il l'attendait, couché au pied du rocher auquel elle grimpait comme une chèvre, toujours vêtue de robes extravagantes et précieuses, chaussée de bottines fragiles ou nu-pieds.

A la fin de janvier il y eut un matin de soleil éclatant. Il semblait que le temps eût sauté pendant la nuit par-dessus la fin de l'hiver et fût retombé tout droit dans la saison des fleurs. Un tel soleil annonçait un de ces jours où les événements se produisent, où des voyageurs arrivent, où aucun moment n'est ordinaire. Griselda prit son thé en hâte, s'impatienta contre Molly qui mettait trop de temps à la coiffer, choisit sa robe mauve, et mit, par-dessus, son manteau de moire verte dont la ceinture s'épanouissait en chou-papillon. Sur la lourde masse de ses cheveux roux noués et épinglés, elle posa le nuage blond d'un voile de dentelle, de la même couleur que ses bottines de chevreau. Elle sortit de la maison par la porte du jardin et s'enfonça dans la forêt, suivie, précédée, entourée par la flamme dansante de son chien.

Dès qu'elle eut quitté sa chambre, le cocher et les servantes vinrent ôter son lit et apportèrent les lourds panneaux et les colonnes du lit à licornes qu'ils commencèrent à ajuster, assembler, visser, astiquer, parer de draps de lin, de couvertures de mohair et d'un dessus brodé de toutes couleurs.

Griselda parvint en haut du Rocher en même temps qu'un grain surgissait de l'horizon et visait le passage entre l'île à Cloches et l'île à Sel. A peine fut-elle assise dans son abri habituel que la bourrasque arriva droit sur St-Albans et sur elle. Le vent emportait la pluie énorme presque à l'horizontale. Elle se brisait en écume sur le Rocher. En un instant elle emplit la Chaise d'Eau comme un verre. Griselda, transformée en chiffon ruisselant, descendit de son refuge noyé, et courut se mettre à l'abri des arbres. Mais l'eau qui accrochait son élan sur leur cime en tombait en cascades, emportant jusqu'au sol des oiseaux et des feuilles. Lady Harriet, inquiète, fit le compte de ses filles. Où étaient-elles, mon Dieu, où étaient-elles toutes par un temps pareil? Jane, la plus jeune, ne l'avait pas quittée. Celle-là était la plus raisonnable, chère Jane, la plus ronde sinon la plus jolie. Alice, l'aînée, était partie pour Donegal avec sa tante Augusta qui l'avait envoyée chercher par son

servante des lampes, avec un grand parapluie vert. Le vent troussa le parapluie et la fille, qui lâcha tout pour rabattre sa jupe en riant. L'eau vernit ses joues rouges et lui entra dans les yeux. L'homme sauta de la voiture sur la première marche, grimpa les autres en un bond, les deux mains cramponnées à son chapeau haut de forme noir, arriva trempé devant Lady Harriet, se découvrit, s'inclina et dit : « Sorry... ». C'était Ambrose Aungier, un correspondant et disciple londonien de Sir John qui l'avait invité à venir travailler auprès de lui pour profiter de ses documents, de ses livres et de ses conseils. Il était grand et distingué. Il portait une moustache encore blonde et une petite barbe déjà grise. Il avait quarante et un ans. Quand il se releva après s'être incliné devant Lady Harriet, une goutte de pluie brilla à la pointe de sa barbe.

A Donegal, il ne pleuvait pas. C'est-à-dire que, des nuages emportés par le vent, tombait parfois une de ces brèves herses d'eau auxquelles personne, en Irlande, ne prête attention. Alice tourna entre les gouttes au coin de la rue étroite où se trouvait la boutique de l'épicier qui lui fournirait à la fois l'eau de Cologne allemande pour Lady Harriet et les épices pour Amy. Elle avait déjà acheté le fil de soie bleu pour Griselda et les plumes d'oie pour son père. Elle faisait ainsi, toutes les cinq ou six semaines, les courses délicates de la famille, en compagnie de sa tante Augusta. Celle-ci était allée de son côté, avec la voiture, vers des achats plus importants. Elles avaient rendez-vous sur la place du Marché, emplettes terminées. Alice s'arrêta soudain. Par une porte de bois entrouverte, sur laquelle était sculptée la croix de saint Patrick, le chant d'allégresse des voix hautes d'un orgue parvenait jusqu'à la rue. Dans le mur nu, vide, uniforme, crépi de gris, la porte se refermait doucement derrière quelqu'un qui venait d'entrer. Alice hésita un instant, puis la poussa à son tour. Son cœur battait. Elle savait où elle était en train de pénétrer : dans la chapelle du couvent des Sœurs de la Miséricorde. A vingt-sept ans, elle n'avait jamais franchi le seuil d'un édifice catholique. Sir John était protestant par tradition mais sans conviction passionnée. Il accueillait le pasteur dans l'île le troisième dimanche de chaque mois, mais pendant la prière pensait aux mystères babyloniens. La foi de Lady Harriet était un produit et une condition de l'éducation, comme la pudeur et le piano. Pour Alice, Dieu était un problème, un appel, une angoisse. Elle avait besoin de lui mais ne le trouvait pas. Le Dieu de ses parents lui paraissait une caricature, et le pasteur, si sûr de lui, ne lui apportait comme ouverture que celle d'une armoire vide.

L'orgue se tut un instant, puis recommença. Effrayée, attirée, coupable, bouleversée, ne sachant comment se comporter, Alice suivit la femme vêtue de noir qui était entrée avant elle. Au fond de la nef, séparées du public des fidèles par une grille basse, trois rangées de religieuses étaient agenouillées.

Entre elles et l'autel une religieuse toute blanche était étendue sur le sol, la face contre terre, les manches de sa robe formant une large branche perpendiculaire à son corps. Un prêtre vêtu d'or lui tournait le dos, traçant parmi des objets d'or et les flammes d'or des cierges des signes précis et mystérieux. Deux prêtres blancs comme des anges se tenaient à sa gauche et à sa droite. Il chantait en latin, sur un air étrange et l'orgue lui répondit, éclatant de toutes ses voix en un fleuve de joie et de gloire. Le chœur des religieuses se posa sur lui comme un navire sûr de son voyage Les flammes des cierges étaient des morceaux de soleil.

Imitant la femme qui la précédait, Alice trempa l'extrémité de ses doigts dans un petit bénitier de pierre. Le contact de l'eau fut un choc de glace et de feu, qui la secoua tout entière. Elle se mit à trembler. A un pas devant elle, rapidement, machinalement, sans y attacher la moindre importance, la femme noire se signait. Alice fit un effort énorme. Crispant les muscles de son bras, luttant contre les réflexes d'un quart de siècle d'éducation, contre l'interdit et la dérision, de son front à sa poitrine et d'une épaule à l'autre, pour la première fois elle dessina sur son corps le signe de la croix.

Quand la pluie cessa, Griselda revint. Elle passa par la cuisine pour n'être pas vue de sa mère. Mais Amy la vit et se mit à gronder de fureur en gaélique, en bousculant ses casseroles fumantes. Ardann lui répondit sur le même ton et lui montra quelques dents, puis se secoua, lui inondant les pieds. Griselda courut jusqu'à sa chambre, suivie de Molly, qui la déshabilla et la frictionna. Sir John et Lady Harriet étaient en train d'accueillir au salon leur hôte qui venait de se changer. Alice retrouva sa tante qui l'attendait dans sa voiture sur la place du Marché. Un homme jeune était assis près du cocher. Lady Augusta, très excitée, expliqua à sa nièce que c'était un chauffeur. C'était ainsi qu'on nommait les hommes qui savaient conduire les voitures automobiles. Elle allait enfin pouvoir se servir de celle que son mari lui avait achetée à l'Exposition de Paris, et qu'on lui avait livrée à l'automne sur un camion à chevaux. Elle fonctionnait avec du pétrole. Mais Sir Lionel n'avait pas su la faire rouler. Ce garçon se nommait Shawn Arran, c'était le fils adoptif du pêcheur de Fernan's Isle; il avait voyagé en Angleterre et sur le Continent, et travaillé en Allemagne dans l'atelier de M. Benz. Il savait maîtriser les moteurs et conduire les véhicules. Lady Augusta aimait toujours les chevaux mais l'ardeur des bêtes à poils ne suffisait plus à la satisfaire. Elle rêvait de galopades terribles avec son cheval de fer. Peut-être s'en servirait-elle pour chasser le renard.

LES jours d'hiver sont brefs dans le nord de l'Irlande. Un peu avant que prît fin ce jour de soleil et de tempête, deux cavaliers en uniforme franchirent la digue, montèrent vers la maison blanche, en firent le tour et mirent pied à terre devant la porte des communs. Le plus grand sonna et demanda à parler à Sir John Greene.

— Monsieur travaille! lui répondit Amy. Il a autre chose à faire, Dieu le garde! que de perdre son temps avec des policiers! Si vous avez quelque chose à dire, Ed Laine, dites-le avant que ça vous étouffe ou bien repartez avec.

— Vous êtes le hérisson le plus venimeux de tout le comté, répondit le colosse roux. Ce sont des langues comme la vôtre qui nous rendent la vie impossible!

— Si la vie vous est impossible dans le Donegal, retournez donc dans votre Écosse! On ne vous a pas demandé, ici. Et les choux écossais ont sûrement besoin de vous. Rien qu'à regarder votre grosse figure ils pommeraient en deux jours...

Ed Laine fronça les sourcils pour réfléchir, puis son visage se détendit :

— Je pense que vous voulez m'offenser, dit-il, mais il n'y a pas de choux dans mon village...

Amy hocha la tête, désarmée.

— Depuis que vous n'y êtes plus, sûrement, le dernier est parti... Entrez donc, tous les deux, vous prendrez bien une tasse de thé pendant que je ferai prévenir Madame...

— Votre thé, je m'en méfie, dit Laine en souriant, vous seriez bien capable de l'empoisonner!

— Je devrais, dit Amy, mais ça me causerait plus d'ennuis que vous n'en valez!

Bien que la porte fût haute et large. Ed Laine entra de profil et en baissant la tête. C'était un réflexe. Il lui arrivait trop souvent de se cogner en haut ou sur les côtés. L'autre constable suivit dans son sillage, muet.

— Si seulement vous aviez une noisette de cervelle dans cette grosse tête là-haut, dit Amy, vous ne feriez pas le métier que vous faites, à traquer les patriotes. Et ne soufflez pas sur votre thé comme un sauvage de vos montagnes!

— Vous les appelez des patriotes, dit Laine en repoussant sa tasse, mais ce sont des rebelles... Et le métier que je fais, si je ne le faisais pas, quelqu'un d'autre le ferait à ma place, qui serait peut-être plus mauvais que moi. Et je ne soufflais pas sur mon thé, je le buvais...

— Une roue de voiture, dit Amy, ce n'est pas mauvais mais si ça vous passe sur le pied...

— Ils n'ont qu'à enlever leurs pieds, dit Laine.

— Faites attention, dit Amy, de ne pas perdre votre tasse dans votre moustache.

Lady Harriet, prévenue, envoya Jane à l'office voir ce que désiraient les gardes, et si cela valait la peine de déranger Sir John. En voyant entrer la plus

jeune fille de la maison, les deux gardes se levèrent et
Laine salua. Jane n'avait que dix-sept ans et n'était
pas très grande pour son âge. Elle leva la tête avec
étonnement pour regarder, bien au-dessus d'elle, les
yeux bleus du garde et ses dents blanches sous sa
moustache et l'écouter lui dire de bien vouloir signaler à Sir John qu'un dangereux chef rebelle était
signalé dans la région. Il se nommait Hugh O'Farran,
et il prétendait descendre d'un ancien roi de
l'Irlande, un de ces nombreux petits rois d'avant
l'unification.

— Unification à coups de sabre! dit Amy.
— C'est toujours comme ça qu'on unit, dit Laine.
On ne sait pas où se cache O'Farran mais tout le
monde en parle, et les gens s'excitent, et qu'il soit roi
ou pas, et qu'il soit dans la région où qu'il n'y soit
pas, il faut s'attendre de nouveau à des fusillades, à
des bombes et à d'autres actes idiots.
— L'idiot, c'est vous, dit Amy.

Ed Laine ne daigna pas lui répondre. Il regardait la
tête blonde de Jane et son petit visage levé vers lui
avec une attention un peu enfantine.

— Nous faisons une tournée pour prévenir tous
les gentlemen, dit-il, afin qu'ils prennent leurs précautions. Il vaut mieux ne pas se déplacer seul, et
emporter un fusil...
— Ed Laine, dit Amy, gardez donc vos discours
pour d'autres gens et d'autres lieux. St-Albans n'a
rien à craindre des patriotes. Le souvenir de Sir
Johnatan protège l'île, et Sir John est aussi digne que
lui d'être un vrai Irlandais, et ses filles sont cinq
trésors à qui aucun homme qui se bat pour la liberté
ne voudrait toucher le bout d'un cheveu! Mais j'espère bien qu'ils vous couperont le cou!
— Avec la permission de Mademoiselle, dit Ed
Laine, je prendrais bien une autre tasse de thé.

— Sentez-la, celle-là! Sentez-la!... dit tout à coup Amy à voix basse.

Elle se mit à renifler comme un chien de chasse, s'approcha doucement de la porte du couloir et l'ouvrit d'un seul coup, découvrant la petite Brigid immobile, aux écoutes, deux lampes de cuivre serrées contre sa poitrine.

Brigid poussa un cri et s'enfuit en courant, laissant derrière elle une traînée d'odeur de pétrole. Amy, après l'avoir menacée de lui casser un balai sur la tête, referma la porte vivement, en faisant une grimace de dégoût.

— Ce pétrole, dit-elle, c'est une invention du Diable! Je suis sûre que l'enfer est chauffé au pétrole, que les damnés y boivent du pétrole et sont grillés au pétrole! Heureusement il n'y a que des Anglais...

Ed Laine et son compagnon s'en furent. Le jour s'achevait. La longue nuit allait commencer, c'était le temps des lampes. Il en fallait beaucoup pour éclairer toutes les pièces et les recoins de St-Albans. Brigid, la plus jeune des servantes, en avait la charge. Dès le jour levé elle commençait à les collecter toutes, les emportait dans une petite pièce au bout des communs, à l'extrémité d'un long couloir, à l'écart de tout, et s'y enfermait avec elles. Il y en avait de précieuses, en porcelaine décorée de fleurs, avec des abat-jour d'opaline, de plus robustes en cuivre ouvragé, des rustiques et des distinguées, de toutes les tailles, faites pour être posées, accrochées ou suspendues, momentanément rangées sur le sol et sur les étagères, en service ou en réserve, tout un bataillon. Brigid ôtait les abat-jour, les verres fragiles, dévissait les porte-mèches et emplissait les ventres des lampes au moyen d'une bonbonne et d'un entonnoir trop grand. Ensuite, sans perdre une minute, elle revissait tout, replaçait les verres et les abat-jour, réglait les mèches, essuyait les traces de pétrole, astiquait le cuivre et la porcelaine et recommençait à mettre en place les lampes et à les allumer, car le jour déjà finissait. Entre-temps elle avait déjeuné rapidement sans les quitter, car quoi qu'elle pût faire elle sentait le pétrole, abominablement, et Amy lui interdisait non seulement l'accès mais même l'approche de l'office et de la cuisine où son odeur eût empoisonné les plats, et où on continuait à s'éclairer à l'huile et à la chandelle.

Pour le dîner qui mit fin à ce jour de soleil et de tempête, et qui devait être le premier repas à St-Albans de l'hôte de Sir John, Brigid, sur les indications de Lady Harriet, suspendit aux murs de la salle à manger, devant leurs réflecteurs de cuivre en forme de grandes coquilles, six lampes à huile dont les flammes réchaufferaient la lueur un peu blême des deux suspensions à pétrole à trois feux et abat-jour d'opaline blanche entourés d'une constellation de pendeloques de cristal.

L'or des cadres et des miroirs anciens et des portraits, les fils d'or perdus dans la tapisserie représentant la prise de Jérusalem en costumes du XVIIe siècle, accrochèrent l'or de l'huile et s'y réchauffèrent. Dans la cheminée de pierre qui occupait presque tout le mur du fond, un feu de chêne et de tourbe brûlait avec de courtes flammes, dispensant une puissante chaleur. Le premier convive qui entra fut Ardann. Il vint s'effondrer devant l'âtre avec un profond soupir de chien heureux. Aussitôt endormi il commença à rêver, les pattes agitées de soubresauts en des chasses extraordinaires. C'était le moment où la famille se retrouvait. Les lampes allumées au-dessus de la table, chacun sortait du domaine secret qui l'avait occupé pendant la journée et venait se joindre aux autres dans la lumière commune. Sir John, heureux de retrouver les siens réunis autour de lui un soir de plus, caressait sur son gilet les petites licornes d'argent suspendues à sa chaîne de montre et remerciait d'un regard sa femme de rester belle, lisse et calme. Elle avait le visage sans ride des femmes qui ne pensent ni aux problèmes graves qui les troubleraient, ni aux futiles qui les agiteraient. En tournant légèrement la tête il faisait le compte de ses filles, et se réjouissait de tout ce bonheur. Ce soir il en manquait une. C'était Kitty. Elle arriva et prit sa place au moment où il allait s'enquérir d'elle. Elle balbutia des excuses puis se mit à rire. Elle s'arrêta brusquement, confuse, en découvrant qu'il y avait un inconnu à table. Elle revenait de sa tournée de charité, elle était toujours en retard, elle perdait ses tresses, elle rajusta ses épingles et ses peignes, elle soupira comme Ardann, elle était laide, bonne et heureuse. Et elle avait faim.

Sir John inclina la tête :

— Seigneur, dit-il, nous vous remercions de nous avoir permis d'être une fois de plus réunis autour de cette table, nous vous remercions des nourritures que vous nous accordez aujourd'hui comme les autres jours, nous vous prions d'en accorder chaque jour à tous ceux qui ont faim...

Il marqua une courte pause et ajouta :

— ... et de donner la paix à l'Irlande.

— Amen! fit discrètement le chœur des filles.

Alice releva son long visage sans couleur. Sa bouche mince était serrée sur sa réprobation intérieure. Elle pensait qu'il n'y avait aucune sincérité dans la prière de son père. Ce n'était pas un mensonge, c'était pire : une apparence vide. Elle pensa aux cierges et aux chants et à l'orgue, et à la religieuse couchée en croix sur les dalles, le visage dans la poussière. De nouveau elle se sentit glacée et brûlante. Elle se raidit dans sa robe gris sombre. Une guimpe baleinée lui encerclait le cou avec rigueur jusqu'au menton.

Helen n'avait presque vu d'Ambrose Aungier que son dos, pendant le peu de temps qu'il avait passé dans la bibliothèque. Il parlait avec son père, elle était assise derrière lui à sa petite table habituelle, elle avait entendu sa voix grave qui prononçait l'anglais avec l'accent parfait des gens bien élevés. Il lui avait adressé un petit salut de profil en sortant s'habiller pour le dîner. Elle le découvrit de face au moment où il entrait à la salle à manger, vêtu d'une redingote grise et d'un pantalon à damier gris et blanc. Il vint prendre place en face d'elle. Elle remarqua que sa cravate était assortie à son pantalon, et nouée d'une façon parfaite. Il mangeait, parlait, prenait et posait son couteau et sa fourchette avec une correction absolue. Il semblait se méfier de tant de présences féminines autour de lui et, très réservé, ne s'adressait qu'à son hôte. Sa présence faisait peser sur la famille un demi-silence inhabituel. Les sœurs ne se parlaient qu'à mi-voix, Lady Harriet dit qu'il avait fait beau, puis qu'il avait plu.

Devant le feu, Ardann poussa un petit aboi étouffé qui l'éveilla. Il ouvrit un œil, sentit qu'il était cuit d'un côté, et se tourna.

Sir John parlait avec Ambrose Aungier de la politique de Parnell qui essayait d'obtenir par des voies légales une plus grande autonomie pour l'Irlande. Sir John approuvait son action et Aungier la désapprouvait, l'un et l'autre avec la plus correcte modération.

Jane, un peu anxieuse, était assise en face de sa

mère. Elle avait été chargée de la décoration de la table et de l'ordonnance des verres de cristal gravés de la licorne. S'en était-elle bien tirée? Lady Harriet la rassura d'une inclinaison de tête bienveillante. Jane se mit à sourire à tout et à tous.

Une ombre silencieuse se déplaça vivement le long des murs de la salle à manger. C'était Brigid qui continuait sa tâche. Elle courait toute la soirée du haut en bas de la maison, à travers pièces, escaliers et couloirs, s'arrêtait à toutes les lampes et tirait des chaînettes, tournait des molettes, pompait des pompettes, réglait les pressions et les mèches, surveillait les flammes. Un léger relent de pétrole fit le tour de la table, puis s'évanouit.

Griselda frissonna. Elle sentait encore autour de ses jambes le froid de l'eau dans le tunnel. Elle avait mis sur ses épaules une fine écharpe de laine, légère comme de la soie. Elle avait chaud à la tête et aux mains, mais le froid venait du bas, et montait.

Helen ne parvenait pas à détacher son regard du visage d'Ambrose Aungier. Il lui semblait plein de mystère et de savoir comme un livre qu'on n'a pas encore ouvert. Elle sentait grandir en elle l'envie de connaître ce qui y était écrit. Il ressemblait un peu à son père, en moins étoffé et moins familier.

Comme gêné par l'intérêt qu'elle lui portait, il fit un petit mouvement de la tête — le mouvement qu'on fait pour éloigner un insecte — se détourna un instant de Sir John, se tourna vers elle et la regarda à son tour.

Il vit le haut d'une robe grise qui serrait une petite poitrine pudique, un col blanc, des cheveux châtains séparés par une raie au milieu, un visage d'écolière sérieuse, avec de grands yeux d'un bleu intense, qui le regardaient.

Le regard d'Aungier s'y posa et involontairement pénétra dans leur eau sans défense. Helen sentit éclater en elle un silence total qui envahit la pièce et la maison. Il n'y eut soudain plus rien au monde, que lui et elle l'un en face de l'autre. Tout ce qu'elle avait connu et aimé jusqu'à ce jour fut balayé, plus rien n'existait, plus rien ne bougeait, ils étaient tous les deux immobiles au centre d'une grande lumière vide.

Elle entendit un bruit ténu qui naissait à l'extrémité du silence, qui essayait de le traverser, qui le perça et le fit éclater. Tout le monde se mit à bouger et se leva. C'était un cri.

Aungier se leva également. Il sembla à Helen que la terre tout à coup manquait à ses pieds. Elle s'appuya des deux bras à la table et y cacha son visage. Brigid criait. Elle avait vu « la Dame » ! Elle venait de la voir ! la Dame aux longs cheveux, en longue chemise blanche elle montait l'escalier du hall avec son enfant dans les bras, son enfant tout nu, elle l'avait vue, elle les avait vus tous les deux, ils étaient passés là, ils montaient...

Pas plus qu'Helen, Griselda n'avait bougé. L'eau montait dans le tunnel, montait à ses genoux, à son ventre, à sa poitrine. Ardann pesait contre sa poitrine, il était lourd, il était mouillé, il était brûlant.

Au milieu de la nuit, Emer, le petit valet d'écurie, partit au galop chercher le médecin. Miss Griselda était malade, Miss Griselda était très malade, Mrs Amy disait qu'elle était brûlante et chaude comme un feu, qu'elle avait le délire, qu'elle voyait Waggoo partout, sur l'armoire, sur la coiffeuse, sur son lit, elle voulait le chasser, elle l'appelait, elle se débattait, elle criait, elle toussait.

De sa maladie, Griselda sortit deux mois plus tard amaigrie, épuisée, plus que jamais étrangère à ce qui l'entourait. Elle semblait avoir perdu même le goût, ou la force, de ses promenades dans l'île. Elle restait des heures dans sa chambre, enroulée comme un chat dans le grand fauteuil devant la cheminée, ses pieds nus ramenés sous sa jupe, son regard perdu dans la vie fugitive des flammes, ou allongée sur le lit entre les quatre licornes aux élans immobiles. Les livres ne retenaient plus son attention, elle les laissait se refermer et glisser de ses doigts, ses rêves s'enfonçaient à l'intérieur d'elle-même et elle s'enfonçait à leur suite dans un monde où elle oubliait le réel et sa propre existence.

Ardann qui la regardait avec inquiétude et adoration, couché sur le tapis et pointé vers elle comme l'aiguille de la boussole, se dressa d'un bond et courut vers la porte en remuant la queue. Il y eut une galopade dans l'escalier puis dans le couloir, et Kitty entra dans la chambre comme un poulain, brandissant son éternel panier à deux couvercles. Elle était rouge, excitée, elle revenait une fois de plus de faire une tournée dans les terres, emportant des vivres, des vieux vêtements, des tricots informes qu'elle avait faits elle-même en veillant une partie de ses nuits. Elle choisissait des grosses laines, elle allait vite, ils n'étaient pas beaux mais ils étaient chauds.

— Griselda! Ils se sont encore battus cette nuit! A Capany! Ils ont attaqué une patrouille! Il paraît qu'ils ont blessé trois gardes!

Ardann sautait autour d'elle, tout joyeux à l'odeur du grand air et peut-être aux mots de la bataille. Griselda s'appuya sur un coude et se tourna vers Kitty qui était en train d'ouvrir son panier.

— Regarde ce que j'ai trouvé près de la ferme de Fergus Farwin!...

Les yeux de Griselda brillaient. Elle entendait les tambours, les trompettes, elle voyait les drapeaux et les capitaines...

— Regarde!...

Kitty tendait vers elle une sorte de loque qu'elle tenait entre deux doigts et qui pendait. C'était un gant de laine gris, un gant de paysan. Le pouce était coupé et déchiré, et tout le reste imbibé d'une matière sombre, raide.

Kitty s'approcha encore du lit et dit d'une voix basse un peu tremblante.

— C'est du sang...

Helen chaussa ses brodequins à grosses semelles et se rendit à son jardin. Chacune des filles en avait un, en des endroits différents de l'île, qu'elles avaient choisi. Helen avait placé le sien à la lisière sud-est de la forêt, au premier regard du soleil levant. Celui de Griselda ne se trouvait nulle part. Elle se faisait envoyer des graines de fleurs inconnues, des Indes, du Continent, d'Amérique, elle les gardait dans un tiroir, mélangées, ne sachant plus qui elles étaient. A n'importe quel moment de l'année elle creusait un trou dans la forêt, dans une clairière, au bord de la mer, n'importe où, y laissait tomber une ou plusieurs graines, les recouvrait, et les abandonnait à leur destin et à leur liberté. Parfois, des choses poussaient, regardaient autour d'elles avec leurs yeux verts, et de se voir si loin de leurs pays, mouraient de mélancolie. D'autres prospéraient, et ajoutaient des visages et des parfums nouveaux à la grande foule végétale de St-Albans. Un été précédent, l'if de Waggoo avait été conquis jusqu'à la cime par une plante grimpante d'une vigueur extraordinaire qui se couvrit en août de fleurs violettes en forme de cloches à moutons. Tous les insectes de l'île vinrent s'y gorger du nectar qu'ils trouvaient au fond de leurs

DANS la nuit qui suivit, le renard vint rejoindre sa renarde. Ils s'installèrent entre les racines d'un if, dans un trou qui semblait avoir été creusé pour eux. Pour se nourrir, ils prirent deux poules au poulailler. James, qui en avait la charge, en découvrant le matin les plumes et le sang des victimes, poussa des jurons terribles et cria qu'il aurait le jour même la peau de l'assassin. Il prit son fusil à l'épaule et son chien en laisse, et partit en mission d'extermination. Tirant sur la laisse, gémissant d'impatience, la truffe rasant le sol, le chien, un bâtard biscornu de terrier et de collie, conduisait James tout droit vers la forêt de l'île.

Au moment où ils entraient dans l'ombre des arbres ils se heurtèrent à Amy, debout au milieu de l'allée, bras croisés, immobile comme une pierre.

— James Mac Coul Cushin, dit-elle, si vous tuez cette bête, vous ne dormirez plus de bon sommeil une seule nuit de votre vie. Dès que vous fermerez l'œil, elle viendra souffler dans vos oreilles, et si vous ne vous éveillez pas, elle vous rongera les doigts de pieds!...

James savait qu'Amy ne parlait jamais en vain. Tout le pays redoutait son savoir ou y faisait appel dans les cas graves. Il ne pouvait pourtant pas permettre... Il éclata :

— Cette saleté me mange mes poules! Je vais lui flanquer un coup de fusil, et si elle vient dans mes oreilles elle recevra un coup de bûche!

— Elle ne mangera plus vos poules, dit Amy.

James la regarda un instant en silence. Le chien la regardait aussi, la queue entre les pattes et l'échine basse, tremblant un peu.

— Vous savez ça, vous! dit James.

— Oui je le sais, dit Amy.

— Eh bien! eh bien!...

Il ne voyait pas comment s'en sortir. Il avait grand désir de renoncer à sa chasse, mais sans avoir l'air de céder devant une femme.

— C'est peut-être vous, dit-il, qui allez l'en empêcher? Elle va peut-être se mettre à manger de l'herbe?

— Peut-être...

— J'aimerais bien voir ça! Quand vous lui préparerez sa salade, appelez-moi!... Écoutez, je lui donne une chance... Pour cette fois j'efface... Mais si elle recommence, poum!

— D'accord! dit Amy. Si elle recommence, poum! En attendant, allez donc soigner vos chevaux!

Elle ne recommença pas. Chaque nuit, le renard et la renarde sortaient de l'île et allaient chasser dans les terres, puis rentraient vivre à l'abri des meutes dans la forêt de Sir Johnatan. James, les jardiniers et les servantes furent persuadés qu'ils avaient fait un pacte avec Amy. Les fillettes les virent plusieurs fois jouer et danser entre les arbres, sur l'herbe illuminée par le soleil.

A la nouvelle lune, Lady Harriet ressentit les premières douleurs. Toute la maisonnée s'apprêta

coupes. Griselda y goûta. C'était comme du miel de lumière, liquide, et qui lui fit voir, pendant un instant, des soleils partout dans le ciel. L'hiver, la plante mourut et ne repoussa pas à la belle saison. Griselda ne savait plus quelle était la graine qu'elle avait semée. Elle fit des trous partout qu'elle garnit de toutes les sortes de graines qui lui restaient. Mais la plante à cloches ne reparut pas, et Griselda se demanda si c'était bien elle qui l'avait fait pousser, ou si elle était venue avec le vent.

La joie chantait dans le cœur d'Helen. Ambrose! Ambrose! Ambrose! Elle prononçait son nom mille fois dans la journée, muette, et quand elle se trouvait seule comme en cette minute, elle le prononçait même à mi-voix, ce qui lui paraissait d'une audace fabuleuse et brûlante, comme l'évocation des mots interdits qu'elle ne connaissait pas. Ambrose! Ambrose! Elle rougissait, des larmes emplissaient ses yeux, le bonheur la gonflait, la rendait légère comme un nuage du matin, elle aurait pu s'envoler, et en même temps ses jambes ne pouvaient plus la porter. Ambrose! C'était le nom de la beauté et de la joie, c'était le nom du printemps. Quand elle le prononçait le soleil surgissait à la cime de la montagne, les fleurs écartaient les tiges de l'herbe pour mieux l'entendre, et les nuages devenaient bleus. C'était le nom qui changeait tout, le ciel le chantait, la terre le respirait, il n'y avait pas d'autre nom.

Helen jeta sa bêche et se coucha à plat ventre dans le gazon humide. Elle sentit les petites mains mouillées des pâquerettes se poser sur ses joues, sur ses lèvres et sur ses paupières, avec amitié et délicatesse. Une grande oppression lui emplit le cœur, et c'était en même temps une tendresse débordante. Ses larmes se mêlèrent à celles de l'herbe fleurie.

Elle désirait quelque chose avec confusion mais de toutes ses forces. Cela l'appelait avec violence et devait être réalisé tout de suite. Elle se leva brusquement, saisit sa bêche et commença à retourner la terre de son jardin avec vigueur et détermination, comme si son avenir en dépendait.

Elle entendait les cris pointus des hirondelles qui piquaient vers la forêt et redressaient leur vol au ras des arbres et, loin, de l'autre côté de la maison, le grincement des roues de la charrette du jardinier, qui remontait de la mer avec un chargement de goémon. Elle entendait le battement de son cœur et le bruit de velours de la bêche qu'elle enfonçait dans la terre grasse. Autour de ces quelques bruits tout était silence, la mer elle-même s'était éloignée à pas de soie. Helen se devinait pourtant entourée d'une vie contenue, secrète, dont la présence lourde et lente peu à peu la calma. Elle avait chaud, elle se sentait bien, en amitié avec les arbres et les nuages et l'air et la terre tiède qu'elle retournait.

Tout à coup, comme elle enfonçait sa bêche, elle entendit un petit tintement joyeux qui semblait à la fois très proche et comme étouffé par une grande distance. Elle lâcha sa bêche qui resta plantée, et le bruit se tut. Elle reprit son travail et le bruit recommença. On eût dit que lorsqu'elle tenait sa bêche enfoncée, quelqu'un, sous la terre, la frappait avec de minuscules cailloux, la faisant résonner avec malice. Et chaque fois cela recommençait, en un signal divers, amical et moqueur. C'était le message de ceux qui ne pouvaient pas être vus ou ne voulaient pas se montrer, de ceux qui existaient dans chaque plante et dans les cailloux immobiles et dans chaque grain de la terre. Helen comprit que cela la concernait et que l'île avait quelque chose à lui dire.

Anxieuse, pleine de peur et d'espoir, elle demanda :
— Ambrose ?
Et elle enfonça la bêche.
Le bruit de la bêche fut comme le rire d'un oiseau.

— Ah! tu « les » as entendus! dit Amy.
— Qui? demanda Helen.

Elle était venue en courant lui raconter l'incident du jardin.

— On ne sait pas, dit Amy. Ou plutôt ils ont tant de noms qu'il vaut mieux n'en dire aucun. Si on prononce mal, si on se trompe, ça les vexe. On n'est jamais sûr...

Il faisait bon dans la cuisine, les casseroles de cuivre ensoleillaient les murs, un ragoût d'agneau qui mijotait sur le grand fourneau mêlait son fumet à un parfum de vanille et de cannelle qui sortait du four. Amy pétrissait la pâte du pain d'avoine qui lèverait jusqu'au lendemain avant d'être mise à cuire.

— Mais qu'est-ce qu'ils voulaient me dire? demanda Helen, impatiente.

— On ne sait pas, dit Amy. En général, quand ils se font entendre, ça signifie qu'il va y avoir des changements.

— Quels changements? En bien? En mal?

— On ne sait pas, dit Amy. Ce qui est bien, ce qui est mal, pour eux ce n'est pas la même chose que pour nous... Seigneur! J'espère que cette idiote de Brigid n'a pas laissé ouverte la fenêtre de son écurie à pétrole, hier soir. Ils n'aiment pas cette odeur, ils ne l'aiment pas du tout, quand ils font le tour de la maison la nuit... Ce soir je leur mettrai du miel et du lait devant la porte...

Kirihi, le chat orange, enroulé sur une chaise, ouvrit les yeux au mot « lait » puis fit semblant de se rendormir. Amy frotta l'une contre l'autre ses mains ouvertes pour en faire tomber les fragments de pâte qui s'y attachaient, et regarda Helen bien en face.

— Je sais ce qui te tracasse, ma petite prune, dit-elle. Eux, ça les fait rire...

— Je ne sais pas ce que tu veux dire! dit Helen.

— Tu rougis comme une petite prune pas mûre! dit Amy. Eux ça les fait rire... Moi ça me donnerait plutôt envie de pleurer... Souviens-toi de Deirdre, qui a apporté la douleur à toute l'Irlande...

— Oh tu ne connais que des histoires tristes! dit Helen.

Et elle frappa du pied le sol de la cuisine, pour protester, et attester sa foi dans le bonheur.

Deirdre était la plus belle des filles de l'Ulster. Ses cheveux étaient couleur de nuit et ses yeux couleur de pervenche. Sa peau était blanche comme le lait et rose comme le lever du jour. Quand elle riait elle donnait tant de joie autour d'elle que tous les hommes et les femmes qui l'entendaient se tournaient vers elle pour la voir.

Et elle aimait Naoïse, un des trois neveux du roi Conachur Mac Nessa. Les cheveux de Naoïse avaient la couleur de l'or fin, et ses yeux la couleur des noisettes. Et il aimait Deirdre autant qu'elle l'aimait. Mais un jour le roi, qui n'avait jamais vu Deirdre, la vit, et la voulut pour lui...

— Non! non! non! dit Helen.

Et elle frappa du pied de nouveau. Elle connaissait la suite de l'histoire, et elle ne voulait plus l'entendre. Elle tourna le dos et sortit de la cuisine. Amy hocha la tête, et caressa le chat orange, qui sortit ses griffes de bonheur. Que peut-on faire, chat, que peut-on faire, pour épargner à une fille les peines de l'amour?

Rien...

Helen n'avait pas besoin de voir Ambrose pour être heureuse. Dans la bibliothèque de son père quand ils y travaillaient tous les trois, elle à sa petite table, et lui en face de Sir John, ou assis au bureau de gauche, elle ne levait presque jamais les yeux vers lui, mais elle sentait sa présence comme celle de la lumière du jour. On ne la regarde pas, elle vous baigne.

Il était beau, il était intelligent, c'était un savant. C'était le génie qui était venu dans l'île pour se manifester à elle, comme elle n'aurait jamais osé l'espérer. Un après-midi, à la demande de son père, elle lui avait fait visiter l'île. Il lui avait parlé, posé des questions. Elle lui avait répondu avec toute la vivacité de son esprit cultivé par Sir John, retenue cependant par l'émotion qui parfois la faisait balbutier ou lui coupait la parole. Ces heureuses maladresses lui firent éviter l'écueil de paraître, aux yeux d'Ambrose, trop intelligente.

Il fut satisfait de trouver chez elle un esprit si peu porté aux futilités, et son évidente admiration le flatta. Elle était bien différente des jeunes filles à marier qu'il avait toujours évitées avec tant de soin. Le séjour dans cette île ne manquait pas d'agrément.

Deirdre et Naoïse s'enfuirent en Écosse. Les deux frères de Naoïse les accompagnèrent. L'un était brun et l'autre roux.

La colère du roi Conachur fut formidable. Pendant des années il les fit rechercher.

Deirdre et Naoïse son époux, et le frère brun et le frère roux vécurent traqués comme des bêtes sauvages, dans les forêts et dans les landes, vivant de la chasse et de la cueillette des fruits et des champignons et buvant et se baignant aux ruisseaux, heureux malgré tout, de leur amour, de leur amitié, et de la liberté.

Au bout de sept ans, Conachur les retrouva.

Un bruit singulier qui venait des terres s'engagea sur la digue et grandit. Les chiens du jardinier se mirent à hurler, Ardann sauta toutes les marches du perron et courut vers la digue en aboyant avec la même fureur que s'il avait vu un ours. Le bruit grandit encore, s'approcha et devint effrayant. Tous les chevaux se mirent à ruer dans les écuries. Waggoo fila comme un éclair des buissons vers son trou, et se blottit à l'extrême fond. Debout, devant la porte de la maison, dans sa plus belle robe, Griselda attendait.

Le jardin d'Alice était un rectangle de gazon autour de la tombe de saint Albans. En hommage au saint, elle l'entretenait si bien, le tondant au moment propice de la lune que lui indiquait Amy, le débarrassant du moindre brin d'herbe parasite, qu'il était devenu pareil à un velours, sur lequel éclataient de-ci, de-là, les flammes des crocus jaunes dont elle avait enterré les bulbes à l'automne, et qui venaient de percer le gazon et de fleurir.

Elle avait exclu de son zèle la tombe de la femme perdue. L'aventure évoquée par la découverte de ces restes misérables l'emplissait de gêne et d'horreur plus que de compassion. Et d'inquiétude aussi, à cause de tout ce qu'elle ignorait des relations entre hommes et femmes, et qu'elle se refusait à mieux connaître. C'était une zone d'ombre où rampaient les démons. Elle lui tournait le dos, comme à la tombe de l'inconnue. Regardant les signes mystérieux que des mains avaient gravés sur la pierre tombale du saint, et ceux que le temps y avait ajoutés, elle pensait que ces derniers avaient peut-être autant de signification cachée que les autres, et que tout devait être lisible à qui connaissait Dieu. Mais comment Le connaître? Saint Albans L'avait-il connu de son vivant? Ou seulement quand son âme immortelle avait été reçue en Son paradis? Tous ces mots la gênaient. L'âme, qu'est-ce que c'est? Où est la mienne? Pourquoi n'en ai-je pas conscience? Et le paradis? Comment se le représenter? Est-il imaginable? Est-ce une assemblée? Un lieu? Une extase éternelle? Elle avait tendance à le voir sous les apparences d'une île comme St-Albans, mille fois plus grande, environnée par les flots du monde matériel et surgissant de lui, toute fleurie de crocus, de tulipes et de blue-bells.

Mais elle luttait contre cette image facile, se reprochait la grossièreté de son esprit incapable de s'élever à la transparence du pur amour divin. Elle avait besoin d'aide, besoin d'être guidée sur le chemin de la certitude et des adorables mystères. Elle tremblait d'errer sans fin dans le marécage des mensonges et des erreurs. Avec une ferveur angoissée elle demandait à saint Albans de l'éclairer, de lui faire savoir par un signe, par une manifestation qu'elle serait la seule à comprendre, peut-être par une lumière qui s'allumerait en elle, si la nouvelle voie sur laquelle elle était en train de s'engager était la bonne, comme elle voulait le croire de toutes ses forces. Trouverait-elle la porte au bout du chemin?

Un parfum frais, discret et puissant, tourna autour de sa tête et lui baigna le visage. Elle le reconnut et s'étonna. Cela venait de derrière elle. Lentement, elle fit face à la tombe de la femme et de l'enfant. Dans l'herbe qui la couvrait elle vit tout de suite les feuilles rondes du plant de violettes, et parmi les feuilles une seule violette fleurie. C'était d'elle que venait le parfum. Un champ entier de fleurs n'eût pas embaumé aussi fort, et pourtant il n'y avait que cette fleur unique, et son parfum baignait Alice comme une mer de douceur, de certitude et d'amitié. Alice comprit, ou crut comprendre. Ce qui, parfois, suffit. Ses doutes et ses craintes s'envolèrent. Elle vit clairement sa route devant elle. Elle sut à partir de ce moment ce qu'elle devait faire. Elle entendit arriver le bruit qui grandissait dans l'île. Elle devina de quoi il s'agissait. Abandonnant pour un moment ses tourments mystiques, elle se laissa emporter par la curiosité et fit en courant le tour de la maison.

Un engin stupéfiant montait l'allée en S. C'était une sorte de victoria à deux chevaux, mais dont les chevaux avaient été supprimés et qui continuait malgré cela de se déplacer, comme un canard dont on a coupé la tête et qui court en agitant les ailes.

A part Sir John, dont rien de contemporain ne pouvait détourner l'attention quand il était plongé dans l'univers babylonien, et Ambrose Aungier qui n'avait pas voulu se montrer plus curieux que son hôte, tous les habitants de St-Albans présents dans l'île étaient aux portes et aux fenêtres ou dissimulés au coin des murs ou derrière les arbres, à demi abrités à demi aventurés, pour voir arriver le monstre.

Un nuage de fumée bleue l'enveloppait et s'effilochait derrière lui, un bruit effrayant l'accompagnait, pareil à une fusillade ininterrompue. Ses roues ferrées écrasaient le gravier et faisaient jaillir des cailloux qui rebondissaient sur le gazon. Deux brebis affolées galopaient d'un massif à l'autre, essayant de trouver quelque part un refuge, leurs agneaux perdus bêlant la fin du monde. Un âne gris, bourru comme un goupillon, dressa sa tête raidie et lança un cri de trompette pour alerter le ciel et la terre.

L'engin arriva devant la maison. Un homme assis

sur le siège avant tenait à deux mains une sorte de double manivelle de cuivre au sommet d'une tige verticale. Il était enveloppé d'un cache-poussière gris et coiffé d'une casquette noire. De larges lunettes lui emboîtaient les yeux, cachant une partie de son visage. A demi enveloppé de nuées, il fit des gestes magiques, tourna d'un quart de tour la manivelle, déplaça une barre, tira vers lui un levier. On entendit un bruit de sauterelle d'apocalypse faisant craquer ses dents de fer, et l'engin s'arrêta au bas de l'escalier.

Jane se mit à sauter sur place en battant des mains. Elle dit à Griselda : « Dépêche-toi! », mais on n'entendait que le bruit de la fusillade dont le rythme avait ralenti et le volume augmenté. Le nuage de fumée monta à la rencontre de Griselda qui descendait les marches. Il l'enveloppa de l'odeur bleue de l'essence. Elle s'arrêta, frappée au cœur ferma les yeux et aspira profondément. C'était l'odeur de l'avenir, de l'aventure. C'était neuf. C'était demain. Sa main droite qui tenait une longue ombrelle fermée tremblait un peu. Le bruit de feu entrait dans ses oreilles et l'emportait. Son visage amaigri devint rose. Elle rouvrit les yeux et franchit les deux dernières marches. Elle ne voyait plus rien de l'île, elle ne voyait que la machine fantastique, et l'homme au visage masqué, qui en était descendu et lui parlait sans qu'elle l'entendît. Il lui présentait, ouvert, un cache-poussière. Elle hésita. Pour cette promenade extraordinaire elle avait mis une robe de flanelle blanche gansée de vert d'eau — du même vert que ses yeux et que la dentelle de son ombrelle. Très moulante devant, la robe rassemblait toute son ampleur sur le derrière, en une architecture cascadante de plis et de relevés. Une voilette nouée sous le menton retenait un canotier de paille blanche perché sur ses cheveux roux. Il lui répugnait de cacher sa robe sous ce vêtement informe. Mais Helen l'encourageait avec de grandes phrases muettes et lui enfilait déjà la première manche. Jane riait d'un rire silencieux, Lady Harriet du haut des marches donnait des conseils inaudibles, la fusillade emplissait l'île, Ardann aboyait en essayant de faire autant de bruit que la bête énorme, Griselda essayait de grimper sur la voiture avec dignité et correction, malgré sa jupe étroite, ses bottines minces comme des petits pains et la hauteur du marchepied. L'homme lui tendit son poing fermé, ganté de cuir. Elle se cramponna à sa manche, Helen la poussa, Jane la maintint, elle se trouva enfin en haut et s'assit à la place qu'il lui avait désignée, sur le siège avant. Il la rejoignit et s'assit à côté d'elle.

Malgré la liberté dont jouissaient ses filles, Lady Harriet n'avait pu laisser Griselda partir en promenade seule avec un homme. Il fallait un chaperon. James Mc Coul Cushin, le cocher, avait refusé de monter sur cette mécanique. Il y aurait perdu la dignité de son métier et offensé ses chevaux. C'était à Paddy O'Rourke, le vieux jardinier, qu'avait finalement échu la charge d'accompagner sa jeune maîtresse. Il s'assit avec méfiance sur le siège arrière, réduit à une surface triangulaire où il eut juste la place de caler ses fesses. Entre ses pieds et le dossier du siège avant, le moteur monocylindrique vertical tremblait, vibrait, tressautait, agitait une énorme tige huileuse à travers un trou du plancher, en projetant dans toutes les directions des jets de graisse fondue. O'Rourke le regarda avec haine, le traita des noms de tous les démons gaéliques et lui cracha dessus. Le moteur lui envoya une giclée d'huile bouillante sur le pied droit. Le chauffeur desserra le frein et écarta un levier. Il y eut un terrible cliquetis de chaîne, le moteur bondit, O'Rourke jura et écarta ses pieds, la voiture se secoua comme un chien mouillé et d'une seule secousse franchit deux mètres. Plaquée contre le dossier, Griselda poussa un cri, le chauffeur inclina la tête vers elle pour s'excuser, la voiture calmée tourna devant le perron et commença à descendre l'allée. Griselda sentait son cœur gambader de joie. Elle se redressa et ouvrit son ombrelle d'un geste vif. Helen se cramponnait au collier d'Ardann qui voulait voler au secours de sa maîtresse, Jane agitait son mouchoir comme si sa sœur fût partie pour le bout du monde, Lady Harriet se demandait, mon Dieu, si elle avait eu raison d'accepter la proposition d'Augusta qui avait offert sa voiture automobile pour distraire Griselda de cette convalescence dont elle ne voulait pas sortir. Sir John n'avait rien entendu, les yeux des servantes, dans tous les coins, regardaient.

Au moment où la voiture allait atteindre le bas de l'allée et s'engager sur la digue, Waggoo surgit tout à coup de derrière la maison, franchit la pelouse comme un éclair, rattrapa l'automobile, en fit trois fois le tour en galopant follement et en glapissant de joie, rebondit sur la pelouse en une série de sauts et de culbutes et s'enfuit comme il était venu. Amy, jusqu'alors préoccupée, hocha la tête, rassurée, et commença à crier pour renvoyer tout son monde aux tâches quotidiennes.

Le bruit de l'automobile s'éloigna et s'affaiblit mais resta présent à l'horizon qu'il parcourut pendant la moitié d'une heure. Puis il reprit de la force, se rapprocha, et la voiture rentra dans l'île. Derrière elle, monté sur une bicyclette, Ed Laine, son fusil en bandoulière, pédalait dans la fumée.

Le crescendo de la fusillade avait de nouveau garni les fenêtres et le perron. La voiture s'arrêta au bas des marches. Ed Laine mit pied à terre, salua Lady Harriet et interpella le chauffeur qui était en train d'aider Griselda à descendre. Paddy O'Rourke sauta à terre et courut vers les communs en écartant les jambes. Ses deux pieds fumaient comme des poulets bouillis. Griselda chancelait, épuisée d'émotion et de bruit. Helen la soutint par la taille. Ardann bondissait et, tout à coup, on l'entendit aboyer...

Un silence prodigieux venait de s'établir : le moteur s'était arrêté.

Le chauffeur arracha sa casquette et ses lunettes en un geste d'énervement et se dirigea vers le moteur. Avant de l'examiner, il se tourna vers Griselda :

— Lundi prochain, Mademoiselle ?
— Oui..., dit Griselda.

Elle entendait à peine sa propre voix, noyée par le silence.

Elle avait regardé le chauffeur pour lui répondre et elle vit son visage pour la première fois, presque étonnée que ce fut un visage ordinaire d'homme. Non, pas ordinaire... Enfin elle ne savait pas... Elle avait vu peu d'hommes, presque point, à part les domestiques et quelques paysans, et ceux qui figuraient dans les illustrations des ouvrages historiques... Il y avait de beaux princes et de gros rois... Quel âge avait-il ? Trente-cinq ans ? Trente ?... Ses yeux très clairs, bien enfoncés sous les sourcils épais, et bordés de cils noirs, semblaient la regarder de très loin. Il continuait de parler, il disait que Lady Augusta avait acheté un autre moteur, qu'il travaillait avec le forgeron de Greenhall à l'ajuster à la voiture, qu'il espérait qu'il serait en place pour le jeudi suivant.

— C'est un trois cylindres, il fera moins de bruit, dit-il.

Elle vit qu'il avait les pommettes hautes, un peu saillantes, et que cela lui donnait une sorte d'air sauvage... Trois cylindres ? Elle ne savait pas ce qu'était un cylindre. C'était rond ?... Non, pas sauvage : farouche... Non, farouche, c'était trop... Réservé ? Non : lointain... Non, il était bien là, présent et solide. Et pourtant c'était vrai, il était loin... C'était le chauffeur... Tout cela n'avait aucune importance. Elle n'en pouvait plus. Elle se laissa conduire par Helen jusqu'à sa chambre, Molly lui ôta sa robe, elle s'allongea sur son lit dans son jupon de linon et de dentelles, s'étira longuement et se détendit. Comme le lit était doux et la température agréable!... Elle sentait la fatigue et l'ennui couler d'elle, s'en aller, il lui semblait qu'elle était posée sur un nuage. Elle ferma les yeux et, sans s'en rendre compte, sourit.

Jane, d'une fenêtre de l'étage, voyait de haut en bas le grand Ed Laine rapetissé, en train de parler avec des gestes au chauffeur penché vers son moteur. Elle vit aussi la bicyclette appuyée contre un arbre. Elle descendit en courant.

— Shawn Arran, disait Ed Laine, ne fais pas semblant de ne pas m'entendre! Maintenant que ton satané maudit démon de moteur est devenu muet, un être humain a le droit de parler et tu as le devoir de m'écouter!

Le chauffeur approcha du moteur un coton enflammé au bout d'une tige de fer. Il y eut une grande flamme jaune avec un « flop », Ed Laine fit un saut en arrière.

— Aide-moi! Vite! dit Shawn Arran.

Il s'arc-bouta derrière la voiture et se mit à la pousser.

Ed Laine commença un mot pour protester mais le plaisir d'exercer sa force l'emporta. Il referma sa bouche et poussa, la voiture démarra, le moteur éternua, toussa, explosa, la fusillade recommença. Le chauffeur sauta sur son siège et fit un salut d'adieu à Ed Laine. A la gaélique, la main ouverte levée à hauteur de la tête...

Ed Laine courut vers sa bicyclette, mais il trouva Jane campée devant elle en train de la regarder.

— Bonjour lieutenant, dit Jane.
— Je ne suis pas lieutenant, Miss. Je suis...
— Vous avez une bicyclette, maintenant?
— Oui Mademoiselle, on nous les a données parce que nos chevaux font trop de bruit. La nuit, les

rebelles nous entendaient venir et nous ne trouvions jamais personne. Avec les bicyclettes on ne nous entend plus...

— Et vous trouvez les rebelles?

— Non, Mademoiselle...

Il regardait le petit visage de Jane levé vers lui, lustré, naïf, un peu enfantin, offert comme un bonbon entre ses deux bandeaux de cheveux blonds bien lisses. Il commençait à oublier l'automobile dont le bruit s'éloignait.

— C'est agréable, la bicyclette? demanda Jane.

— C'est agréable dans les descentes... Mais à la montée ça ne vaut pas un cheval...

— C'est dur de pédaler?

— Des fois...

— Pourtant vous êtes fort, lieutenant...

— Je ne suis pas lieutenant, Miss, je suis royal constable irlandais de 1re classe.

— Amy disait que vous êtes écossais.

— Je suis écossais mais je suis constable irlandais, Miss.

— C'est drôle...

— C'est normal, c'est le Royaume-Uni...

Au sein du Royaume-Uni un gouvernement anglais, des rebelles irlandais et des policiers écossais. Cela lui paraissait un équilibre évident. Que Dieu protège la Reine...

— C'est ce qu'il nous faudrait pour mes sœurs et moi, dit Jane. Des bicyclettes. Surtout pour Kitty, pour aller voir ses pauvres. Et pour Alice, qui va maintenant tous les jeudis, à Donegal. Ça vient d'Angleterre?

— Oui Mademoiselle. Mais Eogan Magrath, le maréchal-ferrant de Salvery Street, à Ballintra, en a reçu cette semaine. Il a même des modèles pour dames, je les ai vues. Il y en a une verte et une bleue...

— C'est difficile de monter dessus?

— C'est délicat. Mais on apprend vite. Et si on tombe, c'est moins haut qu'un cheval.

Il se rendit compte que le bruit de l'automobile était sur le point de quitter l'île. Il ferma sa grosse main sur le guidon de la bicyclette.

— Je vous demande pardon, Miss, mais il faut que je rattrape cette damnée voiture...

— Pourquoi?... Pourquoi lui pédalez-vous après?

— Lady Ferrers nous avait promis qu'elle nous préviendrait quand elle s'en servirait. A sa première sortie nous avons cru que c'étaient les fenians qui attaquaient. Nous avons envoyé une estafette à Donegal. Toute la garnison s'est mise en alerte. Lady Ferrers nous a dit qu'elle ne la sortirait plus que les mardis. Les fermiers le savent. Le mardi ils tiennent leurs bêtes enfermées. Aujourd'hui c'est jeudi! Mary Malone est en train de courir après son cochon!... Il a tellement eu peur, elle m'a dit, qu'il est devenu rouge! Et il a filé comme s'il volait. Et le cheval de Meechawl Mac Murrin l'a entraîné avec sa charrette au milieu du marais de Tullybrook. Le vieil ivrogne s'est réveillé les pieds dans l'eau.

— Oh, dit Jane avec confusion, il faut excuser ma tante, elle a dû oublier... Elle a proposé des promenades à ma sœur Griselda qui vient d'être malade... Les lundis et les jeudis. C'est la première fois aujourd'hui. Ça a l'air de lui faire du bien... Il serait dommage...

Elle s'arrêta avec modestie, inclina la tête et baissa les paupières.

— Oh! dit Ed Laine, plein de remords, Lady Ferrers fait ce qu'elle veut : la voiture lui appartient et elle est sur ses terres... Mais je croyais que c'était ce chenapan de Shawn Arran qui avait fait une escapade... Maintenant nous saurons qu'il faut ajouter le jeudi et le lundi au mardi... Merci, Miss. Au revoir, Miss...

Elle ne sut comment formuler sa réponse puisqu'il n'était pas lieutenant. Elle lui fit un petit geste de la tête. Il inclina la bicyclette, l'enjamba et s'assit. La selle écrasée grinça, la machine tout entière parut rapetisser. Jane regarda le dos immense un instant immobile puis qui commençait de s'éloigner. Le fusil le barrait d'un trait sombre, et pointait en oblique vers le ciel.

QUAND le roi Conachur Mac Nessa eut retrouvé la trace de Deirdre, il lança contre les fugitifs une armée entière, car les trois frères avaient la réputation d'être invincibles quand ils étaient réunis. Ils se battirent pendant deux jours et deux nuits, et quand ils succombèrent il y avait une muraille de cadavres autour d'eux. Ils furent tués tous les trois.

Ce fut dans la nuit du vendredi au samedi qu'eut lieu au sud de Donegal l'accrochage entre une patrouille de gardes et un groupe de fenians au cours duquel Ed Laine eut la partie supérieure de l'oreille gauche emportée par une balle. A la lueur de la lune, tandis que les grenouilles se rassuraient et recommençaient à pousser leurs cris d'amour, le garde McMullan monta sur une pierre pour lui enrouler un pansement autour de la tête. Il lui dit :

— Il a visé haut, le cochon!

Des petits foyers d'insurrection s'allumaient dans tout le comté. Il semblait bien que cette flambée fût en rapport avec la présence clandestine de Hugh O'Farran, que la police ne parvenait pas à localiser.

C'était aussi une réaction de désespoir après le procès de Parnell. Celui-ci, qui depuis vingt ans essayait d'obtenir par des voies pacifiques la liberté de l'Irlande, venait tout à coup d'être convaincu d'adultère. Il avait une maîtresse! Une femme mariée! L'épouse de son propre lieutenant, O'Shea... Le mari trompé avait demandé le divorce et fait condamner Parnell.

Le ministre anglais Gladstone rompit les négociations. L'Angleterre accabla Parnell en ricanant. En Irlande même, son propre parti le rejeta. Les curés qui avaient appelé sur lui la bénédiction de Dieu le vouaient à l'enfer. Adultère! Fornicateur!

Vingt ans d'efforts étaient réduits à néant.

Parnell luttait pour reconstituer l'unité de son parti coupé en deux à cause de lui. Mais le nombre de ses partisans diminuait chaque jour. Les jeunes se détournaient avec dégoût de la voie des « parlotes », et ressortaient les armes cachées par leurs pères.

Les plus intelligents souhaitaient cependant voir Parnell garder la tête de la lutte pour l'indépendance. Sans lui, l'Irlande n'avait plus de chef. A moins que Hugh O'Farran n'obtienne des succès et ne parvienne à rassembler la révolte. Trois siècles plus tôt, O'Neill et O'Donnell, eux aussi « fils de rois », avaient failli rejeter les Anglais à la mer...

L'insurrection renaissante dans les comtés du Nord ne se manifestait encore que par des actions de nuit, isolées, sporadiques. Les rebelles avaient une longue tradition du terrorisme, mais les Anglais une habitude non moins ancienne de la répression. Des pelotons de constables de Dublin et de Belfast se mirent en marche pour venir renforcer les garnisons du Donegal et des comtés voisins.

St-Albans restait à l'écart des troubles comme l'île était à l'écart des terres. Dans la journée, d'ailleurs, la vie continuait partout normalement. Kitty ne pensa pas un instant à interrompre ses tournées. Et Griselda attendit avec impatience le retour de la voiture de Tante Augusta.

Mais le lundi il plut sans arrêt et la voiture ne vint pas.

Le jeudi, le temps était un temps d'Irlande : de vent, de soleil et d'eau, et Griselda se prépara. Elle décida de prendre sa grande cape verte qui lui épargnerait le cache-poussière. Et son capuchon rond la préserverait des ondées. Au-dessous, sa robe de couleur primevère, dont la jupe très ample rendrait plus facile l'ascension du marchepied. Elle fit coiffer par Molly ses cheveux en bandeaux épais sur les oreilles, et les y maintint par une écharpe de soie dont elle s'enveloppa la tête. Elle espérait ainsi se protéger un peu contre le bruit.

Mais l'automobile arriva presque dans un murmure. Shawn Arran avait installé le nouveau moteur.

Lady Harriet, dont l'ouïe n'était plus très bonne, ne l'entendit pas s'approcher. Elle était en train d'essayer de convaincre Paddy O'Rourke d'accompagner encore Miss Griselda dans sa randonnée.

— Que Votre Honneur me pardonne, dit le vieux jardinier, je ne le ferai pas ! J'ai eu les deux pieds cuits comme des pains d'avoine et quand j'ai ôté mes chaussettes j'ai eu au moins trois orteils qui sont venus avec...

— Ne pensez-vous pas que vous exagérez un peu, O'Rourke ?

— Exagérer ? Moi ? Oh !... Oh !...

Et pour convaincre Lady Harriet il se mit à marcher en boitant jusqu'à la porte du salon. Il boitait trois pas d'un pied puis trois pas de l'autre pour bien montrer qu'il avait souffert des deux côtés. Il revint vers Lady Harriet et s'arrêta devant elle :

— Les deux pieds cuits, Milady! Ça se voit, non?

— Ça se voit, dit Lady Harriet. Vous avez été très courageux, je vous remercie...

O'Rourke s'en alla en essayant de boiter des deux pieds. Lady Harriet se demanda qui elle pourrait envoyer à sa place. Les servantes avaient du travail . Elle aurait voulu demander conseil à son mari, mais il était en train de travailler. Elle préféra ne pas le déranger. Elle avait pour habitude de le préserver des soucis, non de lui en apporter. Peut-être Roy, le valet d'écurie. Mais James Mc Coul Cushin le cocher voudrait-il s'en séparer? Qui panserait les chevaux?

Shawn Arran avait également remplacé les roues ferrées de l'automobile par des roues pneumatiques venues d'Italie. Leurs rayons d'acier étaient à peine plus gros que ceux d'une bicyclette. Ils brillaient en tournant au soleil. On ne voyait d'eux que leur reflet. La voiture montait l'allée en S deux fois plus vite que la fois précédente, et le bruit de fusillade avait fait place à une sorte de vrombissement parfaitement supportable. Une partie des habitants de St-Albans était de nouveau là pour la regarder, et personne ne s'étonna de sa transformation. Un engin aussi fantastique devait pouvoir changer d'apparence à volonté. Peut-être, la semaine suivante, le verrait-on arriver avec des ailes transparentes, prêt à s'envoler.

— On dirait une guêpe! s'exclama Helen.

Ou un scarabée, brillant de tous ses cuivres. Un insecte rare, précieux et biscornu. Il s'arrêta devant le perron. Le chauffeur appuya sur une poire en caoutchouc noir accrochée à sa gauche, au sommet d'un tuyau de cuivre qui descendait en rampe hélicoïdale et tournait trois fois sur lui-même avant de s'épanouir vers l'avant en un pavillon éblouissant. Un mugissement rauque en jaillit. Ardann sauta en l'air et se mit à hurler. Les servantes furent saisies de stupeur et de crainte. Et leur admiration s'accrut. Griselda, qui était descendue dans l'allée, marcha avec décision vers l'automobile. Les deux lanternes, portées au bout de longs pédoncules, la regardaient s'approcher comme des yeux d'escargots d'or. Elle s'attendit à les voir s'allonger, se diriger vers elle, puis se rétracter après l'avoir reconnue.

Rien ne gênait plus ses mouvements. Habituée à grimper, elle fut assise à sa place avant que le chauffeur fût descendu pour l'aider. La voiture repartit. Elle ne s'était presque pas arrêtée. Griselda se mit à rire doucement, heureuse. Lady Harriet arriva sur le pas de la porte. Elle vit le dos de sa fille à côté du dos de Shawn Arran au sommet de l'étrange insecte qui s'éloignait, brillant et doré. Il disparut derrière les arbres. Lady Harriet se dit qu'après tout le chauffeur n'était qu'une sorte de cocher, c'est-à-dire un domestique ; et qu'un chaperon n'était peut-être pas nécessaire. C'était un souci de moins. Elle fut soulagée.

L'automobile réapparut pour s'engager sur la digue, et s'éloigna. On ne l'entendait déjà plus.

Naoïse, le mari de Deirdre, mourut de la main d'un gentilhomme. Ce fut Eogan Duntracht qui lui ouvrit le cœur de son épée et lui coupa la tête. Quand ses trois défenseurs furent morts, Deirdre fut liée sur un char qui l'emporta vers le roi.

Tout le ciel était rose. L'île était rose, les joues d'Helen et son petit front bombé étaient roses et il y avait un reflet rose sur le bleu profond de ses yeux.

Debout dans le jardin potager, elle regardait la maison, dont la silhouette se découpait sur les nuages du couchant.

Un vol de grues passait très haut au-dessus du toit, longue écharpe grise d'où tombait une rumeur de jacassements répondant à la rumeur de la mer. La marée du soir montait en remuant l'odeur des algues.

Le jour s'éteignait. Les fenêtres s'allumaient. De l'une à l'autre, Helen pouvait se représenter l'itinéraire de Brigid à travers pièces et couloirs, son bougeoir de cuivre à la main, la main haute, courant vers les lampes pour leur donner la flamme.

Enfin la grande baie de la bibliothèque palpita puis s'immobilisa dans le ciel, pleine de lumière dorée. Et Helen le vit. Elle avait honte. Elle ne pouvait pas s'en empêcher. C'était une force énorme, un besoin et une joie fabuleuse, comme de respirer après avoir plongé. Elle porta les jumelles à ses yeux et tout à coup il fut là à un mètre d'elle, son long visage, sa barbe blonde aux fils d'argent, le fin lorgnon qu'il mettait pour travailler. Les jumelles étaient puissantes, l'image tremblait et se décrochait, Helen la rattrapait, s'y cramponnait. Elle le voyait de face, elle pouvait le regarder, longuement, s'en emplir les yeux, le boire... Dans la bibliothèque elle le voyait de dos, à la salle à manger elle ne pouvait pas garder les yeux fixés sur lui. Ici elle pouvait tant qu'elle voulait, comme un enfant en rêve dans une pâtisserie sans défense. Il bougeait, il parlait, elle voyait ses lèvres remuer sous sa moustache, elle n'entendait rien. Parfois il semblait la regarder, la découvrir. Elle baissait vivement les jumelles, puis les relevait. Parfois la main de son père, qui répondait en faisant un geste, entrait dans l'image, cachait tout, s'en allait, découvrait de nouveau le visage lumière. Elle ouvrait la bouche pour mieux s'en emplir. Elle gémissait très doucement de bonheur.

— Tiens, c'est donc Miss Helen! dit une voix dans la nuit qui montait.

C'était la voix rêche du vieux Paddy O'Rourke, le jardinier.

— Je me demandais bien qui c'est qui me piétinait nuit après nuit... Si Miss Helen veut regarder passer les grues, elle pourrait peut-être choisir un autre endroit que mes haricots?...

Helen s'enfuit, étouffant ses sanglots et son rire. Les vols de grues se succédaient sans arrêt, emplissaient le ciel rose et mauve. Il y en avait d'interminables au ras de l'horizon, et d'autres tout proches, certains serrés, d'autres éparpillés, cherchant leurs oiseaux perdus, tous criant leurs appels et leurs ordres aux traînards et leur salut aux compagnies, et se soudant les uns aux autres par le bruit doux et sauvage d'un océan d'ailes.

Sir John avait enseigné à Helen le grec et le latin, et lui avait fait lire les philosophes et les théologiens. En bien des domaines elle aurait pu discuter à égalité avec de vieux professeurs. Mais elle ne connaissait rien en dehors de l'île. Elle n'était allée à Donegal que deux fois, et jamais plus loin. Son ignorance du monde, des problèmes sociaux et des rapports humains, n'était guère moins profonde que lorsqu'elle avait cinq ans. Elle pensait que le monde était à l'image de l'île. Elle connaissait la forêt et le cercle de pierres, et le renard à la queue blanche. Et ceux dont on ne dit pas le nom et qui rient avec la bêche. Elle savait que Brigid disait avoir vu la Dame Triste et elle la croyait. Elle-même, comme tous les habitants de St-Albans, avait entendu souffler Farendorn, le vent qui n'existe pas, et qui annonce un malheur. C'était un soir, il s'était mis à rugir autour de la maison. On était allé voir aux fenêtres, aucune feuille ne bougeait. Le lendemain la barque de Fergus Borah', de l'île aux Cloches, s'était retournée, et il s'était noyé avec son fils.

Elle savait qu'au printemps fleurissent les genêts et les rhododendrons, et elle ne doutait pas qu'il y eût partout des jardins et des forêts avec des rhododendrons grands comme des arbres, couverts de fleurs de tous les rouges. Elle aimait la vaste maison blanche, le salon tranquille où sa mère brodait, la grande cuisine pleine d'odeurs, les escaliers et les couloirs où passaient les servantes entre les ancêtres suspendus, le beau grand-père rouge sur son cheval, et par-dessus tout la bibliothèque sereine où tout le savoir du monde avait été réuni par son père. Son père grave, sage, intelligent, clairvoyant, bon, et qui savait tout ce qu'il y avait dans ces livres et bien plus encore. C'était cela l'univers, avec la mer autour pour le préserver, et la brume pour effacer le reste.

Et voilà qu'au sommet de cette colline de certitude

et de sécurité était venu se poser Ambrose. Et sa présence était si naturelle, si merveilleuse qu'il semblait à Helen que St-Albans n'avait été créé que pour l'attendre et le recevoir. Il en était l'émanation, l'image, le couronnement Il ressemblait à son père, il était savant, il était beau, il était tranquille. Il était là avec eux tous. Sur l'île, au milieu du monde.

A sa quatrième sortie, Griselda était déjà transformée. Elle revenait de ses promenades rayonnante de joie de vivre, une joie qu'elle avait perdue avec sa maladie et peut-être avant, dans la vaine attente de l'aventure, du prince, du navire, qui l'emporteraient hors de l'île. Le prince n'était qu'un chauffeur et le navire qu'une voiture, mais une voiture fabuleuse venue de l'avenir et qui la transportait déjà loin de St-Albans, dans un tumulte et des vapeurs de dragon.

A chaque départ elle jouait à croire que c'était un vrai départ, mais elle y prenait d'autant plus de plaisir qu'elle savait qu'il y aurait un retour. Elle partait, mais demeurait attachée à l'asile familial rassurant, avec ses sœurs et ses parents, ses arbres et son rocher, le renard et le chien, et sa merveilleuse enfance encore présente, sur laquelle les désirs d'évasion avaient fleuri comme des fusées d'or sur un genêt bien enraciné.

Le premier jour, le chauffeur lui avait demandé en criant :

— Où voulez-vous aller?

Elle avait répondu de même :

— Où vous voudrez!...

Si elle avait pu se faire entendre, comment aurait-elle avoué qu'elle ne connaissait pas un chemin hors de l'île ?

Ensuite, il ne lui demanda plus rien. Pour causer le moins de trouble possible dans le pays, il choisissait des itinéraires à travers les endroits les plus déserts de la campagne voisine. L'insecte bleu et or sur ses roues étincelantes les emportait par des routes à peine carrossables à travers les landes et les tourbières, et, le long de la côte, dans le paysage superbe et sauvage où la terre, les rochers et l'eau se disputent l'espace presque coudée par coudée. Les seuls êtres vivants de ces lieux étaient les oiseaux, et, de temps en temps, une vache solitaire, couleur de tourbe, qui, lorsque ses mamelles étaient pleines, regagnait une ferme lointaine pour y trouver le soulagement de la traite, puis repartait vers la liberté.

Le moteur, bien que moins bruyant, rendait la conversation difficile. Griselda n'échangeait que de rares paroles avec le chauffeur. Elle aurait pourtant aimé avoir avec lui des rapports plus familiers. A St-Albans, les domestiques, tout en restant, bien sûr, à leur rang, étaient aussi des amis. Parfois, dans une conversation détendue avec Amy, Lady Harriet lui en disait plus long sur ses soucis qu'elle n'aurait osé s'en dire dans la solitude. Et si Amy ne lui disait rien d'elle-même, c'est qu'elle n'en avait jamais rien dit à personne. Par contre Griselda savait tout de Molly et lui disait tout. Son intimité avec elle était par certains points plus grande qu'avec ses sœurs, presque aussi grande qu'avec Ardann, et un peu du même ordre : confiance et affection entre deux êtres d'espèces différentes, chacun sachant ce qu'il était, et ce qu'était l'autre.

Mais quand Griselda regardait le chauffeur, par moments, en esquissant un sourire, il restait impassible, les yeux fixés devant lui sur la route. Elle le sentait plein d'une force tranquille mais aussi d'une réserve qui était peut-être de la méfiance.

Quand il arrêtait la voiture pour refroidir le moteur avec un seau d'eau, ou pour déplacer une pierre qui risquait de briser une roue, il lui arrivait, ses lunettes ôtées, de tourner brièvement son regard vers elle. Elle le sentait alors très loin, retranché dans un monde un peu sauvage. Elle se demandait si cette réserve cachait une intelligence contrôlée, ou si c'était la simple marque d'une bêtise ordinaire.

Les pannes étaient courantes. Parfois le moteur se mettait à cracher comme un chat qui rencontre un fox-terrier, tandis que l'huile giclait dans tous les sens, parfois il tremblait jusqu'à ébranler la voiture, parfois la chaîne sautait, parfois tout simplement le moteur s'arrêtait.

Cela leur arriva alors qu'ils franchissaient un petit pont entre deux des lacs innombrables qui prolongeaient vers l'intérieur le royaume de l'eau. La voiture roula encore pendant quelques mètres puis stoppa.

Comme d'habitude, Shawn Arran, sans mot dire, se leva, prit la trousse à outils dans le coffre sous son siège, descendit, quitta son cache-poussière, sa casquette, ses lunettes, sa veste, retroussa les manches de sa chemise et se mit à fourrager dans le moteur qui fumait devant le siège arrière comme un champignon mal frit.

Griselda descendit à son tour, s'engagea dans un sentier près du pont, se trouva en quelques pas au bord du lac, et s'assit sur un rocher. Après le bruit permanent du moteur, c'était un moment merveilleux de douceur et de paix. Les chants des oiseaux semblaient faire partie du silence, comme une broderie bleue sur la nappe bleue du lac déployé. A une centaine de mètres, un couple de cygnes sauvages voguait lentement, en voyage presque immobile. Un groupe de canards bruns et verts tournait autour d'une île minuscule où poussait un seul arbre, plus large qu'elle. Par-dessous le pont, Griselda voyait, de l'autre côté du second lac, au pied d'une colline, un grand château aux fenêtres innombrables, foisonnant de tours carrées de hauteurs inégales et tout festonné de créneaux. Il paraissait neuf et vide. C'était peut-être un château de fées. Il lui semblait qu'il n'était pas là quand elle s'était assise. Elle le regarda fixement, pour le voir partir s'il partait. Le silence devint total, tendu, transparent. Puis tout à coup, dans un buisson à gauche, un oiseau chanta un trille suivi d'une note interminable. Cette note fendit en deux la cuirasse de verre du monde et Griselda sut, en un éclair, qu'elle était entrée à l'intérieur et qu'elle vivait un instant unique, sans avant ni après. Il n'avait pas de durée mais une immensité. Elle en occupait le centre et elle était partout, elle comprenait tout, elle était le lac et le ciel, les cygnes et le château. C'était une sensation absolue, solide et fragile comme un miroir. Elle savait tout et elle pouvait tout. Mais son premier geste allait détruire d'un seul coup sa certitude et son pouvoir. C'était inévitable. Elle savait ce qu'elle allait faire, et elle le fit. Elle prévoyait son mouvement à mesure qu'elle l'accomplissait. Lentement, elle se baissa, ramassa un caillou et le jeta devant elle, tout près, dans le lac.

Au moment où il brisa l'eau, explosa le bruit du moteur réparé. Griselda se mit à rire et leva la tête vers la route. Shawn descendait le sentier, laissant tourner le moteur. Il s'approcha d'elle, lui tendit son bras droit et la pria de bien vouloir relever sa manche qui avait glissé. Ses mains étaient noires de cambouis. Elle roula la manche, puis l'autre, jusqu'au biceps. Le dos de ses doigts effleura la peau tiède et claire. Cela fit naître dans ses propres bras un frisson qui lui remonta jusqu'aux épaules.

Shawn regarda autour de lui, choisit une plante couronnée de fleurs mauve pâle, l'arracha, la broya, et en frotta ses mains trempées dans l'eau. Cela se mit à mousser et eut raison du cambouis.

— Bon, dit-il, maintenant nous pouvons repartir.

Il se séchait avec un grand mouchoir blanc tiré de sa poche, et rabattait ses manches. Sa chemise était de laine fine à grands carreaux bleus et verts, tissée à la main par un paysan.

— On a le temps, dit Griselda. Reposez-vous une minute...

Elle se poussa sur le rocher pour lui faire place, et lui fit signe de s'asseoir.

Il hésita un instant, puis s'assit.

— Vous savez comment ça fonctionne, un moteur? dit-elle.

— Bien sûr...

— C'est merveilleux!... Moi cela me paraît tellement extraordinaire... Tout ce bruit, et puis que ça pousse la voiture... Où avez-vous appris?

— En Allemagne.

— Vous avez beaucoup voyagé? Où êtes-vous allé?

— En France, en Italie.

Elle lui parlait avec des inflexions douces, un peu affectées, comme à un animal qu'on rencontre pour la première fois et avec qui on veut faire amitié. Il l'écoutait sans la regarder. Il semblait attentif, au-delà des paroles, à un sens caché contenu dans la vibration même des mots. Il répondait après un instant, d'un ton bref.

— L'Italie! dit-elle. Oh! J'aimerais tant y aller! Vous connaissez Florence? Catherine Sforza y est arrivée à trente-trois ans, pour épouser un Médicis. Elle était très belle. On lui avait assassiné son premier mari. Elle l'avait épousé à quatorze ans. On lui a assassiné aussi son amant... Elle l'a vengé... Vous connaissez Florence? Ce doit être si beau avec tous ces palais..

Pour la première fois, il se tourna vers elle pour lui répondre. Il lui dit :

— Rien n'est aussi beau que l'Irlande!

Il avait parlé avec une sorte de ferveur sauvage, à peine retenue. Le ton de sa voix balaya en grand coup de vent les décors florentins mal ajustés dans la tête de Griselda. Elle sut qu'il avait raison. Elle vit de nouveau, sans les regarder, les lacs et les collines, et derrière eux les étendues mêlées de terre et d'eau sous le ciel gris mêlé de blanc et de bleu. Elle regardait Shawn. Elle répéta à voix basse :

— Rien n'est aussi beau que l'Irlande...

A ce moment elle se sentit si près de lui, sans séparation d'aucune sorte, qu'elle leva la main et lui toucha les cheveux du bout des doigts. Ils étaient noirs, épais, souples. Un peu de soleil qui passait y alluma un reflet de feu. Le feu descendit dans le bras de Griselda jusqu'à l'intérieur de sa poitrine. Brusquement, Shawn lui saisit le poignet.

Tout disparut autour d'elle, dans le noir d'avant la création. Il n'y avait plus au monde que les yeux de Shawn. Ils la brûlaient d'une question muette, ils la pressaient, voulaient entrer dans sa pensée et décider. C'étaient les yeux d'un dieu sauvage, à la fois pleins de douceur et de force et contenant la menace d'un pouvoir. Elle accepta leur douceur et leur lumière, et elle sentit leur force fendre au fond d'elle-même un rocher. Le feu de sa poitrine coula dans tout son corps.

Elle prit peur. Elle se sentit prête à tomber dans un gouffre au fond duquel elle ne savait ce qu'elle trouverait, une joie inimaginable ou un danger aux dents de loup. Elle voulait fuir et ne bougeait pas. Elle était sûre que l'univers qu'elle avait toujours désiré connaître, inquiétant, exaltant et sans limites, était là...

Elle dégagea son poignet d'un geste brusque et se leva. Elle dit d'un ton froid :

— Rentrons...

Le château était toujours là. C'était le château des Kinkeldy. Il avait été détruit par les Anglais au XVIIe siècle, reconstruit, et brûlé par les Irlandais au début du XIXe. Il n'en restait que les murs. La famille Kinkeldy avait pris le bateau pour l'Amérique.

Ils ne dirent pas un mot pendant le retour. Assis côte à côte, raides dans leurs sièges, ils semblaient avoir été pétrifiés par le démon bruyant de la voiture, annexés et incorporés à elle, comme la trompe de cuivre et les yeux d'escargot. Le moteur jubilait et les enveloppait d'une vapeur bleue d'encens de pétrole.

Quand ils arrivèrent à l'entrée de la digue, Griselda redevint mobile, se tourna vers Shawn Arran et lui demanda de s'arrêter. Elle voulait rentrer à pied. Il sauta à terre et lui tendit la main pour l'aider à descendre. Mais elle s'en passa, prenant appui sur l'accoudoir du siège.

Debout, devant lui, le regard baissé, elle voyait les chaussures de gros cuir faire face à la pointe fine de sa bottine gauche, en chevreau glacé, qui montrait juste le bout de son nez sous le bord de sa jupe. Doucement, elle le rentra, leva les yeux vers Shawn et lui sourit.

Elle murmura :
— A lundi !...

Elle eut l'impression qu'il allait s'élancer en avant, vers elle, sur elle... Mais il ne bougea que pour grimper sur son siège, brusquement, sans répondre. Il agita avec violence les leviers et les tiges, tout le fer et le feu firent un bruit de dragon à qui on marche sur la queue, et la voiture démarra comme une folle, en hurlant et crachant des cailloux.

Griselda soupira de bien-être et s'engagea sur la digue. L'après-midi s'achevait dans la douceur et la paix. Le bruit de la voiture s'estompait derrière elle et celui de la mer venait à sa rencontre. La marée était étale, à son plus haut. L'énorme masse océane, en équilibre, s'immobilisait pour un court repos entre son éternel voyage et son retour recommencé. Sa surface lisse était moirée de pourpre, d'aigue-marine et de vert. L'île était là, solide et familière, en voyage de rêve sur les reflets. Ardann dévalait la pente en aboyant, fou de bonheur. Griselda se sentit envahie d'une joie qui lui donnait envie de danser. Ses membres, tout son corps libre, lui paraissaient légers, en accord avec les mouvements de la mer et du ciel. Elle courut à la rencontre du grand chien blanc et roux taché d'ombre. Ils se rejoignirent au bas de la pelouse. Il sauta pour lui lécher le visage. Elle le retint dans ses bras et le serra contre elle, ils roulèrent ensemble sur l'herbe, elle riait, il aboyait, la mer recommençait à descendre en soupirant.

Le dimanche suivant était le troisième du mois, celui où le Révérend John Arthur Burton, pasteur de Mulligan, venait déjeuner à St-Albans, après avoir célébré le culte. C'était un grand vieillard mince et chauve, qui avait dû être roux, si l'on en jugeait d'après son teint. Il avait passé une partie de sa vie comme missionnaire en Papouasie. Il en était revenu veuf et boiteux. Les mauvaises langues disaient que sa femme avait été mangée par ses catéchumènes ainsi que le pied qui lui manquait. Si c'était vrai, cela n'avait pas altéré son âme. Il était rose à l'intérieur comme à l'extérieur. Il joignit les mains et dit :

— Invoquons le Seigneur...

Toute la famille était réunie au salon. C'était l'usage : le Révérend célébrait un petit culte privé avant qu'on se mît à table. Ce contact mensuel avec la religion constituée épargnait aux fidèles de St-Albans le déplacement dominical jusqu'à Mulligan. Sir John était debout sous Johnatan à cheval. Il avait à sa droite un petit groupe formé de sa femme, d'Ambrose Aungier et de Tante Augusta qui était venue ce jour-là parce qu'elle voulait lui parler d'un sujet important. Et à sa gauche le groupe de ses filles. Le Révérend leur faisait face, ayant à sa droite le fauteuil aubergine, à sa gauche le pouf marron à glands, et derrière lui la table basse en if portant le grand vase de Chine couronné de verdure.

Les yeux fermés, le front plissé dans un effort de communication, il disait :

— Seigneur, Tu nous vois une fois de plus réunis pour invoquer Ton nom, Te remercier de Tes dons et implorer Ton indulgence infinie pour nos péchés et nos faiblesses. Tu connais bien cette maison où on T'aime et Te respecte. Veuille continuer, Seigneur, de lui accorder Ta protection et Ta paix, Amen !..

— Amen ! répondit le chœur de la famille.

Mais une petite voix dure, tremblante de colère contenue, s'éleva aussitôt :

— Je me demande, dit-elle, QUI est ce Seigneur que vous invoquez !

C'était la voix d'Alice. Son regard brûlait le Révérend stupéfait. Sous sa guimpe de dentelle noire, les artères de son cœur battaient. Ses mains serrées l'une dans l'autre devant sa poitrine plate formaient un petit poing sec, agressif et solide. Elle continuait, indignée, ardente :

— On dirait que vous vous adressez au capitaine de la police ! Et que vous êtes allés à l'école ensemble ! Vous semblez prêt à l'inviter à déjeuner ! Pensez-vous un instant que c'est à Dieu que vous parlez ?

La famille regardait Alice avec des yeux écarquillés. Personne n'était plus capable de bouger un cil ni un doigt.

Elle respira un grand coup. Tout cela n'avait été qu'un prologue, destiné à lui donner du courage pour dire ce qu'elle avait à dire :

— Je dois vous faire savoir que je suis catholique !... J'ai regagné le sein de l'Église ! La seule !

catholique, apostolique et romaine!... J'ai été baptisée avant-hier...

La maison tout entière se pétrifia. A la cuisine, Amy lâcha la queue de la poêle et leva la main pour réclamer le silence. Les servantes s'immobilisèrent et se turent. Elles ne pouvaient rien entendre à travers les murs. Mais elles écoutaient...

Alice poursuivit à voix presque basse :

— Et je vais entrer au couvent. Pour le reste de ma vie. Le plus tôt possible...

Soulagée, en paix avec elle-même, elle baissa les yeux, se détourna, et sortit calmement du salon.

— Cette fille est folle! cria Lady Augusta.

— Seigneur Jésus!... Seigneur Jésus!... répétait le Révérend.

— Mon Dieu! Mon Dieu! disait Lady Harriet.

— Je... Je ne comprends pas... disait Sir John.

— Désolé..., dit Ambrose.

Griselda esquissait un sourire. Elle était un peu étonnée, mais surtout amusée. Jane, rouge d'émotion, se mordait les ongles. Helen, bouleversée par le fait que cela se fût passé devant Ambrose, le regardait pour deviner jusqu'à quel point il était scandalisé. Kitty pensa tout à coup que si Alice avait pris une décision aussi abominable, c'était parce que quelque chose devait la rendre très malheureuse. Elle sortit en courant pour la rejoindre.

Amy, dévorée de curiosité, vint annoncer avec dix minutes d'avance que le déjeuner était servi. Elle essaya de deviner, huma le désarroi et la honte, vit le Révérend s'essuyer le front en ouvrant la bouche comme une truite sur l'herbe, entendit Lady Augusta gronder une fureur sans mot, constata l'absence d'Alice et de Kitty, et grimpa à toute allure vers les chambres des filles.

Chez Lady Harriet, l'habitude du calme reprit le dessus. Ce fut avec le sourire aimable des dimanches qu'elle pria ses hôtes de passer à table. Elle refusait pour l'instant d'envisager et même de connaître la folie de sa fille. C'était à son mari de prendre des mesures, et à elle de l'aider. Plus tard. Après le déjeuner.

Sir John se retrouva assis sans avoir conscience de s'être déplacé. Sa tête était pleine d'un brouillard qui débordait devant ses yeux. Alice! Était-ce possible! Qu'avait-elle dit exactement à propos de Dieu?... Entrer au couvent?... La malheureuse!... Catholique! Catholique... Il hochait la tête. Ce n'était pas possible!... Elle était catholique!...

La place d'Alice resta vide. Personne ne prononça son nom. Kitty revint en rajustant ses cheveux. Son père la regarda mais elle ne dit rien. Ambrose mangea avec juste assez de silence pour montrer qu'il compatissait, et assez de paroles pour faire comprendre qu'il n'étendait pas le scandale au reste de la famille. Lady Augusta reprit trois fois de l'agneau bouilli au gingembre. Elle résistait à l'envie d'en broyer les os avec ses dents. La flamme de l'indignation la consumait intérieurement. Elle maigrissait sur place. Elle eût écouté son appétit elle eût mangé les assiettes. Son corset construisait dans son corsage un promontoire vide où flottaient ses seins-étendards.

Cet horrible instrument lui sciait la taille. Elle l'avait mis à cause du pasteur, et de l'hôte de son frère. En semaine, et surtout pour la chasse, elle gardait son corps libre, et disciplinait sa poitrine avec une chemise dure, très serrée, qui la rabattait bien à la verticale et l'empêchait de se promener. Les femmes sont mal construites. La nature les a sacrifiées. Elles ont un ventre pour se faire engrosser et ces mamelles pour nourrir d'autres petites femelles aussi bêtes qu'elles, ou de petits mâles qui deviendront des hommes stupides. C'est bien gênant quand ça ne sert plus à rien. On devrait pouvoir les couper.

Ce n'était pas contre Alice que brûlait sa colère, mais contre John. C'était lui le responsable et le coupable. Ce qui arrivait, elle l'avait prévu. Et ce n'était pas la fin!

Elle le lui dit vertement après s'être isolée avec lui dans le petit salon.

— C'était inévitable! Je savais ce qui allait se passer!

— Vous étiez au courant des projets d'Alice?

— Ne dites pas d'insanités! Comment aurais-je pu être au courant?

Elle criait presque. Ils étaient debout tous les deux, lui immobile, adossé à la cheminée, elle marchant vers lui, puis s'arrêtant et se détournant et marchant de nouveau vers lui comme pour prendre d'assaut cette dignité, cette sérénité, par lesquelles, sans même y penser, il l'avait toujours maintenue à distance.

— Est-ce que vous avez jamais réfléchi une seconde à la vie que vous faites mener à vos filles?

— Moi? Quelle vie? Elles se sont plaintes à vous?

— Bien sûr que non!

— Il me semble qu'elles sont heureuses...

— Il s'agit bien d'être heureuses! Une jeune fille n'est pas faite pour être heureuse! Elle est faite pour être mariée! Vous savez ce que c'est une jeune fille, vous qui en avez cinq?

— Eh bien, il me paraît évident que...

— Ça n'existe pas! C'est un passage, une crise! C'est un courant d'air entre l'enfance et le mariage! Au lendemain du mariage, ça y est, c'est quelque chose, c'est une femme, ça n'est pas forcément plus heureux que ça, mais ça s'habitue, parce que c'est planté quelque part, ça prend racine, dans un pot ou dans un jardin, mais *chez soi,* avec *son* mari, *ses* enfants, *son* budget, *ses* soucis à *soi.* C'est enfin un être humain... Dites-moi, John, comment comptez-vous les marier, vos cinq filles?

— Eh bien, mais... Quand le jour viendra, je...

— Il est venu, le jour, grand Dieu! Il est là! pour toutes les cinq! Et pour Alice il est là depuis longtemps! Cette pauvre petite a... Quel âge a-t-elle exactement? Vingt-sept? Vingt-huit?

— Vous déraisonnez! Alice?...

— Elle en paraît trente!... Mettons vingt-six...

— Attendez... Elle est née en 64... Elle est dans... dans sa vingt-septième année!... Ce n'est pas croyable!... Vous avez raison...

— Bien sûr, j'ai raison! Voilà plus de dix ans qu'elle attend vainement, dans sa solitude...

— Sa solitude? Elle n'a jamais été seule!...

— Une jeune fille est *toujours* seule. Des sœurs, des frères, les parents, ça tourne autour de la solitude, ça ne la garnit pas! La famille, ce n'est qu'une compagnie, ce n'est pas un compagnon. Ça ne sert qu'à créer la jeune fille, à la préparer et à la soutenir jusqu'au mariage. Et si celui-ci n'arrive pas, sa solitude devient insupportable! Un seul être peut la faire cesser : un mari! Je dis bien un *mari*, pas seulement un homme... Ce qu'elle en fera ensuite, et ce qu'il fera d'elle, c'est un autre problème. Mais aucune fille ne se sent vraiment *achevée* tant qu'elle n'est pas mariée... Jusqu'au mariage, ce n'est qu'un têtard!

— Un têtard?... Vous avez de ces images... Tout cela est peut-être en partie vrai... Mais je...

— Je!... Je!... Assez de Je!... Vous êtes enfermé dans votre égoïsme comme un chat dans sa fourrure! Vous avez trouvé un gros coussin pour vous y poser : l'île! Et votre femme et vos filles sont autant de petits coussins dont vous vous couvrez! La tiédeur de leur présence vous fait ronronner d'aise! Vous voulez les garder autour de vous jusqu'à votre mort? En voilà déjà une qui n'est pas d'accord!

Le mot « mort » fit frémir Sir John. C'était un mot qu'il n'aimait pas, une pensée qu'il ne laissait jamais s'attarder dans sa tête. Il n'était pas tellement sûr des affirmations de la religion concernant une vie future, et la fin de celle-ci lui paraissait une éventualité terrible qu'il ne voulait pas évoquer.

— Vous n'auriez jamais dû quitter Londres, dit Augusta. Où allez-vous trouver des prétendants pour vos filles, ici, sur ce morceau de terre entouré d'eau? A qui allez-vous les marier? Au pasteur? C'est un bon parti : il lui reste un pied.

Elle ricanait de colère, ses lèvres se retroussaient sur ses longues dents jaunes.

— Il y a longtemps que je voulais vous dire tout ça. J'étais venue exprès aujourd'hui... Je me mets à la place de mes nièces, depuis longtemps... J'ai eu trop de peine moi-même à trouver un fiancé convenable et à le conserver après que notre père — que Dieu le garde auprès de lui, et qu'il le garde bien! — eût gaspillé notre fortune! Je suis venue vous dire : John vous devez retourner vivre à Londres!

— A Londres? Vous perdez la raison!

— Si vous restez ici vous ne les marierez jamais! jamais! jamais! Vous avez déjà fait le malheur d'Alice, allez-vous les sacrifier toutes les cinq?

Les mots « jamais! jamais! jamais! » frappèrent trois coups de marteau sur la tête de Jane. Elle était assise dans l'herbe, dehors, juste sous une fenêtre, avec un agneau dans les bras. Elle ne s'était pas placée là pour écouter, mais Tante Augusta parlait si fort qu'elle avait entendu.

Tout de suite après le repas elle s'était sauvée dans la forêt, elle avait aperçu de loin Griselda qui se dirigeait vers le Rocher, elle avait voulu la rejoindre pour parler avec elle de cet événement inouï, mais elle l'avait perdue de vue, elle avait couru vers le Rocher, et Griselda n'y était pas.

Alors elle revint vers l'if et parla avec le renard. C'est-à-dire qu'elle parlait, et le renard faisait de petits bruits de cailloux et de feuilles au fond de son trou, pour montrer qu'il était là et qu'il écoutait. Mais il se montrait rarement à d'autres que Griselda et Amy. Et aujourd'hui il avait senti l'odeur d'Augusta et il écoutait à peine Jane. Il frémissait par moments de peur et de colère.

— Pourquoi a-t-elle fait ça? demandait Jane. Catholique! tu entends?... Elle est catholique! Et elle veut entrer au couvent! Elle n'aura jamais d'enfants! Jamais!...

Cela lui parut si horrible que des larmes lui emplirent les yeux. Elle courut vers la pelouse, elle avait besoin de combattre sa détresse, elle ramassa un agneau malgré les bêlements d'inquiétude de sa mère, et le serra doucement sur sa poitrine. Il bêlait aussi, d'une voix pointue, puis il se calma quand elle lui donna le bout de son doigt à téter. Elle vint s'asseoir contre le mur de la maison. La brebis la suivit en bêlant. L'agneau s'endormait dans la chaleur et la douceur des bras de Jane et de sa poitrine bien ronde. Jane se réchauffait aussi. Elle aurait de petits agneaux dans ses bras, des enfants à elle, qu'elle nourrirait de son sein... La voix de sa tante entrait dans ses oreilles, elle n'y prêtait pas attention, puis elle l'entendit, puis elle la comprit...

Jamais! Jamais! Jamais!...

Était-ce possible? Elle écarquilla les yeux et les leva au ciel. La vérité lui apparut dans toute son horreur et son évidence. Elle ne se marierait jamais! Elle n'aurait jamais d'enfants! Jamais!... La détresse s'empara d'elle de nouveau et la submergea. Elle regarda l'agneau endormi dans la douceur de ses bras arrondis et de ses seins ronds et doux qui ne serviraient à rien. Elle gémit et embrassa la petite tête dure frisée. Elle était la plus jeune, c'était elle qui avait le moins de chances... Elle serait la dernière... Si un fiancé arrivait, il serait d'abord pour les autres... Mon Dieu que de femmes sur cette île! Rien que des femmes, toujours des femmes! Et il fallait qu'elle aille aider Molly à ranger le linge de la dernière lessive! Sa mère voulait qu'elle sache où se trouvait chaque chose, même le moindre mouchoir! Pourquoi moi? Toujours moi? Et préparer les sandwiches pour le thé! Non, elle n'irait pas!... Non! Non!

L'agneau se réveilla brusquement et sauta dans l'herbe. Il s'emmêla les pattes et tomba sur les genoux. Jane se mit à rire, renifla, et essuya une larme au bout de son nez.

— Qu'est-ce que cette idiote de brebis a à gueuler comme ça? dit Lady Augusta... J'espère que vous n'allez pas laisser Alice entrer au couvent?

— J'ai toujours eu l'intention de laisser mes filles faire ce qu'elles voudraient, dit Sir John.

— Bien sûr! Et pour ça vous les enfermez ici! dans cette prison d'eau!... Je ne suis pas contre une certaine liberté, mais le couvent!... Quand je pense qu'elle est déjà baptisée catholique!... catholique!...

Quelle horreur! Peut-être si on lui trouvait un mari accepterait-elle d'abjurer?...

— Je ne le lui demanderai pas! dit Sir John avec fermeté. Mes filles sont libres de leurs pensées et de leurs sentiments...

— Voilà! comme votre père! Largeur d'esprit! Amitié avec les catholiques, pendant que leurs tueurs nous guettent dans la nuit! Remarquez je comprends qu'ils ne soient pas toujours satisfaits de leur sort!... Je conviens qu'il y a parfois des injustices... Mais on peut comprendre les bêtes sans désirer pour autant devenir soi-même un cochon!... Catholique!... Elle est folle!...

Amy savait. Tous les domestiques, maintenant, savaient. Amy était allée en dire deux mots au jardinier et au cocher, après avoir apaisé les servantes. Pour ces filles, catholiques, la décision d'Alice était une sorte de victoire qui les concernait. Amy ne voulait pas les laisser gagner par la surexcitation.

Tandis qu'elles mangeaient à l'office, s'interpellant à voix retenue et riant dans leur soupe, rouges autour de la grosse table de bois, elle les sermonna.

— Taisez-vous idiotes! C'est un grand malheur pour la famille!... Oui, un malheur!... Et je n'approuve pas Miss Alice... Nous devons rester à la place où Dieu nous a mis pour l'adorer... Toutes les places se valent, et Dieu est le même pour tous, même pour ces cochons d'Anglais, que le diable les brûle!

En revenant des écuries elle trouva Jane toute blême, frissonnante, accroupie sous la fenêtre du petit salon.

— Qu'est-ce que tu fais là, toute croupetonnée? dit Amy. Le froid va te monter dans les reins jusqu'à la tête!

Jane se leva lentement en s'appuyant au mur. Elle se sentait vieille, vieille...

— Quel âge elle a, Alice, dis, Amy?

— Je ne sais pas, exactement...

— Au moins trente ans?

— Non! tu es folle...

— C'est affreux ce qu'elle a fait, dis, Amy.

— Il ne faut jamais juger, mon poussin...

— Je ne la juge pas, je la comprends... A trente ans, et pas encore mariée, qu'est-ce que tu veux qu'elle fasse?... Tante Augusta dit que nous ne nous marierons jamais!...

— Nous? Qui ça, nous?

— Mes sœurs et moi! Elle dit que nous ne trouverons jamais des maris ici! Et que nous ne nous marierons pas!

— Lady Augusta, que je respecte, dit Amy, n'est qu'un vieux cheval boiteux, qui n'y connaît rien du tout! De quoi je me mêle! Elle t'a dit ça à toi?

— Non... A papa...

— Elle a bien fait, il serait temps qu'il y pense! dit Amy. Va t'occuper, ne reste pas à ne rien faire.

— Et moi je suis la plus jeune! S'il en vient un il ne sera pas pour moi! Je serai la dernière!

— C'est toujours la plus jeune qui se marie en premier... Tu as le derrière tout mouillé de t'être assise par terre... Va changer de jupe, et ensuite occupe-toi, occupe-toi! Les futurs maris aiment bien les jeunes filles qui savent s'occuper dans la maison...

— Mais...

— Tais-toi! Lorsqu'on te dit quelque chose tu dois obéir joyeusement...

— Mais!...

— ... avec douceur et patience! Autrement, comment veux-tu devenir une jeune fille accomplie? Tu sais bien que tu dois m'écouter, mon petit bourgeon du printemps, et que tout ce que je te dis est pour ton bien! Quand tu es née, c'est moi qui t'ai habillée... Tu étais plus petite que la moitié de cet agneau... Va vite mettre ton derrière au sec...

L'agneau était enfoui sous le manteau blanc de sa mère, entre ses quatre pattes noires. Il lui secouait les mamelles avec sa tête pour faire venir le lait, et sa petite queue, qui dépassait, frétillait de joie.

Jane se mit à rire en le regardant.

— Après tout, il se peut qu'il y en ait un qui vienne et qui me veuille, dit-elle. Kitty est vieille, maintenant! Et Helen aussi! Et même Griselda a au moins vingt ans... S'il veut quelqu'un de jeune... Mais il ne faudrait pas trop qu'il attende... Moi je dirai oui tout de suite... Je ne serai pas difficile... Pourvu qu'on ait beaucoup d'enfants...

— Oui ma petite idiote! Va vite te changer et compter les draps! Et regarde si les serviettes en lin sont bien repassées, les neuves, celles qui sont brodées d'une fleur bleue. Cette brute de Magrath, quand elle a un fer dans la main, elle écrase tout. Avec le lin, il faut être ferme mais délicat. Elle est aussi légère qu'une vache... Va, mon agneau, va, sois bonne lingère, et tu ne resteras pas au bord du chemin...

Lady Augusta était venue à cheval, sur un grand carcan roux et maigre, aussi increvable qu'elle. Quand elle repartit, Waggoo surgit brusquement d'un massif de rhododendrons, et sauta vers elle comme s'il voulait lui mordre un pied. Il sauta trois fois et ses mâchoires claquèrent au ras de la chaussure. Lady Augusta le cravacha et l'injuria, et quand il s'en alla tout à coup, à toute vitesse, au ras de l'herbe, avec sa queue horizontale comme la fumée blanche d'une fusée, elle voulut tourner bride et le poursuivre, mais son cheval refusa, se cabra, hennit et l'emporta au grand galop sur la digue.

Ils passèrent à fond de train devant la plaque que les gens du pays avaient fait apposer sur le mur de la digue à la fin de sa construction. Les lichens commençaient à estomper et combler les lettres gravées dans le marbre. Mais Augusta en connaissait le texte par cœur :

« Cette chaussée témoigne du grand amour mutuel qui existait entre Johnatan Greene et les gens du Donegal, non seulement ses fermiers mais d'autres aussi. Pendant une terrible période de famine et de peste, Johnatan Greene, ni pour la première fois ni pour la dernière fois, s'est interposé entre la mort et eux. Quand la mort se tourna vers lui, le frappant hors de son île, tous, catholiques et protestants, sont venus par centaines avec leur pic, leur pelle et leur brouette, et ont construit cette digue, afin qu'il pût rentrer chez lui rendre son âme à Dieu. »

Le grand cheval maigre ne commença à se calmer que lorsqu'il fut assez loin du rivage pour ne plus sentir les odeurs de la mer et de l'île. Le long rire de Waggoo résonnait dans la forêt.

La forêt cernait entièrement le cercle de pierres, mais s'arrêtait tout autour à trois pas, sans que les jardiniers y fussent pour rien. Amy disait qu'un accord s'était fait ici entre les formes de la vie pour que chacune reste à sa place. Et si Helen, la petite savante, lui objectait que la roche n'est pas vivante, elle répondait que la vie est partout, et que rien de ce qui existe n'est immobile ni inanimé.

Griselda s'était assise à l'extrémité de la pierre couchée. Comme son grand-père Johnatan elle était certaine que la pierre étendue en direction de l'océan désignait quelque chose, peut-être la Terre Nouvelle derrière la grande eau, peut-être l'étoile perdue d'où étaient descendus les ancêtres, peut-être le vent qu'il fallait suivre pour partir... Autour de la pierre couchée, les pierres levées fermaient le cadran du mystère, horloge du ciel, boussole des siècles, mesurant l'espace ou le temps, ou les deux, ou plus encore.

Mais un mystère plus grand occupait l'esprit de Griselda. Toutes les formes de la vie n'avaient plus pour elle qu'une forme. Elle se coucha de tout son long sur la couche minérale, regarda les nuages qui couraient et n'y vit pas ce qu'elle avait envie de voir.

Elle ferma les yeux et ne le vit pas davantage. Elle tourna la tête à gauche et à droite sur le dur oreiller, furieuse contre elle-même et sa faiblesse. La violence avec laquelle elle avait envie de revoir Shawn Arran lui faisait peur.

Elle s'abandonna entièrement à la pierre, elle la sentit devenir tiède sous elle et épouser chaque pli de son corps. Elle souhaita de toutes ses forces savoir, elle demanda à la terre et aux arbres, à la mer et à l'air de lui montrer ce qui l'attendait dans les jours à venir. La pierre devint barque et quitta le rivage, l'emportant sur le lent roulis de l'odeur verte et des mille murmures de la forêt. Elle était sur le lac et sur le rocher à la fois. Et Shawn lui tenait le poignet et la regardait. Son regard la brûlait, il ordonnait et demandait. Elle faiblissait, elle avait envie de faiblir plus encore, de n'être plus rien, d'obéir. Et elle ne voulait pas! Elle voulait rester libre!

Mais en même temps ces yeux gris, ces yeux clairs derrière les cils noirs exprimaient la détresse nue d'un animal farouche blessé et prisonnier. Elle seule pouvait le délivrer. Il était le Prince enchaîné dans la Tour... Demain, lundi, que ferait-elle?

Mais le lendemain la voiture sembla ne pas vouloir tomber en panne. Elle ne s'arrêtait pas et Shawn restait muet, figé dans sa fonction de chauffeur. Griselda sentait sa présence comme une chaleur qui la menaçait de brûlure. Quand le moteur se mit à tousser, ses mâchoires se crispèrent et son cœur s'accéléra. Mais après quelques minutes de bruits divers, les trois cylindres reprirent leur rythme normal et la voiture poursuivit sa route. Griselda jeta à Shawn un regard de biais. Elle ne vit que la moitié de son visage, de profil, à moitié caché par une moitié de lunette. Il n'exprimait aucune émotion. Il semblait regarder au loin un horizon qu'il était le seul à voir. C'était exaspérant. D'autant plus exaspérant qu'elle devinait qu'il la savait exaspérée. Et elle était certaine que de son côté il cachait sous son calme un flot de forces passionnées qui le poussaient vers elle. Mais elle n'était pas sûre d'être la seule cause du bouillonnement qu'il maîtrisait si bien. Il était aussi dur et aussi secret que la pierre couchée.

Tout à coup le moteur recommença à tousser. Il crachait ses poumons d'huile, râlait et haletait, essayait de rattraper son souffle par la queue. Des pieds jusqu'à la tête, Griselda partageait son agonie. A chaque seconde elle espérait et craignait qu'il s'arrêtât. Elle en oubliait de respirer. La chaleur lui envahissait le visage et les mains.

Le moteur ne s'arrêta pas... Tant bien que mal, de défaillances en reprises, il les reconduisit jusqu'à l'entrée de la digue. D'un geste, Griselda ordonna à Shawn de stopper. Elle était aussi soulagée d'être arrivée qu'un acrobate qui a traversé un fleuve sur un fil tendu. Et aussi fatiguée.

Elle descendit de la voiture. Shawn était déjà à terre, immobile devant elle, glacé dans une attitude de totale indifférence. Il avait ôté ses lunettes et la regardait, elle vit de nouveau, fixés sur elle, ses yeux couleur de douleur et de cendres, couleur de la mer au bout de l'horizon. Elle commença à trembler. Il toucha de son index ganté le bout de sa visière et lui parla d'une voix neutre :

— A jeudi, Miss...

Elle s'éveilla comme sous une douche. Elle répondit rapidement, sans réfléchir :

— Je ne sais pas si jeudi j'aurai envie de sortir...

Elle lui tourna le dos et s'éloigna sans un mot de plus. Elle l'avait remis à sa place, celle de chauffeur.

Et même pas son chauffeur à elle : un chauffeur prêté !

Elle respira profondément et se sentit délivrée. Mais à mesure qu'elle remontait vers la maison blanche, la façon dont elle venait de se conduire l'emplissait de moins en moins de satisfaction.

Le jeudi matin, il pleuvait à torrents. De sa fenêtre, Griselda, furieuse, regardait le ciel effiloché d'où tombaient des écharpes d'eau. Elle appuya son front et ses deux mains ouvertes sur la vitre, ferma les yeux, s'abandonna, laissa la pluie et le vent entrer en elle et la parcourir comme ils parcouraient l'île. Et quand ils furent devenus son sang et ses nerfs, confondus à elle-même, de toutes ses forces elle les chassa et évoqua le soleil.

Elle souriait en rouvrant les yeux. Elle était certaine de ce qu'elle allait voir : le soleil en train de faire une percée entre deux nuages.

En moins d'un quart d'heure le beau temps s'établit. Cela se produit tous les jours en Irlande...

Mais quand la voiture arriva devant la porte, alors que Griselda l'avait attendue tout le long de chaque minute, elle envoya Molly dire au chauffeur qu'elle ne sortirait pas. Elle venait de décider de ne plus voir Shawn, de se retrancher de nouveau dans sa chambre, et de recommencer à attendre. C'était un roi qui viendrait la chercher, le maître d'un navire ou d'une aventure, et non un chauffeur en casquette...

SIR JOHN n'avait pas vraiment prêté attention aux propos de sa sœur, affirmant qu'il devait retourner vivre à Londres. Les mots avaient seulement fait du bruit dans ses oreilles. Il avait protesté par réflexe, refusant à l'idée l'accès de son cerveau. D'ailleurs comment retourner à Londres? Il avait vendu leur maison. Il aurait fallu en acheter une autre. Pour cela vendre l'île... C'était à ce niveau que le blocage, instantanément, s'était fait. Il n'en parla même pas à sa femme, il oublia la suggestion d'Augusta, il ne l'avait jamais entendue...

Il était plus difficile d'oublier Alice. Quelque temps qu'il fît, elle partait chaque jour, à l'aube, à bicyclette. Et tout le monde savait que c'était pour aller entendre la messe à Mulligan, ce qui remuait quotidiennement le scandale au sein de chaque famille protestante des environs.

Sir John eut un entretien avec elle. Il lui parla très calmement et elle lui répondit de même. Quand il fut assuré que ses convictions et sa décision étaient solides, il lui dit que cela ne regardait qu'elle et qu'il ne s'y opposerait d'aucune façon. Ayant ainsi apaisé sa conscience, il retrouva son calme total. Ce qui scandalisait les autres le troublait moins lui-même, la fréquentation des âges anciens de l'homme lui ayant appris que les religions passent encore plus vite que les civilisations, qu'elles sont des formes diverses de la même foi ou de la même illusion, et que l'intolérance est, avant tout, stupide.

Quant aux maris pour ses filles, rien ne pressait. Où pourraient-elles être plus heureuses qu'ici ? Il avait la conviction qu'en offrant l'île à leur enfance et leur adolescence il leur avait fait un don incomparable, et que toute leur vie en serait nourrie.

Lady Harriet avait été plus intimement blessée par la décision d'Alice. Mais, comme toujours et en tout, elle s'en remit à son mari et conforma son attitude à la sienne. Apparemment, la paix de l'île n'avait été troublée que le temps d'un dimanche.

Du jeudi au lundi, les jours parurent interminables à Griselda, chacun plus long et plus lourd que le précédent. Elle ne parvenait plus à se réfugier dans cette brume de tristesse vague où elle s'était plongée après sa maladie avec une sorte de contentement morose, comme un enfant qui n'en finit plus de pleurer. Il y avait maintenant en elle quelque chose qui bouillait, qui brûlait, qui s'impatientait, et le lundi, quand la voiture arriva, elle était déjà prête depuis une demi-heure.

Il faisait un temps superbe, avec un ciel mobile à demi bleu à demi blanc, et Griselda grimpa sur son siège en souriant, heureuse, légère, miraculeusement débarrassée de toute anxiété, n'éprouvant rien d'autre que la joie d'être arrivée au bout de cette attente, et de partir de nouveau dans le bruit et le soleil et l'odeur de l'essence sans se poser de question. Shawn prit le chemin des lacs et de la mer. Un velours vert avait poussé sur les trous et les bosses des landes, et tous les buissons de genêt étaient couverts d'or.

L'horizon mobile se composait avec les courbes des collines et les reflets du ciel dans l'eau qui partout se mêlait à la terre, et avec l'or du soleil et des genêts. C'était un grand monde vide et heureux, qui changeait de forme à mesure que la voiture avançait en ronronnant, et qui semblait ne contenir qu'elle et les oiseaux.

Et puis tout à coup il y eut quelque chose d'autre, une grande forme ondulante et joyeuse qui bondissait à côté de la voiture et la dépassa pour revenir vers elle en aboyant.

— Ardann! cria Griselda.

Le grand chien fou les avait suivis et rattrapés. Il jappait de plaisir en reculant devant la voiture. Sa langue qui pendait hors de sa gueule disait l'effort qu'il avait fourni.

Griselda posa vivement sa main sur la main de Shawn qui tenait la manivelle de direction.

— Arrêtez! Nous allons l'écraser!...

La voiture stoppa en crachant de la fumée de tous les côtés. Le moteur vexé lâcha une détonation, et s'arrêta.

Ardann bondit à la rencontre de Griselda qui descendait, et faillit la faire tomber. Elle le gronda, le caressa, l'injuria doucement avec amour, lui donna de petits coups de poing dans sa fourrure, lui prit le museau à deux mains, l'embrassa sur le nez, le repoussa et lui ordonna de rentrer à la maison.

Ardann aboyait « Non! non! non! » en secouant la tête et en agitant tout son corps comme un serpent. Griselda lui expliqua qu'il n'y avait pas de place pour lui dans la voiture et que s'il continuait de courir autour il allait se faire écraser. « Non! non! non! », dit Ardann.

Elle se mit en colère, il allait gâcher leur promenade, ils allaient être obligés de rentrer, et de faire attention à lui tout le temps, tu comprends? « Non! non! non! », dit Ardann. Elle lui montra la direction du retour, le poussa, fit semblant de le frapper et de lui jeter des pierres. Il fit trois pas, s'assit et la regarda, la langue pendante, satisfait.

— Eh bien, retournons, dit Griselda d'une voix triste. La prochaine fois je l'attacherai...

Elle revint lentement vers la voiture. Shawn regardait en avant de la route, cherchant des yeux un endroit où il pourrait tourner. Brusquement du fossé jaillit une flamme fauve et blanche qui se jeta en riant sur le chien assis, le bouscula, le fit tomber, le roula, le piétina et repartit à une vitesse folle en direction de l'île.

— C'est Waggoo! dit Griselda.

Ardann, oubliant tout le reste, partit à toute allure derrière le renard, dans l'intention de lui attraper le bout de la queue et de le mordre.

Griselda riait, Shawn souriait. En quelques instants les deux bêtes furent hors de vue. Dans la cuisine de St-Albans, Amy riait et parlait toute seule en frappant à grands coups de poing sa pâte d'avoine.

— Vieux renard! vieux chenapan! vieux malin! disait-elle.

Griselda, toute sa joie retrouvée, plus légère encore qu'au départ, sauta par-dessus le fossé, se laissa emporter par la pente de la lande, courut comme les deux bêtes ivres, arracha le foulard qui lui couvrait la tête, secoua ses cheveux, dégrafa sa cape verte et la brandit comme une voile déboussolée, mordit le vent en riant, trébucha et s'arrêta à bout de souffle. Elle fit tournoyer sa cape qui tomba, ronde, dans l'herbe, et s'assit au milieu. Ses cheveux de feu et d'ombre coulaient sur ses épaules et sur son dos. Devant elle les nuages dansaient sur un ruisseau, derrière elle un mur de genêt flambait jusqu'au ciel. Tous les oiseaux d'Irlande y chantaient.

Quand elle leva les yeux, Shawn était là. Il tendit vers elle une main nue, la paume ouverte, et se baissa lentement. Elle aurait voulu se jeter à sa rencontre et en même temps se réfugier au fond de la terre. Il s'agenouilla, il s'approcha d'elle, et sa main se posa sur elle, et son autre main aussi. Le cœur de Griselda battait comme les trois cylindres et comme la mer, dans tout son corps et dans sa tête. Sa poitrine était pleine et dure d'un obstacle qui l'étouffait. Il la prit dans ses bras et la serra contre lui à la briser. Elle renversait la tête en arrière et la tournait à droite, à gauche, comme Ardann, et disait comme lui « Non... non... non!... » Il s'allongea avec elle sur la cape ronde, et leurs têtes dépassaient dans l'herbe et les primevères, et le reflet des genêts coulait sur eux et dorait les contours de leurs visages. Avant de fermer les yeux elle vit encore une fois les siens qui la regardaient, immenses et gris de tendresse, et verts comme ceux de la force des bêtes, et elle se referma sur leur image et s'y cramponna de toute sa vie pour recevoir ce qu'elle avait attendu et qui arrivait et qui l'emportait : lui! le vaisseau et le capitaine et l'étoile retrouvée...

Et tout ce qu'il y a de radieux et de sauvage dans la terre leur fut donné, dans la lumière du printemps et le parfum des genêts. Il voyait tout, il sentait tout, il entendait tout, il savait tout. C'était elle qui était tout.

Elle ne voyait et n'entendait plus rien au monde. Elle ne s'entendait pas elle-même. Et pourtant elle chantait avec les oiseaux.

Deux jours plus tard, au dîner, Ambrose Aungier annonça d'une voix calme qu'il s'en irait le surlendemain.

Helen le regarda, stupéfaite.

Ambrose remerciait Lady Harriet :

— Je vous ai longuement encombrés, dit-il, je m'en excuse... Entre le travail et l'amitié de votre famille, j'avais presque oublié que je n'étais pas chez moi... Quand je vais débarquer en Angleterre, j'aurai l'impression d'arriver à l'étranger...

Lady Harriet trouva le compliment exquis et répondit qu'il leur manquerait beaucoup à tous. C'était un échange de mots en dentelles. Ni l'un ni l'autre ne pensait tout à fait ceux qu'il prononçait et ne croyait vraiment ceux qu'il entendait. C'était parfait et cela n'avait aucune importance, ni pour Ambrose, ni pour Lady Harriet, ni pour aucun de ceux qui écoutaient. Sauf pour Helen. Pour elle, ces mots étaient ceux d'une malédiction abominable, comme en prononcent les prophètes barbus dans la Bible, annonçant la fin du monde et la chute des cieux.

Griselda entendait à peine. A demi souriante, à demi rêveuse, elle n'était pas tout à fait présente, se réchauffant, à l'intérieur d'elle-même, autour du soleil d'or que Shawn y avait allumé, et qui l'inondait de lumière. Tout avait changé en un instant. Quand elle avait rouvert les yeux, le ciel n'était plus le même, ni le visage de Shawn penché vers elle avec inquiétude et bonheur, ni aucun des autres visages ensuite retrouvés. Chaque chose s'était révélée, chaque branche de chaque arbre, chaque brin d'herbe, chaque aile d'oiseau, chaque geste des vivants et la barbe de son père, et la mer et le vent étaient tels qu'ils devaient être, exactement à leur place pour que tout fût en équilibre dans une évidence éclatante : la vie avait un sens, la vie était merveilleuse, la vie était joie.

Sa voix même avait changé, elle était, si l'on y prêtait l'oreille, plus chaude et plus grave. Mais qui l'écoutait puisque Shawn n'était pas là? Ses gestes étaient un peu plus ronds, un peu plus denses, mais qui les regardait puisque les yeux gris n'étaient pas là?

— Aurons-nous le plaisir de vous revoir un jour? demandait Lady Harriet.

— Certainement! certainement!... répondait Ambrose sur un ton qui signifiait « certainement jamais... ».

Helen sentait la déraison envahir sa tête. C'était un moment de pleine absurdité, qui allait cesser comme il avait commencé.

— Londres est bien loin! dit Sir John avec un petit sourire sceptique.

— Certes! certes!... dit Ambrose, répondant avec un autre sourire.

Il allait partir sans rien lui dire? Elle s'était donc trompée? Leurs promenades, leurs entretiens, le travail dans la bibliothèque, ce n'était donc pas le commencement? Il n'avait donc pas compris? Alors que dans chaque regard elle lui disait : « Je suis votre élue, votre sœur, votre double... Je connais votre intelligence, je serai à vos côtés, je vous aiderai, nous travaillerons ensemble, nous bâtirons une œuvre sublime, nous éclaircirons les mystères du passé, nous marcherons la main dans la main vers l'avenir, nous sommes prédestinés, c'est le destin qui vous a amené dans l'île pour qu'ait lieu notre rencontre inévitable... »

— Et j'espère bien vous voir un jour à Londres, disait Ambrose.

Helen regarda autour d'elle avec affolement. Ils étaient tous tranquilles autour de la table, paisibles, comme s'ils n'entendaient pas ces mots effrayants. Tout semblait pareil aux autres soirs, et pourtant tout avait pris un visage horrible. La lumière devenait noire. Un froid insoutenable traversa Helen des épaules aux genoux. Terrifiée, elle se sentit mourir, elle essaya de se retenir du regard à Ambrose, lâcha prise et glissa doucement de sa chaise jusqu'à terre.

Il y eut un instant d'immobilité et de silence stupéfaits, puis tout le monde se mit en mouvement sauf Ambrose qui, ne sachant que faire, lissait alternativement la nappe et sa barbe du bout de ses doigts.

Kitty fut la première à repousser sa chaise et voler au secours de sa sœur. Elle la saisit à pleins bras, la serrant contre sa généreuse poitrine, et la releva. Pendant qu'elle la posait de nouveau sur sa chaise Helen revint à elle, confuse et anxieuse, ne sachant plus très bien où elle était. Le monde tournait et basculait autour d'elle, il était rouge et noir et les voix criaient.

Brigid, qui était en train de régler les lampes, lâcha tout et courut à la cuisine. Elle avait donné un tour de clef de trop à la dernière mèche, la flamme monta jusqu'au milieu du verre, devint jaune, et lança vers le plafond un fil de fumée compacte qui s'éparpilla en mille légers papillons de suie noire et grasse.

— Nous avons trop fait travailler cette enfant, disait Sir John plein de remords.

Lady Harriet pensait sans le dire, car ce n'était pas convenable, qu'Helen n'avait peut-être pas bien digéré le pudding au chocolat du déjeuner.

— Il faut aller t'allonger un instant, dit-elle. Je vais te faire monter une infusion.

Helen soutenue par sa mère et par Griselda, quitta la salle à manger après avoir lancé un regard de détresse à Ambrose. Jane courut à la lampe à pétrole et régla la flamme. Sir John se rassit, soucieux. Les petits papillons noirs descendaient du plafond et se posaient partout, sur les assiettes, sur les visages, sur les mains.

— Je me demande ce qu'elle a, elle est verte.. , dit Kitty.

Ambrose commençait à comprendre et essayait de prendre un air détaché et compatissant à la fois.

— Petit pigeon! petit pigeon! grondait Amy à la cuisine. Je le lui avais bien dit! Elle n'est pas au bout de sa peine!...

Lady Harriet revint seule. Griselda était restée auprès de sa sœur.

— Qu'est-ce qu'elle a? Elle n'est pas malade? demanda Sir John avec inquiétude.

— Non... non... Elle ne paraît pas malade...

Sir John ne comprenait pas.

— Elle ne revient pas?

— Il est préférable qu'elle se repose, ce ne sera rien, dit Lady Harriet avec un petit sourire rassurant à tout le monde.

Et en passant près de son mari pour reprendre sa

place à table, elle se baissa et lui dit à mi-voix :
— Elle pleure...
Puis elle recommença à sourire et s'assit près d'Ambrose.
— Elle pleure?... Mais elle n'a aucune raison de pleurer! balbutiait Sir John dans sa barbe.

Il croyait bien connaître Helen, sa fille favorite, si proche de lui. Sa conduite inattendue le déconcertait. Lady Harriet fit changer les assiettes maculées par la suie, la conversation reprit peu à peu, et il y eut même des rires quand l'un ou l'autre des convives écrasait sur son visage un flocon de suie qui le dotait d'un sourcil au milieu de la joue.

Lady Harriet s'excusa.
— Ah ce pétrole! C'est bien pratique, mais ça a aussi des inconvénients...

Griselda revint à son tour et se glissa à sa place en silence. Son père lui adressa un regard interrogateur. Elle lui fit un signe de tête rassurant, puis ne put s'empêcher de regarder Ambrose assez longuement, de détailler sa barbe, son lorgnon, ses cheveux bien coiffés, son visage long et régulier. Elle laissait paraître son étonnement, comme devant un phénomène inexplicable. Sous son regard, Ambrose prenait une expression singulière, mi-penaude, mi-triomphante, un peu pareille à celle d'un chien qui a été surpris en train de voler l'os du gigot, avec encore pas mal de viande autour.

Le dîner s'acheva. Quand tout le monde monta se coucher, Griselda s'attarda auprès de son père. Elle voulait lui parler et n'y parvenait pas.
— Mais enfin, dit Sir John, que se passe-t-il? Qu'est-ce qui arrive à Helen?

Griselda le lui dit.

L'étonnement de Sir John fut sans bornes.

— Ambrose!... Ce n'est pas vrai?
— Si, si...
— Mais... mais c'est extravagant! Qu'est-ce qu'elle lui trouve? Il est plutôt... enfin je veux dire il n'est pas beau!...
— Il n'est pas laid... Et elle le trouve beau...
— C'est insensé!... Il a presque mon âge!
— Vous exagérez...
— C'est un vieux célibataire tout sec!
— Ça vaut mieux que s'il était marié...
— Ne dis pas d'horreurs... Mais qu'est-ce qu'elle lui trouve, mon Dieu, qu'est-ce qu'elle lui trouve?

Griselda se le demandait aussi. Regardant son père bouleversé, elle découvrait soudain le charme extraordinaire de Sir John, sa candeur d'enfant que révélait sa fossette, sa fragilité que dissimulaient d'ordinaire ses manières un peu pompeuses, comme sa moustache masquait sa bouche tendre. Elle devinait vaguement qu'Helen avait transféré sur l'étranger l'admiration passionnée qu'elle éprouvait pour ce père adorable. Mais ce n'était qu'une illusion. Ils n'avaient de commun que la barbe.

— Eh bien, il n'y a pas lieu de s'inquiéter, dit Sir John, c'est trop bête, et Helen est trop intelligente, ça ne peut pas durer, ce n'est pas sérieux.
— Si, c'est sérieux... dit Griselda.

Et elle ajouta au bout d'un instant :
— Vous le savez bien...

Oui, il le savait. Il l'avait deviné. Il connaissait mal ses filles en tant que filles, leurs réactions féminines le surprenaient, mais il connaissait bien leurs caractères. Il savait que la nature d'Helen, comme celle d'Alice, la portait à se donner en entier, sans réserves. Il soupira. Il dit :

— Je crains que tu n'aies raison... Ta sœur sera

longue à guérir... Heureusement Ambrose s'en va...
Ce n'est pas que je n'aie pas d'estime pour lui, mais il est absolument incapable de faire le bonheur d'Helen...

— On ne peut jamais savoir... dit doucement Griselda avec une sagesse qui datait de l'avant-veille.

Elle pensa tout à coup à ce qu'elle éprouverait si elle ne devait plus revoir Shawn. Elle blêmit puis devint rouge, et se mit à défendre la cause de sa sœur avec ardeur, presque avec violence : elle serait plus que malheureuse, elle allait devenir folle, ou peut-être mourir !... Il fallait empêcher cette séparation !

Sir John effaré écoutait et regardait Griselda qu'à son tour il ne reconnaissait plus. Il secouait la tête, se cramponnait aux licornes d'argent de sa montre, disait :

— Ce n'est pas possible... Ce n'est pas possible...

Il trouva l'argument massue :

— Il part après-demain !

— Justement ! déclara Griselda avec décision. Il faut que vous lui parliez avant son départ...

— Moi ?... Mais c'est absolument incorrect !... C'est à lui à me parler !... Et s'il ne l'a pas fait c'est qu'il n'a pas l'intention d'épouser Helen !

— Il n'ose peut-être pas ! Il est peut-être timide ! Et il ne se doute sûrement pas de la force des sentiments d'Helen... Vous devez l'éclairer... Helen est très malheureuse... Elle ne guérira pas !...

Sir John commença à lever les bras au ciel, mais il arrêta son geste en chemin et reprit sa dignité.

— Il faut que je réfléchisse, dit-il.

Cela signifiait qu'il n'avait pas du tout envie de prendre une décision, et qu'il espérait que pendant la nuit un miracle se produirait qui le dispenserait d'intervenir. On voit souvent un malade avoir le soir une grosse fièvre et être guéri le lendemain matin, après avoir bien transpiré.

— Avant d'aller te coucher, dit-il, assure-toi qu'Amy lui a bien monté une tisane... Peut-être une bouillotte aux pieds... Hein?

Il se rendit compte qu'il s'écartait vraiment de la raison, pour s'excuser regarda Griselda avec un petit demi-sourire qui fit fleurir sa fossette, puis redevint grave. Il dévisageait sa fille, il semblait la découvrir. Elle eut chaud et elle eut peur. Qu'était-il en train de deviner?

— Fais bien attention... dit-il avec une tendresse grave. Helen comme Alice se laissent emporter par leur imagination. Alice croit aller au ciel, Helen croit avoir rencontré dans un même homme Jupiter et Apollon... Toi aussi tu es une imaginative. Heureusement, ton imagination à toi fabrique des rêves... Continue... Fais bien attention... Ne laisse pas tes rêves s'incarner...

Il l'attira vers lui et la baisa au front, ce qui était très inhabituel. Tout à coup embarrassé, il lui tapota le dos, toussota, se détourna et sortit de la pièce.

Griselda le vit s'éloigner un peu tassé, un peu las, un peu blessé. Elle-même avait reçu un coup au cœur avec sa dernière phrase. Elle restait immobile, debout, elle tremblait par saccades. Mais le soleil qui brûlait en elle la réchauffa rapidement partout. Elle serra ses deux bras sur sa poitrine comme si elle serrait quelqu'un contre son corps. Elle sentit ses joues brûler. Elle savait bien que ce n'était pas un rêve.

Elle monta l'escalier quatre à quatre, se retenant pour ne pas chanter. Elle n'était pas passée par la cuisine. On ne guérit pas l'amour avec une verveine.

Amy était assise au pied de l'if et parlait à Waggoo.

Elle vit de loin s'éteindre les dernières fenêtres de l'étage.

— Pauvre Monsieur, dit-elle, il faut se mettre à sa place... Pense que Dieu n'a eu qu'un enfant et c'était un garçon, et pourtant, vois les tourments qu'il lui a causés... S'il avait eu cinq filles!...

— Whoû... oûoû... fit très doucement le renard au fond de son trou.

— Oui, oui, dit Amy, c'est Griselda qui compte, mais Helen, ma pauvre petite biche... J'ai de la peine...

La lune toute ronde était au sommet de l'if.

Dans la chambre de Griselda, tous les miroirs brillaient comme des yeux d'amis. Dans la chambre d'Helen, la grande glace entre les deux fenêtres, bien que frottée tous les jours, avait cet aspect éteint des perles que nul ne porte. Helen se contentait d'habitude de la glace ovale au-dessus de sa coiffeuse. Elle y voyait sa tête et ses épaules. C'était assez pour s'assurer une coiffure nette et un col impeccable. Le reste allait de soi.

Ce matin, pourtant, Helen se regardait des pieds à la tête. Les deux fenêtres s'ouvraient à l'est, vers la terre. Le soleil y entrait à flots et éclairait Helen des deux côtés. Elle regardait dans l'eau sombre du miroir et y distinguait à peine une silhouette mince vêtue de gris. Elle découvrait avec effroi qu'elle était invisible, imperceptible. Elle disparaissait dans le décor. Elle avait passé la nuit à pleurer et à dormir par petits morceaux. Elle se réveillait dans une angoisse affreuse, se demandait pourquoi, et puis se souvenait avec déchirement et recommençait à pleurer.

Au lever du jour elle s'était levée, lavée, peignée, vêtue comme d'habitude, en soupirant et reniflant.

Le poids du monde entier pesait sur sa poitrine. Elle s'approcha de la glace et regarda son visage. Il était pâle et elle le trouva sans attrait. Sous ses cheveux châtains, bien lisses, bien tirés, sous son petit front bombé, ses yeux bleus cernés d'ombre paraissaient réfugiés au fond de deux cavernes de désespoir. Et puis il y avait ce petit nez banal, un peu retroussé, cette petite bouche, ce petit menton, ce petit cou rond, et ce petit col blanc amidonné, impeccable. Comme tout cela était petit! Et le reste n'était qu'un fantôme gris. Qu'avait-elle pour qu'il la regarde? Quel effort avait-elle fait pour être aimée?

Mais l'amour n'est-il pas d'abord un accord des âmes et des intelligences? Elle le comprenait si bien! Chaque mot qu'il prononçait résonnait en elle et y éveillait une pensée analogue. Auprès de cela quelle importance peut avoir la forme ou la couleur d'une robe?

Elle poussa un grand gémissement enfantin et recommença à pleurer. Amy qui arrivait avec le plateau du thé la traita d'idiote, lui couvrit deux toasts de beurre et de confiture mais ne réussit pas à lui faire avaler une bouchée. L'heure était venue pour elle de descendre, comme tous les jours, à la bibliothèque. Mais si elle se retrouvait en face d'Ambrose elle allait s'effondrer... Et elle avait pourtant tellement besoin de le revoir... Elle se versa une nouvelle tasse de thé. Il était devenu froid et âcre. Elle ne s'en aperçut pas. Elle était assise dans un fauteuil, tête basse, elle avait posé par terre les livres qui l'encombraient. Quelqu'un posa sur ses genoux un livre ouvert. C'était Alice qui revenait de la messe, et c'était l'*Imitation de Jésus-Christ*. Alice lui parlait Elle entendait les mots mais elle ne comprenait pas leur signification. Ils étaient comme des coquilles vides. Griselda vint aussi, l'embrassa et ne lui dit rien. Kitty tourna autour d'elle en grognant des phrases bizarres et en faisant grincer le plancher sous son poids. Jane ouvrit la porte, fit un pas à l'intérieur, la regarda, eut peur et repartit à reculons.

Helen entendit un galop et sursauta. Elle se rendit compte qu'elle s'était endormie dans le fauteuil, la tête penchée, le cou de travers. Elle poussa un petit cri de douleur en redressant la tête. C'était Brigid qui arrivait en courant. Elle bouscula la porte, s'arrêta devant le fauteuil, reprit son souffle, et débita d'un trait :

— Miss, c'est Sir John qui vous fait dire, je passais dans la bibliothèque ramasser les lampes, il m'a dit laisse ça, il est enfermé dans la bibliothèque avec M. Ambrose depuis ce matin et ils ont parlé, parlé, parlé, et il m'a dit laisse ces lampes, va dire à Miss Helen de descendre tout de suite! Voilà!...

— De descendre où?

Helen s'était dressée, les yeux écarquillés.

— Dans la bibliothèque, Miss. Il vous attend, voilà!...

— Quelle heure est-il?

— Il doit être autour d'onze heures, Miss. Seumas Mac Roth vient d'apporter le lait... Voilà!

Elle s'en alla en courant, cueillant au passage une lampe sur la table et une lampe au mur. Helen se souvint toute sa vie de la petite odeur de pétrole d'onze heures du matin...

Quand elle entra dans la bibliothèque, les deux hommes, debout côte à côte, la regardaient, tournant le dos aux fenêtres, en contre-jour, ce qui leur donnait un air fatal et sombre. Elle distinguait à peine lequel des deux était l'un ou l'autre. Elle se sentit dépassée, minuscule, emportée comme une plume de mouette sur la mer. Rien ne dépendait d'elle. Elle n'était rien.

Elle vit que l'un d'eux désignait l'autre d'un geste et elle entendit la voix de son père :

— Helen, si tu veux bien l'accepter, voici ton futur mari...

Le monde bascula des ténèbres à la lumière, le soleil se leva au milieu de la pièce, des trompettes d'or éclatèrent aux quatre horizons. Helen se redressa, rougit avec violence puis devint blême. Elle sentit qu'elle allait de nouveau s'évanouir. Elle fit un effort énorme pour se retenir. Des larmes lui emplirent les yeux. Elle s'avança vers Ambrose avec la ferveur, l'orgueil et l'humilité d'une novice venant offrir ses cheveux aux ciseaux. Elle murmura :

— Je jure que je ferai tout pour vous rendre heureux...

Elle lui tendit ses deux mains, les paumes ouvertes. Ému, il les prit. Embarrassé, il ne sut qu'en faire. Il les secoua un peu, mollement, puis les lâcha.

Sir John regardait sa fille bouleversée, continuant à se demander ce qu'elle pouvait bien lui trouver. Il dit à Helen qu'Ambrose ne pouvait pas remettre son départ, mais qu'il reviendrait dans trois mois pour l'épouser.

— Je suppose que vous irez vivre chez lui, à Londres.

— Certainement, dit Ambrose.

L'Angleterre, le bout du monde, n'importe où, Helen était prête à l'accompagner où il voudrait, quand il voudrait. Elle venait, en moins d'un jour, de mourir et de ressusciter. Elle était maintenant au paradis.

Sir John hochait doucement la tête. Il espérait que

pendant ces trois mois Helen retrouverait son équilibre et changerait d'avis. Il l'espérait, le souhaitait, mais n'y croyait pas.

Ambrose quitta St-Albans le lendemain, épuisé par ces excès d'émotion.

L'ÎLE était un vaisseau chargé de bonheur. La forêt, exaltée par le soleil et les pluies, gonflée par la formidable poussée des sèves du printemps, s'offrait à la main du vent comme un sein de fille amoureuse à qui la joie donne de l'appétit. Il la caressait, l'enveloppait, s'en allait, revenait, la bousculait, la pressait, l'abandonnait pantelante ou dressée, la pointe de l'if perçant sa rondeur dense. Des oiseaux neufs y naissaient tous les jours, écarquillant leur bec au fond des nids pour recevoir les nourritures, des fleurs innombrables naissaient et mouraient, mêlaient leurs parfums aux odeurs des feuilles tendres déchirées par les doigts du vent. Les couleurs éclataient et cheminaient dans le vert comme les veines d'un marbre vivant, sans cesse nouveau.

La fantastique danse du pollen et des insectes forçait toutes les portes végétales, les ovules se refermaient sur le germe mâle capturé, et commençaient en leur substance minuscule la fabuleuse transformation qui en ferait peut-être un arbre.

Alice, tous les matins, recevait dans son corps le corps du Christ, et revenait à travers les campagnes sur sa bicyclette ivre, prête à s'envoler vers les chemins du ciel. Helen pensait aux chemins radieux de la vie et d'Angleterre sur lesquels elle allait s'engager aux côtés d'Ambrose, sa main dans sa main. Sa mère lui préparait son trousseau, les servantes brodaient les draps et les nappes. Griselda découvrait Shawn après avoir découvert l'amour. Ardann, travaillé dans sa chair et son sang, et ne sachant ce qui lui arrivait, partait en courses folles sur la pelouse ou les allées, s'arrêtait pile, se couchait les pattes en l'air, s'agitait pour se râper le dos sur le gravier et parfois, le soir, regardait la lune et hurlait.

Sans les comprendre, Sir John sentait autour de lui ces joies diverses rouler et mêler leurs remous et s'épanouissait au milieu d'elles. Il avait eu raison de ne pas s'inquiéter : après quelques extravagances, St-Albans avait tout naturellement retrouvé son équilibre.

Lady Harriet ne sentait rien. Elle trouvait que Griselda avait meilleure mine, elle était satisfaite pour Helen, elle soupirait en pensant à Alice, mais malgré la honte était rassurée sur son avenir. Tout son souci, elle ne savait pourquoi, allait vers Jane, peut-être parce que c'était la dernière-née, la seule dont le visage de bébé fût encore proche dans ses souvenirs, et pas tout à fait effacé dans le visage de jeune fille.

A chaque instant de la journée elle s'informait : « Où est Jane? Que fait-elle? » Et elle lui trouvait aussitôt une occupation nouvelle. Avec plus d'application qu'elle ne l'avait fait pour les autres, elle lui enseignait les mille devoirs d'une maîtresse de maison, et comment faire face au prévu et à l'imprévu. Cela ne déplaisait pas à Jane, qui pensait déjà au moment où elle transmettrait à son tour ces traditions à ses filles. Mais quand elle se souvenait de la conversation de Tante Augusta avec son père, et qu'elle essayait, en vain, de deviner d'où pourrait bien lui venir un mari, elle prenait des crises de désespoir enfantin, trépignait et se frappait les côtés de la tête avec les poings.

— Ma petite prune, lui disait Amy, va me cueillir des fleurs d'acacias : je te montrerai comment on en fait des beignets. Surtout, choisis-les bien ouvertes, mais pas passées. Ça se choisit avec le nez!

Et Jane, réconfortée, faisait frire les beignets et les mangeait à mesure.

Kitty, ronde et massive, appuyait comme un sapeur sur les pédales et parcourait les routes sous les averses et les coups de soleil, son panier à deux couvercles attaché sur son porte-bagages. Il y avait toujours quelque part quelqu'un qui avait besoin d'elle, et elle arrivait, trempée, suante, perdant ses peignes, rattrapant ses mèches, se souciant peu de son apparence, jamais fatiguée, toujours réconfortante et avisée.

L'insecte de cuivre et de bleu, sur ses roues qui brillaient comme des soleils, emportait en bourdonnant dans son nuage de fumée magique Shawn et Griselda vers des nids secrets entourés de fleurs et d'eaux. Ils y continuaient ensemble le voyage, plus loin que les chemins de la terre, puis, apaisés, revenus dans l'herbe fleurie, ils se regardaient, ils se souriaient, ils se parlaient et s'écoutaient. Shawn ouvrait à Griselda les portes d'un monde réel aussi fabuleux que celui de ses rêves : il lui parlait de l'Italie, de la France, de l'Allemagne, il lui parlait de l'Irlande, qu'elle ne connaissait pas. Elle ne s'étonnait pas de le découvrir passionné, intelligent, supérieur à sa condition. Tout cela elle l'avait déjà vu dans ses yeux. Elle vivait les jours sans lui dans l'attente des jours avec lui. Elle ne pensait pas à l'avenir. Lui n'en parlait pas.

Ainsi, chargée d'oiseaux, de printemps et de filles, l'île poursuivait son voyage vers l'autre bout des temps. La vie d'une abeille, la vie d'un arbre et l'horloge de pierre marquaient son calendrier. Endormi dans son trou entre les racines de l'if, Waggoo, plus léger qu'un pétale, rêvait en rond, la tête sur sa queue.

Dans le creux de sa main, Shawn montrait à Griselda une grenouille couleur d'émeraude, pas plus grande qu'une violette, avec des yeux de perles noires. Griselda avança un long doigt mince pour la caresser, la grenouille sauta, Griselda surprise cria, Shawn se mit à rire et la prit dans ses bras. Mais il la lâcha vite, il la sentait crispée et tendue. Des bras fermés autour d'elle l'étouffaient, provoquaient une réaction immédiate de prisonnière qui veut se libérer. Elle était bien avec lui dans l'amour, peut-être parce que alors sa joie était si grande qu'elle oubliait à quel point elle dépendait de lui, elle était bien près de lui à l'écouter, et à le regarder parler, bouger, et rire, mais elle n'aimait pas qu'il posât ses mains sur elle autrement que pour les préliminaires de leur accord physique, qui ne lui apportait pas l'emprisonnement mais la libération hors tout.

Lui aurait aimé, après, avoir sur son épaule sa tête abandonnée, il aurait aimé la sentir tendre et un peu inquiète, comme un enfant qui demande protection. Mais autant elle était détendue et heureuse allongée dans l'herbe à côté de lui, autant elle se crispait et devenait étrangère s'il essayait de nouer un contact physique qui pouvait suggérer une domination. Elle se levait, faisait quelques pas pour lui échapper, tout en souriant et lui parlant, sans hostilité, mais sur la défensive. La licorne peut aimer un compagnon : elle ne supporte pas un cavalier.

Il retrouva la grenouille sur une feuille de chicorée sauvage, il l'effleura de l'ongle pour la faire de nouveau sauter. Elle retomba dans un creux du ruisseau. Il s'y rinça les mains et joua avec l'eau, en sifflant un air lent et rythmé, avec des silences, qui ressemblait à une danse mélancolique. Griselda, allongée, au comble du bien-être, ses cheveux répandus dans l'herbe en longues vagues d'acajou, regardait au-dessus d'elle couler le ciel, et écoutait l'air se défaire et se refaire comme les nuages.

— C'est beau, dit-elle, qu'est-ce que c'est?
— C'est une ballade gaële..., très ancienne...

Il vint s'asseoir au-delà de sa tête, pour qu'elle ne le vît pas, et se mit à chanter à mi-voix. Sa voix était grave et ressemblait à une plainte qui venait du fond de lui et de la terre. Et pourtant l'air était un air de danse, qui s'arrêtait comme pour laisser le temps aux danseurs de se regarder avant de se tendre la main, puis de s'éloigner, de se tourner le dos, de tourner encore et de se retrouver.

Le rythme et la voix entrèrent dans Griselda et la firent frissonner. Elle murmura :

— C'est très beau... On dirait la danse du monde... Qu'est-ce que ça signifie?

Il y eut un petit silence, puis Shawn répondit :
— Oh, c'est une simple chanson d'amour...
Après un autre silence il traduisit :

Toi qui es la lune et le vent
Tu me donnes ta lumière
Tes yeux caressent mes yeux

Et sans toi le souffle me manque
Et je meurs...

Mais si je ferme mes bras
Tu glisses et fuis, tu n'es plus là
Je ne peux saisir ta lumière
Elle est sur moi et loin de moi
Tu me regardes et peu t'importe
Qui je suis...

Griselda se retourna brusquement et, à genoux, fit face à Shawn. Ses cheveux dansèrent sur sa poitrine et dans son dos. Elle cria :

— Ce n'est pas vrai!

Shawn la regardait avec une tristesse infiniment douce. Il savait qu'à ce moment où ils étaient si proches il risquait, s'il tendait les bras vers elle, de la faire reculer...

Elle hocha la tête et dit doucement :

— Mais je ne suis pas *à vous*... Je suis *avec* vous...

Il n'eut pas le temps de répondre. Derrière la colline du nord venait d'éclater un aboiement rageur, aigu, puis d'autres plus loin, toute la meute échelonnée.

— Lady Augusta! dit Shawn.

Il ramassa sa veste et sa casquette, courut vers la voiture, qui attendait sur la route à cent pas de là.

Griselda s'enveloppa dans sa cape verte, rassembla ses cheveux et les dissimula dans sa capuche ronde. Le renard qui arrivait fit un brusque crochet en la voyant, puis reprit sa course vers le sud. Les premiers chiens de la meute sautèrent le ruisseau, les autres continuèrent tout droit. Lady Augusta, en amazone rouge, penchée sur le cou de son canasson roux, criant à ses chiens des insultes et du courage, passa en tornade, apercevant au galop, du coin de l'œil, Shawn outils en mains, penché vers le moteur, et plus loin Griselda, assise près du ruisseau, qui lui faisait un signe et un sourire. Elle pensa :

— Ça a l'air d'aller mieux, la gamine... Cette sale bête va vers le marais! je vais la perdre!...

Griselda remonta lentement vers la route. Le moteur démarrait. Elle grimpa à sa place. Ils ne se dirent plus que des paroles banales. L'incident venait de leur montrer à quel point leur situation était aventureuse. Ils le savaient mais n'en avaient jamais parlé.

Le détachement venu de Belfast pour renforcer la police locale avait apporté ses baraquements en pièces détachées. Les constables les montèrent au sommet d'une colline, sur un terrain réquisitionné, à mi-chemin entre Mulligan et Donegal. Il y avait une baraque pour les hommes, une pour le capitaine Mac Millan et trois pour les chevaux et le matériel. Dans la nuit qui suivit la fin de leur installation, les fenians les attaquèrent et les incendièrent. Au cours d'un combat rapide, les policiers, surpris, eurent deux morts et sept blessés. Ils avaient fait certainement des victimes chez les rebelles, mais ceux-ci les avaient emportées en se retirant.

— J'ai rencontré Griselda, dit Lady Augusta, et j'ai raté mon renard...

— Tiens, tiens!... dit son mari.

C'était une expression commode pour ses conversations avec sa femme. Elle lui permettait de donner l'impression qu'il avait écouté, et qu'il manifestait son avis.

Elle jeta sa cravache et son chapeau sur un fauteuil et vint à grands pas vers la petite table ronde où il avait disposé, juste à portée de sa main droite, ses pipes, son tabac et son porto. Il tenait et regardait un numéro de *Punch* du mois dernier, qui venait d'arriver de Londres. Il ne savait pas très bien s'il était en train de le lire ou non. Il n'y trouvait strictement aucun intérêt.

Lady Augusta empoigna la bouteille de porto et retraversa le salon pour aller chercher un verre. Ses grands pieds faisaient craquer le parquet sous le tapis. Elle se versa une lampée, la vida d'un trait, poussa un hennissement de satisfaction et se servit une autre ration.

Sir Lionel tapota délicatement sa pipe sur le bord du cendrier.

— Ne faites pas cet horrible bruit! dit Lady Augusta... Cette petite a l'air d'aller beaucoup mieux... Grâce à qui? Grâce à moi! Si elle n'avait compté que sur ses parents, elle serait encore à moisir dans sa chambre! Elle serait peut-être morte!... Cette voiture automobile est bien agréable. Vous prendrez encore du porto?

— Heu, heu..., dit Sir Lionel.

Elle fit de nouveau craquer le parquet pour lui rapporter la bouteille.

— Il faudra que vous commandiez des pneumatiques. Ils s'usent vite. Nous n'en avons qu'un jeu de rechange. Hier en allant à Donegal, nous avons crevé, Shawn a mis une demi-heure pour réparer! Il dit qu'il serait plus pratique d'avoir une roue supplémentaire toute prête, qu'on utiliserait en cas de crevaison. Cela ferait gagner du temps.

— Tiens, tiens! dit son mari.

Il prit une pipe froide, déjà bourrée, et l'alluma. Il se concentra un instant sur son tirage, en fermant les yeux. Satisfait, il releva les paupières, découvrit sa femme qui le regardait, et s'étonna, comme toujours, de la retrouver pareille et jamais améliorée.

— Hé bien, hé bien! dit-il... Bon... Savez-vous que le capitaine Mac Millan, qui commande le détachement de la Royal Irish Constabulary qui vient d'arriver de Belfast, est le fils d'un neveu de notre cousin William Mac Millan de Glasgow?

— *Votre* cousin, rectifia Lady Augusta. Non je ne le savais pas... Les fenians leur ont grillé les fesses, cette nuit!...

Elle hennit. Elle trouvait que c'était une bonne plaisanterie.

— Heuh... dit Sir Lionel, le capitaine est venu me voir cet après-midi. Il ne sait où loger ses hommes. Il m'a demandé s'il pourrait les mettre momentanément dans nos deux granges désaffectées.

— Quoi? Il est fou! Cela va soulever tout le pays contre nous!

— Je lui ai fait remarquer, dit Sir Lionel, que ces bâtiments étaient vétustes, délabrés et encombrés d'un tas de vieilles choses. Il m'a dit que ses hommes nettoieraient...

— Je n'en veux pas! cria Lady Augusta. Vous lui direz non!

— Naturellement je n'ai pas dit oui... dit Sir Lionel. C'est vous qui décidez... Mais le capitaine m'a fait remarquer que s'il nous demandait notre accord, c'était en tant que cousin. Sans quoi il aurait tout simplement réquisitionné...

— Maudit Écossais! clama Lady Augusta, qu'est-ce qu'il s'imagine?

— Le gouvernement... heu... naturellement le gouvernement nous paierait le prix de la location... Ce sont de vieilles bâtisses qui ne servent plus à rien... Peut-être seriez-vous satisfaite d'en tirer un petit revenu?

— Le gouvernement nous paiera dans six ans, et il nous retiendra une taxe !

— Vraisemblablement... Mais je crains que nous ne puissions empêcher le capitaine de s'installer... Vous pourriez peut-être profiter de la présence de la constabulary pour faire expulser votre fermier des Trois Étangs qui ne vous a rien payé depuis dix-huit mois...

— Je lui ai renouvelé son congé avant-hier. Il partira à la Toussaint. Je n'ai pas besoin de la force armée !

— Certainement !... Je ne suis pas assuré que le capitaine tienne compte de votre refus... Bien qu'il ait courtoisement proposé de venir prendre votre réponse dans la journée...

— Eh bien, qu'il vienne ! Il l'aura !...

Ce n'était certainement pas un petit officier écossais qui allait lui faire peur. Elle jugea l'incident clos, déclara que ce porto était trop doux et qu'elle préférait le précédent. Et recommanda à Sir Lionel de ne pas oublier les pneumatiques. Elle en revint à son souci, qui était le sort de ses nièces, condamnées à rester vieilles filles ou à faire d'abominables sottises, comme Alice, si elle ne s'en mêlait pas. Elle avait là une occasion d'exercer son autorité familiale et elle n'allait pas s'en priver...

— Leur père est un criminel et Harriet n'a aucune volonté. Ces filles ne savent rien faire et font tout ce qu'elles veulent. Elles n'ont rien appris, pas même le piano !... C'était bien la peine de faire venir ce monument qui est dans leur salon ! Il devait occuper la moitié du bateau...

— Harriet en joue parfois...

— Si l'on peut dire !...

— Hum... Est-ce que notre jeune Henry n'avait

pas manifesté quelque intérêt pour l'une d'elles quand il avait quinze ans?

— Pour Griselda! Bien sûr!... Il n'avait pas quinze ans : il en avait dix-huit... Elle l'a envoyé promener, par bonheur... L'idiote!... Il est heureusement à l'abri à Oxford... La petite Helen a eu de la chance de trouver ce barbu... Un bal!... Je vais donner un bal, voilà, nous allons donner un bal!...

— Un bal, ma chère?...

— Quand on a des filles à marier, on donne un bal...

— Ne pensez-vous pas que ce serait plutôt à John et Harriet de...? Ce ne sont pas précisément nos filles, après tout...

— Si elles étaient nos filles, elles seraient autrement élevées!... J'aurais aimé avoir des filles à élever!... Mais on fait ce qu'on peut!...

De haut en bas, elle adressa à son mari un regard de rancune et de frustration qu'il neutralisa par un nuage de fumée. Elle reprit la bouteille et se servit.

— Nous inviterons tous les garçons à marier du district... Ce sera un désastre pour ceux qui se laisseront piéger!... Tant pis pour eux... Je dois penser à mes nièces d'abord...

Sir Lionel demanda d'un air innocent :

— *Quels* garçons à marier?

Lady Augusta réfléchit une minute, puis deux, puis trois... elle fit mentalement le tour de ses relations... Ce n'était pas très dense. Le pays était plutôt désert. Et les garçons étaient pris d'avance, convoités dès le berceau par les mères des filles disponibles... Il y avait bien untel et untel... Mais ils étaient en Angleterre, dans leurs universités... Il faudrait attendre les vacances... Mais alors Henry serait là aussi... Ce serait dangereux...

— Il n'est plus idiot, dit Sir Lionel. J'ai parlé avec lui à Noël. Il comprend la politique... Il y a Ross Butterford...

— Le vieux Butter?... Il a au moins soixante ans!

— Il a deux mille hectares, dit Sir Lionel. Et il est veuf...

Le capitaine vint, mais pas seul. Il chevauchait à la tête de son détachement. Montés sur des chevaux anglais, ses hommes se distinguaient de la constabulary locale par la couleur de leurs casques en forme de moitié d'œuf : ils étaient noirs au lieu d'être bleus.

Le capitaine Mac Millan avait quarante-deux ans, une taille qui le faisait paraître plus important que sa monture et une puissante moustache couleur de carotte.

Lady Augusta lui fit dire par un domestique qu'elle refusait d'héberger sa troupe. Placide, il donna l'ordre à ses hommes de s'installer. Lady Augusta, furieuse, vint elle-même lui dire de s'en aller. Il exhiba un papier qui l'autorisait à réquisitionner, au nom de sa Majesté, tous bâtiments, terrains, bétail, voitures, chevaux, instruments et personnel qu'il jugeait nécessaires.

Lady Augusta déclara qu'elle allait écrire à la Reine. Le capitaine l'assura qu'elle avait raison. L'installation se poursuivit.

De la discussion, Lady Augusta n'avait tiré qu'un élément réconfortant : la constabulary attendait de nouvelles baraques, et, dès qu'elles seraient arrivées, libérerait les granges de Greenhall.

Peut-être le capitaine avait-il pensé qu'on lui offrirait une chambre. L'accueil reçu lui ôta cet espoir. Il aurait pu en obtenir une, au nom de la Reine. Il préféra dormir avec ses hommes, sur du foin vieux de plusieurs années, habité par une multitude d'insectes qui lui coururent sur la peau et l'empêchèrent de dormir. A deux heures du matin, il fit lever ses soldats, et vingt minutes plus tard il était déjà en route avec eux. Toute la journée, guidés par les constables locaux, ils fouillèrent les chaumières des paysans et les cachettes des landes et des tourbières. Ils trouvèrent trois blessés, incendièrent les maisons où ils étaient dissimulés, abattirent le bétail et les chiens, et emmenèrent les familles, enfants compris, à la prison de Donegal. Un des trois blessés, Conan Conaroq, mourut en route. Ils le jetèrent au fossé.

Le soir, ils regagnèrent Greenhall, dans le silence de l'horreur.

Exaspéré par les insectes qui lui couraient sur la peau, le capitaine se leva avant ses hommes, galopa jusqu'au lac le plus proche, se déshabilla et se jeta à l'eau. Tandis qu'il nageait, une voix venue d'un bouquet d'arbres lui cria :

— Que Dieu me damne si je tire sur un homme nu! Sortez de là et habillez-vous!

Se maudissant d'avoir commis une telle imprudence, il rampa sur la berge jusqu'à ses vêtements, saisit son revolver, et tira vers le bouquet d'arbres.

— Vous ressemblez à mon cochon! cria la voix. Mettez au moins votre pantalon!

Le capitaine rougit de fureur et de honte jusqu'à la plante des pieds. Il posa son revolver, enfila brusquement son pantalon et recommença à tirer.

— Tiens! c'est pour Conan Conaroq! dit le bouquet d'arbres.

La balle que reçut le capitaine Mac Millan lui entra, parce qu'il était couché, dans l'épaule gauche et, contrariée par la rencontre de la clavicule, se mit à tournoyer dans le poumon en faisant du hachis et coupant les artères.

Il eut le temps de penser « Oh! maman... je meurs... », et, effectivement, il mourut.

Ce fut le lieutenant Ferguson, de la constabulary de Donegal, qui vint le remplacer. Il était sur place depuis trois ans, il commençait à connaître le pays. Il mena la répression avec vigueur et brutalité. La prison de Donegal s'emplit. Il trouva deux dépôts d'armes et, averti par un mouchard, il était là pour accueillir une barque qui apportait de Dieu sait où des fusils et des cartouches. Ses occupants furent tués et sa cargaison détruite.

Faute de combattants et de munitions, les fenians se manifestèrent de moins en moins. Les claires nuits d'été redevinrent presque calmes. On chuchotait dans le pays que le chef des insurgés était parti pour l'Amérique, chercher de l'argent et des armes.

LE lierre qui enveloppait les fenêtres des chambres de l'ouest avait été planté en même temps que la maison. Griselda enfant se servait souvent de lui pour descendre directement au jardin, le matin, quand elle s'éveillait et que la maison dormait encore. En chemise de nuit, pieds nus, ses nattes lui battant le dos, elle se servait de ses branches noueuses comme d'une échelle. Elle en connaissait tous les méandres. Elle descendait en trois secondes, allait manger les petits pois nouveau-nés sucrés, puis remontait comme un chat jusqu'à son lit.

Cette nuit-là, elle allait retrouver ses habitudes de fillette pour rejoindre Shawn. Elle enfila une robe noire de servante qu'elle avait chipée à Molly. Elle était un peu trop large et un peu trop courte, mais cela rendrait sa descente plus facile. Ses cheveux, coiffés pour la nuit, se balançaient jusqu'à ses reins en une lourde tresse. Elle la releva, l'enroula et l'épingla sur sa tête, et la serra dans un fichu de laine sombre qui lui dissimulait en même temps une partie du visage. Elle attendit l'arrivée d'un gros nuage, enjamba la fenêtre et descendit comme une ombre.

Shawn l'attendait au bas de l'escalier du Port

d'Amérique. La mer montait, mais était encore assez loin. Ils durent marcher dans les algues grasses qui éclataient sous leurs pieds, pour atteindre la barque qu'il avait tirée au sec mais que l'eau venait de rejoindre. Il l'y fit monter, la poussa en pleine eau, y grimpa à son tour, s'éloigna du rivage à la rame, puis hissa un bout de voile biscornu qui ramassa un peu de vent et les tira vers le large.

Alors il vint s'asseoir près d'elle sur le banc mouillé, et lui prit des mains la barre qu'il lui avait confiée. La nuit était très claire, même quand les nuages occultaient la lune pleine. Ils filaient droit vers l'ouest. Dans le goulet entre l'île aux Cloches et l'île au Sel, le courant qui montait leur fit faire presque du surplace. Shawn, qui paraissait être aussi bon marin que mécanicien, parvint à en sortir, et la lune se leva, éclairant devant eux l'immensité de l'eau mouvante, l'océan, nu jusqu'aux terres d'Amérique.

Griselda frissonna. Elle aurait dû prendre sa cape, la jeter sous sa fenêtre avant de descendre. Shawn sembla deviner, ôta sa veste et la lui posa sur les épaules. Griselda avait envie de rire et de pleurer. Ce geste était à la fois celui d'un prince et celui d'un charretier, elle avait rêvé d'un capitaine et d'un navire, et elle était avec un chauffeur dans une barque qui sentait le poisson. Elle semblait vivre la caricature de ses rêves, mais c'était malgré tout l'aventure, et le but de leur voyage lui donnait la dimension du mystère.

Shawn avait obliqué vers le sud et, jouant de la voile et de la gouverne, maintenait le cap vers une sorte de grand fantôme blanc couché sur l'eau. C'était l'île Blanche, la plus avancée vers le large des îles de l'archipel de St-Albans. Amy en avait parlé une fois à Griselda, lui disant que l'île était sortie des eaux, d'un seul coup, comme une femme nue, le jour où la reine Maav, celle qui avait établi la vieille race sur l'Irlande, avait été tuée au combat en repoussant les envahisseurs venus de l'océan.

Son peuple avait bâti son tombeau au sommet de l'île, et depuis elle continuait de veiller, face au large. Et jamais, au cours des siècles, un arbre, une fleur, un brin d'herbe, une mousse, n'avait poussé sur le rocher blanc. Des mouettes volaient constamment en rond au-dessus de l'île, la couronnant de leur blancheur et de leurs cris.

Griselda avait demandé d'autres renseignements à son père. Sir John savait qu'il existait effectivement un cairn important au sommet de l'île. C'était très probablement le tombeau d'un chef. Il datait de l'époque mégalithique, ce qui ne signifiait pas grand-chose au point de vue du temps. Il pouvait avoir aussi bien deux mille ans que quatre mille ou plus. Très vraisemblablement contemporain du cercle de pierres de St-Albans, et dressé par les mêmes mains.

— On n'y a jamais fait de fouilles, c'est bien curieux... Chaque fois que des archéologues s'y sont intéressés, ils ont dû renoncer faute de main-d'œuvre. Personne n'habite l'île, et les pêcheurs des autres îles n'avaient pas le temps, toujours occupés... Curieux, quand on y pense... Ce qu'on sait de la Reine Maav ?... Rien, rien du tout... Plusieurs traditions parlent d'une antique reine d'Irlande, mais son histoire varie selon les récits. Et son nom également... Maav... Cela ressemble au nom d'une déesse égyptienne Maat. Elle était fille du soleil et symbolisait le souffle de la vie. Cela ressemble plus encore à la Reine Maab, qui est la reine des fées de la tradition anglo-saxonne... A moins que ce ne soit simplement le mot *maw*, de la vieille langue germanique. C'est le nom de la mouette...

Griselda était restée rêveuse quelques instants, puis elle avait dit :

— Les oiseaux de mer..., les fées..., le souffle de la vie..., tout cela se ressemble...

Sir John, après l'avoir regardée avec un peu d'étonnement, avait ajouté en souriant :

— Oui... peut-être... Et il y a bien d'autres correspondances. Un des noms de la Reine Maav est Mahiav, et cela fait penser à Maia, qui était la fille d'Atlas, soutien de la Terre. Elle fut aimée par Zeus et en eut un fils : Hermès. Or Hermès était représenté par ses fidèles simplement sous la forme d'un tas de cailloux...

— Un cairn? Comme sur l'île?

— Oui... A moins que Mahiav ne soit la Maya indienne, dont on sait seulement qu'on ne sait pas ce que c'est... Peut-être la Création, peut-être rien du tout. Son nom signifie à peu près que toutes les formes de ce qui existe ne sont qu'une même illusion... Comme les multiples vagues de la même mer. Mahiav, c'est peut-être aussi Maria : la mère, et la mer...

Du rassemblement de la nuit du 7 juillet, c'était Shawn qui avait parlé à Griselda. Celle-ci avait manifesté aussitôt le désir d'y participer. Et c'était vers lui que la barque voguait. Griselda voyait maintenant danser sur la mer, à sa gauche, à sa droite, et devant elle, de petites lumières qui se dirigeaient toutes vers l'île Blanche. En forçant son attention elle distinguait dans le gris les barques qui les portaient. Certaines avaient une voile, d'autres étaient poussées à la rame. La mer était très calme. Le vent léger faisait un bruit de soie dans la grosse toile de la voile. Il semblait naître dans la nuit pour ne souffler que sur elle. Griselda ne le sentait pas sur son visage. Elle entendait la mer s'ouvrir devant la barque et glisser sur ses flancs. Elle y trempa sa main. L'eau était tiède.

A travers les siècles, la tradition s'était transmise de fêter dans la nuit du 7 juillet l'anniversaire de la grande bataille de la Reine Maav, de sa victoire et de sa mort. Au début, tout un peuple de guerriers et de paysans se réjouissait et pleurait dans la nuit lumineuse de l'été. Le temps avait passé, d'autres rois avaient régné, d'autres invasions avaient submergé l'Irlande, les religions et les langages avaient changé, mais au milieu de l'année du pays de la terre et de l'eau, sur le rocher de l'île Blanche, des fidèles qui avaient reçu le souvenir à travers mille ancêtres venaient encore célébrer le courage et l'espoir, au-delà de la mort.

Des points lumineux montaient le long des pentes du rocher. Shawn s'engagea avec Griselda sur un des sentiers creusés depuis des millénaires et que des pas innombrables avaient approfondis. En arrivant, chaque porteur d'une lanterne allait la déposer au pied du cairn, face à la mer. Shawn vint y ajouter la sienne. Leur réunion composait un buisson de lumière dont la lueur dorée palpitait sur les pierres les plus basses du monument blêmi par la lune. Les groupes se reconnaissaient, s'interpellaient avec de grosses exclamations joyeuses. Partout, dans la nuit, on riait. On n'était pas venu là pour une célébration morose, mais pour le souvenir, l'amitié et la joie. On se retrouvait après un an ou deux, ou trois si les circonstances avaient empêché tel ou tel de venir les années précédentes. Il n'y avait pas beaucoup de gens du pays. Les groupes venaient de tous les comtés de l'Irlande. Certains avaient voyagé pendant plus d'une semaine.

De peur, cependant, de se trouver tout à coup avec Griselda en face de quelque voisin de St-Albans ou de Greenhall qui aurait pu la reconnaître malgré le fichu noir qui lui dissimulait le visage, Shawn se déplaçait sans cesse avec elle pour rester le plus à l'écart possible et éviter les rencontres. Pour ne pas le perdre, Griselda se cramponnait des deux mains à son bras. La clarté qui venait du ciel était assez forte pour permettre de voir, et assez faible pour tout baigner dans une confusion cendrée. Shawn, heureux de sentir Griselda accrochée à lui, lui fit faire le tour du cairn. Elle sentait sous ses pieds la surface du rocher très lisse, presque polie. L'air avait l'odeur de la pierre chaude et de la mer au grand large, et le bras de Shawn était chaud dans ses mains, et de la foule à demi visible à demi fantôme montait avec les exclamations et les rires la grande chaleur d'une présence familière. Il semblait à Griselda qu'elle connaissait tout le monde depuis toujours, et que tout le monde savait depuis toujours qu'elle était là.

Elle fut étonnée par les dimensions du cairn. Il avait plus de deux cents pas de long et cinquante de large. Du côté de la terre il partait au ras du rocher, et montait en oblique en direction de l'océan jusqu'à la hauteur de trois hommes. Il était fait simplement d'une quantité énorme de pierres amoncelées, dont la taille allait de celle d'une tête d'enfant à celle d'une tête de cheval. Leur entassement qui semblait chaotique avait cependant une forme que le temps ni les éléments n'étaient parvenus à modifier : celle d'une gigantesque pointe de lance dirigée vers la mer.

— Il a fallu apporter tout cela dans des barques..., dit Shawn. Des milliers de barques, des milliers de bâtisseurs... On dit qu'Elle est debout à l'avant, sous les pierres, sa lance à la main, avec ses meilleurs guerriers derrière elle, ceux qui sont morts à la bataille et ceux qui n'ont pas voulu survivre à leur Reine...

Au sommet du cairn, face à la mer, une lanterne apparut. Elle était tenue par une femme dont la silhouette se découpait sur la clarté mouvante des nuages. Les voix et les rires se turent. Tous les visages se levèrent vers elle. Griselda voyait un peu partout leurs taches pâles tournées vers le ciel, à des hauteurs variées de la nuit. Des gens étaient debout, d'autres assis. Il était difficile d'évaluer leur nombre. Plusieurs centaines, peut-être un millier. Quand la lune se dégageait, elle éclairait brièvement des visages d'enfants presque lumineux.

La femme en haut du cairn posa sa lanterne devant elle, tendit ses bras écartés et se mit à chanter. Ce n'était pas tout à fait un chant, mais la répétition de quelques sons sur un rythme qui changeait puis recommençait. La voix de la femme était âpre et rude comme si c'était le rocher lui-même qui chantait. Et elle était en même temps poignante, verte, vivante, comme la voix d'une forêt. Griselda ferma les yeux pour l'écouter et elle vit alors à travers ses paupières baissées, à la place du cairn, le cercle de pierres de St-Albans. Les pierres étaient neuves. Elles venaient juste d'être taillées et dressées. La pierre couchée portait en son milieu un signe gravé qui ressemblait à un éclair aux angles arrondis. Et elle touchait de son extrémité l'if debout, l'if d'aujourd'hui, qui s'élevait juste au centre du cercle, avec un renard blanc à la queue rousse endormi et tressé dans ses racines. Un tonnerre éclata aux oreilles de Griselda qui sursauta et rouvrit les yeux. Tout le monde s'était mis à chanter d'un seul coup, à pleine voix, pour répondre à la voix d'en haut. Shawn regardait la femme sur le cairn et chantait.

La femme ouvrait et refermait ses bras comme un oiseau de mer qui bat des ailes, dans une lenteur de rêve. La mer, autour d'elle, c'était le flot mouvant des nuages clairs et sombres, se déformant et se déchirant, toujours emportés dans le même sens. Griselda les regardait couler autour de la femme au sommet du navire de pierres, le vertige peu à peu la prenait, rien n'était plus stable, elle voguait sur les vagues du chant et des nuages, avec la Reine et ses guerriers en voyage depuis deux mille ans, emportés par leurs rameurs qui chantaient, vers quelles terres, vers quelles étoiles, vers quelles vies ou quelles morts?

Un trou s'ouvrit dans les nuages juste au-dessus de l'île, et s'agrandit en rond, plein d'un ciel pâle que la lune parcourait lentement. Dans sa lumière, des milliers de petites voiles blanches, venant de tous les horizons, planantes, palpitantes, glissèrent dans l'air en direction de l'île : les mouettes du rocher blanc se rassemblaient. Elles formèrent un cercle au centre duquel se trouvait la lune dans le cercle du ciel, et se mirent à tourner en criant. Leurs cris tissaient une clameur qui tournait au-dessus du chant de la foule.

La femme leva ses deux bras vers la lune et acheva son chant par une longue note puissante qui grimpa vers l'extrême aigu de l'aigu, et s'y maintint pendant un temps insupportable. La foule et les mouettes s'étaient tues. Il n'y avait que ce cri fabuleux qui montait de la mer et du rocher vers le ciel en soulevant toute la création. Griselda, le ventre crispé, tous ses muscles tendus, ne tenait plus à la terre que par la pointe des pieds et par un doigt posé sur l'épaule de Shawn.

La note s'arrêta brusquement. Il y eut un silence fabuleux où l'on entendit les battements de velours des milliers d'ailes des oiseaux. Puis la foule à son tour, toute d'un coup, cria, des cris de joie, de soulagement, de remerciement, des hourras, des mots, des noms, et des rires.

La lune se cacha de nouveau. La femme en haut des pierres ramassa sa lanterne et s'en fut, descendant la longue pente du cairn.

Shawn regarda Griselda. Elle lui sourit, lui noua ses bras autour des épaules et appuya sa tête contre le haut de sa poitrine. Elle se sentait très proche de lui. Dans les moments qui venaient de s'écouler, ils avaient été réunis peut-être plus que par l'amour, et elle avait la certitude d'avoir appris quelque chose, qui était informulable mais qui rendait les choses, les événements, les êtres, plus compréhensibles, moins séparés. Tout correspondait, l'arbre était la flamme de la pierre, le vent était dur et le rocher fluide, l'enfant avait mille ans et le vieillard venait de naître, l'oiseau était le renard qui le mangeait. Elle demanda :

— C'était un chant gaélique ?
— Non c'est plus ancien...
— De quelle langue ?
— On ne sait pas...
— Qu'est-ce que ça voulait dire ?
— On ne sait plus... Mais on apprend à le chanter en venant ici dès qu'on sait parler...

Les hommes allaient chercher leur lanterne et revenaient avec elle au milieu de leurs compagnons.

— Maintenant ils vont manger et boire, et puis chanter et danser. Nous, nous devons rentrer...

Le jour déjà recommençait. Les mouettes tournaient toujours au-dessus de l'île. Au moment où le soleil se leva, elles formèrent un tourbillon rapide qui s'allongea et monta vers le ciel. De la barque qui s'éloignait, Griselda vit que l'île Blanche était une licorne couchée sur la mer. Les mouettes lui composaient une corne légère, fine, en rotation, dont le soleil nouveau allumait la pointe.

Dans son lit, Griselda se sentit légère comme une feuille. Elle ne pesait sur rien. Elle glissa dans le sommeil, ou plutôt sur lui, trop légère pour s'enfoncer même dans l'impondérable. Elle rouvrit les yeux pour découvrir sa mère à son chevet.

Inquiète de n'avoir pas encore vu Griselda alors qu'il était près de midi, Lady Harriet avait interrogé Molly qui lui avait répondu :

— Elle dort...

A midi et demi elle monta voir elle-même. Elle avait écarté les rideaux de la fenêtre et, penchée sur sa fille, scrutait son visage qui lui paraissait plutôt aimablement coloré. Quand Griselda s'éveilla sous l'effet de la lumière elle lui demanda avec souci :

— Tu n'es pas de nouveau malade?

Griselda eut un élan d'amour pour cette mère si futile dont les grands yeux doux ne voyaient rien, qui ne comprenait rien, qui ne voulait surtout ni voir ni comprendre, mais qui sans bruit et presque sans efforts savait si bien rendre la vie facile à tous les siens. Elle se dressa sur les genoux, prit sa mère dans ses bras, la serra contre elle, lui donna un gros baiser de bébé qui fit du bruit et dit d'une voix très forte :

— Maman, je vous aime!

Tout cela était inattendu et inconvenant. Lady Harriet rougit, ce qui était très visible sous ses cheveux blancs, mais en même temps elle sourit, car elle était heureuse, et également rassurée.

— Bon! Je vois que tu vas bien!... Mais je crains que tu ne doives te passer de déjeuner! Ton père n'attendra pas!...

Griselda sauta à pieds joints sur le tapis et chanta :

Ça ne fait rien
Ça ne fait rien
J'ai très faim
J'ai très faim
Je déjeunerai à l'office
Je mangerai de la saucisse...

Elle éclata de rire, embrassa de nouveau sa mère et cria :

— Molly! Molly! viens m'habiller!

Molly était déjà dans le cabinet de toilette, l'œil malicieux, versant des brocs d'eau chaude dans la baignoire. Lady Harriet hocha la tête et se retira. Elle ne comprenait pas, non, elle ne comprenait pas, mais ça avait l'air d'aller tout à fait bien.

— Non! dit Griselda à Molly, pas de corset aujourd'hui, pas de corset! Ma chemise brodée de trèfles, un jupon, rien qu'un jupon, celui à six volants, mon corsage à raies vertes et blanches et ma jupe verte, et mes bas... non! pas de bas! pas de bas! Mes petites bottes de chevreau blanc...

« Pas de bas! Pas de corset! O! mon Dieu! » pensait Molly. Elle courait d'une armoire à une commode, elle riait en elle-même, elle ne savait rien mais soupçonnait, devinait et n'osait croire. Les changements de l'humeur de Griselda les jours où elle devait aller en voiture, sa joie, sa lassitude ou son énervement quand elle en revenait, ne pouvaient échapper à sa femme de chambre qui était son ombre vivante. Shawn? Était-ce possible? Molly se disait qu'elle devait se tromper, sûrement. Elle était à la fois scandalisée parce que Shawn était un domestique, réjouie parce qu'ils étaient si beaux tous les deux, et inquiète parce que cela ne pouvait rien donner de bon...

Quand Griselda fut prête, avant toute chose, elle courut dans la forêt jusqu'au cercle de pierres. Elle s'agenouilla près de la pierre couchée, et parce qu'elle savait *où* regarder, elle trouva l'éclair, le signe gravé. Il était usé, rongé par le temps et les lichens, mais il était là, à peine visible et cependant assez net pour qu'elle pût le suivre du doigt en complétant, par son mouvement, ce qui en manquait.

Elle rentra à la maison, dessina le signe sur une feuille de papier et alla le montrer à son père qui fumait un cigare dans le petit salon. Elle lui dit où elle venait de le découvrir.

Très intéressé, Sir John regarda la feuille dans un sens puis dans un autre sens, perpendiculaire.

— Si nous étions dans un pays méditerranéen, je te dirais tout de suite de quoi il s'agit... C'est étonnant... Tu vois : comme ceci, horizontalement, ce pourrait être une lettre égyptienne. Et comme cela, verticalement, c'est une lettre phénicienne. Mais c'est la même lettre dans les deux langues : la lettre m. Et dans les deux langues elle désigne l'eau... Il est vrai que les populations qui ont dressé les grandes pierres dans tous les pays du Nord venaient de la Méditerranée... Mais si elles avaient une écriture ce n'était ni l'égyptienne ni la phénicienne... C'est étonnant, étonnant... Mais on est sans cesse étonné quand on étudie les civilisations anciennes...

— La lettre m, dit Griselda, c'est la première lettre de Maav, et de mer...

— Oui... Tu es intéressée par ces problèmes ?... Quand Helen sera mariée — Sir John soupira — veux-tu travailler avec moi ?

— Oh ! non ! non ! non !... dit Griselda en riant.

Elle embrassa son père et sortit vivement. On entendait monter vers la maison le bruit du moteur de la voiture automobile.

Il l'emmena dans une direction qu'ils n'avaient jamais prise, droit vers les terres, le dos à la mer, par un chemin juste assez large pour la voiture et sur lequel elle roulait à cloche-pied.

Après avoir tourné entre deux lacs, le chemin s'enfonçait dans un bois de trembles et s'y évanouissait. Quand Shawn coupa le moteur, les oiseaux qui s'étaient tus plus par curiosité que par peur recommencèrent à bavarder. Un vieux merle ébréché regarda l'automobile d'un œil puis de l'autre et siffla d'admiration. Un oiseau brun aux ailes vertes et au plastron roux lui répondit « Tut! tut!... » en hochant la queue. Il n'était pas tout à fait d'accord. Il dit encore « Tut! tut! », ce qui signifiait cette fois qu'il trouvait que cet oiseau à pattes rondes sentait mauvais. Et il fit une troisième fois « Tut tut » pour demander : « Qu'est-ce que ça mange? » « Des clous! » répondit le merle. Effectivement le pneu avant droit venait d'en manger un, un bon clou de cheval à tête carrée. L'âme emprisonnée du pneumatique retourna doucement à son atmosphère originelle pendant que Shawn, prenant Griselda par la main, l'entraînait sur un chemin de mousse, à travers les rameaux légers qui les caressaient au passage.

Ils débouchèrent dans la boucle d'un ruisseau qui était plus qu'un ruisseau sans être tout à fait une rivière. Son eau claire glissait d'un mouvement à peine visible sur un lit de sable pâle et de petits cailloux. Il enfermait dans sa courbe une minuscule prairie d'herbe courte piquée de pâquerettes et parsemée de quelques feuilles de trembles, jaunes, rousses, vert pâle, tombées avant l'automne sans raison, peut-être seulement parce que c'était plus beau ainsi. Trois saules, sur la rive opposée, s'inclinaient vers deux plus anciens sur la rive intérieure. Le plus âgé de tous, bossu, tordu, plein d'énormes verrues, était fendu de haut en bas d'un trou qui avait mangé tout le cœur de son bois. Mais sa chevelure de juillet était aussi vive que celle d'un adolescent.

Ce rond d'herbe fraîche, tiède, fleuri, bien clos d'eau et de feuilles, environné des murmures du vent et des oiseaux, ouvert seulement vers le ciel familier tout proche, était fait pour accueillir la joie, l'entourer, la protéger, et la multiplier. Shawn l'avait découvert un jour et n'y était pas entré, car ce n'était pas un endroit où on entre seul.

Il écarta la dernière branche et poussa doucement Griselda devant lui. Un martin-pêcheur pointu perché en oblique sur la bosse ouest du vieux saule, qui guettait un poisson qui guettait une mouche, plongea comme une balle, manqua le poisson et rebondit vers le bleu du ciel. Un rayon de soleil paressait de pâquerettes en pâquerettes, inventant au passage dans une perle d'eau pendue à un brin d'herbe, toutes les couleurs qui éclatent, celles qui sont douces, et celles qu'aucun œil ne peut voir.

— Oh! dit Griselda, c'est la chambre de Viviane et de Merlin!...

Elle arracha ses bottes et se mit à courir et danser

dans l'herbe. Elle en sentait chaque pointe humide et tiède dans le creux de ses pieds.

— Qu'on est bien!

Reconnaissante, elle revint vers Shawn qui n'avait pas bougé et la regardait en souriant, heureux. Elle se serra contre lui, lui donna un baiser léger sur les lèvres, se recula pour le regarder. Elle fit une petite grimace.

— Ta casquette!...

Elle enfonça ses doigts dans les cheveux qui avaient gardé la marque de la coiffure et les aéra et les pétrit dans ses paumes. Ils étaient souples, tièdes et frais comme l'herbe sous ses pieds nus. Un courant de vie passait de la terre à lui à travers elle. Ses doigts se crispèrent un peu et elle eut envie de le mordre. Elle se ressaisit et sourit et lui déboutonna sa veste grise.

— Tu connais l'histoire de Merlin et de Viviane? Il fit « non » de la tête.

— Tu sais bien qui est Merlin?

— C'est l'Enchanteur...

— Oui...

Elle lui ôta sa veste et la jeta dans les branches. Au-dessous, il portait une chemise de lin de couleur capucine.

— ... C'était lui qui emmenait les chevaliers dans les aventures, à travers les batailles et les sortilèges, jusqu'au château du Roi Blessé où se trouvait le Graal...

— Le Graal, qu'est-ce que c'est?

— C'est ce qu'on cherche... C'est ce qu'il y a de plus beau. On ne sait ce que c'est que lorsqu'on le voit.

Elle lui prit le visage à deux mains et de nouveau lui baisa les lèvres, doucement, se souleva sur la pointe des pieds et lui baisa les yeux l'un après l'autre. Elle aurait voulu baiser le gris de ses yeux qui maintenant était bleu, mais il fermait les paupières et riait, et sous ses lèvres elle sentait la soie douce et dure de ses cils noirs.

Elle défit le premier bouton de la chemise, puis le deuxième.

— Pour voir le Graal, il faut poser une question, une seule. Et les chevaliers ne savaient pas laquelle. Il n'y a que Galaad qui a posé la bonne question. Et il a vu le Graal... On dit qu'il l'a emporté en Égypte. Tu y es allé, en Égypte?

— Non... Je n'ai pas traversé la Méditerranée... Je n'ai pas fait de grand voyage sur la mer. Mais un jour j'irai...

— Tu as envie d'aller loin?

— Oui... et de revenir... en Irlande.

— Moi je ne sais pas si je reviendrais... Voyager partout... Tout voir... Comme Merlin... Il allait à Rome voir le pape pour lui donner des conseils, et cinq minutes après il était en Bretagne ou à Constantinople, partout où un chevalier avait besoin de lui. A peine arrivé, il était reparti... Pfuitt!...

Elle écarta les deux côtés de la chemise et en fermant les yeux de bonheur, posa sa joue sur la poitrine lisse et dure. Lui avait posé les mains sur ses épaules, puis sur ses cheveux, et il commençait à lui ôter ses épingles.

Elle murmura :

— Ne les perds pas, surtout! Ne les perds pas!...

Il sourit. Il les mettait au fur et à mesure dans la poche de son pantalon... Les lourds cheveux coulèrent en flot de lumière sombre. Il y plongea et y baigna ses mains, les releva jusqu'à son visage et les pressa doucement contre ses joues. Ils étaient frais comme l'eau du ruisseau, vivants, rebelles et souples, ils échappaient à ses doigts, se multipliaient et glissaient. Ils formaient un rideau qui la cachait et sous lequel elle blottissait sa tête contre lui. A travers ses cheveux il l'entendait :

— ... un jour il traversait une fôrêt et il a vu une jeune fille endormie près d'une source. C'était Viviane. Elle avait seize ans...

Ses cheveux étaient une source qui coulait sur elle et sur lui, sur son front et sur ses paupières, ils sentaient la menthe et l'eau fraîche et l'odeur du soleil sur la peau d'une fille qui n'a pas fini de grandir.

— ... Elle était si belle qu'il en est devenu fou d'amour... Il s'est mis debout près d'elle, et son regard l'a réveillée. Elle n'a pas eu peur, il était très beau et il était jeune pour toujours. Elle lui a demandé : « Qui es-tu ? » Il a répondu : « Je suis Merlin. » Et il lui a demandé un baiser. Il aurait pu le prendre et l'empêcher de se défendre, parce qu'il était le fils du Diable, mais il était aussi le fils de Dieu, et il le lui a demandé...

— Donne-moi un baiser, demanda Shawn doucement.

Il inclina son visage vers elle et elle leva son visage vers lui. Ses cheveux coulèrent derrière elle plus bas que sa taille. Il posa ses lèvres à peine entrouvertes sur ses lèvres presque fermées.

Elle soupira et lui baisa la poitrine, y appuya son front, puis inclina la tête en arrière et sourit pour le regarder.

— Elle lui a accordé juste le bout d'un doigt... Et en échange elle lui a demandé le secret de douze enchantements...

— Elle ne l'aimait pas...

— Si... Au contraire... Il les lui a donnés, puis il

est reparti parce qu'on avait besoin de lui un peu partout, puis il est revenu, chaque fois qu'il pouvait... Et peu à peu il lui a donné tous ses secrets... Et elle ne lui donnait toujours que ses mains à baiser... Elle a connu tous ses secrets sauf un... C'était justement celui-là qu'elle voulait le plus... S'il lui donnait ce secret elle se donnerait... Et un jour, après que Galaad ait vu le Graal, Merlin a cédé.

— Et elle aussi?

— On ne sait pas... Parce que ce secret, c'était celui qui lui permettait de tenir Merlin enfermé pour toujours dans la chambre d'air. Elle l'a pris par la main et elle a fermé la chambre autour d'eux. Ils n'en sont plus jamais sortis. On ne sait pas où elle est. C'est la chambre d'amour.

— La chambre d'amour, dit Shawn, c'est toi... Le Graal, c'est toi...

Il caressa doucement le visage posé contre sa poitrine et demanda :

— Quelle question je dois poser?

Elle répondit plus doucement encore :

— Ne demande pas... Regarde...

Elle se sépara de lui presque sans bouger, elle glissait et tournait sur l'herbe, ses mouvements étaient courbes comme ceux du vent. Elle ôta son corsage et sa jupe et tira par-dessus sa tête sa chemise légère. Pendant un instant elle ne fut qu'un buste entre deux blancheurs. Il vit ses seins couleur de miel, de rose et de lait, qui semblaient avoir peur et s'émerveiller, comme des enfants qui n'auraient jamais vu le soleil. Et déjà elle avait tourné et ses cheveux coulaient sur son dos. Ses vêtements tombaient autour d'elle et fleurissaient l'herbe. Elle s'immobilisa en face de lui, toute nue dans ses cheveux

Glorieuse, et inquiète, elle demanda :
— Est-ce que je suis belle?

Elle savait qu'elle était belle, mais personne encore ne le lui avait dit...

Il ne répondit pas, il la regardait. Il l'avait aimée, mais il ne l'avait jamais vue. Elle recommença à tourner lentement pour sentir partout la chaleur de son regard. Elle soulevait ses cheveux à deux bras au-dessus de sa tête, pour que rien ne lui fût dérobé, mais ils lui échappaient et glissaient et la cachaient à moitié, cachaient son dos ou ses seins dont seules sortaient les pointes de lumière qui accrochaient le soleil. Alors elle écartait à deux mains le rideau des cheveux.

— Est-ce que je suis belle?

Il vit les douces épaules, et la cambrure du rein, et les deux collines qui le suivent, et qui sont chacune la moitié du monde, il vit le ventre plat avec son œil d'ombre, la courbe des hanches qui est la courbe divine de l'infini, et le court buisson d'or où naît la bouche du mystère.

Il arracha ses propres vêtements et vint vers elle avec ses mains ouvertes.

— Tu es belle... Il n'y a rien de plus beau que toi...

Ces mots entrèrent en elle et l'emplirent de chaleur et de gloire. Elle le regarda venir, beau et nu comme le dieu de la jeune Irlande, Angus Og couronné d'oiseaux. Avec sa poitrine lisse et plate, ses épaules droites, ses hanches minces, ses bras un peu écartés, un peu en avant, ses mains ouvertes pour offrir et pour prendre, et en haut de ses longues cuisses qui marchaient, son amour orgueilleux qui venait vers elle dans sa naïve et belle volonté.

Leurs mains se joignirent, puis leurs corps se touchèrent, sur toute leur surface, de bas en haut. Suffoquée de joie, elle gémit. Elle se délivra en riant, lui échappa et courut vers le ruisseau. Il courut derrière elle, l'eau les éclaboussait jusqu'aux yeux. Ils riaient. Elle se jeta dans l'herbe, s'y roula, il y était avec elle, près d'elle, sur elle, il la caressait à deux mains, il caressait l'herbe, il la caressait elle, il l'embrassait, la quittait, il entra en elle une seconde et repartit, elle cria, le rejoignit, elle mordit une pâquerette et la lui mit dans la bouche, se releva et courut vers le bois, il la rattrapa, la prit, la souleva et l'emporta en courant, il courait le long du ruisseau et des arbres, il courait et tournait en la tenant couchée dans ses bras, pour voir la splendeur de ses cheveux se déployer dans le soleil.

Elle glissa une jambe entre les siennes pour le faire tomber. Ils roulèrent sur l'herbe, séparés.

Alors elle cessa de rire, ferma les yeux, et l'attendit. Et lui non plus ne riait plus. Elle sentit d'abord sa main, légère, se poser sur ses genoux, et elle les lui ouvrit. Puis elle sentit sa poitrine sur sa poitrine et son ventre sur son ventre, il la touchait mais il ne pesait pas, il n'avait aucun poids, elle attendait et c'était une éternité insupportable d'attente merveilleuse, et puis lentement, partout à la fois, il pesa et il fut tout entier sur elle et en elle, tout nu.

Et elle ne sut plus ce qui était l'intérieur et l'extérieur d'elle-même et du monde, ce qui était en elle et ce qui était lui. De longues vagues l'emportaient, chacune recommençant avant que l'autre finisse, en un voyage dont elle désirait la fin à en mourir et voulait qu'il ne finisse jamais. Elle était à la fois l'océan et la barque, elle allait vers le soleil qui s'approchait, qui grandissait, vers lequel chaque vague l'emportait, plus haut, plus près, et puis, dans le déchirement de la naissance du monde, la mer et le ciel se joignirent, toute la mer coulait en elle dans tous les sens, elle était le soleil...

Quand son corps revint autour d'elle elle le sentit répandu comme l'herbe sur la prairie. Il n'avait plus aucune contrainte, nulle part. Il était libre. Elle le sentait présent comme elle ne l'avait jamais senti, mais elle n'avait plus aucune autorité sur lui... Plus aucune force.. Plus rien... Dormir...

Shawn s'endormit à son tour en la tenant dans ses bras. Un souffle de vent posa sur eux quelques feuilles de tremble vertes et dorées. Le martin-pêcheur revint et se percha sur une autre bosse du saule, parce que les reflets sur l'eau avaient changé. Toutes à la fois, les primevères commencèrent à se fermer.

Dans les racines de l'if, Waggoo s'inquiéta et gémit.

Alors une averse légère vint les réveiller du bout des doigts.

Elle ne parvenait pas à réunir ses cheveux. Elle n'avait pas l'habitude, elle ne le faisait jamais seule, il y avait toujours Molly pour l'aider, ils glissaient, se dérobaient, jetaient une mèche à gauche ou à droite, elle s'énervait, il était tard, elle frissonnait, elle était lasse. Il avait ôté la roue, le pneu, la chambre à air, il la gonflait avec une pompe et la plongeait dans le ruisseau pour voir, grâce aux bulles, où se situait le trou. Il avait étalé sur l'herbe un chiffon gras et des outils. Il essuya la chambre, la gratta, l'enduisit de colle, découpa un morceau de caoutchouc, l'enduisit de colle et dit :

— Il faut attendre que ça sèche.

— Attendre!... Tu imagines l'heure qu'il est?

Il répondit calmement :

— Je sais... Mais je sais aussi qu'il faut que ça sèche...

Elle réussit enfin à enfermer ses cheveux sous son canotier et sa voilette. Il colla la pièce, remonta la chambre et le pneu, et gonfla interminablement le tout. Le moteur refusa de partir, puis éternua et s'emballa. Shawn bondit sur son siège, enfila ses gants sur ses mains noires et remit sa casquette.

— Je n'aime pas cette casquette! cria Griselda par-dessus le moteur.

Shawn enclencha la marche arrière, manœuvra pour faire demi-tour, calma les trois cylindres, et répondit :

— Moi non plus...

Quand ils furent sortis du bois, il ajouta :

— Tu diras que nous étions en panne, et que je ne parvenais pas à réparer... Avec une voiture automobile, on ne sait jamais quand on arrive...

— Je n'aime pas mentir! dit Griselda.

— Et que faisons-nous d'autre? dit Shawn.

Elle le regarda, saisie par cette vérité qu'elle avait jusqu'alors refusé de se formuler.

Le soleil n'était pas encore couché, c'était un long jour d'été, mais on devait être déjà à table à St-Albans.

Ils roulèrent vers un ciel qui devenait rouge, et, au moment où ils commençaient à voir la mer, le pneu avant droit — le même — fut de nouveau à plat.

La première réaction de Griselda fut la colère, mais elle se rendit compte que c'était absurde et elle se mit à rire. Elle descendit sur le chemin, et tandis que Shawn commençait à démonter la roue, elle dit :

— Je crois que je ferais mieux de rentrer à pied...

Sans tourner la tête il répondit :

— Peut-être...

Mais elle ne partait pas. Elle était debout derrière lui et le regardait travailler. Elle recommençait à s'énerver...

— Il y en a pour combien de temps?... Il va encore falloir attendre que ça sèche?...

— Oui...

Il était en train de gonfler la chambre à air dégagée.

Il n'y avait pas d'eau à proximité. Il cracha sur la pièce récemment collée, étala la salive avec son doigt, et Griselda, avec un haut-le-cœur, vit se gonfler et éclater une bulle.

Il dit :

— Nous n'avons pas assez attendu tout à l'heure... La pièce fuit...

Il l'arracha et en coupa une autre, et recommença le même cérémonial : essuyer, gratter, enduire de colle, attendre.... En travaillant il parlait d'une voix sourde, regardant ce qu'il faisait, sans se tourner vers Griselda.

— Les pneus sont usés, Sir Lionel en a commandé d'autres, je ne sais pas quand ils arriveront, je ne sais pas combien de temps nous pourrons rouler avec ceux-là, je ne sais pas combien de temps le moteur tiendra encore sans se casser, je ne sais pas combien de temps nous échapperons à la curiosité des gens, je ne sais pas combien de temps tes parents trouveront normal que tu continues ces promenades...

Il se redressa et lui fit face :

— Ce que je sais, c'est que d'une façon ou de l'autre ça ne durera pas, ça ne peut pas durer, c'est impossible...

— Tais-toi !... Pourquoi dis-tu ça ? Pourquoi dis-tu des choses pareilles ?

— Tu sais bien que c'est vrai... La seule chose au monde qui nous réunit, c'est cette voiture... Qu'un boulon craque et nous ne pourrons plus nous voir...

— Ce n'est pas vrai !

Elle était affolée, elle ne voulait pas l'entendre, elle eut une sorte de sanglot, et elle voulut le prendre dans ses bras, se serrer contre lui pour se rassurer. Il recula, et lui dit :

— Fais attention! Ici on nous voit de dix kilomètres... et j'ai les mains sales!..

Il se pencha vers la chambre à air, appliqua la nouvelle pièce, et commença à tout remonter. Il parlait de nouveau sans la regarder.

— J'en ai assez de t'aimer comme un voleur. Si tu ne comptais pas pour moi, ça me serait égal, ça dure ce que ça dure, et puis tant pis...

Il se retourna en criant presque :

— Mais j'ai envie que ça dure toujours!
— Toujours?...

Elle était effarée. Le mot la frappait. Elle n'avait jamais pensé à la durée. Elle était tout entière dans le présent et ne voulait rien savoir d'autre. Elle était heureuse de l'attendre, heureuse de le retrouver et de l'aimer, heureuse de l'attendre encore. C'était un bonheur hors du temps, hors des circonstances, il ne lui semblait pas nécessaire de réfléchir à demain.

— Tu n'es pas heureux maintenant? Pourquoi te tracasser? S'il n'y a plus de voiture nous trouverons un autre moyen...

Il ne répondit pas. La roue était remontée. Il remit le moteur en marche. Ils repartirent vers la mer. Le soleil était presque sur l'horizon. Brusquement Shawn dit :

— Je crois que je vais partir...

Pendant une seconde elle n'entendit plus le moteur et ne vit plus rien. Tout s'était arrêté et avait disparu. Elle reprit souffle :

— Qu'est-ce que tu dis?...
— Je veux partir!...
— Partir?...
— Oui!...
— Pour aller où?
— En Amérique.

— En Amérique !... Pas plus loin !... Et pourquoi faire ?...

— Une nouvelle vie...

— Quelle vie ?

Elle était furieuse parce qu'elle avait mal. Il hésita un instant, puis répondit avec une sorte d'angoisse, comme s'il savait qu'il disait des mots absurdes et mortels :

— Une vie ensemble... toi et moi...

La colère de Griselda tomba d'un seul coup. Elle eut le cœur glacé comme lorsqu'il avait dit le mot « toujours ». Lui, maintenant, était plus à l'aise, il s'expliquait, il commençait à croire que c'était possible.

— J'ai un ami à Detroit, il vient de m'écrire, il fabrique des machines agricoles et des bicyclettes, il voudrait commencer à faire des automobiles, il voudrait que je vienne travailler avec lui, ce sera dur au début, mais on peut gagner de l'argent, faire fortune... En Irlande il n'y a presque plus d'espoir. Si Parnell ne regroupe pas ses partisans, tout est perdu...

Il cria :

— Je ne peux tout de même pas t'emmener dans une chambre de domestique chez Lady Augusta ! ou m'installer à St-Albans comme gendre à tout faire !

Elle cria à son tour :

— Mais qui parle de gendre ? Tout de suite les chaînes ! Pour toute la vie ! Tu es fou !...

Glacial, il dit :

— Tu ne m'aimes pas.

— Tu ne comprends rien !... Je t'aime !... Mais, enfin je n'ai pas encore commencé ma vie ! Tu ne peux pas me demander de m'attacher déjà les pieds et les mains, pour toujours !

Ils étaient arrivés à l'entrée de la digue. Il descendit et la regarda, attendant qu'elle descende à son tour. Son regard la gênait, l'accusait, la plaçait sur la défensive, alors que ce qu'elle éprouvait lui paraissait si clair, bien que contradictoire : il lui apportait un goût de la vie que rien d'autre ne pouvait lui donner, elle ne voulait pas le perdre, elle l'aimait, mais elle suffoquait à l'idée de se lier, de compromettre sa liberté. Elle ne voulait pas être enfermée comme Merlin.

Il lui dit :

— Te voilà devant ta maison... Tu l'aimes plus que moi... Tu veux bien faire l'amour avec moi, mais sans rien quitter...

Elle devint brusquement folle de rage.

— Tu es bête! bête! Tu es un homme bête! Je suis capable de tout quitter, et tu le sais! Il n'y a qu'une chose que je ne veux pas perdre, c'est ma liberté! Maintenant ne me tourmente plus! Laisse-moi tranquille! Va-t'en! Je ne veux plus te voir, jamais!

Shawn devint très calme. D'un seul coup il sembla ne plus être là. Sans un mot, il remonta sur la voiture, remua les tiges et les leviers avec cette sécheresse précise que la colère ou le désespoir donnent aux gestes des hommes. La voiture s'ébranla, vira sur le petit espace devant la digue, et commença à s'éloigner sans que Shawn eût tourné une seule fois son regard vers Griselda.

Celle-ci, immobile, pétrifiée, eut l'abominable impression de le voir disparaître à jamais. Elle avait envie de courir derrière lui et de crier son nom, et son orgueil l'empêchait de faire un geste et de dire un mot. Elle voulait de toutes ses forces qu'il revienne, qu'il la prenne dans ses bras et qu'il lui parle doucement, et s'il était revenu, elle l'aurait frappé avec ses deux poings, elle lui aurait donné des coups de talon sur les pieds, elle l'aurait cassé en morceaux... Et puis elle aurait pleuré et elle l'aurait embrassé...

Pendant que la peine et la fureur tourbillonnaient en elle, la voiture s'éloignait, elle était hors de portée, elle était partie.

Griselda se réfugia dans la colère et s'élança sur la digue. La mer était basse et l'odeur des algues lui sembla être l'odeur de la pourriture, et les cris des mouettes aussi lugubres que les cris des corbeaux.

Ardann vint à sa rencontre jusqu'au milieu de la digue en se tortillant de joie comme un poisson. Elle se baissa pour l'embrasser et le caresser, et en fut réconfortée.

Lady Harriet l'attendait dans le hall, et Griselda mentit tout naturellement. Elle ajouta une panne aux deux crevaisons et répondit à sa mère qui lui proposait un dîner froid :

— Je n'ai pas faim... J'ai bu du lait... Nous nous sommes arrêtés dans une ferme... Le chauffeur — elle n'avait pas pu prononcer le nom de Shawn — avait besoin d'eau pour réparer...

— Il faut de l'eau pour réparer?

— Oui, à cause des bulles.

— A cause des bulles! dit Lady Harriet émerveillée. Ces voitures automobiles sont bien mystérieuses!...

Mais au milieu de la nuit Griselda n'y tint plus, descendit à l'office et mangea la moitié d'un poulet. Quand elle eut l'estomac plein, son angoisse se dissipa et elle se demanda ce qui les avait entraînés, elle et Shawn, dans une hostilité aussi incompréhensible. Elle lui avait dit qu'elle ne voulait jamais le revoir, mais il savait bien que ce n'était pas vrai, qu'elle avait besoin de lui. Et elle savait qu'il avait besoin d'elle. Toutes les femmes disent ces mots un jour. Ils signifient exactement le contraire. Tout s'arrangerait lundi quand il viendrait la chercher... S'il ne pleuvait pas... Non! Il ne pleuvrait pas!... Et elle s'endormit jusqu'au matin.

Au réveil, en prenant son thé dans son lit, elle trouva tout naturellement la solution. Si la voiture venait à faire défaut, elle ferait ses promenades à bicyclette, et rejoindrait Shawn dans la chambre des saules. Elle ferma les yeux de bonheur en se souvenant de la veille et s'étira entre les draps avec langueur. Molly, qui préparait son bain, la regardait au passage avec de sombres soupçons. En la coiffant pour la nuit, la veille au soir, elle avait trouvé dans ses cheveux — bien emmêlés! — un brin d'herbe et la moitié d'une feuille...

L'après-midi, Griselda se rendit au Rocher, grimpa dans son siège de pierre et, pendant des heures, regarda changer et se mouvoir la mer. L'Amérique... L'autre bout du monde... Elle qui avait toujours rêvé de partir. Et il était plus beau qu'un roi... Et ils étaient semblables, avec juste assez de différences pour se compléter et s'entendre...

En bas du Rocher, Ardann gémit et aboya pour l'appeler.

Quitter l'île? Oui... A l'instant! Elle y était prête!... Mais pour commencer, pas pour finir! Pour s'épanouir et pour vivre, pas pour s'enchaîner...

Mme Une telle... Vendre des bicyclettes dans une boutique!... Elle secoua la tête, dévala le rocher et courut avec Ardann vers la maison. Elle avait une faim sauvage.

Le mariage d'Helen avait été fixé au troisième samedi du mois d'août. Chaque fin de semaine le facteur lui apportait une lettre d'Ambrose. Il passait au milieu de la matinée, il entrait à l'office où Amy lui offrait un verre de bière. Helen l'attendait. Elle courait donner à son père les journaux et les revues, et les lettres de ses correspondants décorés de timbres de lointains pays du monde, puis s'enfermait à clef dans sa chambre pour lire et relire la lettre de son fiancé et commencer aussitôt à lui répondre.

Ce vendredi, il n'y eut pas au courrier de lettre d'Ambrose, et Helen attendit avec fièvre le lundi matin. Mais le lundi à l'heure habituelle le facteur ne vint pas. Ni un quart d'heure plus tard ni une demi-heure.

Helen, n'en pouvant plus d'impatience, alla l'attendre au bout de la digue. Elle ne vit rien venir, et il se mit à pleuvoir. Elle dut rentrer, monta dans sa chambre et relut plusieurs fois la lettre de la semaine précédente, y cherchant avec crainte quelque indication qui laissât présager un tel silence. Ambrose lui écrivait qu'il allait bien, qu'il faisait beau ce matin mais qu'il craignait que le temps ne se gâtât dans l'après-midi, que son livre avançait, et qu'il avait déjà écrit plusieurs pages sur la neuvième proposition d'interprétation de la ligne 2 de la tablette sumérienne A-U-917. Il espérait qu'Helen était en bonne santé, et la priait de transmettre ses respects à ses parents et son excellent souvenir à ses sœurs.

Il n'y avait là-dedans rien d'inquiétant, rien de fiévreux qui pût annoncer une crise. Alors pourquoi ?... Et s'il était malade ?... Comment le savoir ? Que faire ? Quand on aime un être, la séparation et la distance sont terribles...

Griselda finissait de s'habiller pour l'après-midi. En pensant à la chambre d'herbe, elle avait choisi une jupe de couleur orangé-un-peu-rouille qui sur le vert de la prairie aurait l'air d'une fleur, et un corsage de la même teinte mais plus claire, tout festonné de blanc.

Elle vint à la fenêtre, regarda le ciel, près et loin. Elle pensa. « C'est une courte pluie, ça ne va pas durer... » Pour avoir vécu, depuis son enfance, plus souvent hors de la maison que dedans, elle connaissait bien les signes du temps, mais le temps changeait si vite, à la limite de la terre et de l'eau, et les signes étaient si nombreux qu'on pouvait en tirer toutes les prévisions qu'on voulait. Elle appuya son front contre la vitre, ferma les yeux et voulut de toutes ses forces qu'il fît beau. Ou plutôt elle essaya, mais elle ne pouvait plus vouloir, elle ne pouvait que désirer, désirer le moment où elle entendrait le moteur de la voiture, le merveilleux bourdonnement du moteur du bonheur, naître au loin dans la campagne et grandir et venir vers elle. Et même s'il pleuvait il viendrait, et même s'il pleuvait elle partirait avec Shawn sur la voiture ruisselante et fumante. Elle mettrait une fois de plus sa vieille cape verte, ils avaient déjà reçu des averses, si on se laissait arrêter par la pluie on ne vivrait pas.

Alice ne revint de Mulligan qu'un peu avant le déjeuner, trempée, poussant sa bicyclette. Elle avait cassé sa chaîne et avait fait presque tout le trajet à pied, acceptant avec joie cette petite épreuve venue du ciel.

Elle apportait le courrier. Elle avait rencontré le facteur qui le lui avait donné.

Il y avait une lettre d'Ambrose.

Helen monta l'escalier comme un typhon pour aller s'enfermer avec elle dans sa chambre. La lettre était humide, mais la réchauffa jusqu'aux cheveux. Ambrose écrivait qu'il pleuvait ce matin, mais qu'il ferait peut-être soleil dans l'après-midi. Il espérait qu'Helen allait bien. Lui-même était en bonne santé, et il avait commencé l'exposé de la première interprétation possible de la ligne 3.

Helen relut la lettre avec des larmes de bonheur dans les yeux. Elle la porta lentement à ses lèvres et l'embrassa. Elle rougit. Puis elle la replia et la posa sur les autres dans le petit tiroir de son secrétaire, à gauche, en haut, dont elle gardait la clef dans son corsage, au bout d'un ruban.

Il y avait une lettre de Lady Augusta pour Sir John. Il en parla pendant le déjeuner.

— Augusta a une singulière idée, dit-il à sa femme. Elle voudrait organiser un bal à l'occasion du mariage d'Helen. Qu'en pensez-vous?

— Oh! Un bal! s'exclama Jane en battant des mains.

Lady Harriet la regarda puis se tourna vers son mari, hésita un peu, se décida à exprimer une opinion personnelle.

— Cela me semble... Ne croyez-vous pas qu'avec

ces troubles..., danser?... Et puis ces policiers dans ses granges... Ce n'est guère...

— Elle prétend qu'ils seront partis : ils ont reçu l'annonce de l'arrivée de leurs baraques... Quand aux troubles, il y a des semaines qu'il ne s'est rien passé... Un bal de mariage, après tout, c'est une tradition plus qu'une réjouissance...

Il s'arrêta de parler et regarda Helen avec surprise et une tristesse subite. C'était donc vrai? Et c'était déjà là? Elle devint rose sous le regard de son père. Elle pensait qu'il était heureux puisqu'elle était heureuse. Il soupira, il dit :

— Je crois que nous devrions donner notre accord... Il y a bien longtemps que nous ne sommes allés à Greenhall. Cela me ferait plaisir de revoir la vieille maison avec un peu de fête à l'intérieur...

— Certainement, dit Lady Harriet. Ah mon Dieu, il va falloir des robes de bal! Nous n'aurons jamais le temps! Griselda! Il faudra que nous en parlions à Molly, qu'elle demande à sa mère de venir nous aider!...

— Ah! Griselda!... dit Sir John, il y avait un mot pour toi dans la lettre de Tante Augusta : plus de promenades automobiles pour l'instant, son chauffeur est parti...

Griselda sentit très nettement son cœur s'arrêter. Puis il repartit, trébucha, et retrouva son rythme, un peu accéléré, comme le moteur lorsque Shawn le cravachait après un caprice...

Lorsque Shawn...

Shawn! *Shawn!* SHAWN!

Elle aurait voulu se lever, courir, crier son nom, l'appeler vers tous les horizons, crier son nom, son nom... Elle ne put que poser une question automatique, sans espoir...

— Parti ?... Parti où ?...

— Comment le saurais-je ? Il a quitté Greenhall, il est parti... Naturellement ta tante en cherche un autre... Mais ce n'est pas facile à trouver...

— Quel dommage, dit Lady Harriet à Griselda, ça t'avait fait tant de bien !...

GRISELDA referma la porte de sa chambre et en tourna la clef avec violence. Avant de faire un pas de plus, elle arracha la jupe et le corsage qu'elle avait choisis pour la promenade et les lança loin d'elle comme s'ils étaient des vêtements de feu. Puis elle courut à son lit et s'y jeta à plat ventre, son visage caché dans ses bras. Il était parti! Il l'avait prise au mot : « Plus jamais! » Comme si ces mots signifiaient la moindre des choses! Il n'avait pas cherché à la revoir, à reprendre la discussion, peut-être à réussir, finalement, à la convaincre... L'Amérique? Pourquoi pas? Après tout! Des bicyclettes? Il y avait peut-être autre chose que des bicyclettes, en Amérique!...

S'il avait eu vraiment de l'amour pour elle il ne serait pas parti ainsi, sans la revoir.

Jusqu'à ce jour elle n'avait jamais douté de la sincérité de Shawn. Elle ne s'était même pas posé la question. Elle avait reconnu en lui la même force, le même élan qui la poussait vers lui. On ne doute pas du vent, de la marée, de la tempête, de la force qui gonfle la forêt au printemps,. Elle n'avait douté ni de ses yeux, ni de ses mains, ni de la joie qu'il appelait sur elle et sur lui, et qui était grande et pure comme le ciel et la mer. Il n'y avait pas une autre femme au monde, elle en était sûre, avec laquelle il aurait pu se trouver aussi libre, aussi fort, aussi merveilleusement joyeux qu'il l'avait été avec elle — et elle avec lui — dans la chambre d'herbe, la chambre verte, la chambre d'amour. Ils se comprenaient rien qu'en se regardant et en mettant leurs mains ensemble. Mais ils se comprenaient aussi quand ils se parlaient. Ils riaient de la même façon, en même temps, des mêmes choses. Ou de rien...

Et elle ne pouvait pas imaginer qu'elle aurait pu donner le bout de son doigt à baiser à n'importe quel homme au monde autre que lui. Elle en frissonnait... Elle s'entortilla dans le dessus de lit de dentelle comme dans un étui protecteur, se cacha le visage dans l'oreiller. Nue! Elle s'était mise nue devant lui! Pour lui! Avec lui! c'était simple, c'était vrai, c'était beau... Devant ses yeux gris qui la regardaient... Ses yeux gris qui devenaient bleus quand le ciel était bleu... Nus, elle avec lui, ensemble, dans le monde nu qui les embrassait...

Parti... Il avait raison : ça ne pouvait pas durer. Elle n'avait pas voulu y penser, elle était bien, elle avait St-Albans et elle avait Shawn, elle était heureuse, elle était à l'abri, tranquille, assise dans la maison comme dans un fauteuil devant le feu. Le feu, c'était Shawn qui la brûlait...

Ce n'est pas vrai que tu ne m'aimes pas! Tu me regretteras toute ta vie! Mais moi? qu'est-ce que je vais devenir? Je suis coupée en deux! la moitié de moi est partie! Je vais mourir.

« Je deviens idiote! » dit Griselda à voix haute. Elle se leva et se mit à marcher de long en large dans sa chambre, pour retrouver son sang-froid. S'il était parti, eh bien, il était parti... ça simplifiait tout... Elle serait bien tranquille maintenant...

En passant devant la glace de sa coiffeuse elle s'arrêta et se regarda. Elle vit une étrangère, une créature féminine aux yeux vides comme des fenêtres, qui fixaient le vide, et derrière lesquels tout était vide.

Elle courut à son cabinet de toilette, se frotta le visage à l'eau de lavande, respira à fond, s'il était parti tant mieux pour lui et tant mieux pour elle, c'était fini, voilà! Des bicyclettes! Madame Machin! Madame! La femme de Monsieur! Qu'est-ce qu'il croyait?

Des bicyclettes?... Elle appela, cria de plus en plus fort : « Molly! Molly! »

Un quart d'heure plus tard elles franchissaient toutes les deux la digue, sur les bicyclettes d'Alice et de Kitty. Elles n'étaient pas très assurées l'une ni l'autre, elles savaient à peine y monter, mais la bicyclette est un engin simple, ça va ou ça ne va pas, et quand ça va ça va.

— Nous allons demander à ta mère, avait dit Griselda, de venir nous aider à faire les robes du bal...

La mère de Molly saurait peut-être où était Shawn. Il ne faudrait pas le lui demander, bien sûr, mais amener la conversation sur lui, comme ça... Si elle savait quelque chose elle le dirait. Elle savait tout ce qui se passait dans le pays, bien qu'elle fût française.

C'était l'ancienne femme de chambre de Lady Harriet, Ernestine. Tout le monde l'appelait Erny. Un an après l'arrivée de Sir John et de la famille à St-Albans, elle avait rencontré, à la sortie de la messe de Donegal, où elle se rendait tous les dimanches, plus pour se distraire que par conviction, le grand Falloon de Rossnowlagh, dont les poings étaient aussi gros que la tête, les cheveux rouges et les yeux comme des myosotis. C'était un des hommes qui avaient construit la digue et transporté Sir Johnatan dans le berceau de leurs grandes mains pour qu'il puisse mourir chez lui.

Elle l'avait épousé trois mois plus tard, et avait quitté le service de Lady Harriet, avec joie, à cause de cet énorme époux naïf, fort et tendre, et avec peine, à cause de sa maîtresse qu'elle aimait, et de Griselda et Helen, qu'elle avait vues naître.

Falloon l'avait emportée chez lui à Rossnowlagh. C'était un fermage au bord d'un lac, qui dépendait de Greenhall. Et une chaumière aux quatre murs de terre, composée d'une seule pièce, avec une porte et une fenêtre, un toit de foin, une table, un banc et deux tabourets et un lit de planches garni de paille. Falloon était un fermier aisé.

Lady Harriet leur avait donné un vrai lit, des chaises, une armoire, des rideaux pour la fenêtre, et cent bricoles, tout ce qu'Erny désirait. Elle avait vécu cinq ans de bonheur, plongeant avec délices son cœur et son corps dans la terre et l'eau de l'Irlande, entre les grandes mains de l'innocent Falloon. Elle avait planté des fleurs partout autour de la maison dans des pots et dans des boîtes et à même la terre, elle avait fait de la pièce unique un petit paradis douillet, à demi naturel comme l'Irlande, à demi précieux comme Paris, où elle était née. Le grand Falloon n'en croyait pas ses yeux. Il pensait qu'il avait épousé une fée du Continent, quelqu'un de miraculeux, qui avait apporté dans sa maison une tranche du Paradis. Et ses copains et les voisins — le plus proche était à trois quarts d'heure de marche — ôtaient leur casquette quand ils entraient chez lui.

Molly était née un an après le mariage, il y avait eu

ensuite un garçon qui était mort à six mois, et puis plus rien, parce que le grand Falloon, un soir d'hiver, ayant bu quelques litres de bière de trop avec de la compagnie dans le pub de Rossnowlagh, en revenant à pied, tout seul, avait trébuché, était tombé la tête la première dans le fossé de la tourbière et s'était noyé dans moins de liquide qu'il n'en avait bu.

Molly avait alors quatre ans. Grâce à elle Erny avait surmonté son chagrin, sans jamais oublier son grand mari aux cheveux rouges et aux yeux fleuris. Elle avait pu rester dans sa maison grâce à Lady Harriet, qui avait obtenu d'Augusta qu'elle la lui laissât en location, avec un pré pour une vache, une demi-acre de terre pour ses légumes, et le droit de découper de la tourbe dans la tourbière à l'est du lac. Et un nouveau fermier avait pris le fermage en main. Il avait bâti sa maison à l'autre bout du domaine. Une maison de fermier en terre et en paille, ça se bâtit vite, ça se démolit encore plus vite, quand les soldats s'en mêlent.

Les premières années c'était Lady Harriet qui avait payé à Augusta le loyer de la maison. Puis Erny avait réussi à s'en tirer toute seule, grâce à ses talents de couturière parisienne. On venait la chercher de partout, elle restait parfois plus d'une semaine dans un château des environs ou une maison bourgeoise de Donegal ou de Ballyshannon. Elle était même allée jusqu'à Sligo. Elle emmenait alors Molly, et lui transmettait peu à peu son habileté et son goût. Pendant ses absences, Bonny Bonnighan, la femme du nouveau fermier, prenait sa vache en pension, et s'occupait de ses poules et de son chat.

Elle n'avait jamais voulu se « placer » de nouveau, pas même à St-Albans. Elle aimait sa liberté et sa petite maison basse au toit de foin, presque à demi enfoncée dans la terre d'Irlande entre les deux collines près du lac de Rossnowlagh, encore toute chaude, malgré les années, du souvenir du grand Falloon aux mains géantes et aux yeux de myosotis. Mais elle avait toujours pensé que sa fille avait besoin d'apprendre plus de choses qu'elle ne pouvait lui en enseigner. Et ces connaissances, elle ne pouvait les acquérir qu'à St-Albans, auprès de Lady Harriet. C'est ainsi qu'à quatorze ans Molly était devenue la femme de chambre de Lady Harriet et de ses filles. Mais peu à peu elle s'était consacrée particulièrement à Griselda, qu'elle aimait, et qui avait juste deux ans de plus qu'elle. Elles avaient continué de grandir ensemble, Molly plus avertie malgré son jeune âge, chacune éprouvant pour l'autre une affection complice, d'enfant et de femme, peut-être plus grande que celle qui existait entre Griselda et ses sœurs, du fait même qu'elles étaient la maîtresse et la servante, sans esprit de domination ni de servilité, mais chacune ayant besoin de l'autre, sachant qu'elle pouvait compter sur elle entièrement, mais aussi que le lien qui les unissait était seulement accepté et pouvait se rompre d un mot. Et cela donnait à leurs relations de l'intimité mais exigeait aussi, des deux côtés, des égards.

Quand elles arrivèrent au détour de la colline et découvrirent la maison de Rossnowlagh, elles furent surprises de voir, au-dessus de la porte, planté dans le chaume du toit, un drapeau français qui balançait doucement ses couleurs dans la brise irlandaise.

Des couleurs, il y en avait partout autour de la maison. Sa porte et les volets de sa fenêtre étaient peints en bleu, ses murs blanchis à la chaux, et une multitude de pots et des boîtes de toutes tailles contenant chacune une plante fleurie se serraient contre elle et s'épandaient en rond sur l'espace qui l'entourait, grignotant le potager et le pré de la vache. Erny avait aménagé des sentiers dans leur foule dense, pour pouvoir les atteindre partout, les soigner, les tailler, les effeuiller, les arroser quand il restait parfois trois jours sans pleuvoir et surtout les visiter et leur parler. Elle leur parlait en français, elle les connaissait une à une, elle s'adressait affectueusement à chacune et la complimentait, et chacune lui répondait en tendant vers elle ses fleurs qui étaient plus belles que partout ailleurs, et duraient plus longtemps pour rester plus longtemps avec elle.

Elle était en train de travailler derrière sa fenêtre, pédalant sur la machine à coudre que Lady Harriet lui avait offerte, un œil sur son ouvrage et un œil sur le merveilleux paysage de collines vertes et de ciel mouvant, tout bordé en bas par ses fleurs, qu'habitaient seulement le vent et quelques bêtes, vaches solitaires, brebis éparses, points blancs mouvants sur les pentes vertes, ou deux ânes gris ou un poney roux qui piquait tout à coup un galop et s'arrêtait net, sans savoir pourquoi il avait commencé et fini, ou la charrette de Meechawl Mac Murrin, toujours à moitié pleine à moitié vide, transportant n'importe quoi vers n'importe où, et que son grand cheval couleur cerise, cabochard et paresseux, s'arrêtant à chaque touffe d'herbe, n'en finissait plus de faire traverser d'un horizon à l'autre. La voix de Meechawl lui parvenait par-dessus la vallée. Il chantait toujours la même chanson, s'arrêtait pour injurier son cheval, puis recommençait le même refrain :

Oh Mary, Mary, Mary!
Où as-tu mis mes outils?

Je n'ai plus de marteau pour clouer notre lit,
Je n'ai plus de couteau pour tailler notre pain,

Tous les outils de la création y passaient...

Je n'ai plus de bêche pour creuser notre tombe
  Oh Mary, Mary, Mary!
Je n'ai plus que mes mains
Pour toi...

Au degré de puissance et de fermeté de sa voix, on pouvait deviner combien de pintes de bière Meechawl Mac Murrin avait déjà bues depuis le matin. Parfois, le soir, sa charrette traversait le paysage en silence. C'est qu'il était couché dedans, ivre mort.

Il y avait aussi les patrouilles, les constables du pays à bicyclette, par deux ou par quatre, que l'on connaissait, que l'on ne craignait pas trop, et les terribles cavaliers de Belfast, qui ne se déplaçaient qu'en troupe compacte, dans leurs longs manteaux noirs, presque toujours pour aller porter quelque part la peur ou le malheur. C'était à cause d'eux que le drapeau français flottait sur la porte.

Elle vit arriver « ses filles », dès qu'elles débouchèrent de derrière la colline. Elle se leva aussitôt, avec un petit geste de joie de ses bras minces, que personne ne pouvait voir, mais c'était pour elle-même. En deux secondes elle fut à le cheminée, poussa des braises sous le trépied, y ajouta de menues branches, posa la bouilloire dessus, alla à l'armoire en sortit la théière. La boîte à thé, trois tasses, les cuillères, la boîte à biscuits et la boîte à sucre, et une nappe blanche bien repassée. Le tout fut disposé sur la table avant que les bicyclettes aient fait cinquante mètres de plus. Elle ne perdait pas un instant, elle ne faisait pas un geste inutile, elle était efficace et vive, légère, souriante. Depuis la mort de Falloon, elle avait laissé s'en aller ses formes qui ne servaient plus à personne. Elle était un soupçon de femme sans poids dans une mince robe noire, avec un visage clair surmonté de cheveux gris. Elle était toujours en train de faire quelque chose, à son ménage, à sa vache, à ses poules, à sa machine à coudre, à ses fleurs. Elle dormait peu, se levait vite, pour pouvoir s'affairer. Elle aimait les fleurs et les bêtes et tout ce qu'elle trouvait beau. Elle aimait travailler et rendre service. Elle regrettait de ne pas avoir de voisins, pour les aider. Mais la loi ne permettait pas aux fermiers de construire leurs maisons les unes près des autres.

Elle embrassa les filles et leur servit le thé. Elle n'arrêtait pas de parler, parce qu'elle se rattrapait de ses heures de silence, et parce qu'elle était heureuse de voir Molly et aussi Griselda, et que c'était une façon de le leur dire, en parlant de tout.

Elle leur expliqua le drapeau : les constables à cheval étaient venus, ils avaient voulu fouiller chez elle, pour voir si elle ne cachait pas un rebelle. Elle ne les avait pas laissés entrer. Elle avait dit à leur lieutenant qu'elle était française et qu'il n'avait pas le droit de mettre le pied dans sa maison! Oh! fermement, mais poliment! Ce n'est pas avec des manières brutales qu'on les arrête, ces gens-là. Qu'est-ce qu'elle aurait pu faire contre eux tous? Elle avait montré ses papiers à l'officier, elle lui avait même offert un verre de lait. Mais dehors. Il l'avait d'ailleurs refusé. Il avait froncé les sourcils, il avait réfléchi, puis il avait fait un geste à ses hommes et ils étaient partis dans leurs longs manteaux et n'étaient pas revenus. Le jour même elle avait fabriqué ce drapeau avec trois morceaux d'étoffe et son manche à balai, et elle l'avait planté sur sa maison pour que la police sache bien qu'elle n'avait pas le droit d'y entrer, sinon elle écrirait à la Reine et au Président de la République, et ça ferait un scandale international!...

Griselda profita d'un instant où elle dut s'arrêter de parler pour porter sa tasse à ses lèvres. Rapidement, elle lui dit qu'elle ne faisait plus de promenades en automobile, parce que le chauffeur de sa tante Augusta était parti.

— Je sais, dit Erny. Bonny Bonnighan me l'a dit hier soir en venant chercher mes œufs...

Griselda attendit la suite, anxieuse. Mais il n'y en eut pas. Elle se risqua à insister :

— Je me demande où il espère trouver une autre place de chauffeur, par ici... Il n'y a pas d'autre voiture automobile...

— Oh, dit la mère de Molly, Shawn Arran n'est pas seulement un chauffeur...

Il sembla qu'elle savait quelque chose de plus et qu'elle allait le dire, mais elle s'arrêta, but une gorgée de thé et ajouta :

— C'est aussi un voyageur...

Ce fut tout ce que Griselda put en tirer. Elle rentra seule à St-Albans, laissant Molly près de sa mère. Molly voulait surtout faire un crochet par la ferme des Bonnighan. Bonny avait un fils, Fergan. Molly et lui se connaissaient depuis leur enfance, et ils avaient envie de se connaître de plus en plus.

A la demande d'Helen, Ambrose s'était fait faire une photographie, qu'il lui envoya. C'était un petit ovale de papier glacé collé sur un carton orné d'une guirlande, avec le nom de l'artiste photographe imprimé en lettres penchées.

Ambrose y figurait debout, le coude droit appuyé sur une colonne. Tenant son fiancé dans ses deux mains un peu tremblantes, Helen le regarda longuement. Son cœur fondait de douceur. Puis elle courut montrer la photographie à toute la famille.

— Il est charmant! dit Lady Harriet.
— Il est ressemblant..., dit Sir John.
— Puisqu'il te plaît..., dit Kitty.
— C'est un bel homme! dit Jane.
— Que Dieu vous bénisse, dit Alice.
— Ma petite biche!.. dit Amy.

Griselda ne dit rien, mais embrassa Helen, puis se détourna pour cacher les larmes qui lui montaient aux yeux. Elle, elle n'avait rien. Ni portrait ni lettre, pas un seul mot écrit, pas un cheveu, rien, pas une trace... Shawn était apparu sur sa machine fantastique, puis avait disparu totalement, sans laisser derrière lui aucune preuve de son existence. Et il était en train de disparaître une deuxième fois, car il arrivait par moments à Griselda de ne plus se souvenir de ses traits. Il ne lui restait alors que ses yeux qui la regardaient, à l'ombre de l'horrible casquette — la chère casquette! — les yeux gris parfois presque verts, parfois presque bleus, qui la regardaient avec désespoir, avec tendresse, avec moquerie, avec toute la joie du monde. Autour d'eux, le visage n'était plus qu'une brume vague aux contours fondus. Parfois, au contraire, elle le revoyait aussi clairement que s'il était là, devant elle, à un pas, avec son regard amusé, lui tendant la main pour l'aider à monter sur la machine enveloppée de fumées...

Et il lui suffisait de se coucher pour sentir sur elle le poids de son corps, si léger, si lourd, et dont l'absence l'écrasait... Elle tâtonnait dans l'obscurité à la recherche des allumettes sur la table de chevet, allumait sa lampe d'une main énervée, rejetait ses couvertures et se mettait à marcher dans sa chambre avec colère, de la porte au grand miroir et du miroir à la porte, en interpellant Shawn d'une voix basse et furieuse :

— Tu es content, maintenant? Tu es parti pourquoi? Tu n'étais pas heureux? Tu es mieux, maintenant que tu as tout cassé? Tu es bête! bête! Où es-tu?... Mais où es-tu?

Elle s'arrêtait devant la grande glace, se regardait un instant, puis envoyait voler sa chemise de nuit.

— Regarde-moi! Ose dire que tu ne m'aimes pas! Moi je suis là! Regarde! Où es-tu?...

Elle s'attendait à le voir surgir dans le miroir avec son petit sourire, jeter au loin sa casquette et lui tendre les bras. Elle fermait les yeux et voulait, *voulait,* VOULAIT...

Mais en relevant les paupières elle ne retrouvait derrière sa propre image que le gros œil doré de la lampe et le jeu des pénombres où luisaient les arêtes des meubles, les cornes des licornes qui savaient peut-être, les couleurs éteintes des tapis et des coussins, et les coins obscurs que rien n'habitait.

Elle se recouchait en frissonnant, glacée, calmée pour quelques heures.

Molly et sa mère, et trois autres servantes, travaillaient toute la journée à la confection des toilettes de bal, sous la direction de Lady Harriet. Celle-ci faisait sans cesse rechercher Griselda pour lui demander son avis, ou une idée nouvelle. Griselda y trouvait parfois un dérivatif et passait un moment à donner des indications, puis s'en allait en courant.

Elle ne supportait pas de rester enfermée dans la maison. Elle grimpait au Rocher, marchait dans la forêt, essayait de se débarrasser par le mouvement de cette douleur imbécile, comme un serpent se délivre de la vieille peau qui l'enserre en se frottant aux buissons et aux cailloux.

Elle errait le long des allées, passait dix fois aux mêmes endroits, ne voyait plus ni les fleurs ni les feuilles, mais sentait leurs odeurs vivantes qui la réconfortaient.

Ardann la suivait sans comprendre, aussi triste qu'elle, essayant parfois vainement de l'entraîner dans un jeu. Et un peu plus loin venait Waggoo qui glissait à ras de terre, sans se montrer, à gauche ou à droite de l'allée, sous les arbustes, en poussant de tout petits gémissements très courts que lui seul entendait. Il perdait ses poils partout. Sa queue blanche devenait grise...

Avec sa photographie, Ambrose avait envoyé à Helen une liste de questions que la rédaction de son livre l'avait obligé à poser. Il la priait de bien vouloir les examiner avec son père de façon qu'il pût emporter — si c'était possible — les réponses quand il viendrait à St-Albans pour leur mariage.

Le mot « mariage » fit battre le cœur d'Helen. Elle savait bien qu'elle allait se marier, elle ne pensait qu'à cela dès qu'elle se réveillait, mais voir le mot écrit pour elle sur du papier par la main même d'Ambrose l'emplissait de trouble. Elle relisait la lettre, s'attardait sur les autres phrases, mais son regard se décrochait tout à coup et revenait sur ce mot qui semblait flamber au milieu des autres. Mariage... Pourquoi avait-elle chaud, et peur? Sa mère, une fin d'après-midi de pluie, alors qu'elles se trouvaient seules dans le petit salon, près de la cheminée où brûlait malgré l'été un petit feu familier, avait poussé un grand soupir et lui avait dit :

— Ma chérie, puisque tu vas te marier il faut que tu saches...

Elle s'était tue, elle avait soupiré de nouveau comme pour prendre courage, et elle avait continué :

— Le mariage... c'est...

— Oui, mère, avait dit Helen en levant vers elle le regard foncé de ses yeux bleus, attendant la suite avec innocence et ferveur.

Lady Harriet avait avalé sa salive et rougi, et Brigid était entrée à ce moment en courant, une lampe allumée à la main. Elle avait dit :

— Je m'excuse!

Elle avait accroché la lampe allumée.

— Voilà!

Et elle était repartie en courant, emportant une lampe éteinte.

La conversation n'était pas allée plus loin. Helen savait qu'il se passait quelque chose entre mari et femme le soir du mariage, elle ignorait quoi exactement, elle n'avait pas envie de le savoir, elle espérait que ce serait vite fait, puis que commencerait sa vraie vie auprès d'Ambrose, une vie de compréhension, d'amour et de travail en commun, passionnant.

Un matin Griselda se réveilla avec une illumination. Comment n'y avait-elle pas pensé plus tôt? Comment avait-elle pu être aussi stupide? Oh mon Dieu pourvu qu'il ne fût pas trop tard! Que la pluie ou le vent ne l'eût pas emporté, tandis qu'elle se morfondait stupidement... Un message! Il lui avait certainement laissé un message! Il n'avait pas voulu lui écrire à St-Albans, ne sachant pas si sa lettre ne risquait pas d'être interceptée et lue, mais il lui avait certainement laissé un message!... A l'endroit le plus évident!... Dans la chambre douce, la chambre d'herbe et d'amour... Il était même peut-être là-bas lui-même, en train de l'attendre! Alors qu'elle traînait sur l'île où il ne pouvait pas venir...

Elle s'habilla en hâte, bousculant Molly, sauta sur une bicyclette, et se mit à pédaler vers la chambre verte où peut-être, en ce moment, il l'attendait... Et s'il n'y était pas, dans le trou du vieux saule elle allait trouver une lettre, un mot, quelque chose qu'elle comprendrait et qui expliquerait tout...

Mais quand elle arriva au premier carrefour, trois chemins s'y présentaient et elle ne sut lequel prendre... Elle se rendit compte alors que dès leur première promenade elle avait cessé de s'intéresser à autre chose qu'à lui. Assise près de lui dans la voiture entourée d'un nuage, elle regardait l'horizon vers lequel il l'emportait, ou bien elle le regardait lui, ou bien elle ne regardait rien. Elle ne prêtait aucune attention à la route. Elle ne savait pas où ils passaient. C'était sans importance. L'important c'était d'être près de lui sur ce dragon de fer enveloppé de bruit et de fumées, roulant hors de la vie.

Pendant des jours elle parcourut les routes, cherchant en vain le petit bois de trembles. Un après-midi, elle crut enfin reconnaître le chemin, et le bois dans lequel il s'enfonçait. Mais lorsqu'elle eut pénétré dans son ombre humide il lui présenta un visage étranger. Et il n'y avait ni ruisseau, ni saules, ni tapis d'herbe fleurie. Alors elle comprit qu'elle ne trouverait jamais. La chambre d'herbe s'était refermée et avait disparu, comme celle de Merlin. Avait-elle jamais existé? Tout l'intérieur de son corps et chaque pouce de sa peau se souvenait de la joie, mais son esprit n'était plus sûr de rien. Elle renonça. Et elle se demandait qui était cet homme, qui était venu de l'inconnu et reparti sans laisser de traces, comme l'Enchanteur.

S EIZE prisonniers fenians avaient été transférés de Donegal à Dublin, pour comparaître devant un tribunal militaire. Parmi eux se trouvait Brian O'Mallaghin de Ballymanacross, un des trois blessés arrêtés par le capitaine Mac Millan. Brian O'Mallaghin avait eu un poumon traversé par une balle, le poumon s'était infecté, sa vie déclinait chaque jour, on savait qu'il n'en avait plus que pour quelques semaines. Il comparut devant le tribunal sur une civière, et fut condamné à mort.

Dès le début du procès de Dublin, l'action terroriste recommença dans le comté de Donegal, mais avec plus de courage que d'efficacité. Dans les embuscades qu'ils dressaient contre les patrouilles, les rebelles se battaient avec des moyens primitifs et des munitions de fortune. Ils fabriquaient des bombes avec du salpêtre et du charbon de bois. La plus grande partie de la Royal Constabulary du comté était employée à surveiller les routes et la côte pour empêcher toute arrivée d'armes. Le lieutenant Ferguson fut nommé capitaine.

Le petit salon de St-Albans était transformé en atelier de couture. Sauf pour Helen, qui pourrait paraître au bal avec sa robe de mariée, il fallait deux robes pour chaque fille : une pour le mariage, l'autre pour la danse. Griselda dut se mettre sérieusement à aider sa mère et Erny, et deux servantes supplémentaires furent affectées aux ourlets, surjets, bâtis, ramassages, assemblages, repassages. Nessa, la petite fille, âgée de douze ans, de James Mac Coul Cushin le cocher, qui faisait depuis six mois son apprentissage à la cuisine, fut débarbouillée, récurée, astiquée par Amy, et envoyée dans le petit salon, munie d'un énorme aimant en fer à cheval avec lequel elle ramassait les épingles qui pleuvaient sur les tapis.

Griselda faisait des gestes et des dessins rapides avec n'importe quoi sur des bouts de papier, sur la table, sur les glaces, Erny coupait, Molly ajustait, tout le monde essayait, Griselda critiquait, Erny rectifiait, le bataillon des couseuses cousait, Lady Harriet soupirait, approuvait, s'inquiétait.

— Oh! c'est très joli!... Oh! mon Dieu! nous ne serons jamais prêtes!...

Huit jours avant le grand jour, les robes de Jane et de Kitty et de leur mère étaient pratiquement terminées. La robe de la mariée, dressée sur un mannequin, était le centre d'un tourbillon perpétuel. Des mains ajoutaient, levaient, soulevaient, tapotaient, épinglaient, s'en allaient, revenaient avec une dentelle, une ceinture, un galon, tournaient le mannequin vers la fenêtre, vers la glace, vers Griselda, vers Lady Harriet. Jane l'essaya, manqua de la faire craquer et marcha sur l'ourlet.

Elle faillit pleurer.

— Je suis trop petite! Je suis trop grosse!

Elle se consola en essayant de nouveau les deux siennes, la verte pour le mariage, dans laquelle elle avait l'air d'une noisette, et la blanche pour le bal, qui mettait en valeur ses rondeurs et sa fraîcheur, et la fit sourire de satisfaction.

— Si j'étais un garçon... Mais y aura-t-il des garçons? Ils ne verront que Griselda!...

Elle n'était pas jalouse de sa sœur, elle l'admirait, elle la trouvait si belle! Mais elle craignait d'autant plus de passer inaperçue. Quand y aurait-il un autre bal?

Elle voulut essayer de nouveau la robe de mariée. Le chœur des couturières protesta, elle sortit en courant, emportant un serpent de ruban blanc accroché à sa cheville.

Il y avait des morceaux de tissus et des bouts de fil partout, la table était devenue un établi, chaque dossier de fauteuil servait de reposoir à une robe, un jupon, une doublure, un coupon déroulé.

Alice avait un peu simplifié le travail des femmes en déclarant qu'elle n'irait pas au bal, et qu'elle assisterait au mariage dans sa robe noire des dimanches. Aux protestations de sa mère elle avait répondu doucement que c'était la robe avec laquelle elle allait à la grand-messe, et que ce qui était bon pour Dieu était bon aussi pour sa sœur.

Griselda refit sa robe de bal deux fois. Dans sa colère contre Shawn elle s'était d'abord taillé un décolleté si vertigineux que sa mère en ouvrit des yeux comme des fleurs de tournesol. Elle n'eut pas besoin de protester. Quand Griselda se vit dans le miroir, elle rougit, non de honte mais de la morsure brûlante du regret. Non! Elle ne montrerait rien de tout cela à personne! Pas la largeur d'un ongle de ce qu'il avait vu et aimé. Elle se construisit avec des baleines un col de nonne, jusqu'aux oreilles. Toute la maison cria. Elle en revint à une solution moyenne et sage.

Parfois elle s'exaltait à l'idée du bal, des lumières, de la musique, et se réjouissait à l'idée d'y rencontrer peut-être quelqu'un avec qui elle pourrait se venger de l'abandon de Shawn. Ne fût-ce que son cousin Henry. Elle ne l'avait pas revu depuis... combien?... des années... longtemps... Il courait derrière elle dans les allées de la forêt. Elle s'était engouffrée sous le tunnel et, à la sortie, juste comme elle débouchait dans l'éclat du soleil, elle s'était arrêtée pile. Il l'avait heurtée. Elle s'était blottie contre lui. Il était essoufflé et transpirait. Elle l'avait embrassé, vite, C'était la première fois qu'elle embrassait un garçon. Il n'y en avait pas eu d'autre ensuite, jusqu'à Shawn...

Il avait rougi. Il avait un bouton blanc au coin du nez. Il s'était raclé la gorge et lui avait demandé, hum... si... hum..., elle consentirait plus tard à devenir sa femme... Lui aussi!... Quelle rage ont-ils de vouloir passer des chaînes aux mains qui se tendent? Elle avait pouffé de rire, de façon plutôt stupide, et offensante, elle s'en rendait compte maintenant. Elle avait recommencé à courir. Lui pas.

Il était intelligent. Il voulait devenir diplomate.

Un diplomate voyage... Il était peut-être devenu beau? Il ressemblait beaucoup à sa mère, Lady Augusta...

Le simple fait d'évoquer un autre visage masculin faisait surgir des brumes le regard de Shawn, qui se fixait sur elle avec une tristesse infinie. Et Griselda savait aussitôt qu'il n'y avait nulle part au monde un autre regard qui pût lui faire oublier celui-là. Et elle n'avait plus du tout envie d'aller au bal...

Quand une jeune fille va au bal, il est préférable qu'elle sache danser... Aucune des cinq sœurs n'en savait plus que ce que toute fille sait d'instinct, sentir le rythme de la vie, du vent, de la musique, et s'y balancer comme une herbe dans le courant. Mais ce n'est pas cela, bien sûr, danser au bal.

Lady Augusta les avait tirées d'embarras en leur envoyant Simson, son maître d'hôtel, un Londonien cérémonieux, grand et maigre, orné d'une barbe blonde très soignée qui s'épanouissait en soleil rond autour de son visage. Un maître d'hôtel barbu était une originalité que seule pouvait se permettre Lady Augusta. On en parlait dans le nord de l'Irlande. Et même dans le sud. Il connaissait toutes les danses. Il vint deux fois par semaine, et tandis que le petit salon était transformé en atelier, le grand mua en académie. Sir John ne descendait plus au rez-de-chaussée que pour les repas, et remontait même boire son porto et fumer son cigare dans la salle de lecture de l'étage, entre la bibliothèque et les chambres. Le rez-de-chaussée était devenu un royaume féminin gai mais fiévreux, avec des accès d'énervement qui gagnaient les communs et contaminaient parfois même la basse-cour. Quand Sir John descendait il prenait d'abord une grande respiration, caressait ses breloques, et souriait pour faire, d'avance, face aux péripéties.

A peine avait-il quitté l'escalier que l'une ou l'autre ou plusieurs à la fois, lui demandaient son jugement, lui montraient un échantillon, lui faisaient tâter un tissu, apprécier une dentelle, le suppliaient d'assister à un essayage, de trancher entre deux avis. Il s'en gardait bien. S'il avait son idée il la conservait pour lui. Il savait qu'il ne devait en aucune façon s'en mêler. Délivrer une femme des déchirements de l'hésitation et du choix, c'est lui ôter ses plus grandes joies, et elle s'en venge en se décidant, au bout du compte, pour ce qui lui va le plus mal. Il disait à chacune « oui, oui, ... c'est très bien... », et se hâtait de remonter parmi ses livres ou aucune d'entre elles n'eût osé venir lui parler de ces futilités. Mais il sentait sous ses pieds frémir la maison comme de l'eau qui va bouillir. Il était ravi.

Simson, à la fois digne et souple, autoritaire et zélé, fit de son mieux pour communiquer son savoir aux filles de Lady Harriet, celle-ci jouant au piano le quadrille, des valses et des mazurkas. Mais Alice, naturellement, ne voulait pas danser, Kitty n'était pas souvent là et montrait peu de légèreté, Helen pensait à autre chose, et Griselda parfois le faisait s'agiter jusqu'à l'épuiser et parfois s'enfuyait après trois mesures. Sa seule élève appliquée était Jane, toujours présente, toujours prête, impatiente de commencer, patiente pour recommencer et qui, en dansant, ne quittait pas des yeux son visage en forme de soleil, et, parfois, soupirait.

Les baraques de la constabulary, enfin arrivées, étaient en cours de montage du côté de Tullybrook, et Lady Augusta, au grand soulagement de tous, avait obtenu du capitaine Ferguson la promesse que sa troupe aurait quitté Greenhall avant le jour du bal. Dans chaque château des environs et dans quelques demeures bourgeoises de Donegal, de Ballintra, et de Ballyshannon, il y avait des femmes qui cousaient, essayaient avec fièvre, repassaient, et des hommes qui faisaient semblant de se désintéresser complètement de l'invitation de Sir Lionel Ferrers.

On se préparait aussi dans les chaumières, car Lady Augusta avait décidé d'inviter ses fermiers. Ils danseraient sur la pelouse s'il faisait beau, et s'il pleuvait, sous l'immense hangar au toit de chaume qui n'avait pas encore reçu le foin nouveau.

Ambrose arriva deux jours avant la cérémonie. Sir John lui demanda :

— Comment allez-vous?

Lady Harriet lui dit avec un agréable sourire qu'elle espérait que le voyage ne l'avait pas trop éprouvé.

Et Helen le regarda avec des yeux immenses, bleus comme le soir du ciel. Elle ne sut rien lui dire, et lui tendit ses deux mains jointes, comme une prière et un don. Il les pressa un petit peu entre les siennes, les tapota et dit :

— Je suis heureux de vous voir... Vous avez très bonne mine...

Il avait été décidé que jusqu'au mariage il serait l'hôte de Sir Lionel. Il n'était pas correct qu'il habitât sous le même toit que sa fiancée. Il dînerait ce soir à St-Albans, puis James Mac Coul Cushin le conduirait à Greenhall.

Pour ce dernier repas qui les réunissait avant qu'ils fussent mari et femme, Lady Harriet avait placé encore une fois Ambrose et Helen face à face, et avait disposé entre eux un surtout d'argent en forme de barque avec des anses et des nymphes, que Jane avait garni de fleurs et de dix-sept bougies. Elle aurait dû en mettre dix-neuf — c'était l'âge d'Helen — mais dix-sept c'était le sien, et elle pensait que cela pourrait peut-être influencer la destinée et lui attirer un fiancé.

Helen ne savait pas ce qu'elle mangeait. Elle portait machinalement à ses lèvres sa fourchette, parfois vide, elle ne voyait qu'Ambrose, dont la barbe couleur de soie argentée s'estompait dans la gloire dorée des bougies, et les cheveux couleur de miel se découpaient sur la douceur du soir encore lumineux. Quelques minuscules insectes entraient par les fenêtres ouvertes, tourbillonnaient vers les flammes et devenaient étincelles.

Le repas touchait à sa fin. Dans la cuisine la fièvre s'apaisait. La tarte aux pommes à la cannelle venait de partir vers la salle à manger. Amy s'essuya les mains à un torchon de lin, s'assit sur une chaise et cria :

— Nessa! Viens ici!...

La fillette quitta la bassine fumante où baignaient les assiettes, frotta ses mains pile et face à sa jupe et vint lentement vers Amy.

— Tu te dépêches?...
— J'arrive!...

Elle était terrifiée. Elle savait ce qui l'attendait. Depuis deux jours, Amy avait entrepris de lui raconter l'histoire de Deirdre. Elle lui avait dit : « Tu es une Irlandaise! Tu dois connaître les malheurs de l'Irlande!... »

— Avance encore! Là! Tiens-toi droite!...

Nessa s'arrêta au ras des genoux d'Amy qui pointaient sous sa jupe noire. Les bras raides tout droits le long de son corps, les yeux écarquillés, elle osait à peine respirer.

— Alors voilà..., dit Amy. Tu te rappelles, au moins?...

— Oui, oui, fit Nessa de la tête.

— Alors après trois jours et trois nuits de combat, Naoïse, l'époux bien-aimé de Deirdre, et ses deux frères vaillants furent tués, et Deirdre fut mise sur un char et emmenée au roi Conachur qui la voulait pour lui... Tu m'écoutes?

— Oui, oui, fit la tête de Nessa.

— Ah pauvre Deirdre! pauvre femme! pauvre reine!

Peu à peu le travail s'arrêtait dans la cuisine et les servantes, en silence, se rapprochaient et faisaient le cercle autour d'Amy. Elles avaient déjà souvent entendu la tragique histoire, mais ne se lassaient pas de l'entendre encore. Amy la récitait comme elle l'avait entendue de sa mère, qui l'avait entendue de sa grand-mère, qui l'avait entendue de l'aïeule, et c'était une douleur qui venait du fond des temps jusqu'aux oreilles de l'enfant tremblante.

— Tu m'écoutes?

— Oui! oui! faisait la petite tête rousse avec son petit bonnet blanc de travers.

— Car la voilà reine! Reine du roi Conachur! Il l'a mise près de lui, il l'a fait asseoir sur le trône de la reine près de son trône de roi, il l'a fait mettre dans son lit large comme une maison, tout couvert de peaux de loups. Ah pauvre Deirdre, la voilà reine! Pendant un an Conachur la tient avec lui, mais pendant tout ce temps elle n'ouvre ni la bouche ni les yeux. Pendant un an elle ne dit mot et ne mange et ne donne signe de vie. On sait seulement qu'elle est vivante parce qu'on l'entend respirer. Dans le trône de la reine ou sur le lit du roi elle reste assise, le dos courbé et la tête posée sur ses genoux, la bouche et les yeux fermés.

« Au bout d'un an, le roi Conachur en a assez. Il lui crie : « Deirdre! sale bête! »

— Oh!... oh!... gémissent les servantes.

— Oui! Oui! il lui crie : « Deirdre! sale bête! Dis-moi qui tu hais le plus au monde? » Alors elle se redresse et se déplie et ses yeux s'ouvrent et le regardent. Elle est plus belle que jamais, ses cheveux tressés sont comme des serpents de feu, ses yeux étincellent, ses lèvres sont rouges d'amour et de douleur. Conachur est mordu de rage à la voir si belle. Il répète : « Sale bête! Dis-moi qui tu hais le plus au monde! » A la troisième fois, Deirdre lui crie « Toi! »

— Oui! oui! crient les servantes.

— Et alors Deirdre ajoute : « Et après toi l'homme que je hais le plus au monde est Eogan Duntracht, celui qui a percé le cœur et tranché la tête du doux, du vaillant Naoïse, mon époux, mon seul amour. » « Alors, dit le roi Conachur, alors je décide que tu iras vivre un an avec Eogan Duntracht! »

— Ooooh!... fait la petite fille Nessa, avec des larmes plein les yeux.

— Et le lendemain, dans la ville du roi, voilà qu'on entend un grand bruit : c'est Eogan Duntracht qui arrive sur son char de combat, accompagné de mille hommes d'armes, qui frappent leur bouclier avec leur épée en signe de triomphe. Le roi Conachur donne Deirdre à Eogan Duntracht, et le char se remet en route dans le bruit des épées. Mais Deirdre saute sur le bord du char et de là se précipite sur le sol et se brise la tête, et son sang et sa cervelle se mêlent à la terre d'Irlande...

— Oh! oh! pauvre Deirdre! pauvre Irlande! gémissent les servantes.

— Et alors tous les soldats d'Eogan se mettent à se battre entre eux, tous les ennemis de Conachur se soulèvent contre lui, et d'autres seigneurs prennent sa défense, il est vaincu et tué et son château royal est brûlé, mais les batailles continuent et continuent, pendant des années, pendant des siècles, et c'est tout le malheur de l'Irlande, à cause du sang de Deirdre qui est mélangé à sa terre...

La fillette fermait sa bouche de toutes ses forces, mais elle ne put tenir sa peine. La peur et le chagrin lui sortirent de la bouche en un long cri : « Bbbbb... boûoûoûoû... » comme le cri d'un chien à la lune. Et au-dehors un long gémissement lui répondit.

Amy le reconnut aussitôt. Elle se dressa et hurla :

— Le Farendorn ! Fermez les fenêtres ! Vite ! Partout ! partout ! Ne le laissez pas entrer dans la maison !...

Le Farendorn ! Le vent immobile, le vent du malheur...

Le cercle des servantes éclata vers toutes les pièces. On entendit leur galopade malgré leurs chaussons de feutre, et les fenêtres qui se rabattaient et les crémones qui tournaient. Et on entendait en même temps le gémissement du Farendorn se transformer en rugissement. Le bruit du vent fantôme tournait sur l'île comme une horde de loups. Sa force, par instants, paraissait telle qu'il eût pu arracher la toiture ou briser les arbres les plus gros de la forêt. Puis sa colère se transformait en plainte, et un gémissement interminable s'enroulait autour de la maison avant de rebondir en un sursaut de galopade en folie.

Dans la salle à manger, les conversations s'étaient arrêtées. Tout le monde s'était tourné vers les trois fenêtres que trois servantes maintenaient comme si le poids du vent avait menacé de les rejeter vers l'intérieur. Mais à travers leurs vitres on voyait les chênes magnifiques de l'allée en S se dessiner dans la dernière lumière du soir. Et pas une de leurs feuilles ne bougeait...

Le bruit mourut en une sorte de sanglot, à la fin duquel on vit les arbres, tous ensemble, frémir de la tête aux pieds. Puis la brise du soir, légère, normale, recommença à les agiter. Les trois servantes se signèrent, rouvrirent les fenêtres et quittèrent la salle à manger.

— Hmm !... fit Sir John en caressant du pouce ses licornes d'argent, mon cher Ambrose, vous venez d'assister à un phénomène particulier à ce lieu géographique... Je reconnais qu'il est impressionnant, et je comprends que des superstitions s'y soient attachées... Il y a longtemps que je lui cherche une explication raisonnable.. Je pense que c'est une sorte de mirage sonore... Lorsque certaines conditions sont réunies, nous recevons à St-Albans l'écho d'une tempête lointaine, réfléchi par la surface de la mer. Il s'agit tout simplement d'un...

A ce moment, par les trois fenêtres ouvertes, entra le bruit de la cloche. Sir John s'arrêta net de parler. Il avait déjà entendu ce son une fois, dans son enfance. Il était inoubliable. C'était la voix de la cloche de fer, la cloche des moines, juchée par Sir Johnatan au sommet d'un pilier de pierres de six yards de haut qui s'élevait au bord de la terrasse de la tour, lisse, inaccessible. Et sans aucune corde pour la mettre en branle. D'ailleurs eût-on réussi à l'ébranler que cela n'eût donné aucun résultat : elle n'avait plus de battant...

Elle sonna une deuxième fois. C'était un son rude, net, sans harmoniques, la voix d'une cloche d'alerte, et non de rite. Le guetteur de la tour, il y avait mille ans, la faisait sonner pour signaler aux moines qui travaillaient aux champs l'arrivée des pirates venus de la mer. Alors ils abandonnaient leur bêche et prenaient leur épée.

— Il y a quelqu'un qui... dit Sir John.

Elle sonna une troisième fois. On eût dit qu'on frappait sur un chaudron avec un marteau. Il n'y eut pas de quatrième coup. Mais, de la terre, en face, dans la nuit, la cloche de l'église de Tullybrook lui répondit. Puis celle de Mullanatra, celle de Drumintra, celle de Manfield Abbey, celle de Brookland... Et il y en avait d'autres qui étaient trop loin pour qu'on les entende mais qu'on sentait... Et toutes, avec leurs voix différentes, plus proches ou plus lointaines, lentement, comme coulent les larmes, sonaient le glas.

Au centre de cette rumeur de bronze naquit un bruit différent, un bourdonnement d'abord presque imperceptible, qui s'enfla, s'approcha, devint rageur et monta vers l'aigu en s'attaquant à la pente de l'allée : le bruit de l'insecte de fer, de la machine automobile. Tous les convives, fascinés, virent ses yeux jaunes monter vers la maison, s'arrêter au bas de l'escalier, entendirent un pas rude grimper les marches, franchir la porte et le hall, s'approcher de la salle à manger...

Griselda, hallucinée, se leva et, raide, fit face à la porte qui s'ouvrait...

C'était Lady Augusta. Elle brandit vers le plafond ses deux bras écartés en V, terminés par ses poings serrés, et cria :

— Ils l'ont pendu!

Au silence stupéfait et interrogatif elle répondit en ajoutant :

— Brian O'Mallaghin! Il était mourant! Ils l'ont pendu! Avec trois autres! A Dublin! Les Anglais! Ces cochons!...

Elle se tut une seconde, puis s'adressa à Ambrose sur un ton un peu moins véhément :

— Monsieur Aungier, je suis anglaise moi aussi... Mais je suis également irlandaise! Et je saigne deux fois! De douleur pour l'Irlande! Et de honte pour l'Angleterre!... John donne-moi à boire!...

Elle se laissa tomber dans un fauteuil qui craqua comme s'il avait reçu une borne de pierre. Lady Harriet sonna et demanda une bouteille de porto à la servante accourue.

— Non!... Du whisky!... dit Lady Augusta. Vous entendez toutes les cloches? Le pays qui pleure!...

Demain ce sont les fusils qui vont parler... Par malheur ou par bonheur ils n'en ont plus... Je ne sais que souhaiter... C'est horrible... Ils vont prendre leurs fourches... Et si ces cochons avaient au moins attendu trois jours de plus! Ils l'ont fait exprès pour empêcher mon bal! Qui aura le cœur de danser, maintenant? Et je ne peux pas annuler les invitations! Toutes ces femmes qui se sont fait des toilettes! Il faut qu'elles les montrent, quoi qu'il se passe! Elles leur resteraient dans la gorge! Elles me haïraient jusqu'à la fin de leurs jours! De toute façon il est trop tard...

Elle but son whisky d'un trait.

— Eh bien, nous danserons!... Pour nos morts!... Et pour montrer que rien ne peut détruire l'Irlande!... Ni l'Angleterre!... Le bal aura lieu! C'est ce que je suis venue vous dire... Que Dieu sauve la Reine, et envoie ses ministres en enfer!...

Elle se leva brusquement.

— Vous venez, Ambrose? Je vous emmène!...

Griselda était allée irrésistiblement vers la fenêtre. Elle voyait dans la nuit la silhouette de l'automobile vaguement éclairée par la lumière venue de la maison. Son moteur tournait, tout son bâti tremblait, et sur le siège du conducteur il n'y avait personne. Une nostalgie affreuse serra le cœur de Griselda dont les yeux s'emplirent de larmes. Chère voiture, dragon chéri, insecte, machine, automobile des voyages d'amour et de rêve... Oh Shawn! Shawn! Où es-tu? Elle se raccrocha à un haillon d'espoir impossible, demanda en ne se tournant qu'à demi vers les lumières, pour ne pas montrer ses yeux humides :

— Qui vous a amenée, Tante Augusta? Votre chauffeur est revenu?

— Penses-tu!... C'est moi qui conduis!... Cet

animal de Shawn m'avait un peu montré... Ce n'est pas terrible... Zip! à gauche! Zip! à droite!... Mais si je tombe en panne je suis fichue! Ambrose, nous coucherons dans le fossé!...

Elle hennit de rire, et continua :

— Je me demande ce qu'il est devenu! Parti! Disparu! Du jour au lendemain! Il faut bien reconnaître que ces Irlandais ont des têtes de cochons!...

Les six constables restés de garde à la grange regardaient le spectacle du château en fête, en profitant de la douceur de la nuit.

Le capitaine Ferguson avait tenu parole, et fait déménager le gros de sa troupe en partie la veille et en partie le matin même. Mais tout le matériel n'avait pu être emporté, et le capitaine avait laissé une escouade pour veiller sur ce qui restait. Tout s'en irait, c'était promis, demain matin.

La grange qui abritait encore un fourgon, des chevaux et des caisses, se trouvait un peu à l'écart des autres, à environ deux cents yards du château, en retrait du chemin qui menait à celui-ci.

Les gardes, sans se montrer, avaient vu arriver toutes les voitures des invités, ils avaient entendu les violons se joindre aux chants des oiseaux du soir, ils regardaient de loin, par les fenêtres grandes ouvertes du salon du premier étage, les danseurs glisser, sautiller, tourner, s'incliner, se séparer, se rejoindre... Parce que les sons de l'orchestre n'arrivaient pas aussi vite que l'image des danseurs, ceux-ci paraissaient danser à contretemps.

La voiture des mariés était repartie, les emmenant vers quelque refuge plus tranquille, les oiseaux s'étaient tus, l'immense calme du monde endormi refermait son velours noir sur le château, qui semblait peu à peu s'amenuiser comme un bateau illuminé emporté doucement, de plus en plus loin, par la nuit. Les sons qui en provenaient se dissolvaient en partie dans le silence, et ce qui en restait était baigné de mélancolie.

Personne ne dansait sur la pelouse. En signe de deuil et de colère, les fermiers étaient restés chez eux.

L'orchestre commença une valse. Un des constables la connaissait. Quand les premières mesures lui arrivèrent, à demi évanouies, il retira sa pipe de sa bouche et fredonna : « tra-la-la-la, la-la, la-la... ». Il secoua sa pipe contre la souche sur laquelle il était assis, et cela fit plus de bruit que le bal. Un autre constable, debout, adossé au mur de la grange près de la lanterne allumée, bâilla.

Sur le petit balcon devant une des fenêtres du salon, Griselda disait à son cousin Henry :

— Avez-vous jamais vu un ciel pareil? Regardez!... Regardez!...

La musique de la valse, sortant par la fenêtre, tournait autour d'eux, hésitait, tournait encore, s'en allait dans la nuit. Henry regardait Griselda. Il l'avait retrouvée avec émotion. Peu lui importaient les étoiles. Elle insista :

— Henry! Regardez!...

Il détacha à regret son regard du beau visage au profil doré par la lumière, et leva la tête. Dans le ciel pur, sombre, sans lune, des milliards d'étoiles brillaient comme des diamants qu'on vient de laver.

Le garde bâilla de nouveau.

— Je crois bien que je vais aller dormir, dit-il. Tu as vu un peu, toutes ces étoiles?

Il leva la tête, pour mieux les regarder. Il y eut à quelques mètres une détonation, et un gros plomb lui traversa le cou, tandis que d'autres lui déchiraient le visage et brisaient la lanterne. C'était un fusil de chasse. Une gerbe de coups de feu suivit le premier.

Simson portait la livrée de gala de Greenhall : souliers à boucle, bas blancs, culotte de soie verte, gilet de velours de même couleur, et chaîne d'or. Il régnait sur six valets maladroits et avait l'œil à tout. Sa barbe-soleil était constamment visible quelque part au-dessus du flot mouvant des invités. Les trois lustres du salon se composaient chacun de neuf lampes d'opaline blanche reliées au plafond par une cascade courbe de cabochons de cristal.

Leur lumière abondante et douce arrondissait d'une caresse les épaules nues des femmes qui tournaient au son de la valse, et éclairait avec discrétion, à travers les cheveux, les calvities naissantes au sommet des crânes de quelques danseurs. Et plus nombreuses, plus colorées, celles des hommes qui ne dansaient pas, du côté du buffet.

Kitty s'était installée à proximité des pâtisseries et faisait un massacre. Son père, debout à côté d'elle, grignotait un blanc de poulet sur une assiette délicate, blanche et bleue. Il avait bu plusieurs coupes de champagne, il en avait senti le besoin. Grâce à elles un peu d'euphorie vernissait maintenant un chagrin qu'il ne cherchait pas à se cacher...

Il avait ouvert le bal avec Helen, puis l'avait donnée à Ambrose. Ils avaient dansé une seule fois, ils étaient partis discrètement, on s'était dit au revoir avant...

Cette valse... Il la connaissait... Depuis toujours... Tralalala... Vieille comme le monde... lalala... lalala... La dansait-on déjà à Sumer ? Il sourit, se mo-

quant de lui-même, de sa peine, de son travail...
Qu'avait-il fait de sa vie, penché sur ces signes inconnus? Tralala... Quel mystère cherchait-il? Quelle évasion?... Il n'était parti nulle part... La bibliothèque était un vaisseau à l'ancre, et l'ancre était rouillée... Tralalala... Il posa son assiette et caressa sa barbe... Le temps avait passé... oui, oui... Qu'avait-il trouvé dans cette foule de signes pointus? Quelques mots? Quelques phrases? Rien de sûr, pas même une lettre, quoi qu'en pensât Ambrose... Helen est partie, oui, elle est partie... A-t-il vécu une vie inutile, dans un rêve?... Mais qu'est-ce qui est utile? Et utile à qui?... Cette foule innombrable des signes qui ne disent mot, qui offrent leur mystère qu'on percera demain. peut-être, ou un autre jour, quelle compagnie amicale, et discrète... Quelle paix... Tralalala... Cette valse, si nous la dansions... Kitty veux-tu danser cette valse?...

La bouche pleine, confuse, Kitty fit « non, non » de la tête. Une mèche s'était échappée de sa coiffure et lui pendait dans le cou.

Sir John reprit une coupe de champagne. Il regarda Kitty, comme il ne l'avait jamais regardée. Un peu forte, la pauvre... Mais de belles épaules, une jolie peau... Et si gentille... Dévouée... Helen est partie... J'espère qu'Ambrose... J'espère mais je crains... Je ne crois pas qu'il soit très intelligent... Il faut être intelligent pour rendre une femme heureuse... Ça ne suffit pas... Mais c'est nécessaire... Harriet est-elle heureuse?... Où est Harriet?... Helen... Où est Harriet?... Harriet!...

Il posa sa coupe vide et partit à la recherche de sa femme, vers qui le poussaient tout à coup une grande tendresse, et l'angoisse de sa solitude... Il côtoyait des robes qui tournaient, et qu'il voyait du coin de l'œil, une robe bleu ciel, une robe paille, une robe vert pâle, une robe rose, une robe blanche, une robe blanche, une robe blanche... Tralalala, ... lala... lala... Chacune avait son parfum, la musique les brassait doucement et les faisait passer, un parfum puis l'autre, une couleur l'autre, qui tournaient... Tralalala... Il vit sa femme et s'arrêta.

Lady Harriet était assise dans un groupe de dames qui remuaient leurs éventails et papotaient. Elle vit venir son mari et lui fit un petit sourire gentil. Il lui répondit par un petit signe de la main, trois doigts en l'air, comme ça, laissa retomber sa main, caressa ses licornes, fit demi-tour et retourna au buffet.

Jane dansait. Elle était ravie et désolée. Elle avait dansé toutes les danses, mais presque rien qu'avec de vieux messieurs.

Alice avait finalement consenti à venir, dans sa robe noire. Heureuse, paisible, accoudée à la fenêtre d'une petite pièce déserte, elle regardait la nuit et y voyait Dieu. Elle entendait la valse à travers les murs, c'était l'écho de la ronde universelle, la ronde parfaite de la Création. Toute voix est la voix de Dieu.

Lady Augusta traversait vigoureusement le salon en direction de la barbe de Simson. Elle avait entendu quelque chose, par-dessus la musique et les conversations. Ses épaules maigres, solides, sortaient d'une robe de taffetas vert qui faisait à chaque pas le bruit d'une branche secouée par le vent. Son décolleté, malgré le corset, ne parvenait pas à rattraper ses seins.

— Simson! Que se passe-t-il? J'avais dit : le feu d'artifice à minuit!

Mais elle savait bien qu'il ne s'agissait pas du feu d'artifice.

Griselda vit les coups de feu avant de les entendre. Puis, après eux, elle entendit les cris des blessés, et les cris des fenians qui couraient vers la grange.

Elle dit : « Oh! », et serra de toutes ses forces le mince bras d'Henry.

— Ne restez pas là! dit-il.

Il voulut la tirer à l'intérieur, mais elle se dégagea.

— Laissez-moi!

Elle frémissait d'émotion. C'était extraordinaire, ce qui arrivait! On entendait encore des cris, des jurons, des grands coups contre la porte de la grange, et encore des coups de feu.

Tous les invités avaient maintenant entendu, et se pressaient vers les fenêtres. L'orchestre, composé d'un piano, trois violons et un violoncelle, continuait de jouer.

La valse sortait par les cinq fenêtres, au-dessus des têtes et des épaules nues, et tournait dans la nuit, valsait vers les cris, les coups de feu et les gémissements. Un seul couple dansait encore sur le parquet brillant, une robe blanche et un habit bleu, Jane aux bras de Sir Ross Butterford. Il avait cinquante-neuf ans et il était veuf. Il était également dur d'oreille. Il regardait Jane et lui parlait. Il dansait comme une planche. Il avait l'impression de tenir dans ses mains un bonbon. Et il avait envie de le manger.

Trois gardes avaient réussi à se retrancher dans la grange, mais les fenians entraient de tous côtés, par la porte de derrière, par celle du poulailler, par la fenêtre du foin. Ils étaient venus en force, ils savaient ce qu'ils allaient trouver : des caisses d'armes et de munitions.

Ils le savaient parce que le capitaine Ferguson l'avait dit, intentionnellement, à Lady Augusta, puis à Sir Lionel, alors que des domestiques irlandais étaient en mesure de l'entendre. Il espérait bien que tous les domestiques le sauraient rapidement et qu'un d'eux aux moins était affilié aux fenians et les avertirait.

Les armes et les munitions qui leur manquaient tellement... Gardées par quelques hommes, pendant une seule nuit... Ils ne pouvaient pas manquer d'essayer de s'en emparer.

Le capitaine comptait, à cette occasion, capturer leurs meilleurs combattants, et peut-être leur chef. S'il était encore dans le pays il conduirait sans doute lui-même un coup de main aussi important.

Ferguson savait bien qu'il ne suffisait pas de dire qu'il y avait des munitions dans la grange. Il les montra, en donnant l'ordre aux six hommes de garde de nettoyer les fusils neufs et de graisser les chargeurs, ce qu'ils firent devant la grange, au-dehors, parce que le temps était beau. C'étaient des fusils nouveaux, avec des chargeurs de trois cartouches. Mais il n'y en avait qu'une caisse, les autres caisses étaient vides... Et le capitaine espérait que les rebelles n'auraient pas le temps d'apprendre à se servir de ces armes avant d'être détruits ou capturés. Les six gardes, bien entendu, ne savaient pas qu'ils servaient d'appât. Ils seraient sans doute sacrifiés, et d'autres hommes seraient également perdus, mais à ce prix on pouvait peut-être mettre fin à la rébellion dans le comté de Donegal. Cela en valait la peine. C'est ainsi que calculent les hommes de guerre, pour qui les combattants ne sont que de la grenaille sur l'un ou sur l'autre plateau de la balance. Le capitaine Ferguson avait l'étoffe d'un général.

Il avait bien tendu sa souricière. A peine les fenians avaient-ils pénétré dans la grange que celle-ci était cernée par la compagnie entière de la Royal

Constabulary qui tirait de toutes ses armes. Ferguson voulait démontrer aux rebelles qu'ils n'avaient aucune chance de s'en sortir, et les convaincre de se rendre. Il fit cesser le feu et parla aux hommes de la nuit pris au piège entre les quatre murs :

— Au nom de la Reine, rendez-vous!

La grange lui répondit à coups de fusils de chasse, pétoires, revolvers, pistolets, mais aussi avec les fusils neufs..

Lady Augusta entra comme une trombe dans le petit fumoir où Sir Lionel dormait. Il avait beaucoup bu tout le long de la journée, il avait reçu ses invités, parlé à chacun, bu avec quelques-uns, mangé un peu, dit une plaisanterie à Ambrose, échangé des propos sur le temps avec Sir John, et s'était senti tout à coup accablé. Il s'était réfugié là pour fumer un bon cigare au fond d'un fauteuil. Mais il s'était endormi avant même de l'avoir allumé.

— Lionel!... cria Lady Augusta.

Il sauta hors du sommeil, effaré.

— ... On se bat chez vous et vous dormez!

Elle avait déjà traversé la pièce et sortait par la porte en face. Il entendit la fusillade. Il se secoua la tête comme un chien mouillé. Qu'est-ce que c'est? Quoi? Quoi?...

Lady Augusta traversa quatre autres pièces et trois couloirs, et revint au salon en étreignant un fusil à sanglier, à deux coups, aux canons énormes. Elle fendit le groupe agglomeré sur le balcon de gauche, celui d'où l'on voyait le mieux la grange, cala ses cuisses contre la rambarde, et épaula son arquebuse.

— Sur qui tirez-vous, Augusta? lui demanda Sir John qui se trouvait là.

— Je ne sais pas!... Les uns ou les autres!... Qu'ils aillent se battre ailleurs!... Pas chez moi!...

Les deux coups partirent à la fois. Les lustres cliquetèrent. Les femmes crièrent. Sous le choc du recul, l'os de l'épaule de Lady Augusta rougit. La porte de la grange s'ouvrit brusquement. Tiré par quatre chevaux fous, le fourgon en jaillit, crachant le feu de toutes parts. Il vira sur les roues gauches, tangua, sauta hors des ornières, craqua, disparut dans la nuit, poursuivi par les balles. Tous les constables qui faisaient face à la porte s'étaient tournés vers lui et tiraient. Les fenians restés dans la grange en profitèrent pour se glisser dehors et se fondre dans l'obscurité. En partant, ils avaient mis le feu au foin. La grange brûla haut dans le ciel, avec leurs morts et les autres. Le vent arriva, apportant la pluie. Tous les invités de Lady Augusta dormirent à Greenhall, dans les lits, dans les fauteuils, sur les canapés et même sur les tapis. Simson réussit, au petit jour, à servir le thé à tout le monde. Sir Lionel, blême, sous la dictée de sa femme, écrivait à la reine Victoria. On trouva le fourgon abandonné à moins d'un mile. Un cheval était mort, les trois autres, debout sur leurs jambes tremblaient. Partout où la pluie ne l'avait pas lavé, il y avait du sang.

ILS s'étaient mariés au temple de Mulligan, selon le rite protestant, avec des cantiques et beaucoup de fleurs.

Quand le pasteur les déclara unis, Helen se sentit transformée. Il lui sembla qu'elle était changée tout entière. Elle regarda les fleurs, toutes ces fleurs blanches qui étaient l'image de son bonheur. Il y en avait partout, c'était son chemin nouveau, tout lumineux. Quelques paroles venaient de trancher les liens qui la retenaient au passé, elle était maintenant la femme d'Ambrose, tout commençait. C'était comme une naissance.

Ambrose, lui aussi, lui parut transformé. A mesure que les heures s'écoulaient il devenait de moins en moins réservé. Il riait même et plaisantait avec Sir Lionel, d'une façon un peu raide et condescendante, en vidant un verre de whisky après l'autre.

Pendant qu'ils dansaient ensemble il lui avait dit quelque chose qu'elle n'avait pas bien compris à cause de la musique, mais elle avait deviné que c'était un compliment. Il lui avait un peu serré le bras et il avait ri.

Et maintenant elle était couchée et elle attendait. Il était en train de se déshabiller dans le cabinet de toilette, il allait venir, et se coucher avec elle. Il y avait une seule lampe allumée, sur la table de chevet. Le reste de la chambre était plongé dans une demi-obscurité où brillaient les cornes et les yeux de verre des trophées rapportés par Sir Lionel d'Europe, d'Afrique, et de l'Inde, et dont il avait décoré ce rendez-vous de chasse. Lady Augusta l'avait mis à leur disposition avec deux domestiques et le cocher qui les y avait emmenés et les conduirait ensuite jusqu'à Belfast, d'où ils prendraient le bateau pour l'Angleterre.

Pour combattre l'humidité le valet avait fait du feu dans la cheminée. De courts reflets dansaient au plafond et sur un tapis en peau de tigre, à travers la grille du pare-feu de cuivre. La bonne odeur du bois brûlé se superposait à l'odeur de la pièce, qui sentait le poivre et la cannelle. Elle était un peu barbare, mais chaude et intime avec des reflets de cuivre dans ses recoins.

Malgré cette tiédeur et les petits craquements familiers des bûches, Helen avait froid. Elle frissonnait par à-coups. Elle essayait de se blottir dans la chemise de nuit de fin linon et de dentelle qu'Erny lui avait faite. Elle se sentait vulnérable à tout dans ce vêtement fragile, qui ne pouvait la protéger, ni contre le froid ni contre elle ne savait quoi. Elle le serrait contre elle avec ses bras. Elle aurait dû être tranquille et rassurée, elle était avec son mari, avec Ambrose. Elle était avec lui. Seule avec lui. C'était à cause de cela qu'elle avait peur.

Il arriva près du lit dans une longue chemise blanche, et s'immobilisa un court instant. Il lui parut tout à coup affreusement étranger. Une longue mèche lui pendait en travers du front. Tout son aspect correct avait disparu. Il la regardait d'une façon bizarre, un peu fixe et trouble, comme il ne l'avait jamais fait auparavant.

Il se coucha. Elle se mit à trembler sans arrêt. Elle éprouvait, en même temps, un désir passionné de chaleur, de rapprochement, de communion, et le sentiment effrayant qu'elle se trouvait dans le lit d'un homme qu'elle ne connaissait pas. Elle ne savait pas au juste ce qu'elle voulait. Quand il s'approcha, elle eut brusquement très chaud, et dès qu'il posa sa main sur elle elle se raidit et eut envie de lui crier de ne pas la toucher.

Il se redressa pour éteindre la lampe, puis revint vers elle et, sans un mot, la saisit dans ses bras. Il sentait le whisky et le cigare. Tout à coup, elle crut qu'il devenait fou... Ce poids et cette chaleur animale qui s'abattaient sur elle l'emplirent de terreur et la laissèrent sans défense. Elle fut submergée par une humiliation et une répugnance atroces.

Quand il la laissa, elle crut qu'elle allait mourir. Elle devait faire un effort pour respirer, et son cœur battait comme un marteau. Tout l'intérieur d'elle-même était devenu un bloc de glace. Des sanglots secs, qui la déchiraient, de plus en plus violents, se mirent à lui secouer la poitrine. Ambrose, déjà à moitié endormi, lui demanda avec étonnement ce qu'elle avait. Elle ne put répondre. Il se leva, ralluma la lampe et resta debout, regardant sa femme, ne sachant que faire.

Elle lui adressa un petit sourire tremblant, puis ne put supporter de le voir et qu'il la vît à la lumière, et se cacha le visage dans ses mains en se mettant à pleurer. Les larmes lui mouillaient la figure et les doigts. Ambrose la regardait sans dire un mot, sans faire un mouvement. Il ne comprenait pas. Ne s'était-il pas comporté honnêtement?

Elle continuait de pleurer. Elle se sentait perdue,

seule dans un monde atroce, sans recours, sans aide. Tant d'élan, tant d'aspiration passionnée vers Ambrose, vers un bonheur sublime, n'aboutissaient donc qu'à ce dégoût horrible, dont le souvenir et la répétition allaient empoisonner tous les jours et les nuits et les années à venir?

Ambrose, ennuyé, gêné, se passa la main dans les cheveux, prit une expression conciliante et lui parla comme à un enfant qui vient de tomber :

— C'est cela, pleurez... Cela vous soulagera.

Après une pause, il ajouta :

— Pas trop longtemps, tout de même!

Il s'assit au bord du lit, et réfléchit. Ses pieds nus s'enfonçaient dans les poils blancs et noirs d'une chèvre de l'Himalaya. Il parut arriver à une conclusion, se tourna vers Helen et lui parla avec une profonde gravité :

— Vous ne devez pas vous comporter de façon enfantine. Vous êtes ma femme, maintenant.

Il souleva ses jambes et s'assit dans le lit. Helen fit un gros effort pour se reprendre. Avec ses yeux pleins de larmes elle put enfin regarder son mari. Il était assis, il avait allongé ses jambes sous les couvertures, sa mèche ne pendait plus sur son front. Son air respectable lui était revenu. Peut-être parviendrait-elle à retrouver l'homme qu'elle avait tant admiré?

Un certain calme revint en elle. Elle hocha la tête lentement. Elle dit :

— Vous avez raison, Ambrose, je vous ai épousé devant Dieu, mon devoir est de vous rendre heureux...

LADY AUGUSTA décida d'aller porter elle-même à la poste de Donegal sa lettre à la Reine. Et pour donner plus de solennité à sa démarche, elle s'y rendit avec la voiture automobile. Au retour, le boulon supérieur de la manivelle de direction, qui avait déjà du jeu, se dévissa complètement et, malgré les efforts tourbillonnaires de la conductrice, la voiture quitta la route et s'enfonça à quinze à l'heure dans le petit lac de Tullybrook.

Quand l'eau atteignit le moteur, cela fit un grand bruit d'ébullition, avec des craquements de métal et un nuage de vapeur, et la voiture s'arrêta.

Lady Augusta regagna la rive sans que sa vie fût mise en péril, mais avec de l'eau jusqu'à la poitrine. Furieuse, elle refusa de faire renflouer l'automobile. Celle-ci se laissa solliciter par la pente douce, gagna lentement le milieu du lac, et disparut.

Les fenians avaient réussi à emporter leurs blessés, ceux de la constabulary avaient été soignés à Greenhall et évacués le lendemain. Le capitaine Ferguson fit commencer le ratissage systématique de la campagne environnante. Les constables visitaient toutes les cachettes possibles, entraient dans les fermes et faisaient déshabiller les hommes pour chercher des blessures dissimulées. Cela provoqua une grande colère, et les curés des villages appelèrent la vengeance de Dieu sur ces soudards impudiques. Mais le courage et l'humour irlandais reprirent le dessus, et le jeudi matin, quand les sinistres cavaliers se remirent en campagne, ils ne rencontrèrent partout que des blessés... Tous les hommes, mais aussi les femmes et les enfants, portaient des pansements, et sous les étoffes tachées de sang il y avait effectivement des plaies vives.

Et dans les prairies, les vaches, les poneys et les ânes étaient ornés eux aussi de pansements. Le cheval cerise de Meechawl Mac Murrin portait une énorme étoffe verte autour du cou et Meechawl lui-même s'entailla l'index de la main gauche et l'entortilla d'une poupée blanche qui devint rouge et fut noire dès le premier soir.

Mais au milieu de la deuxième semaine Ferguson avait malgré tout opéré douze arrestations, et la visite des fermes continuait.

MOLLY, ce soir-là, tremblait en coiffant Griselda. Pour fabriquer Molly, la nature avait choisi la petite stature de sa mère, ses mains fines, ses cheveux et ses yeux couleur de noisette, et les cils épais de son père, son nez un peu retroussé et son teint clair. Et leur joie de vivre à tous les deux, ainsi que leur courage.

Mais le courage de Molly venait de s'effondrer. Elle était en train de brosser pour la nuit les cheveux de Griselda assise devant sa coiffeuse, et qui s'abandonnait à ses soins sans y participer, indifférente et muette. Par les deux fenêtres ouvertes entraient les derniers chants d'oiseaux à demi endormis et le bruit de quelques brusques remous de vent sur les arbres, comme les mouvements d'une bête paisible couchée sur la paille. Le soir rose était devenu gris. Dans les campagnes, les gens savent que les jours d'août, au cœur de l'été, sont déjà mordus par l'hiver prochain qui les ampute d'un bon morceau. A St-Albans où les journées de juin étaient si longues qu'elles se rejoignaient presque, le mois d'août marquait nettement le déclin de la lumière. La nuit revenait.

Griselda se regardait machinalement dans la glace de sa coiffeuse sans éprouver le moindre intérêt pour le visage qu'elle y voyait. Derrière lui les mains blanches de Molly apparaissaient comme des colombes, disparaissaient, revenaient, la brosse entrait dans ses cheveux avec un bruit froissé qu'elle entendait directement à l'intérieur de sa tête, et sa tête lui paraissait vide comme un nid abandonné depuis des saisons.

Après l'excitation des premiers instants, la bataille de Greenhall l'avait emplie d'horreur. Alors que tout le monde autour d'elle s'exclamait, prenait parti, se disputait, elle était devenue silencieuse et immobile, étrangère à cet univers, monde absurde où Shawn n'était plus. Elle l'avait vu d'une distance aussi grande que si elle avait regardé se battre les chiens de sa tante Augusta. Et depuis ce soir-là elle ne parvenait pas à reprendre sa place dans la routine des pensées et des actes de tous les jours. Le monde était devenu un théâtre dont les acteurs, en gesticulant, débitaient un texte inaudible, et dont elle était la seule spectatrice, à l'esprit absent, dans une salle vide.

Molly, le cœur agité par une tempête, ne savait plus très bien ce qu'elle faisait. Ses mains travaillaient sans elle, avec les gestes de tous les soirs. La lourde chevelure, devenue fluide sous la brosse, roulait comme la mer au moindre geste de Griselda, et le reflet des lampes s'y allumait en tons de cuivre sombre. Molly posa la brosse, divisa le fleuve de cheveux en trois rivières et commença à les tresser. Mais l'angoisse lui montait du cœur aux lèvres, elle se mit à renifler, puis à hoqueter, puis franchement à pleurer avec de gros sanglots, mais sans cesser de faire ce qu'elle avait à faire, de mélanger les serpents de cheveux en les serrant bien, pour qu'ils ne se séparent pas pendant la nuit.

— Molly! Molly! Mais qu'est-ce qu'il y a? Qu'est-ce que tu as? demandait Griselda.

Elle voulait se tourner pour l'interroger, mais Molly lui tenait la tête par les cheveux et continuait sa tâche en pleurant et reniflant, et ce ne fut que lorsqu'elle eut terminé et noué solidement le bout de la tresse avec un lacet et un ruban qu'elle se laissa tomber sur un pouf, se cacha le visage dans les mains et sanglota sans retenue. Au bout de quelques minutes elle se calma et répondit aux questions de Griselda. Il ne lui était plus possible de garder toute cette peur pour elle.

— C'est Fergan, Miss, c'est à cause de Fergan...

— Qui est Fergan? Qu'est-ce qu'il t'a fait?

— Il ne m'a rien fait, le pauvre, que Dieu le garde! Ce sont ces cochons qui lui ont fait à lui!... Ils l'ont blessé à Greenhall le soir de la bataille, et maintenant ils vont le prendre et ils vont le pendre!... C'est le fils de Conan Bonnighan, vous savez? Le fermier qui a remplacé mon père... Et une année ou l'autre on se serait mariés...

— Il fait partie des fenians?

Molly fit « oui » en reniflant.

— Et tu le savais?

Molly fit « non », et ajouta :

— Il a quitté chez lui, bien sûr... Il est venu se cacher chez ma mère. Il est seulement blessé à l'épaule, ce n'est pas grave, si saint Patrick lui épargne la fièvre... Il pourrait partir, il a des cousins du côté de Sligo, les constables n'iront pas le chercher là... Mais il ne veut pas partir! Il est là, il attend! Et un jour les cavaliers viendront, et ils entreront chez ma mère, c'est pas le drapeau français qui les arrêtera! Et ils l'emmèneront et ils le pendront!

— Pourquoi ne veut-il pas partir? A cause de toi?

Ce n'est pas malin! S'il t'aime il doit penser à se garder en vie pour toi...

— Ce n'est pas à cause de moi! C'est à cause d'un autre!... qui a été blessé en même temps que lui, mais plus gravement, il ne pourrait pas aller loin... Alors Fergan ne veut pas le quitter, il dit que si les constables viennent ils se battront... Ils ont des fusils...

— L'autre est aussi chez ta mère?
— Oui, Miss...
— Ta mère est folle!
— Oui, Miss...
— Ils la pendront aussi!

Molly poussa un long gémissement puis serra les poings et en frappa ses genoux.

— Je leur jetterai des bombes! Je prendrai un fusil! Je les mordrai! Je... Oh! Miss! Qu'est-ce qu'on peut faire? Qu'est-ce qu'on peut faire pour sauver mon Fergan?... Si vous lui parliez, vous? Peut-être il vous écouterait? Et il partirait chez ses cousins?... Et l'autre, il pourrait aller se cacher dans la tourbière...

Elle s'essuya les yeux avec le dos de la main, renifla, et ajouta :

— L'autre, c'est quelqu'un que vous connaissez, Miss : c'est l'ancien chauffeur de Lady Augusta, vous savez? Shawn Arran...

Griselda, qui était penchée vers Molly, se redressa brusquement, commotionnée comme si la foudre avait frappé à un pas devant elle. Elle se sentit prête à tomber. Elle se raidit. Elle ne savait plus où se raccrocher au milieu de la tempête qui la secouait. Elle se jeta dans la colère :

— Il est fou! Vous êtes fous!... Vous êtes tous fous!... Laisse-moi tranquille! Laisse-moi seule! Va-t'en!...

Il était retrouvé, mais en danger de mort... Il l'avait quittée pour aller se faire tuer! Idiot! Oh cher idiot!... Ou peut-être faisait-il déjà partie des fenians quand elle l'avait connu... Eh bien, s'il lui plaît de se faire massacrer à coups de fusil et d'être pendu, à son aise! Qu'est-ce que je peux y faire, moi?

Elle se tournait et se retournait dans son lit, s'asseyait, se levait, se recouchait, balancée entre le désespoir, l'excitation, la colère, et revenant finalement toujours au même sentiment, incroyable étant donné les circonstances : la joie...

Il était en danger de mort, mais il était retrouvé! Il était là de nouveau, quelque part, elle savait où! Si elle voulait elle pouvait s'habiller, mettre ses chaussures, monter sur un cheval ou une bicyclette et aller le rejoindre, tout de suite, dans la nuit, le vent et la pluie, le voir de nouveau!

Elle allait le revoir, oui elle allait le revoir! Et elle allait le sauver...

Elle avait trouvé la solution, une solution folle... Ils étaient tous fous, elle serait folle avec eux...

Elle s'endormit un peu avant l'aube, brusquement, alors qu'elle était assise dans un fauteuil en face d'une fenêtre. Elle se réveilla glacée, éternua, mit trois secondes à retrouver la réalité : la réalité avec Shawn!

Elle se suspendit au ruban brodé de la sonnette qui appelait Molly. Celle-ci arriva avec le thé. Elle avait les yeux rouges et le teint blême. Griselda, qui était déjà en train de s'habiller, lui dit :

— Ne fais pas une tête pareille! Nous allons nous occuper de ton Fergan... Tu es sûre que si son camarade est à l'abri il partira chez ses cousins?

— Oh oui, Miss!...

— Bon... Bien... Alors ce... le chauffeur, nous allons le cacher.

— Nous, Miss? A quel endroit?

— Ici...

Molly, effarée, regarda autour d'elle dans la chambre, faisant l'inventaire des cachettes possibles : sous le lit, dans l'armoire...

— Pas dans ma chambre, idiote! dit Griselda. Ici : dans l'île! Il y a un endroit parfait : l'ancienne chapelle...

Molly se signa.

— Oh sainte Marie! L'endroit où on voit défiler les moines!...

— Personne ne les a jamais *vraiment* vus...

— Oh si, Miss! Encore vendredi dernier, Brigid...

— Brigid voit des fantômes partout, même dans sa soupe!

— Mais elle l'a dit, Miss!

— Eh bien, laisse-la dire! Tant mieux! Et même tu peux dire toi aussi que tu les as vus... Personne ne va volontiers dans ce coin-là, de cette façon personne n'ira plus du tout... On le cachera dans le petit réduit qui est au fond. Les constables ne viendront jamais fouiller l'île.

— Oh non, Miss, Sir John est trop respecté... Mais si jamais il le sait!

— Il ne sera pas content... Mais comment veux-tu qu'il sache? Il faut que Shawn Arran arrive pendant la nuit...

Brusquement elle se rendit compte qu'elle n'avait même pas pensé à s'inquiéter de sa blessure tellement la joie de le savoir revenu l'avait emplie d'optimisme. Rien ne pouvait aller mal, lui-même ne pouvait pas aller mal, puisqu'il était là de nouveau... L'angoisse lui vint, quand Molly lui répondit :

— Mais comment il viendra jusqu'ici? Il peut pas se bouger.

— Il est tellement blessé? Où est-il blessé?...

— Je crois à la poitrine, et à la cuisse... Il peut sûrement pas marcher...

— Pas du tout?

— Peut-être il pourrait un peu, je ne sais pas...

— Ta mère a fait venir le médecin?

— Oh Miss! C'est pas possible! Dès qu'il part avec son cabriolet il a un ou deux cavaliers qui le suivent... Il les a insultés, il leur a jeté des cailloux, mais y a rien à faire... Mais Shawn Arran, ma mère le soigne. Seulement il a beaucoup saigné.

— Oh!... gémit Griselda.

Elle se reprit sous le regard de Molly.

— Tant pis pour lui! Il n'avait qu'à pas aller se battre!... Ils sont tous enragés!... S'ils veulent se faire tuer, qu'est-ce que nous y pouvons?... Si ce n'était pas pour toi je ne m'occuperais pas de lui!...

— Certainement, Miss...

— Voici ce que nous allons faire...

Elle réfléchit un instant.

— Il faut que quelqu'un le transporte jusqu'ici!... Mais qui?... Et comment?...

Elle vit juste à ce moment, par la fenêtre, Kitty qui revenait des communs en poussant sa bicyclette dont le porte-bagages était surchargé de paquets maintenus par des ficelles et des courroies. Elle ouvrit vivement la fenêtre et appela :

— Kitty!... Kitty!... Viens!... Monte!...
— Mais, dit Kitty, je m'en vais!...
— Tu t'en iras après! Viens!...

Kitty essaya encore de protester, mais Griselda avait déjà refermé la fenêtre. Elle alla attendre sa sœur dans le couloir, impatiente, à demi vêtue.

— Presse-toi un peu! Entre!...

Elle la poussa dans la chambre, referma la porte et lui dit aussitôt, à voix basse :

— Écoute! Il y a deux blessés chez Erny! Deux fenians!
— Je sais, dit tranquillement Kitty.
— Tu le savais?
— Oui... Je leur ai porté une couverture et un pot de pommade fabriquée par Amy.
— Alors, Amy aussi est au courant! Tout le monde est au courant, et personne ne me dit rien!...
— Non. Je lui ai dit que c'était pour Padraic O'Grady, qui s'est blessé avec sa bêche.
— Comme elle doit te croire!
— Bien sûr, elle me croit! C'est vrai qu'O'Grady s'est blessé avec sa bêche...

Griselda éclata :

— Je me moque d'O'Grady! Tu te rends compte que si ces deux hommes sont pris ils seront pendus!
— Peut-être pas tous les deux...
— Comment, pas tous les deux?
— Fergan est trop jeune...

— Oh!... Et c'est tout ce que ça te fait?... Il pendront aussi Erny!

— Ils ne pendent pas les femmes...

— Ils la mettront en prison pour le reste de sa vie!

— Je n'avais pas pensé à ça, dit Kitty.

Elle hocha la tête soucieuse. Elle était coiffée d'un vieux canotier blanc qui avait reçu plusieurs pluies, qui était devenu plutôt jaune et dont les bords se gondolaient. Elle avait des joues rondes, roses et fraîches comme son cœur. Elle dit :

— Pauvre Erny!... Où elle s'est fourrée!... Mais comment faire autrement? Il faut bien les aider...

— C'est ce que je pense, dit Griselda. Écoute : le petit ami de Molly partira chez ses cousins, à Sligo, si son camarade est en sécurité. Alors, celui-là, nous allons le cacher ici.

— Quoi?!

Kitty ouvrit des yeux ronds, à la fois stupéfaits et incrédules.

— On le mettra dans la chapelle des Moines, dit Griselda. Personne n'ira le chercher là... En le cachant, nous le sauvons lui, et nous sauvons Fergan et Erny! C'est un beau coup, non? Nous le garderons jusqu'à ce qu'il aille assez bien pour s'en aller...

Elle avait ralenti sur les derniers mots. Ils ne voulaient pas sortir de sa bouche. S'en aller? Partir? encore?... Ah on verra bien! Ne pensons pas si loin! Le sauver d'abord! L'amener ici, près de moi...

Elle dit à Kitty qu'il fallait trouver quelqu'un pour le transporter jusqu'à la digue. Ensuite, elle se chargerait de tout. A condition qu'il puisse marcher un peu...

— Est-ce qu'il pourra?

— Je pense, oui... Il est mal en point, mais il n'a pas d'os cassé... S'il doit marcher il marchera... Ils sont increvables... Oh, à propos tu sais qui c'est ? C'est l'ancien chauffeur de Tante Augusta : celui qui...

— Je sais, dit Griselda. Mais comment l'amener jusqu'ici ?

— Je ne vois qu'un moyen, dit Kitty : la voiture de Meechawl Mac Murrin. Elle est toujours en train de rouler sur les routes, les constables l'ont fouillée deux ou trois fois mais ils n'y prêtent plus attention, il les fait plutôt rire... Écoute, il faut que je m'en aille, j'ai une longue tournée à faire, je vais voir si c'est possible... Ça me paraît difficile... Et surtout c'est déraisonnable... Si jamais on le trouve ici. Mon Dieu ! Qu'est-ce que papa dira ! Ce sera épouvantable !

— Papa ne dira rien ! Parce qu'il ne saura rien ! et on ne le trouvera pas ! dit Griselda énergiquement.

Elle devinait que Kitty commençait à trembler. Elle, au contraire, se sentait de plus en plus dans son élément, pareille aux héroïnes dont elle avait lu les vies superbes.

— Trouve seulement le moyen de le faire transporter jusqu'à la digue, moi je m'occupe du reste Toi tu ne t'occupes de rien, tu ne sais rien, tu n'entends plus parler de rien !... Naturellement, il faut qu'il arrive quand tout le monde est couché... Mais pas trop tard quand même, pour que la voiture n'attire pas l'attention.

— Bon, bon, je vais voir... dit Kitty. Je ne rentrerai peut-être pas déjeuner... Préviens maman... Je te dirai ce soir ce qu'il en est...

Molly qui avait tout écouté sans rien dire, debout, les mains serrées l'une dans l'autre, se précipita vers elle.

— Oh merci, Miss Kitty ! dit-elle.

Elle se baissa, ramassa une simple épingle à cheveux qui venait de tomber du chignon de Kitty, enroula autour de son doigt une mèche qui pendait, et d'un geste vif la piqua sous le canotier.

Kitty redescendit vers sa bicyclette et s'en fut hors de l'île. Elle se cramponnait au guidon comme à une bouée. Elle était terrifiée. Elle n'avait aucunement conscience qu'elle avait déjà beaucoup risqué jusque-là. Les deux blessés réfugiés chez Erny n'étaient pas les seuls qu'elle avait ravitaillés. Cela lui paraissait très ordinaire, comme les services qu'elle avait rendus depuis toujours. C'était de la simple charité banale. Tous les chrétiens étaient capables d'en faire autant. C'était ce qu'elle croyait. Mais un fenian dans l'île! Griselda ne se rendait pas compte!... C'était pire qu'un baril de poudre sur la table de la salle à manger. S'il était découvert, tout s'écroulerait.

De la vieille chapelle ne subsistaient que des murs en ruine, épais, verts de mousse et de plantes sauvages. Dans l'éboulis intérieur, à la place de l'autel, avait poussé un énorme buisson d'aubépine dont l'éclat, au printemps, jaillissait au-dessus des murs comme le feu d'un soleil blanc.

Au cours d'une des expéditions aventureuses de son enfance, en se faufilant entre les fleurs, les épines et les pierres, Griselda avait découvert dans le mur du fond une porte basse par laquelle elle s'était glissée. Elle avait abouti dans une sorte de réduit voûté dont la forme parfaite, presque circulaire, avait résisté aux siècles. Il mesurait moins de quatre pas dans sa plus grande dimension, et un adulte aurait pu à peine s'y tenir debout. De l'extérieur, son existence était insoupçonnable, car la végétation l'avait submergé et recouvert. Il était éclairé par une petite fenêtre meurtrière qui laissait entrer une faible lumière verdie par les feuilles.

Griselda en avait fait son domaine inaccessible, son château mystérieux, jusqu'au jour où Amy, qui semblait toujours savoir où elle était, comme si elle suivait chacun de ses pas, lui avait dit qu'elle devait cesser de jouer dans la chapelle et dans la « Délivrance ».

— La Délivrance? Qu'est-ce que c'est?

— Tu le sais bien!... C'est l'endroit où tu entres par la petite porte. C'est l'endroit où se réunissent tous les moines qui sont morts en état de péché. Là où il y a des moines il ne doit pas y avoir de fille, même en graine!... Tu les gênes. Il ne faut plus y aller... Ils se réunissent là parce qu'ils savent que c'est là qu'ils seront délivrés de leurs péchés. Retournes-y une dernière fois si tu veux et regarde bien : tu verras que ça a la forme d'un vase posé à l'envers, l'ouverture sur la terre. Quand le vase se retournera et s'ouvrira vers le ciel, les moines seront délivrés. Ils le savent, et ils y sont toujours fourrés. Tu les gênes. Va jouer ailleurs...

Griselda n'avait rien compris à tout cela, mais elle s'en souvenait. On se souvient longtemps des paroles reçues pendant l'enfance, et on les comprend quand le moment est venu. Ou jamais.

Suivant le conseil d'Amy, elle y était retournée une dernière fois. Mais elle n'était pas allée jusqu'au bout. C'était un jour d'hiver et de brume, qui s'achevait dans une lumière floue, et en arrivant elle avait vu, ou elle avait peut-être cru voir — c'est ce qu'elle se disait maintenant — une molle et lente procession de moines effilochés entrant dans la chapelle par la grande brèche ruinée qui en avait été autrefois la porte. Elle était repartie à reculons, lentement, sans faire de bruit, osant à peine respirer, tremblante et fascinée.

Ce serait une cachette idéale pour Shawn. Griselda se moquait bien, devant la nécessité, de ses frayeurs d'enfant et des interdictions d'Amy. La crainte des fantômes serait une excellente protection. Et s'il y avait vraiment des moines, eh bien, Shawn était catholique, il s'arrangerait avec eux...

Elle y revint le cœur un peu battant, mais ne trouva qu'une ruine ordinaire, encore plus envahie par les plantes. Le buisson d'aubépine avait grandi, mais la porte dissimulée lui sembla avoir rapetissé, ainsi que la « Délivrance » elle-même. Comment toute une procession pouvait-elle s'y rassembler? Il est vrai que les fantômes n'ont pas d'épaisseur... Mais Shawn, lui, était bien épais et solide. Comment tiendrait-il ici? C'était certainement une cachette idéale, mais étroite, humide, inconfortable, et peut-être dangereuse pour un blessé. Griselda faillit renoncer et succomber à la détresse, puis elle se rappela que Shawn risquait d'être pendu, et elle se mit au travail.

Pendant deux jours, elle déblaya, arracha, gratta, nettoya, transporta, sans attirer l'attention, car la chapelle était à une trentaine de mètres en retrait des communs, et orientée selon la tradition, c'est-à-dire à l'image d'un homme couché la tête à l'est, de sorte que sa porte béante s'ouvrait vers la forêt, à l'abri des regards.

Molly fabriqua avec un drap une paillasse que Griselda bourra de foin chipé dans la réserve du jardinier. Il était bien sec et sentait bon. Kitty annonça que Shawn arriverait dans la charrette de Meechawl Mac Murrin jeudi, au commencement de la nuit.

— Jeudi? C'est demain!
— Oui... Tu es toujours décidée à le cacher ici?...
— Oui!
— Tu ne te rends pas compte!... On pourrait lui trouver une autre cachette... Ce n'est pas trop tard...
— Où?
— Je ne sais pas, moi... chez...
— Chez qui?

— Je ne sais pas, moi... Peut-être...

— Tu vois!... Ne t'inquiète pas et ne t'occupe de rien!... Tout ira bien!...

— Que le Seigneur t'entende!... Et qu'Il nous aide!...

Le jeudi commença pour Griselda bien avant l'aube. Elle profita des dernières heures d'obscurité pour transporter à la chapelle les objets les plus encombrants. Elle avait retrouvé dans le grenier des meubles d'enfants en acajou, qui avaient servi successivement à Helen et à Jane pour jouer « à la dame ». Elle meubla la cachette de deux chaises basses, d'une table minuscule et d'une commode incrustée de cuivre, pas plus haute que le genou. Elle fit le « lit » de Shawn avec un drap de lin et des couvertures de mohair jaune et bleu. Elle suspendit au-dessus de l'étroite fenêtre un morceau de velours bleu qu'il pourrait baisser la nuit pour allumer sa bougie, et à chaque trou, chaque arête du mur, elle accrocha des rubans et des fleurs. Elle mit des fleurs dans un vase sur la commode lilliput, des fleurs autour du bougeoir, des fleurs sur le lit, et quand la nuit fut tombée et tout le monde retiré dans les chambres, elle partit à la rencontre de Shawn avec une rose à la main.

Elle la tenait entre les dents pour descendre de sa fenêtre par le lierre, sans avoir oublié, cette fois, de jeter d'abord en bas sa cape verte, accompagnée, pour Shawn, du cache-poussière qu'il lui avait fait mettre pour leur première promenade. Avec l'aide de Molly, elle l'avait agrémenté d'un grand capuchon pointu qui cacherait le visage du fugitif et pourrait le faire passer dans l'obscurité, si quelqu'un l'apercevait, pour un moine errant...

Griselda descendit l'allée en se dissimulant de

tronc d'arbre en tronc d'arbre. Ce n'était peut-être pas nécessaire car le ciel était couvert, et l'épaisseur des nuages à peine éclairée par la lune à son déclin. Elle voyait juste assez clair pour deviner où mettre les pieds, mais l'aventure exige qu'on se dissimule d'arbre en arbre et qu'on prenne soin de ne pas faire de bruit. Son cœur battait vite, ses joues étaient brûlantes, elle respirait l'air frais avec exaltation.

Le cache-poussière sous le bras, la rose à la main, elle traversa rapidement la digue, et choisit un coin particulièrement obscur près du mur du moulin pour se cacher et attendre. Au sommet de la maison blanche, quatre fenêtres étaient encore allumées : celles des chambres de Jane et de Lady Harriet.

Elle commença d'attendre. Elle distinguait, en silhouettes noires sur le ciel à peine moins sombre, les contours de l'île et de la maison, et les cimes des premiers arbres sur la route de la terre. Elle entendait la rumeur toujours pareille de la mer et celle du vent changeant qui jouait avec les branches dans le noir. A chaque instant elle pensait que la minute qui commençait était la dernière de l'interminable séparation, que la voiture arrivait et que Shawn était là. Elle cessait de respirer pour mieux écouter, mais elle n'entendait que les bruits indifférents de la nuit sur la terre et sur la mer. Et d'autres minutes recommençaient et n'en finissaient pas.

Les fenêtres de Jane s'éteignirent. Griselda s'assit sur le banc de pierre adossé au mur du moulin, puis se releva brusquement : elle avait entendu... Non, rien... Les fenêtres de Lady Harriet devinrent rouge sombre : elle venait de tirer ses rideaux. Griselda se rassit et prit la rose entre ses lèvres. Derrière les nuages la lune se coucha. Le ciel devint totalement obscur. La nuit se ferma comme un poing. Il se mit à pleuvoir. Les fenêtres rouge sombre s'éteignirent. La maison et l'île disparurent. Il n'y eut plus partout que le noir absolu.

Griselda se leva, frissonnante. Elle entendait maintenant, derrière le rideau de la pluie, des bruits bizarres, des piétinements et des soupirs, des sanglots noyés qui tournaient autour d'elle. Elle serra très fort sous son bras le cache-poussière de Shawn et fit quelques pas sur la route. Un coup de vent lui mouilla la figure d'un revers de pluie et lui apporta un gémissement dans une odeur d'algues. Elle dut faire un effort pour reconnaître la plainte d'un oiseau de mer. Mais où était la mer? Dans quelle direction? Un renard glapit doucement, plaignant son ventre vide. Était-ce Waggoo? Ou un renard de la terre? Où était l'île? Où était la terre? Griselda sentit avec ses pieds qu'elle était en train de quitter la route. Elle s'arrêta. Le désespoir et la peur la submergèrent. C'était fini... Elle ne reverrait jamais Shawn... les constables l'avaient pris... Il n'y avait plus que le noir, le vent, la pluie, et la fin de l'espoir...

Une lumière minuscule apparut à la lisière de la nuit, jaune, dansante. Elle disparut, reparut, et la voix de Meechawl Mac Murrin arriva comme portée par une vague à bout de course sur le sable :

Mary, Mary
Qu'as-tu fait de mes outils?
Mary y y y...

Il se tut et recommença quand il fut plus près :

Je n'ai plus que mes doigts pour peigner tes cheveux

Mary y y y...

D'un seul coup le monde reprit sa place. Griselda sut de nouveau où était chaque chose, et la terre et la mer, et Shawn qui arrivait! qui était là! maintenant! enfin!

Elle entendit les pas du cheval et le bruit des roues sur la route empierrée, puis le grincement de l'essieu à chaque tour, puis la voix de Meechawl Mac Murrin toute proche :

Mary Mary
Je cherche mes outils
Et je te cherche aussi
Mary y y y...

Elle se mit à courir, trébucha contre une pierre, faillit tomber, ouvrit la bouche et perdit la rose et n'y pensa plus, courut encore, et la voiture fut là... Une lanterne suspendue à la ridelle éclairait vaguement la silhouette de Meechawl Mac Murrin qui chancelait sur son banc à chaque tour de roues. Il se cramponnait aux guides et à la pluie...

Quand il vit surgir Griselda dans le cercle de lumière il se redressa et injuria son cheval. Celui-ci comprit, s'arrêta.

— Où est...? cria Griselda.

— Chûûût!... fit Meechawl Mac Murrin en dressant un doigt devant son nez énorme. Moi je chante et je parle à mon cheval... Mais il ne doit pas y avoir de demoiselle dans la nuit... Compris?...

Il lui cligna de l'œil en souriant. Son bonnet de grosse laine auquel la pluie redonnait quelques couleurs était enfoncé jusqu'à ses sourcils et rabattait ses grandes oreilles. Le pompon du bonnet, les oreilles et le nez étaient du même rouge un peu gris, et la grosse moustache cachait la bouche d'un buisson couleur de maïs moisi.

— Où est-il? demanda Griselda, à voix basse, impatiente.

Meechawl montra du pouce l'arrière de la charrette.

— Là... sous le foin... Tout va bien... Mais il doit être un peu trempé... Attendez que j'avance jusqu'à la digue... C'est pas la peine de le faire marcher de trop... Vous, restez dans le noir... Hue, vieille bourrique! Avance, mon amour!...

La charrette enfin arrêtée au plus près, Meechawl descendit de son siège et vint à l'arrière.

— Tu peux sortir, fils, on est arrivé...

Alors Griselda éperdue, tremblante, vit le foin remuer, s'écarter et apparaître dans la demi-obscurité la forme d'une tête sombre, puis la silhouette d'un buste. Elle voulut s'approcher pour l'aider, mais Meechawl l'en empêcha.

— Bougez pas, Miss, laissez faire... Laisse-toi venir, fiston... Là... Accroche-toi à moi... Fais pas d'effort... Là...

Le charretier était certainement moins ivre qu'il n'avait voulu s'en donner l'air. Il tira Shawn du foin avec force et douceur et lui posa les pieds à terre.

— Ça va fils?...
— Il faudra... Ma béquille?
— Elle est là...

Meechawl tira du foin une béquille rustique improvisée avec une branche. Shawn la logea sous son épaule droite et fit deux pas, soutenu par le charretier.

Griselda, immobile, figée, écarquillait les yeux pour regarder Shawn et n'osait pas s'approcher. Il ne s'était pas tourné vers elle, il n'aurait peut-être pas pu la voir, mais il ne l'avait pas cherchée...

Shawn s'arrêta et abandonna l'appui de Meechawl.

— Ça ira, dit-il.

— Maintenant c'est à vous.... dit Meechawl. Moi, moins je reste ici mieux ça vaut...

Il laissa Shawn debout au milieu de la route, remonta sur son siège et cria :

— Hue ! bourrique... Hue ! mon amour !...

La charrette s'ébranla, s'éloigna, emportant la petite lumière. Meechawl chantait.

Griselda et Shawn restaient debout dans le noir à quelques pas l'un de l'autre. Ni l'un ni l'autre ne bougeait ni ne parlait. Shawn était tourné vers la vague lueur qui s'éloignait, et Griselda était derrière lui, figée, le cœur serré par ce qu'elle avait eu le temps de voir : un visage creusé, mangé de barbe, des cheveux emmêlés, pendant en mèches mouillées, des trous noirs à la place des yeux... Avant qu'il fût de nouveau avalé par la nuit, elle courut et se trouva près de lui. Elle aurait voulu le prendre dans ses bras et le serrer et le bercer et le plaindre, mais elle ne savait plus comment le toucher elle ne savait pas où étaient ses blessures, elle avait peur de lui faire mal...

Elle dit, très bas :

— Oh Shawn !... Te voilà !...

Elle chercha sa main libre, la porta à son visage, y appuya sa joue puis ses lèvres, et répéta :

— Te voilà...

Il s'était tourné vers elle et essayait de la voir dans l'obscurité. Mais il ne répondit pas.

Elle lâcha sa main et, à tâtons, lui posa le cache-poussière sur les épaules et le coiffa du capuchon.

Elle essaya de parler d'un ton détaché, sans émotion.

— C'est quand même assez loin... Et pour finir ça monte. Tu pourras marcher?

— Il faudra... Ma cuisse gauche est bonne .. Mais je veux d'abord te dire. Je ne savais pas où ils allaient me cacher... Cette vieille bique de Meechawl ne me l'a dit qu'au milieu du trajet... Si j'avais su au début qu'il m'emmenait ici, j'aurais refusé de venir...

— Naturellement!... Tu aurais préféré être pris!...

Elle était furieuse... Il n'avait pas changé! Toujours aussi têtu et orgueilleux!...

— Tu ne comprends pas, dit Shawn. Tu ne sais pas ce que tu risques...

— Si! Je le sais!...

— Non! Tu ne le sais pas! Mais est-ce que tu sais au moins que tu es folle?

— Oui, je le sais...

Elle se mit à rire et lui embrassa de nouveau la main.

— Viens!...

Il leur fallut près d'une heure pour arriver à la chapelle. Shawn, très faible, devait s'arrêter fréquemment. Et dans la nuit noire ils ne savaient où le faire reposer. Pendant la traversée de la digue il s'assit sur le garde-fou, mais ensuite il restait debout, immobile, appuyé sur sa jambe gauche, sur sa béquille et sur Griselda, et pendant qu'il reprenait souffle ils entendaient, à travers le bruit interminable de la pluie, la voix de Meechawl Mac Murrin qui s'éloignait, se rapprochait, s'éloignait de plus en plus, au gré des tournants des chemins, allant vers le bout de la nuit à la recherche de Mary et de ses outils perdus.

Elle le fit passer loin de la maison, par le chemin du bas et le jardin. C'était plus long mais plus sûr. Le plus difficile fut la traversée des éboulis de la chapelle. Enfin elle put le guider à travers la porte basse, le débarrassa du cache-poussière, jeta sa cape, se sécha les mains à son jupon, trouva les allumettes dans le trou où elle les avait placées, en frotta une et alluma la bougie.

Shawn vit alors d'un seul coup les murs de pierre grise et les flots de couleurs des rubans et des fleurs, et découvrit les meubles d'enfants, les couvertures, et la chaleur de l'amour qui avait préparé pour lui ce refuge comme un bouquet. Il essaya de rire un peu, mais des larmes lui piquaient les yeux. Il dit :

— Tu es vraiment folle... Complètement folle !...

Elle fit « oui » de la tête. Elle ne pouvait plus parler. Elle avait la gorge nouée. Maintenant, elle le voyait bien, et c'était pire que ce qu'elle avait deviné sur la route. Son visage blême n'était plus que des os et de la barbe, et dans le fond des orbites le gris de ses yeux était pâle comme une fumée sur le point de se dissiper. Il la regardait, il avait une envie folle de la prendre dans ses bras, de la presser sur sa poitrine, mais il ne savait plus s'il avait des bras et une poitrine, il n'était que souffrance et faiblesse. Il parvint, avec ce qui lui restait de courage, à s'agenouiller sur le lit sans tomber, s'allongea et ne sut s'il s'évanouissait ou s'endormait.

Griselda réussit à lui ôter une partie de ses vêtements mouillés, mais n'osa pas toucher aux pansements souillés de sang et d'eau. Elle les changerait demain quand il serait réveillé et pourrait bouger. Elle le bouchonna pour le réchauffer, l'enveloppa dans les couvertures, lui essuya très doucement et tendrement le visage, puis souffla la bougie et s'allongea près de lui, contre lui, pour se reposer quelques minutes avant de regagner sa chambre. Écrasée par la fatigue, elle s'endormit d'un seul coup.

Quand elle se réveilla il faisait grand jour et Shawn, près d'elle râlait.

Affolée, tremblante de peur et du froid du matin, Griselda décida d'aller, coûte que coûte, chercher le médecin de Tullybrook. Tandis qu'elle se glissait par la porte basse elle entendait derrière elle la respiration de Shawn qui s'arrêtait, repartait, hésitait, en faisant au passage un bruit affreux. Elle contourna le buisson d'épines et se trouva en face d'Amy qui l'attendait, assise sur un bloc de pierre. Raide, anguleuse dans sa robe noire, elle tenait de la main droite une cuillère d'argent à demi enveloppée dans un linge blanc, et sur ses genoux une théière d'argent ancienne presque usée tant elle avait été frottée, et qui brillait avec un éclat doux.

Avec les années, les cheveux d'Amy étaient devenus aussi blancs que son bonnet, et ses yeux bleus avaient pris la couleur d'un horizon très éloigné, un peu brumeux. Ils regardaient Griselda avec gravité. Elle lui dit :

— Ne cours pas, ma biche. Le temps que tu arrives chez le médecin, il serait mort. Fais-lui boire ça...

Elle lui tendit la théière.

— Attention, c'est chaud... Ce n'est pas du thé. C'est une tisane que j'ai faite avec des herbes que je connais. Je ne peux pas entrer dans la Délivrance, ce n'est pas ma place. Ce n'est pas la tienne non plus, mais il faut bien que tu y ailles... Moi, les moines m'en voudraient parce que je suis au courant de ce qu'ils pensent des femmes, je n'aurais pas d'excuse... Retourne tout de suite le faire boire... Avec cette cuillère. Il doit en boire cinq cuillerées. Compte bien! S'il en crache, ça ne compte pas! C'est ce qu'il avale qui compte! Cinq cuillerées!... Et tu recommenceras dans une heure, et puis encore dans une heure, toutes les heures jusqu'à ce soir... On ne s'inquiétera pas de toi... Je dirai que tu es partie au Rocher, que je t'ai préparé à manger... Tiens, c'est dans ce panier... J'y ai envoyé Ardann, avec Waggoo. Il y restera tant que tu seras ici... Il rentrera avec toi... Tu dois le faire boire avec la cuillère d'argent, avec rien d'autre! Et quand tu as fini tu n'essuies pas la cuillère, tu l'enveloppes dans son linge, dans rien d'autre!... Dépêche-toi...

Griselda ne douta pas une seconde qu'elle devait obéir à Amy. Depuis son enfance, elle ne l'avait jamais vue se tromper. Elle revint en hâte auprès de Shawn, dont la respiration s'affaiblissait, souleva sa tête inconsciente pareille à un buisson d'hiver, et glissa entre ses lèvres la cuillère pleine d'un liquide couleur d'ambre chaud, qui sentait l'algue et la résine. C'était une tisane terrible, et la cuillère elle-même avait dû subir quelque sauvage préparation. Dès que Shawn reçût le liquide, une secousse l'ébranla jusqu'aux pieds, et il recracha tout le contenu de la cuillère avec de la bave et des bulles. Griselda recommença, compta les cuillerées et les demi-cuillerées, et quand il eut avalé ce qu'il devait, reposa doucement la tête hirsute sur l'oreiller de dentelles qu'elle avait apporté. Puis elle s'assit sur la chaise basse et attendit. Dans le panier d'Amy, avec de la tarte, du poulet et du pain d'avoine, il y avait du linge pour les pansements, et la montre de Griselda, grande comme une pâquerette, au bout de sa longue et fine chaîne d'or.

La tisane fit rapidement son effet. Shawn se mit à transpirer et à trembler. Ses membres s'agitaient en gestes saccadés, sa respiration s'accélérait et de sa bouche commencèrent à sortir des sons qui ressemblaient à des mots concassés et à des phrases coupées comme au ciseau. Il en fut ainsi toutes les heures. Cela durait plusieurs minutes après chaque prise de tisane. Et Griselda comprenait ce langage incompréhensible. Shawn se débattait, se battait contre les constables, il frappait, il était frappé, la mort abattait ses camarades, il fuyait devant les cavaliers noirs et leurs chiens, il se cachait, il baignait dans la haine et le sang.

Amy avait dit :

— Il faut qu'il se délivre de tout le pus de son corps et de son âme...

Trois fois, dans la journée, Griselda changea les pansements et lava le corps brûlant trempé de sueur et d'urine. Car Shawn n'avait plus conscience de lui-même et se mouillait comme un nouveau-né. Ainsi, ce jour-là, en plus de son amour de femme, Griselda reçut le don de cet autre amour, essentiel, qu'inspire à une mère son enfant qui dépend entièrement d'elle pour vivre ou pour mourir.

La blessure de la poitrine était peu profonde. La balle avait coupé les muscles sous le sein gauche et ricoché sur une côte, faisant une longue plaie qui se refermait mais restait enflammée. La cuisse droite était enflée, dure et bleue. Le trou d'entrée de la balle devenait noir.

Griselda dut quitter Shawn pour aller se faire une toilette avant de paraître au dîner. Ardann la rejoignit comme elle sortait de la chapelle. Il la regarda avec des yeux inquiets et gémit un peu en remuant faiblement la queue.

Elle lui caressa la tête et lui dit à voix basse :

— Il va mieux... Il va mieux...

Mais elle n'en était pas sûre, et comme c'était la première fois qu'elle pouvait parler de lui depuis le matin, les larmes lui jaillirent des yeux et elle se mit à sangloter. Elle s'agenouilla, prit Ardann dans ses bras et se laissa submerger par sa peine et l'inquiétude, et aussi par la fatigue. Elle pleurait comme une petite fille, le visage enfoui dans la fourrure du chien qui tremblait.

Molly l'attendait dans sa chambre. Elle lui avait monté un jaune d'œuf battu dans du porto. Elle la baigna et la réconforta. Et elle lui baisait les mains pour la remercier, parce que Fergan était enfin parti se mettre à l'abri chez ses cousins.

Griselda retourna passer la nuit près de Shawn. Et, à l'aube, elle alla, sur les instructions d'Amy, chercher dans la forêt des toiles d'araignées fraîchement tissées, brillantes et emperlées de rosée. Elle les cueillit sur un mouchoir de lin ouvert, et lorsqu'elle en eut superposé cinq, elle courut à la chapelle et appliqua le pansement humide, tout frais, sur la plaie de la cuisse.

Le sixième jour, au contact froid du remède de la forêt, Shawn gémit, se raidit, sa cuisse se tendit, et par le trou verdi la balle glissa au-dehors dans un cortège de pus. La bataille contre la mort était gagnée.

Shawn reprit connaissance. Il avait atteint le fond de la maigreur et de l'épuisement. Mais il se mit à manger avec un appétit d'ogre, et retrouva des forces et des formes à une vitesse incroyable. Amy indiqua à Griselda quelles fleurs elle devait suspendre dans la Délivrance, afin que leurs couleurs et leurs odeurs aident la guérison. Et elle ajouta que les moines l'aideraient aussi, car ils avaient hâte de voir Shawn et Griselda sortir de chez eux et n'y plus revenir.

Griselda ne voulait pas penser à ce jour-là, où il serait guéri et repartirait. Tous les soins qu'elle lui donnait, la nourriture qu'elle lui apportait, tout son amour qui voulait le garder, travaillaient à rapprocher le moment de son départ. Shawn n'en parlait pas. Il passait son temps étendu sur son matelas de foin, lisant les livres qu'elle lui apportait, ou se laissant flotter comme une algue dans cette sorte de grand repos végétal qui suit les efforts absolus.

Il allait de nouveau la quitter, mais il savait que cette fois-ci ce serait seulement un éloignement et non une séparation. Son impuissance devant la mort, son dénuement, sa dépendance, et la soumission de Griselda à la nécessité et l'intimité des soins, avaient fait craquer leurs deux orgueils. Leurs sentiments étaient devenus clairs et simples. Elle était heureuse de revenir auprès de lui. Il était heureux de la voir et de l'aimer.

Dès qu'il put se lever, il supporta mal de rester enfermé dans cette coquille de pierre. Quand la nuit était bien noire, il se glissait par la porte basse, revêtu du cache-poussière et du capuchon, et faisait quelques pas dans la forêt. Entre les hautes branches des arbres, il retrouvait avec une joie profonde le ciel déchiré de l'Irlande, ses nuages toujours courants et ses étoiles sans cesse escamotées et renaissantes. Il put bientôt remplacer la béquille par une canne que Molly chipa au vieux cocher.

Un soir, assis sur son matelas, il regardait en souriant Griselda qui venait de lui apporter son repas et éprouvait quelque difficulté à faire passer des haricots d'un pot à une assiette. Il lui dit :

— Tu travailles comme la femme d'un paysan!...

— C'est ça! Vante-toi de m'avoir réduite en esclavage! Tiens, mange! C'est froid et ce n'est pas bon...

Au lieu de manger, il posa l'assiette sur la couverture et devint grave. Il lui dit :

— Je ne veux et ne voudrai jamais rien de toi qui puisse te paraître un esclavage, ou une abdication... Rien ne vaut rien si ce n'est pas offert de plein gré... Je te dis cela pour maintenant et pour toute notre vie...

Elle le regarda entre ses cils à demi baissés sur lesquels brillait le reflet de la bougie. La barbe de Shawn avait poussé, lui donnant l'air d'un de ces jeunes dieux nus peints sur les vases grecs, dont elle avait vu les reproductions dans la bibliothèque de son père, avec, au bas de leur ventre plat, une virgule pointue.

Elle sut qu'il était sincère, et qu'il ne pèserait jamais sur elle pour essayer de la faire ressembler à une femme à son idée. Il l'acceptait telle qu'elle était. C'était une preuve d'amour et d'intelligence. La laisser vivre dans sa liberté, c'est la seule façon de la garder.

Elle sourit, soudain en paix. Elle leva la main et, du bout des doigts, suivit l'arcade sourcilière du cher visage encore maigre, la tempe et la pommette, le coin de la bouche et les lèvres...

— Attention aux haricots! dit-il.

Il prit l'assiette et la posa sur le sol, puis avec ses deux mains il attira Griselda contre lui.

ASSIS à son bureau, Sir John lisait une lettre d'Helen que Jane venait de lui monter avec le courrier. C'était la première depuis son départ. Il avait espéré en recevoir plus tôt.

« Cher père,

« Ambrose et moi nous portons bien. Notre maison est confortable, et des fenêtres de l'étage entre deux toits on aperçoit un arbre. Il me semble qu'il pleut davantage qu'à St-Albans. Ambrose travaille beaucoup, et je ne peux guère l'aider car je dois m'occuper de la maison. Nous avons une femme de ménage, qui vient chaque matin. Elle n'est pas propre et elle parle sans arrêt. Elle n'aime pas les Irlandais. Je pense que lorsque je connaîtrai mieux les gens du quartier, je pourrai la renvoyer et en prendre une autre. La chère bibliothèque me manque un peu. Ambrose a aussi beaucoup de livres, mais il y a moins de lumière autour d'eux. Nous habitons une rue bourgeoise où toutes les maisons sont faites sur le même modèle. Les premiers jours, quand je sortais, je ne parvenais pas, en revenant, à reconnaître la nôtre. C'était pourtant simple : il suffit de regarder les rideaux des fenêtres, ils ne sont pas tous pareils.

« Je serais heureuse de recevoir des nouvelles de vous tous. Maman pourrait peut-être m'écrire. Ou vous-même, si toutefois cela ne vous distrait pas trop de votre cher travail. Ambrose me prie de vous transmettre l'expression de sa respectueuse amitié. J'y joins toute mon affection. Votre fille lointaine.

« Helen. »

Phrase après phrase, Sir John sentait son cœur se serrer, et le dernier mot fit trembler la feuille de papier dans sa main. C'était du beau papier anglais, un vergé épais, d'un blanc crémeux. Il le posa sur le bureau où il resta à demi plié, et il redressa la tête vers son visiteur, qui attendait au fond d'un fauteuil.

— Je vous prie de m'excuser... C'était une lettre de ma fille Helen, qui s'est mariée le mois dernier, comme vous savez...

— J'espère qu'elle se porte bien, dit le visiteur.

— Elle se porte bien, merci... Et maintenant je vous écoute...

Le visiteur était Mᵉ Samuel Colum, le notaire, un petit homme vêtu de noir, à la face rose. Son front était nu jusqu'au sommet du crâne, ses lèvres rasées et son menton aussi, jusqu'à la pointe. Mais au-dessous poussait une courte barbe blonde qui rejoignait les favoris qui rejoignaient eux-mêmes les cheveux dressés sur la tête, le tout formant autour du visage une sorte de couronne légère et lumineuse. Le centre de cette auréole verticale était un petit nez rond surmonté de lunettes qui brillaient.

— Voilà..., dit Mᵉ Colum : je vous ai demandé de me recevoir parce que j'ai été l'objet, de la part d'un de mes confrères, d'une interrogation que j'ai trouvée indiscrète, et qui vous concernait...

— Moi?...

— Oui... ou plus exactement... Enfin il aurait aimé savoir quel était le chiffre de la dot que vous étiez éventuellement disposé à accorder à votre fille Jane...

— Jane?... Mais... mais c'est une enfant!

— Peut-être son client n'en juge-t-il pas ainsi... Pour ma part, je trouve que c'est une jeune fille charmante...

— Son client?... Quel client?

— Il n'a pas voulu me le dire, naturellement, mais d'après ce que j'ai pu voir le soir de ce bal magnifique où Lady Ferrers avait bien voulu m'inviter... et qui a si tragiquement fini, hélas!..., je me suis hasardé à émettre une hypothèse, et il n'a pas dit non... Je crois que la personne qui souhaiterait devenir votre gendre pourrait être Lord Ross Butterford...

La stupéfaction écarquilla les yeux de Sir John. Ce vieillard congestionné. Et Jane, ce bébé!...

— Mon cher ami, dit-il, vous me voyez un peu scandalisé... C'est comme si vous veniez me demander de donner ma petite fille pour qu'on la serve rôtie à la table d'un ogre... Naturellement il n'en est pas question...

— Je vous comprends, Sir John. Je vous comprends... Mais, cette question étant réglée, puisque je suis ici, m'autorisez-vous à aborder un autre sujet?

L'autre sujet, c'était sujet d'argent.

Quand Me Samuel Colum repartit, dans sa voiture d'osier tirée par un poney couleur de miel, il laissait Sir John effondré. Ce que lui avait appris son notaire n'aurait pas dû, pourtant, le surprendre.

Une fois l'île rachetée avec l'héritage de Lord Archibald Bart, il ne s'était pas soucié de faire fructifier ce qui restait du capital. C'était l'époque où l'industrie anglaise débordait sur la côte d'Irlande, à Belfast, Londonderry et aux alentours, et beaucoup de familles riches avaient investi, dans les manufactures de lin ou les chantiers navals, des sommes qui étaient devenues des fortunes. Mais Sir John, sollicité par le notaire, avait refusé d'en faire autant. Bien qu'il se tînt à l'écart des activités du siècle, il savait dans quelles conditions s'édifiait la prospérité de la côte orientale. Les « planteurs [1] » anglais et écossais investissaient, édifiaient, dirigeaient, et la main-d'œuvre irlandaise, hommes, femmes, enfants, fournissait le travail, pour des salaires de famine, avec des horaires interminables et dans des conditions inhumaines. Plus les dos irlandais maigrissaient, plus les fortunes anglaises grossissaient.

Sir John ne voulait pas gagner de l'argent de cette façon-là. Il l'avait dit à Me Samuel Colum, le père du Me Samuel Colum actuel, qui lui ressemblait non pas comme un fils, mais comme un frère jumeau. Le notaire s'était incliné devant sa décision, mais l'avait averti du danger qu'il y avait à vivre sur son capital qui ne « travaillait » pas assez.

Sir John, qui connaissait l'importance de la somme restante et des intérêts modestes mais sûrs que lui procurait Me Colum, avait fait mentalement une division et avait souri : le danger n'était pas pour demain...

Mais demain, c'est quand?

Les années avaient passé, les filles grandi, on avait vécu sans gaspillage mais sans précautions, et le nouveau Me Samuel Colum, avec son petit nez rond

---

[1]. Au XVIIe siècle, les comtés de l'Ulster, dépeuplés par la répression anglaise après la révolte d'O'Neill, avaient été l'objet d'une « plantation » de colons anglais et écossais, anglicans et presbytériens. Ce sont leurs descendants, propriétaires des usines, des commerces et des terres, qui s'opposent aujourd'hui, en Irlande du Nord, aux catholiques, qui sont les Irlandais de souche, démunis de biens et de droits.

et son auréole verticale, qui ressemblaient tant au nez et au l'auréole du précédent, et ses lunettes qui étaient peut-être les mêmes, venait de s'asseoir dans le fauteuil d'où son père avait mis Sir John en garde, et vingt ans après, avait établi le bilan.

Le bilan était simple : il ne restait rien. Enfin, presque... Sir John avait donné à Helen une dot assez importante, et avait demandé à cette occasion à Me Colum de réserver une somme égale pour chacune de ses autres filles, constituée en un bien inaliénable, auquel ni lui ni sa femme ne pourrait plus toucher. Il y avait une part même pour Alice. Elle entrait au couvent. Mais elle en sortirait peut-être un jour, si elle retrouvait la raison. Alors elle ne serait pas démunie.

Ce prélèvement effectué, il ne restait plus qu'un fond de soupière. Si on continuait à y puiser à pleine louche, on aurait de quoi se nourrir pendant quelques mois. Si on voulait durer quelques années, il faudrait se servir d'une cuillère à thé...

Sir John reprocha au notaire de ne pas l'avoir prévenu au moment où il lui donnait les instructions pour les dots de ses filles.

— Auriez-vous changé vos dispositions? demanda Me Colum.

Sir John réfléchit un très court instant puis répondit :

— Non.

Seul, maintenant, dans sa bibliothèque, il considérait l'avenir avec consternation. Son habitude de se tenir à distance du réel l'incitait à ne pas y croire. Un tel désastre ne pouvait pas lui arriver. Mais son intelligence voyait clairement les faits et en déduisait toutes les conséquences : il ne pouvait plus entretenir St-Albans, il devait chercher un emploi, se séparer des domestiques, demander à Lady Harriet de réduire le train de vie de la maison à celui d'une famille pauvre. Ce serait pour elle une épreuve terrible. Et quel travail pouvait-il espérer trouver à son âge?

L'angoisse lui donna le vertige. Il ferma les yeux, et son réflexe familier le sauva du désespoir : il se détourna des soucis, remit à demain l'examen approfondi de la situation, soupira et sourit en rouvrant les paupières. Chère petite Jane! Si jeune et déjà demandée en mariage! Il allait le lui dire, cela lui ferait plaisir...

Quand Jane fut devant lui, il remarqua pour la première fois que ses yeux étaient presque aussi grands que ceux de sa mère. Mais au lieu d'être bleus, ils avaient la couleur de marrons tout neufs. Elle se tenait debout devant le bureau, les joues très roses et le regard éveillé par la curiosité, un peu essoufflée car elle avait monté l'escalier en courant, comme elle faisait toujours. Elle se demandait pourquoi son père l'avait fait appeler. Elle était pareille à une écolière devant le maître qui va la gratifier d'un compliment ou d'un coup de baguette.

Sir John caressa doucement sa barbe. Oui, vraiment, Jane était charmante, et on pouvait comprendre qu'un homme... Mais ce vieux Butter tout moisi!...

— On dirait que tu crains une réprimande, dit-il gentiment. Aurais-tu fait quelque sottise?

— Oh non! s'écria Jane.

Tous les deux se mirent à rire de la véhémence avec laquelle elle avait protesté.

— Assieds-toi... Tu as bien cinq minutes? Tu étais avec Amy?

— Oui, père, dit Jane.

Elle s'assit dans le fauteuil que venait de quitter le notaire.

— Quels secrets savoureux était-elle en train de te transmettre ?

— J'ai fait un soufflé et une galette, mais quand tout a été cuit c'était le soufflé qui avait l'air d'une galette, et la galette qui avait gonflé !

Elle pouffa d'une manière enfantine. De petits épis de cheveux courts se libéraient de ses bandeaux et brillaient dans le soleil d'après-midi qui entrait par la grande baie de l'ouest. Elle avait une trace de farine sur le lobe de l'oreille gauche. Elle sentait la cannelle et la vanille. Sir John se laissa envahir par le bonheur de rire avec elle. Elle était heureuse, tout le monde était heureux autour de lui, rien n'avait changé, rien ne pouvait changer. Me Colum trouverait bien un moyen d'arranger les choses, un prêt, une hypothèque, n'importe, on y penserait demain...

— J'ai une étonnante nouvelle à t'annoncer, dit-il. Je pense qu'elle va te surprendre encore plus que moi : figure-toi qu'on vient de te demander en mariage !...

Jane se dressa hors du fauteuil comme si tout à coup il était devenu de braise. Elle cria :

— Qui ?...

Sir John la regarda avec stupéfaction. Toutes traces de couleur et de gaieté avaient disparu de son visage. Et l'enfance avait été emportée comme par une tempête. C'était une femme tragique qui l'interrogeait.

— Mais, dit-il, mais... Je pensais... C'est Lord Butterford, tu sais, ce vieil homme... J'ai refusé, bien sûr... Mais si tu tiens à devenir Lady...

— Voilà ! voilà ! dit-elle d'une voix aiguë, tout ce que je peux espérer trouver comme mari, ici ! Ce vieux débris ! qui ne serait même pas capable de me faire des enfants !

Et brusquement elle éclata en sanglots, se cacha le visage dans les mains et sortit en courant...

« ... pas capable de me faire des enfants... » Sir John bouleversé se demandait comment une jeune fille de dix-sept ans pouvait prononcer une énormité pareille... Il est vrai qu'elle était toujours occupée à l'office ou à la cuisine avec les servantes, qui, elles, sont délurées... Elle avait donc tant envie de se marier? Déjà? Elle venait de naître... Tout va-t-il si vite?

Étonné, inquiet, il regarda autour de lui son monde immuable, pour s'y raccrocher et se rassurer : les quatre murs couverts de livres, les grandes fenêtres claires, la mer, la forêt, le ciel. La forêt était en train de s'enflammer devant l'automne avec la même sage lenteur. Les mêmes arbres s'allumaient de la même façon, du bout des mêmes branches. Et l'if, droit et vert au milieu de la passion des roux et des ors, restait ferme comme un rocher vivant. Les livres alignés, au contact les uns des autres, couverture contre couverture, attendaient toujours et à chaque instant, infiniment patients, la main qui les prendrait et les ouvrirait, reflétant la douce lumière sur leur dos de cuir marron, blonds, vert prune, dorés, avec leurs mêmes titres et le même savoir dans leurs pages abritées... Et le mystère de Sumer emplissait la pièce, clos depuis six mille ans et aussi lisse et infracturable que la surface d'un œuf de marbre. Rien ne changeait... Si! la forêt, la forêt peut-être... Elle grandissait, elle avait beaucoup grandi cet été, un été plus chaud que d'habitude, ardent et humide. Cela fait pousser les branches, et gonfler les fruits. Les plus hautes cimes commençaient à boucher l'horizon et à cacher la mer. Faudrait-il se mettre à tailler la forêt?

Sᴜʀ JOHNATAN, en habit rouge sur son cheval blanc, regardait Lady Harriet servir le thé. Sous ses cheveux de neige en douces volutes et bouclettes, son visage lisse n'exprimait aucun autre souci que de bien verser le thé. Ses mains rose pâle, sortant des manches ajustées de sa robe vert nil, bordées au poignet d'un soupçon de dentelle blanche, inclinaient la théière de Chine au-dessus des tasses de porcelaine, couleur gris nuage, si fines qu'on pouvait voir monter à travers leur coquille le liquide transparent. Griselda, assise à proximité de sa mère, dans une robe crème, grignotait un minuscule toast triangulaire couvert d'un pétale de saumon fumé. Ardann, roux et blanc, couché sur un tapis de Perse pareil à un feuillage, allongeait sa truffe vers un doigt de pied rose qui s'agitait doucement entre le bas de la robe de sa maîtresse et une feuille du tapis. Le parfum du thé, l'odeur des toasts et des scones tout frais montaient vers Sir Johnatan, et celui-ci peu à peu retrouvait dans son image plate les émotions de sa chair au souvenir des joies les plus ténues, qui sont les plus inoubliables. Les craquelures de la peinture s'effaçaient, leurs bords se soudaient, l'étoffe de l'habit commençait à devenir étoffe et imperceptiblement se gonflait autour d'une présence.

— Oh Griselda! dit Lady Harriet, tu aurais pu mettre des chaussures pour venir prendre le thé!
— Je les ai, mère! Elles sont là...
Le doigt de pied se retira, et le nez minuscule d'une chaussure turquoise apparut à sa place sous le bord de la robe.

Lady Harriet soupira. Elle se demandait ce qui se passait avec ses filles. Elle ne les comprenait plus très bien. Elle reposa la théière à côté d'un gros gâteau glacé de chocolat, et saisit pour le couper une pelle d'argent ouvragée de trèfles et de nénuphars. A côté du gâteau et de la théière, d'un vase bleu outremer jaillissait une gerbe de roses roses et de roses thé qui se reflétaient vaguement dans l'acajou verni de la table. Sir Johnatan eut une envie folle de goûter ce gâteau et de baiser ces roses et de boire ce thé. Il l'avait reconnu à son parfum unique : c'était du darjeeling, venu tout droit des Indes, à deux mille mètres dans l'Himalaya. Mais son désir ne fut pas assez puissant pour lui donner la force de sortir de son tableau. Il redevint tout à fait plat, peint sur son cheval immobile, se recraquela et cessa de penser.

Griselda pensait à Shawn et à la façon dont elle allait subtiliser pour lui une part du gâteau. Lady Harriet pensait que c'était un jour bizarre. Elles n'étaient que trois pour prendre le thé. John n'avait pas voulu descendre. Jane était dans sa chambre avec une migraine, Alice était partie assister à on ne savait quelle messe d'après-midi. Et même Molly ne faisait pas bien son service.

— Griselda, veux-tu sonner Molly? Elle a oublié le sucrier...
— Non, mère, il est là, près de votre main... Mais vous avez déjà sucré votre thé, mère...
— Oh je deviens distraite... Sonne Molly quand même... Qu'elle monte une part de gâteau à ton père.

Je me demande pourquoi il a préféré prendre son thé tout seul. J'espère qu'il n'est pas malade... Avait-il bonne mine à midi?

— Oui, oui, mère...

— C'est ce qu'il m'a semblé... Ce doit être ce notaire qui lui a donné du souci... Ah! Molly!... Portez ceci à Monsieur, mon enfant... Et puis vous nous apporterez le sucrier, vous l'avez oublié...

— Oh non, Madame, excusez-moi, il est juste là près de votre main...

— Oh je deviens distraite! Demandez à Miss Jane si elle n'a besoin de rien...

— Oui, Madame...

Griselda mit une deuxième part de gâteau, énorme, sur l'assiette que Molly allait emporter.

— Pour Jane, lui dit-elle avec un clin d'œil.

— Oh dit Lady Harriet, je ne sais pas si c'est très bon pour la migraine...

— Si elle n'en veut pas, elle le laissera, dit calmement Griselda.

Molly était déjà dehors. Ardann léchait sa patte gauche sur laquelle était tombée une miette. Kitty, debout près d'une fenêtre, regardait au-dehors avec des yeux exorbités. Elle s'étrangla avec sa tranche de cake et devint violette.

— Kitty! dit Lady Harriet, si tu restais un peu assise pour prendre ton thé, tu n'avalerais pas de travers... Viens donc t'asseoir!...

Kitty, toussant et les yeux pleins de larmes, vint s'asseoir dans le fauteuil parme, où sa robe grise fit une tache triste. Lady Harriet lui dit, comme elle le lui disait au moins une fois par semaine :

— Quel dommage que tu ne sois pas un peu plus coquette, ma chère Kitty.

Celle-ci se souciait peu d'être ou n'être pas coquette. Elle regardait Griselda avec des yeux égarés, et lui désignait avec insistance la fenêtre par de furtifs mouvements du menton.

— Ce thé est trop sucré, dit Lady Harriet.

— Vous l'avez sucré deux fois, mère, dit Griselda.

Elle s'était levée avec une fausse nonchalance et elle arrivait près de la fenêtre. Elle regarda au-dehors... Elle n'entendit plus du tout ce que disait sa mère. Ni rien d'autre.

A la file indienne, poussant leur bicyclette à la main, quatre constables arrivaient en haut de l'allée et tournaient à gauche pour aller vers les communs. A leur tête marchait Ed Laine, reconnaissable à sa haute taille. Quand il arriva au coin de la maison blanche, le soleil brilla sur son casque et sur son nez.

Griselda bondit, saisit au vol une assiette presque pleine et dit :

— Je vais chercher des toasts! Il n'y en a plus!

— Voyons Griselda! dit Lady Harriet, sonne Molly!

Elle avait l'habitude toute naturelle d'appeler une servante même pour un mouchoir tombé à terre. Non, elle ne comprenait vraiment plus ses filles. Ah! si elle avait eu un garçon... Regret, regret, soupir...

L'œil bleu fixe de Sir Johnatan regardait les deux souliers bleus délicats, abandonnés sur le tapis feuilles-vertes, devant le fauteuil feuille-morte où Griselda avait été assise. Ardann était sorti avec sa maîtresse...

— Encore un peu de thé, Kitty? demanda Lady Harriet.

Kitty fit « oui! oui! » de la tête. A cet instant elle comprenait comment on pouvait avoir besoin de boire du whisky.

Ed Laine était entré seul dans la cuisine, laissant les autres constables dehors. En entrant il avait ôté son casque, peut-être par politesse, peut-être parce qu'il avait peur de heurter les poutres du plafond. Il trouva Magrath et Molly qui épluchaient des pommes de terre en plaisantant, et Amy occupée à faire réduire une concoction fortifiante sur un coin tiède du fourneau. Magrath le vit le premier et se tut brusquement comme un oiseau qui voit un serpent. Molly et Amy se retournèrent. Molly dit :

— Oh mon Dieu !...

Amy laissa sa main droite se crisper sur le manche de sa casserole.

— Ça fait bien longtemps qu'on vous avait vu..., dit-elle. Faut pas nous abandonner comme ça... On pouvait plus respirer...

C'est à ce moment que Griselda entra.

— Bonjour, Miss, dit Ed Laine. Je suis content que vous soyez là... C'est surtout vous que je voulais voir... Voilà : nous cherchons Shawn Arran.

Griselda s'assit sur un tabouret pour ne pas tomber, et réussit à faire une sorte de sourire. Mais ne put dire un mot.

— Ce nom ne vous dit peut-être rien, poursuivit Ed Laine. C'était le chauffeur de Lady Ferrers, celui qui conduisait l'automobile et qui vous emmenait en promenade. Vous voyez? Vous le connaissiez...

— Oui, oui, dit Griselda.

— Maintenant nous savons qui c'est, dit Ed Laine. Son vrai nom est Hugh O'Farran. C'est le chef des rebelles. Son emploi chez Lady Ferrers était un bon camouflage... La nuit, il était libre... Il a dû partir quand il a senti qu'il risquait d'être reconnu... Bien sûr on ne sait pas où il est allé après... On pense qu'il a été blessé le soir du bal... Il doit se cacher quelque part dans un trou... On le cherche partout...

Molly s'était levée et se dirigeait d'un air tranquille

vers la porte. Amy l'encouragea d'un hochement de tête. Elle sortit. Brigid entra avec deux lampes allumées qu'elle posa sur la table. Elle regarda Laine avec étonnement et s'en alla aussitôt. Elle n'avait pas le temps de savoir, le jour s'enfuyait, la nuit lui courait après.

— Voilà, Miss... Alors, vous qui l'avez connu, si jamais vous le rencontrez...

— Bien sûr, dit Amy, si nous le rencontrons nous l'empaquetons, nous le ficelons, et nous vous l'apportons pour que vous le pendiez!

— Ce n'est pas ce que je voulais dire... dit Ed Laine avec un sourire innocent. Mais nous prévenons tous ceux qui l'ont connu, c'est tout... Je m'excuse d'être venu si nombreux... On n'a plus le droit de se déplacer tout seul, ni même à deux, à cause des embuscades... Quoique, depuis le bal, ils ne bougent plus... C'est ce qui fait croire que O'Farran est blessé...

« A moins qu'il ne soit mort!..., ajouta-t-il avec un grand sourire.

— Dire qu'ils vous ont manqué! dit Amy. Ils ne vous ont coupé qu'une oreille! Votre tête est pourtant assez grosse! Mais la balle a dû ricocher... C'est pas de l'os c'est un caillou...

— Vous ne m'offririez pas un verre de bière? dit Laine en souriant.

— Sûrement pas! Si vous avez soif, la mer est à deux pas...

— Oh Amy! dit Griselda dont la peur panique commençait à se calmer, donnez à boire à M. Laine...

— Merci, Miss... Merci, Madame Amy... J'ai jamais bu de meilleure bière... C'est vous qui la faites?

— Qu'elle vous étrangle! dit Amy.

— Et où le cherche-t-on particulièrement, ce... comment dites-vous? demanda Griselda.

— O'Farran... Hugh O'Farran... On le cherche partout... On fouille partout... Tous les trous des tourbières... Toutes les fermes... Il finira pas se faire prendre... Quoique les gens lui sont dévoués... On dit que c'est le descendant d'un ancien roi du pays... Mais maintenant qu'on sait qui c'est, et qu'on connaît sa figure, ça lui est moins facile d'échapper...

— Eh bien, merci de nous avoir prévenus, dit Griselda en se levant de son tabouret.

Mais Ed Laine ne semblait pas vouloir s'en aller. Il regardait les portes qui donnaient vers l'office et les appartements, il jetait des coups d'œil vers les fenêtres devenues presque obscures. Il donnait l'impression d'attendre quelque chose ou quelqu'un.

— Me permettez-vous de demander des nouvelles de Sir John, Miss?

— Il va bien, merci.

— J'espère qu'il ne se fatigue pas trop avec ses livres... C'est fatigant de lire, mais quand on est un savant, il faut bien...

— Bien sûr, dit Griselda, il faut.

Il y eut un bruit du côté de la porte extérieure, et Ed Laine se retourna vivement pour regarder.

Griselda sentit de nouveau son cœur se serrer. Ce policier n'était pas aussi naïf qu'il voulait s'en donner l'air. Il cherchait quelque chose.

— Et Madame votre mère et vos sœurs se portent bien?

— Elles se portent bien, dit Griselda.

— Vous avez eu des nouvelles de Miss Helen?... Enfin, je veux dire... Ce n'est plus « Miss », bien sûr...

— Nous avons eu des nouvelles, dit Griselda.

— Et... et...

Il hésitait, Griselda devina qu'il allait maintenant dire ce qu'il avait à dire, il ne pouvait plus différer, on allait savoir. Que savait-il? Que soupçonnait-il?

— Et Miss... heu... Miss Jane?... Je ne l'ai pas aperçue... J'espère qu'elle n'est pas malade?

Griselda eut l'impression que l'intérieur de son corps, qui était de plomb un instant auparavant, devenait soudain si léger qu'elle allait s'envoler vers le plafond. C'était donc ça!... Ce grand lourdaud innocent n'était venu à St-Albans que dans l'espoir de rencontrer Jane! Shawn n'était qu'un prétexte! Il se souciait de l'arrêter comme de ramasser une poignée de tourbe...

— Oh non! dit-elle. Elle n'est pas malade du tout! Elle va très bien!

Et elle ajouta, dans l'espoir de voir partir au plus tôt l'escouade policière :

— Elle est même allée se promener de l'autre côté de la digue... Vous allez sûrement la rencontrer en vous en retournant...

— Eh bien, Miss, permettez-moi de m'en aller... Je m'excuse de vous avoir dérangée si longtemps!...

Son casque sous le bras, il se dirigeait vers la porte quand celle-ci s'ouvrit, et un autre constable entra, tenant par la main la petite Nessa dont le visage ruisselant de larmes était décomposé par la peur.

— Jésus! Qu'est-ce que vous avez fait à cette enfant? cria Amy.

— Rien! dit le constable interloqué.

Nessa courut vers Amy, l'entoura de ses deux bras, se cacha la tête contre sa robe et se mit à sangloter.

— Mais qu'est-ce qu'il y a, ma belette? Qu'est-ce qu'il y a? disait Amy en lui tapotant le dos. Calme-toi! là! calme-toi! c'est fini... fini... Vous, si vous lui avez touché un seul de ses cheveux, je vous fais manger cette casserole!

— Je l'ai pas touchée! dit le constable. Elle est arrivée d'entre les arbres toute pleurante, et elle s'est mise à pleurer contre le mur. Elle avait l'air qu'elle osait pas entrer, je l'ai prise par la main et voilà...

— Je l'ai vu! cria tout à coup Nessa.

Et elle se mit à pleurer presque en hurlant.

— Tu as vu qui? demanda Ed Laine gentiment.

— Ça vous regarde pas! dit Amy. Vous aviez dit que vous partiez!... Qu'est-ce que vous attendez?

— Tu as vu qui? insista Ed Laine.

— J'ai vu... Hou... ou... ouou... J'ai-ai vu lui!...

— Lui qui?

— Le Moine!... Le revenant de la chapelle!... Il sortait de la chapelle!... Il est entré dans la forêt!... Il a un grand capuchon et une barbe!... Et il boite! ..

Amy, vigoureusement, lui administra une paire de gifles.

Griselda s'était de nouveau laissée tomber sur le tabouret.

— Ça t'apprendra à aller vers la chapelle! Je te l'ai pas défendu? Tiens! En voilà encore une paire! Et tu peux dire que tu as de la chance! Tu l'as vu mais il t'a sûrement pas vue! Sans quoi il t'aurait emmenée pour te noyer dans le puits! Tiens!...

Nessa hurlait, reniflait, ruisselait, claquait des dents.

— Ce n'est pas comme ça qu'on traite une enfant qui a eu peur..., dit Ed Laine. Il faut la rassurer... Comment tu t'appelles?

— Hou!... hou-ou-ouou!...

— Donne ta main, donne... Tu n'as pas peur de moi?...

— Hou .. ouou!...

— Nous allons aller à la chapelle tous les deux, et tu verras qu'il n'y a pas de fantôme... Tu as dû voir le jardinier... Viens!...

— C'est ça allez-y donc! dit Amy... Vous en avez entendu parler, des moines de la chapelle? Ils n'aiment guère les filles, mais alors les protestants!... Quand ils vont vous voir arriver ensemble, ça va être la fête!

— Oui? Heu... Eh bien, je crois que ce qu'il faut surtout à cette enfant, c'est la coucher avec un bol de lait chaud... Bien chaud... Et une pomme, pour la calmer et la faire dormir... Nous irons à la chapelle un autre jour quand j'aurai un peu plus de temps... Au revoir, Miss... Au revoir tout le monde...

La grosse Magrath n'avait pas bougé de son banc et pas dit un mot. Elle avait écouté avec des yeux ronds, sans cesser un instant d'éplucher des pommes de terre. Quand les constables furent sortis, elle dit :

— Un moine qui boite, ça c'est nouveau!... On en avait encore jamais entendu parler!...

— Y en a bien d'autres! dit Amy. Qui boitent! qui dansent! qui sautent! qui rampent par terre!

— Jésus! Marie! Saint Patrick! Protégez-nous! dit Magrath en se signant.

— Et délivrez-les de leurs tourments! dit Amy.

— Ainsi soit-il! dit Griselda.

Elle repartit avec l'assiette de toasts qui étaient devenus mous et froids. Elle retrouva dans le salon tout doré par les lampes sa mère assoupie dans son fauteuil et Kitty qui se rongeait les ongles jusqu'aux poignets. Elle lui fit un grand sourire rassurant. Lady Harriet rouvrit les yeux.

— Finalement, il y avait assez de toasts, dit Griselda.

— C'est bien ce qu'il me semblait, dit Lady Harriet.

LES quatre constables allumèrent les bougies de leur quatre lanternes accrochées au milieu de leur quatre guidons et enfourchèrent leurs bicyclettes pour descendre l'allée en S. Le poids d'un constable est un frein à la montée et une force motrice à la descente. Ils roulaient toujours en file indienne, mais cette fois Ed Laine était le dernier. Jane ne les avait pas vus arriver, car elle était alors occupée à pleurer sur son lit, mais elle les vit repartir dans le crépuscule, avec leurs petites lucioles accrochées à leurs guidons, car elle se trouvait alors à la fenêtre, le front appuyé contre la vitre, regardant le ciel qui devenait de plus en plus sombre, et n'y trouvant aucun réconfort.

Elle reconnut la haute silhouette de Laine, et à peine l'avait-elle reconnu qu'il était déjà à mi-chemin de la digue, car le poids d'un constable sur une pente produit de l'accélération. Et elle se mit à pleurer de plus belle en pensant au large visage qui la regardait de si haut en s'inclinant vers elle, l'autre fois, dans la cuisine. Et sans doute était-il venu de nouveau dans la cuisine et elle ne l'avait pas vu et maintenant il était reparti!

Elle cessa de pleurer quand elle vit la quatrième luciole s'arrêter au milieu de la digue alors que les trois autres continuaient. Il faisait juste encore assez clair pour qu'elle distinguât la silhouette du quatrième constable, qui ne pouvait être que Ed Laine, mettre pied à terre, appuyer sa machine contre le parapet et s'y appuyer lui-même.

Elle saisit un fichu qu'elle se jeta sur la tête et les épaules, et cinq secondes plus tard elle était en bas de l'escalier.

Ed Laine savait qu'il enfreignait gravement les consignes de sécurité en ne suivant pas ses camarades. Il savait aussi que s'il les suivait il avait une chance sur deux de ne pas rencontrer Miss Jane, car il ne pouvait pas savoir si, en arrivant sur la route, au bout de la digue, elle avait tourné à gauche ou à droite. Que devait-il faire ? Rester ou repartir ? L'une comme l'autre décision était grave.

Se penchant par-dessus le parapet, il vit la petite tache blanche d'une mouette endormie posée sur l'eau sombre. La houle de la marée montante la balançait à gauche et à droite. Il décida qu'elle serait l'instrument du destin. Il ramassa un caillou et le laissa tomber dans la direction de l'oiseau oscillant. « S'il tombe à sa droite, avait-il décidé, je m'en vais. S'il tombe à sa gauche, je reste. »

Il tomba au milieu, c'est-à-dire sur la tête et sur le rêve de la mouette, que la houle fit passer juste à cet instant à la verticale du caillou. Elle s'éveilla et s'envola en poussant un cri aigu de protestation.

A quoi rêve une mouette ? Ed Laine ne se le demanda pas. Il se demanda seulement ce qu'avait voulu dire le destin, et il ne trouva pas la réponse. Le réflexe de la discipline entra en jeu, et en soupirant il empoigna sa bicyclette par la selle et le guidon pour monter dessus et poursuivre son chemin. Une voix douce alors le héla.

— Oh bonsoir lieutenant! Quelle surprise! Vous êtes donc venu nous voir?

Le cœur de Laine fondit. Il ne s'étonna pas de voir Jane arriver de ce côté de la digue alors qu'on lui avait dit qu'elle était de l'autre côté. Il ne pensa qu'à rétablir honnêtement la vérité.

— Bonsoir, Miss... Je ne suis pas lieutenant, comme j'ai déjà eu l'occasion de vous le dire...

— Vous avez pourtant un galon, maintenant, dit Jane.

Elle leva très haut la main, et posa le bout d'un doigt enfantin sur quelque chose qui brillait à l'épaule du constable.

— C'est que j'ai été nommé sergent, dit Ed Laine.

— Ah!... Est-ce que c'est mieux?

La question surprit Ed Laine, et le fit réfléchir. Au bout de quelques secondes il répondit :

— En tout cas, pour moi ce n'est pas plus mal...

— J'en suis heureuse pour vous, comme je suis heureuse de vous avoir rencontré. Je passais justement par-là, et la présence d'un policier est bien agréable quand la nuit tombe. Avec ces rebelles...

— A ce propos, dit Laine, j'étais venu vous mettre en garde au sujet de Shawn Arran. Vous savez? le chauffeur...

Il lui raconta toute l'histoire. Jane l'écoutait avec ravissement, sans prêter une grande attention aux paroles. Un quartier de lune éclairait les grandes mains de Laine posées sur sa bicyclette. Jane ôta son fichu afin qu'elle éclairât aussi son visage et que Ed Laine le vît. Tout en parlant, il souleva sa machine comme un brin de paille et la reposa contre le parapet, bien appuyée. La lenteur et la force de ses mouvements, sa haute taille, sa voix grave enveloppaient Jane d'une force dans laquelle elle se sentait entièrement au chaud et à l'abri. Elle baissa la tête, heureuse, intimidée. Il vit, au-dessous des cheveux relevés, dans la lumière de la lune, la nuque blanche et douce comme du lait, et eut bien du mal à s'empêcher de poser sa large main sur ce cou fragile qui avait visiblement si grand besoin de protection.

Il était arrivé au bout de l'histoire de Shawn et il se tut. Il y eut un court silence pendant lequel ils entendirent le bruit discret de la mer étale qui caressait de ses mille lèvres le long corps de la digue.

— Oh lieutenant! dit Jane, heureusement que vous êtes là pour nous défendre!...

— Pas autant que je le voudrais, Miss...

Il renonçait pour l'instant à lui préciser de nouveau son grade. Elle avait relevé la tête et le regardait avec un mélange de confusion et de hardiesse. La lune brillait dans ses yeux. Il se sentit devenir héroïque.

— Il ne faudra pas hésiter à m'appeler si vous avez peur de quelque chose, Miss.

Elle imagina le chauffeur avec ses grosses lunettes rôdant dans la nuit. Elle frissonna avec délices et désira très fortement s'abriter contre le constable, mais elle n'osa pas.

— Si vous avez besoin de moi, faites-moi passer un message par Pat Dolloway, le boucher de Donegal, dit Laine. Quand il vient vous porter la viande, le matin. C'est un ami à moi. Il me le donnera aussitôt. Et je viendrai aussi vite que je pourrai.

Puis il partit. Elle suivit longtemps du regard sa petite lumière. Quand elle eut disparu, elle ferma les yeux pour la voir encore.

Griselda, aussitôt qu'elle l'avait pu, avait rejoint Shawn dans la cachette prévue en cas d'alerte, et où il s'était rendu dès qu'il avait été prévenu par Molly, en effrayant Nessa au passage : c'était la chaise en

haut du Rocher. Il s'y était hissé malgré sa jambe
douloureuse. Enfoncé dans la roche, enveloppé du
cache-poussière qui en avait la couleur, faisant face
au large, il ne pouvait être vu par personne de l'île.
Et, de la mer, même en plein jour les pêcheurs ne
l'auraient pas distingué.

Griselda grimpa à son tour et se serra contre lui
dans la cachette étroite. Il passa un bras autour d'elle
et l'attira davantage vers lui. Elle inclina la tête et la
posa sur son épaule. Ils regardèrent l'horizon, de
l'autre côté de l'océan, passer du pourpre au mauve
puis au violet profond, tandis que la lune argentait
l'eau démesurée. Les odeurs sauvages et la vaste
rumeur du monde venaient de partout jusqu'à eux.
Après sa grande peur, un bonheur immense réchauffait Griselda. Ce fut à ce moment qu'elle décida de ne
plus laisser Shawn partir seul, jamais.

Il fallait qu'elle fût présente au dîner. Elle bougea,
tourna la tête vers Shawn, posa ses lèvres sur le coin
chaud de sa peau, entre son œil et sa tempe, puis lui
chuchota :

— Il paraît que tu es fils de roi ?

Il se mit à rire doucement, et répondit :

— Tous les Irlandais sont fils de rois...

Quand tout le monde fut endormi, Griselda revint chercher Shawn et il grimpa jusqu'à sa chambre, derrière elle, par le lierre. Il ne connaissait pas l'escalier des branches, mais à tâtons il trouva les prises pour ses mains et son pied valide. Le grand lit aux licornes les accueillit tous les deux. Écrasés de fatigue, ils s'endormirent aussitôt, allongés l'un contre l'autre, nus, se tenant par la main. Recevoir Shawn dans sa maison, dans sa chambre, dans son lit, fut pour Griselda la consécration de leur amour. Il n'y avait pas eu de cérémonie, ni de réception, et les fiancés étaient entrés par la fenêtre mais cette nuit-là, chaste et chaude, qui les réunit dans leur sommeil entre les quatre licornes dressées, fut pour elle la nuit de leurs noces.

Elle s'éveilla avant qu'elle fût achevée, réveilla Shawn, le rabroua parce qu'il était triomphant et voulait la prendre dans ses bras, le fit se rhabiller très vite et, le tenant par la main dans le noir, le conduisit à travers couloirs et escaliers jusqu'au petit grenier, celui où l'on reléguait les objets et les vêtements dont on n'avait absolument plus besoin mais dont on ne voulait absolument pas se séparer.

Molly avait déblayé et aménagé une cachette

entre le mur et des malles empilées, et ce fut là, à la lueur dorée d'une bougie aux trois quarts dissimulée, sur un lit de robes de soie, de coupons de velours et de brocart, qu'ils accomplirent leur mariage avec la maison blanche, au plus haut de celle-ci. Ce fut intense mais bref. Griselda devait retourner à la chapelle, pour faire disparaître toute trace de la présence de Shawn, en prévision du cas où il prendrait fantaisie à ce grand constable amoureux de revenir le jour même dans l'espoir de revoir Jane, avec comme prétexte de « rassurer » Nessa en visitant avec elle la chapelle. Avec le soleil, il était capable de trouver, pour cette expédition, le courage qui lui avait manqué au crépuscule.

En arrivant à la chapelle, elle pensait à ce qu'elle allait faire du matelas : répandre ses entrailles de foin dans la forêt, remonter l'enveloppe dans sa chambre, Molly se débrouillerait... Et les « meubles »? Les transporter sous le tunnel, comme si elle avait voulu « jouer à la fillette » avec cet ensemble conçu pour « jouer à la dame ». Ce serait bien là une fantaisie dans son style. On ne s'en étonnerait pas. Le reste...

Elle s'arrêta net, saisie de stupeur et d'une affreuse peur rétrospective. Elle venait de faire le tour du buisson d'aubépine, et dans les premières lueurs du jour levant elle regardait : le mur du fond s'était écroulé, bouchant la porte basse avec d'énormes blocs de pierre.

Alors qu'elle imaginait avec terreur Shawn pris au piège, muré dans sa cachette, il y eut un bruit sourd et violent, le sol trembla sous ses pieds, et à la place du dôme de verdure qui recouvrait la Délivrance se creusa un cratère en forme de coupe : la voûte venait de s'effondrer, le vase tourné vers la terre s'était retourné vers le ciel... De petites spirales de poussière s'en élevaient et montaient dans l'air encore sombre, légères, lumineuses, comme une procession d'ombres blanches...

A la fois tremblante de peur et éperdue de reconnaissance envers elle ne savait Qui ou Quoi qui les avait éloignés d'un si grand péril par la grâce d'un péril moindre, Griselda revint lentement vers la maison, en essayant de retrouver son sang-froid. Une bougie brûlait derrière une fenêtre de la cuisine. Elle entra et y trouva Amy en train de prier, à genoux sur le sol de pierre. Quand elle se releva, Griselda lui dit :

— Amy ! la Délivrance !...

— Je sais... Ils sont partis... C'est fini pour eux... Peut-être grâce à vous. Il ne leur manquait peut-être que de comprendre l'amour...

Elle lui servit le thé, qu'elles burent ensemble. Tout paraissait à Griselda irréel, et un peu effrayant. Loin de la lueur de la bougie, les murs de la cuisine semblaient s'enfoncer sans limites dans la nuit, le thé si familier avait un parfum de philtre, la fatigue de la peur et de leur amour de l'aube la rendaient elle-même comme impalpable, prête à se dissoudre dans ce qui était vrai ou ne l'était pas. Et le jour qui se levait n'était pas encore le jour et elle n'était pas certaine qu'il le deviendrait jamais. Elle ne savait plus ce qu'elle devait croire, ce qu'elle pouvait toucher sans que son doigt passât au travers.

La voix d'Amy, forte et bien charnelle, l'aida à se retrouver. Amy était vraie comme un arbre. Elle savait ce qu'elle savait, et pour elle ce n'était pas plus mystérieux que la lessive ou les casseroles. Elle lui disait :

— Quand tu es née, je t'ai donné un nom gaël que tu ne connais pas et que je n'ai plus prononcé depuis.

Il signifie « celle-qui-ouvre » ou « celle-qui-délivre ». C'est la même chose. Parce que tu es venue au monde blanche comme la lumière. Mais ce n'était pas aux moines que je pensais. Tu as encore à faire, ce n'est pas fini...

— Quel nom? demanda Griselda.

— Je ne peux pas te le dire... Si c'est vraiment le nom qui te convient, un jour tu le rencontreras... Maintenant, pense à t'en aller... Celui qui est là-haut doit quitter l'Irlande. Il ne voudra pas partir. Il croit que quelque chose le retient sur sa terre. Plus rien ne le retient, il l'apprendra bientôt. Mais n'attends pas. Emmène-le, vite... Le danger peut venir tous les jours. Il suffit qu'il éternue ou que ta mère ait tout à coup envie de revoir une vieille robe... Ou que ce grand abruti de Laine prenne une initiative... Il est fort et bête. Méfie-toi toujours des imbéciles, ils sont plus dangereux que les loups.

GRISELDA n'attendit pas la nuit pour rejoindre Shawn. Elle ne voulait pas perdre une heure. Elle se montra un peu partout dans la maison, rencontra Kitty prête à partir en tournée et la rassura sans rien lui apprendre, rencontra Alice dont elle entendit avec étonnement que son entrée au couvent était pour la semaine suivante, rencontra Jane rêveuse et rose qui ne la vit pas, salua son père, embrassa sa mère, et disparut avec un panier que Molly lui passa au tournant d'un escalier.

Elle trouva Shawn déjà enragé par l'immobilité, et par l'idée du danger qu'il lui faisait courir. Il lui dit, dès qu'elle entra dans le grenier :

— Je ne peux pas rester ici !... Il faut que je m'en aille !... Je dois aller en Angleterre... Puis je reviendrai en Irlande et tu me rejoindras.

— C'est ça ! Tu arrives, tu disparais, et tu reviens avec des trous partout !... Si je te laisse encore partir seul, quand je te retrouverai, tu auras ta tête sous le bras !... Ne crois pas que tu vas t'en aller comme ça !... Nous partirons *ensemble !*

— Mais...

— Et nous n'irons pas en Angleterre ! Qu'est-ce que tu veux aller faire en Angleterre ?

Il la regarda avec étonnement. Elle était catégorique et décidée. Elle tirait du panier une serviette, un bol, un pot de lait, une tarte coupée en quatre, des pommes, et disposait tout cela sur une malle. Elle continuait :

— Tu voulais m'emmener en Amérique pour vendre des machines agricoles... Tu as changé d'avis?

Il avait la bouche pleine. Il avala et dit :

— Les choses ont changé... Je voulais aller recueillir des fonds aux États-Unis pour les envoyer à Parnell, pour qu'il puisse continuer son action quand on aurait oublié l'ignoble procès qu'ils lui ont fait. Il est le seul espoir de l'Irlande. Je sais bien que nos batailles à nous ne mènent à rien. C'est la voie qu'il a choisie qui est la bonne. Mais il est tombé malade. Il y a eu trop de haines autour de lui, trop de trahisons. Tous ses partisans importants l'ont abandonné. Il n'y a plus que le peuple qui croie en lui. Il a besoin de nous tous. Je ne peux pas l'abandonner à mon tour. Il se soigne à Brighton. Je vais aller le voir, lui demander des instructions, et revenir en Irlande pour préparer son retour.

— Et tu crois qu'en Angleterre on ne connaît pas ton nom? Et que quand tu reviendras en Irlande les constables t'auront oublié?

— Je changerai de nom, et je me cacherai...

— Et moi? Où tu me mettras?... Et comment tu vas y aller, à Brighton? A la nage, ou à cloche-pied?

Il frappa du poing sur la malle.

— Ne commence pas à faire ta tête de mule irlandaise! dit-il.

Elle remarqua calmement :

— Ton coup de poing, on a dû l'entendre dans toute la maison.

Elle se dressa et fit face à la porte. Il se leva, vint se

placer près d'elle et lui prit la main, prêt à tout affronter.

— Je m'excuse, dit-il.

Mais personne ne vint. Griselda avait volontairement exagéré. On ne pouvait entendre les bruits du grenier que dans la pièce au-dessous. C'était la chambre de Lady Harriet. Elle s'y trouvait, en train de s'habiller pour le déjeuner avec l'aide de Molly.

— Vous avez entendu, Molly? demanda-t-elle.

— Quoi? répondit Molly d'un air innocent.

Lady Harriet n'insista pas. Déjà, pendant la nuit, il lui avait semblé entendre au-dessus d'elle des sortes de bruits de pas furtifs. Tout cela faisait partie de ce qui ne devait pas exister, ne devait en aucune façon se produire. Elle décida qu'elle n'avait rien entendu.

— Il faut que Molly prenne contact avec Fergan, dit Shawn. C'est lui qui doit organiser mon voyage. Il me trouvera une voiture ou un bateau pour sortir du Comté. Ensuite je me débrouillerai.

— Je, je, je!... dit Griselda. Toujours « je »...

— Un jour, bientôt, ce sera « nous », dit Shawn.

— Plus tôt que tu ne penses, dit Griselda.

Elle donna des instructions à Molly avec des variantes qu'elle était décidée à laisser ignorer à Shawn jusqu'au dernier moment :

— Il croit qu'il va aller à Brighton. S'il y va il se fera prendre, et nous le ne reverrons jamais! Jamais, tu entends Molly?

— Oui, Miss...

— Alors tu vas dire à Fergan qu'il organise son départ pour l'Amérique. Et je pars avec lui!

— Oh!

De stupeur, Molly mit ses deux poings sur sa bouche. Quelques mois plus tôt, elle aurait trouvé scandaleux que la fille de Sir John s'enfuît avec un domestique. Mais maintenant celui-ci était un héros et un roi, et elle pensa qu'elle et lui se convenaient très bien. En petite paysanne raisonnable, elle attira d'abord l'attention de Griselda sur les inconvénients de son projet, les dangers qu'elle allait courir, et tout ce qu'elle allait abandonner ou perdre. Mais devant ses réponses souriantes, son désintéressement et sa décision, elle ne fut plus qu'à l'excitation de l'aventure, et décida de partir voir Fergan à Sligo à bicyclette.

— Trouvez-moi une raison : c'est loin, je ne pourrai pas revenir avant demain.

— Bon! Je t'ai envoyée chercher ce satin bleu que nous n'avons pas trouvé à Donegal.

— D'accord! Je pars tout de suite!...

— Et si tu crèves? Tu sais réparer?

— Non! Comment on fait?

— On crache dessus...

— Ça suffit?

— Non, il faut une pièce..

— Je sais coudre!... Oh! Et puis je trouverai bien une voiture qui va du même côté!...

— De voiture en voiture, tu arriveras dans trois jours! Tu dois voir Fergan aujourd'hui! Si tu crèves, vole un cheval!

— Oh! dit Molly scandalisée, je trouverai bien quelqu'un qui m'en prêtera un!...

Elle revint le lendemain en fin de journée. Elle avait eu deux crevaisons mais trouvé chaque fois quelqu'un qui avait réparé : un aubergiste, et le curé de Cliffony. Elle avait les yeux brillants et les joues rouges. Elle avait, aussi, mal aux mollets et au derrière, mais elle ne l'avoua pas. Dès qu'elle fut seule avec Griselda elle lui dit, très excitée :

— Ça y est! Fergan s'en occupe! Il dit que ça

pourrait être possible la semaine prochaine! Et je pars avec vous! J'ai décidé Fergan! Nous partons tous les quatre! Je ne veux pas vous quitter...

Griselda eut chaud au cœur. Elles se sourirent. Elles s'entendaient bien.

— Pas un mot à Shawn, dit Griselda. Tant qu'on ne sera pas partis, pour lui, c'est Brighton!

— Molly! appela Lady Harriet, mais où es-tu donc?

Elle l'avait demandée au moins dix fois. Griselda ou Amy, ou quelqu'un d'autre, lui avait répondu à chaque fois qu'elle était en course à Sligo.

— J'étais à Sligo, Madame, dit Molly, chercher le satin bleu pour Miss Griselda.

— Ah! Montre-le-moi!...

— Y en avait pas, dit Molly.

Griselda se mit à penser à ce qu'elle allait emporter. Ses robes, son linge, ses chapeaux, ses chaussures... Pas question : il y faudrait des malles... Elle ne savait pas comment s'effectuerait le départ, mais il serait forcément clandestin. Elle pourrait peut-être se munir de son petit sac de voyage, ce serait tout. Ses bijoux, oui, bien sûr. Elle avait une bague en émeraudes et brillants, qui avait appartenu à la mère de Sir Johnatan et que Sir John lui avait donnée pour ses seize ans, quand on lui avait relevé les cheveux, deux perles baroques en boucles d'oreilles, son sautoir en or, sa montre, un bracelet d'argent avec une médaille portant d'un côté la licorne et de l'autre le léopard. Chacune des filles avait la même. Elle espérait que ce petit trésor suffirait à payer les passages sur le bateau. Personne ne les transporterait gratuitement... Elle savait que les émeraudes valaient cher, il faudrait se renseigner, ne pas se laisser voler... Naturellement elle n'avait pas d'argent, elle ne payait jamais rien, les marchands envoyaient leurs factures à Sir John, qui les envoyait au notaire... Shawn ne devait pas avoir d'argent non plus. Comment Fergan allait-il se débrouiller?

Leur départ commençait à lui paraître impossible, un rêve qu'elle avait fait... Et pourtant il fallait que Shawn quittât St-Albans au plus vite : Lady Harriet avait déjà fait allusion aux souris qui couraient dans le grenier. Molly avait aussitôt déclaré qu'elle y porterait le chat roux d'Amy.

Fergan fit savoir par Meechawl Mac Murrin que tout s'annonçait bien et qu'on se tienne prêt. Griselda, soulagée, commença alors à se tourmenter à un autre sujet : comment allait-elle annoncer à Shawn qu'il partait, non pour l'Angleterre mais pour l'Amérique? Non, ce n'était pas cela qui la tracassait : après tout, il suffisait d'une phrase, et elle avait l'habitude de dire franchement ce qu'elle avait à dire. C'était la réaction de Shawn qui l'inquiétait. Elle pouvait assez bien la prévoir. Il était capable de prendre lui-même la barre du bateau pour le faire virer vers Brighton. Qui avait une tête de mule d'Irlandais? Eh bien, ce serait à lui de choisir, cette fois : elle ou Parnell. Mais elle savait quel serait son choix, et son cœur se serrait.

Le lendemain fut un jour de grande pluie et Meechawl revint. Il vint sans sa charrette. Il était monté à cru sur son cheval qu'il frappait des talons et qui galopait en montant l'allée. Il ne chantait pas, il avait perdu son bonnet, la pluie et peut-être des larmes coulaient sur son visage tragique.

Griselda, qui le vit arriver, courut à l'office, étreinte par l'angoisse. Elle trouva toutes les servantes debout, immobiles, raides dans leurs robes noires, muettes, regardant Meechawl qui leur faisait face et ruisselait. Elle cria :

— Mais qu'est-ce qu'il y a? Qu'est-ce qui se passe?

Amy se tourna vers elle et la regarda de ses yeux pleins de larmes. Puis elle dit à Meechawl :

— Dis-le-lui... Dis-lui ce que tu viens de nous dire... J'ai besoin de l'entendre encore pour y croire... On ne peut pas croire au malheur, même quand on s'y attend...

Meechawl écarta les bras dans un geste de fatalité, s'essuya le visage avec sa manche, renifla, puis dit d'une voix sourde :

— Il est mort... Parnell n'existe plus!... Le père de l'Irlande est mort!... Tous les Irlandais sont orphelins...

Griselda fut étreinte par deux sentiments opposés : cette mort supprimait le conflit qui risquait d'éclater entre Shawn et elle, mais en même temps elle la touchait presque aussi profondément qu'Amy ou Meechawl. Parce qu'elle aimait l'Irlande et parce qu'elle était amoureuse : Parnell avait pu être abattu par ses ennemis à cause de son amour pour une femme.

— C'était un landlord, comme Sir Johnatan, Miss, et un protestant comme vous, disait Meechawl. Mais il y en a pas un de nous, Irlandais, qui était aussi Irlandais que lui... C'est pour l'Irlande qu'il est mort. Ils disent qu'il est mort de maladie... C'est bien commode pour eux, les cochons... Pourquoi ils l'ont pas laissé revenir se soigner en Irlande?... On meurt pas de maladie à quarante-cinq ans, quand on se porte bien...

— Il est mort parce qu'ils lui ont brisé le cœur, dit Amy.

Griselda annonça doucement la nouvelle à Shawn, avec des précautions, comme à un enfant. Il pleura, sans honte, puis il dit doucement :

— Toute l'Irlande pleure, ce soir...

La pluie frappait les tuiles avec un bruit énorme, et on l'entendait couler dans tous les tuyaux de descente.

— Maintenant il n'y a plus rien à faire, pour longtemps... Nous n'avons plus de guide... Il avait failli gagner... Sa mère était américaine. C'est d'elle qu'il tenait sa clairvoyance et son amour de la liberté... C'est là-bas que nous devons aller maintenant, pour réunir de l'argent, des partisans, et trouver un élan nouveau pour libérer l'Irlande. Nous allons partir, tous les deux... Il faut prévenir Fergan que les plans sont changés. Tu vas t'en occuper? Tout de suite?

— Oui, mon amour...

Molly décida, le lundi, en allant aux nouvelles auprès de Meechawl, de pousser jusqu'à la maison de sa mère pour lui dire adieu. Si les instructions pour le voyage arrivaient tout à coup, elle risquait de n'avoir plus le temps d'aller la voir. Elle ne lui dit rien de son départ, mais l'embrassa très fort, et la quitta en courant avant de se mettre à pleurer. Erny devina qu'il se passait quelque chose. Elle pensa que sa fille se faisait du souci pour son Fergan. C'était un gentil garçon. Quand tout ça serait calmé on les marierait. On ne peut passer sa vie à se battre.

Griselda guettait le retour de Molly, qui apporterait peut-être du neuf. Lasse de rester derrière la fenêtre de sa chambre, elle sortit dans le couloir, écouta si aucun bruit ne venait du côté du grenier, puis descendit lentement vers la salle à manger, en avance sur l'heure du dîner. Elle y trouva Ardann, étendu sur le côté devant la cheminée, offrant son ventre à la douce chaleur du feu de tourbe. Il était si amolli par la tiédeur qu'en la voyant arriver il releva seulement la tête et la queue pour la saluer, puis les laissa retomber, aplaties. Elle vint s'asseoir près de lui dans un fauteuil, prit un livre posé sur la petite table ronde, s'aperçut au bout de quelques minutes qu'elle ne savait même pas quel livre elle lisait, le reposa, se leva brusquement. Elle préférait retourner dans sa chambre. Ardann, croyant à une promenade, sauta sur ses quatre pattes Griselda se dirigea vers la porte. Celle-ci s'ouvrit devant Molly qui la poussait du genou, portant sur un plateau l'argenterie du dîner. Les yeux illuminés elle dit à Griselda :

— Ça y est !
— Qu'est-ce qui y est ? demanda Jane, qui arrivait à son tour.
— C'est... dit Griselda.
— C'est le satin bleu, dit Molly... Il sera là jeudi !...

Elle répéta en regardant Griselda :
— Jeudi !
— Oh !

Griselda retourna vers la cheminée et se laissa tomber dans le fauteuil.

— Ça vous en fait un effet, ce satin ! dit Jane.
— C'est qu'il est tellement beau ! dit Molly en riant sans bruit.

Elle s'affairait comme une danseuse et un jongleur, sortait les assiettes du vaisselier d'acajou et les posait sans avoir l'air de les toucher, lançait des éclairs avec les couverts d'argent, se trouvait à la fois de tous les côtés de la table. Elle ne pesait plus rien, elle était déjà partie...

Jane s'était approchée de Griselda et de la cheminée. Elle dit d'une voix un peu rêveuse, comme si elle s'adressait aux flammes :

— On est bien isolés, ici... S'il arrivait quelque chose...

Griselda leva la tête vers elle.
— S'il arrivait quoi ? Qu'est-ce que tu veux dire ?
— On ne sait jamais... Avec ce chauffeur... ce

terroriste... S'il venait rôder par ici... Après tout, il te connaissait...

Il y eut un bruit d'argent derrière son dos. Molly s'était immobilisée, raide, et avait laissé tomber une fourchette.

— Ce sont des tueurs, ces hommes! continuait Jane. Et la police ne vient jamais dans l'île... Moi je trouve que papa devrait demander aux constables de venir nous protéger...

Griselda se leva, furieuse.

— Tu es stupide! Je te défends d'inquiéter nos parents avec tes peurs de gamine! Tu entends? Je te l'interdis!

— Oh la la! C'est entendu!... Ce n'est pas la peine d'en faire une histoire!...

Jane boudeuse restait plantée devant la cheminée, le regard dans les flammes, et Griselda, anxieuse d'obtenir des détails de Molly, bouillait d'impatience. Elle demanda à sa sœur d'un ton sec :

— Tu n'as rien à faire?

Jane se retourna brusquement vers elle, indignée et prête à pleurer.

— C'est ça! Je ne suis bonne qu'aux corvées! Personne ne veut de moi nulle part!

Elle courut vers la porte et sortit en la claquant.

— Jeudi! chanta Molly, en envoyant une serviette en l'air.

Puis, d'une voix de complot :

— Jeudi à la marée du soir!... C'est vers onze heures... Meechawl viendra nous chercher en barque au Rocher... L'organisation des fenians nous a obtenu passage à bord de l'*Irish Dolphin!* C'est un cargo américain... Son commandant est irlandais... Il va de Belfast à New York... Meechawl nous conduira à l'île Blanche... Un pêcheur nous y attendra avec son bateau... L'*Irish Dolphin* nous prendra vendredi en pleine mer. C'est pas la première fois qu'il fait ça!...

Et elle ajouta avec un frisson de peur et de plaisir :
— C'est risqué!...
— N'en parle pas à Shawn, dit Griselda.

Le mardi, Griselda rejoignit Kitty dehors, au moment où elle partait pour sa tournée de bienfaisance.

— Je tenais à te remercier pour ce que tu as fait... Je vais encore avoir besoin de toi...

Kitty s'arrêta pile, cramponnant sa bicyclette.
— Il est encore là?
— Plus pour longtemps, il s'en va jeudi.
— Eh bien, ce n'est pas trop tôt!
— Et je pars avec lui...
— Comment?
— Ne t'évanouis pas!... Nous allons en Amérique. Nous partons par la marée d'onze heures...
— Par la ma. ?
— Non je ne suis pas folle... Avec une barque, bien sûr, puis un bateau plus grand, puis un autre plus grand... Molly part avec nous...

Kitty avait une constitution physique et morale solide. Elle était déjà remise du coup.

— J'espère que tu n'emportes pas aussi Amy... Et Seumas Mac Roth avec sa vache!... Tu te rends compte qu'Alice part aussi jeudi? Tu as pensé à nos parents?
— Il leur restera Jane et toi...
— Jane est un courant d'air qui ne demande qu'à glisser sous la porte!...
— De toute façon, il fallait bien que je parte un jour! Je ne vais pas passer ma vie ici!... J'aurai besoin de toi jeudi... Shawn ne peut sortir de la maison que pendant le dîner...

— Il est dans la maison!...
— Oui, dans le petit grenier, au-dessus de la chambre de maman...

Cette fois, Kitty dut appuyer la bicyclette contre un arbre, et s'asseoir dessus. Griselda continuait, tranquille.

— Il passera par ma chambre et descendra par le lierre. Mais il faut que je sois avec lui pour faire le guet. Je trouverai un prétexte pour quitter la table. Ce que je te demande, si je suis un peu longue, c'est de veiller à ce qu'on n'envoie personne me chercher...

Kitty rassemblait son souffle et ses mèches.

— Tu es complètement, mais complètement folle!...

— Quelqu'un me l'a déjà dit, dit Griselda.

Elle ne prévint pas encore Shawn ce jour-là. Elle voulait que le temps lui parût long, afin qu'il ne s'étonnât pas de savoir le voyage si vite organisé. On s'expliquerait plus tard.

Le mercredi après-midi, Shawn eut une crise d'impatience.

— Mais qu'est-ce qu'il fait, ce Fergan! Il aurait dû s'adresser directement à O'Conaire! On serait déjà partis!... Que c'est long!...

— Tu trouves?

— Si tu étais à ma place, ici!...

— Oui, dit Griselda.

Il faisait un grand beau temps sans vent. Quand le soleil se coucha, une brume tiède monta de la mer et couvrit peu à peu la pelouse, la forêt, la maison. Brigid fut prise de court par l'obscurité blafarde. Elle galopa dans la maison, une flamme dans chaque main, éperdue, les joues mâchurées de virgules noires, nouant en spirales dans les couloirs et les escaliers son sillage d'odeur de pétrole.

Le dîner commença dans un silence de coton. La brume effaçait la mer et le continent. Sir John ne disait mot. Depuis la visite du notaire il s'était encore davantage enfermé dans son propre univers. Non qu'il se détachât des siens, mais il commençait au contraire à se faire du souci pour eux et ne savait qu'en dire. Et quand Sir John se taisait à table, on n'entendait que le murmure des fourchettes et des lèvres muettes. Molly arriva toute vive avec la cuisse d'agneau bouillie à la menthe et aux navets. Quand elle poussa la porte de la salle à manger, elle perdit sa vivacité et avança comme un fantôme. Elle posa le plat d'argent au milieu de la table, et Lady Harriet soupira.

— Mon ami..., dit-elle en tendant la main vers l'assiette de Sir John.

Elle n'avait jamais pu s'habituer à la nécessité de servir elle-même son mari et ses enfants. Mais on pouvait tout demander à ces servantes irlandaises sauf de servir à table. Elles commençaient par n'importe qui, se trompaient de côté, renversaient les sauces, faisaient des réflexions, c'était impossible.

Au moment où Sir John reposait devant lui son assiette précieuse garnie de trois navets, d'une tranche blême et d'une sauce verte, tout le monde s'immobilisa. Molly, sur le point de sortir, s'arrêta net...

Dans le silence extérieur venait de naître un bruit familier, impossible : le bruit du moteur de la voiture automobile.

On l'entendit, comme on l'avait entendu tant de fois, monter l'allée en hésitant, s'exténuant, éternuant, se reprenant, s'approcher de la maison en grandissant et se stabiliser au sommet du crescendo, immobile, juste devant les fenêtres de la salle à manger.

Sir John reprit le premier ses esprits.

— Tiens, tiens, dit-il, Augusta? . Je croyais sa voiture...? Il faut croire qu'elle l'a... Molly, allez donc lui ouvrir...

— Oui, Monsieur, dit Molly.

Elle sortit vivement et revint dix secondes après, verte de peur, les dents en castagnettes.

— Oh Monsieur! Il n'y a... cla-cla-cla...

— Quoi quoi quoi? dit Sir John? Il n'y a quoi?

— Il n'y a rien, Monsieur!... Il n'y a pas d'automobile!...

Sir John et Lady Harriet et leurs filles regardèrent tous ensemble vers les fenêtres. Ils entendaient le moteur qui continuait de bruire au même endroit, avec des pétarades et des ralentis. Et l'odeur de l'essence brûlée commençait à entrer à travers les fenêtres.

— Hm! dit Sir John. Molly, le brouillard vous bouche les yeux...

Il n'en était pas tellement sûr. Mais il était Sir John, le chef de la famille, et portait sur ses épaules le poids des réalités de la vie. Il fit ce que sa situation lui imposait de faire : il se leva, marcha jusqu'à la fenêtre la plus proche, et l'ouvrit.

Des lambeaux de brouillard entrèrent dans la salle à manger et y fondirent. Le bruit et l'odeur du moteur envahirent la pièce.

— Eh bien! Eh bien! dit Sir John.

De l'autre côté de la fenêtre, devant lui, il y avait un univers de coton gris pâle. Il se racla la gorge, se redressa et cria :

— Augusta! Voyons! Que faites-vous?

Un tourbillon de vent ramassa la brume et l'emporta. Tout le monde put voir, tout à coup, à travers la fenêtre ouverte, le perron et l'escalier dégagés, éclairés par les deux lanternes de la porte, et l'allée vide...

Le bruit du moteur s'accéléra, démarra, s'éloigna vers la gauche, accompagné cette fois par un bruit de galop, le galop de quatre sabots légers, joyeux, claquant sur des pavés, tel que Foulques le Roux l'avait entendu presque mille ans auparavant, de la chapelle du château, un dimanche matin après la messe, quand sa femme avait repris la liberté. Le bruit mécanique s'effaça, et seul le galop continua, par-dessus la pelouse, dans les branches, dans le ciel, faiblit et mourut vers l'horizon invisible, très loin.

Griselda s'était dressée et, les deux mains sur la table, regardait la fenêtre ouverte sur la nuit et sur le monde, et respirait à pleines narines l'odeur de la mer, de la brume, de l'essence évanouie...

— Voyons, demanda Lady Harriet, Augusta est-elle venue à cheval ou avec son automobile?... Elle est déjà repartie?

Le jeudi matin, Alice s'en alla. Elle avait demandé à s'en aller seule. Elle ne voulait être accompagnée par personne. La famille tout entière s'était rassemblée au-dehors, au bas de l'escalier, pour lui dire adieu. Les visages étaient consternés et incompréhensifs, sauf celui de Griselda. Elle se sentait solidaire d'Alice, sans toutefois pouvoir réaliser ce qui se passait dans sa tête.

La berline attendait devant les marches. James Mc Coul Cushin, le vieux cocher, invisible, entre son carrick marron à triple cape et le haut-de-forme de service apporté de Londres par Lady Harriet, déformé et verdi depuis par mille pluies, avait pour mission de conduire Alice à la diligence de Ballyshannon, qui la conduirait au train de Sligo, qui la conduirait à Dublin. Alice était aussi joyeuse que sa famille était désolée. Dans sa robe noire, n'emportant qu'un petit sac noir qui ne contenait presque rien, elle rayonnait. Elle embrassa Griselda sur les deux joues puis, rapidement, légèrement, comme un oiseau, sur les lèvres. Et elle lui souffla, en souriant : « Je prie pour toi! » En trois bonds elle fut dans la berline, qui partit, sous les regards affligés de la famille. Au tournant de l'allée des communs, le groupe des servantes vêtues de noir, debout, serré, regardait en silence s'éloigner la voiture. Et brusquement, à pleine gorge, Amy, avec une voix de citerne, se mit à chanter un Alléluia.

Griselda put monter au grenier un court moment avant le déjeuner, et prévint Shawn que leur départ aurait lieu le soir même. Il accueillit la nouvelle avec une grande satisfaction.

— Je dois reconnaître que Fergan a fait vite...

— Toi aussi tu devras faire vite, dit Griselda. Tu ne peux pas sortir du grenier à dix heures ou dix heures et demie. Mes parents ne dorment pas encore et Jane risque de traîner dans les couloirs... Je viendrai te chercher pendant le dîner. Tout le monde est à table, et les servantes sont occupées. Amy et Molly veilleront à ce qu'il n'y ait pas d'anicroches avec elles. Tu descendras par le lierre. Tu iras droit au Rocher. Si tu rencontres le cocher ou le jardinier, tu leur feras « woû! woû! » en agitant ton cache-poussière, ils se signeront, fermeront les yeux, et te laisseront passer... A propos, tu as entendu la voiture, hier soir?

— Quelle voiture?...

Le déjeuner fut encore plus silencieux que le dîner de la veille. Le souvenir des bruits insolites occupait la pensée de chacun et y faisait la ronde avec les images du départ d'Alice. Dans la tête de Griselda le manège comprenait bien d'autres équipages.

Sir John sentait que tout était en train de changer autour de lui, vite et profondément, plus qu'il n'y paraissait. Des forces qu'il avait voulu ignorer ébranlaient son univers et risquaient de le jeter bas. Des lézardes transparentes commençaient à le fissurer aboutissant toutes au centre de la famille, comme les cassures d'une boule de verre.

Il se sentit oppressé et posa sa main sur son cœur avec une petite grimace.

— Mon ami?... s'inquiéta Lady Harriet.

Il lui sourit. Tout allait bien. Il n'avait rien...

Il ne s'attarda pas au salon, et monta se réfugier dans la bibliothèque. Il se mit à réfléchir à sa situation financière, et admit que c'était elle qui lui causait ses angoisses. Il devait lui trouver un remède. Il s'endormit quelques minutes dans son fauteuil. En se réveillant, il décida d'écrire à son beau-frère James Hunt, qui, après la mort de sa sœur Arabella, avait continué de faire des affaires à Dublin, et gagné, disait Augusta, beaucoup d'argent. Il lui demandait un prêt, gagé sur St-Albans.

Dehors, il faisait le même temps radieux que la veille. L'air de l'Irlande, toujours en mouvement, était depuis deux jours anormalement immobile. Griselda fit le tour de l'île, visita tous les coins aimés où elle avait vécu depuis son enfance tant d'aventures imaginaires. Elle s'attarda, les yeux fermés, face au soleil, appuyée au mur moussu de la sortie du tunnel. Elle alla s'allonger sur la pierre couchée, essaya de devenir légère et de partir avec la barque rocheuse vers son avenir pour l'entrevoir ou le deviner. Mais la pierre resta pesante et ne bougea pas.

Dans l'air immobile, le parfum de l'if se concentrait autour de l'arbre et coulait de lui comme un liquide. Griselda prit une branche basse dans ses bras et y posa son visage. Elle respira profondément l'odeur chaude de résine, pareille à un encens vert.

Elle s'agenouilla près du trou et appela à voix basse.

— Waggoo!... Waggoo!... Je m'en vais!... Pour toujours!... Je viens te dire adieu... Adieu Waggoo!...

— Whoû-oû whoû-oû, fit doucement la voix des racines. Et il sembla à Griselda que toute l'île lui répondait, whoû-oû... whoû-oû... Adieu... adieu...

Elle se releva les larmes aux yeux et courut vers sa chambre. Il était temps de décider ce qu'elle allait emporter. Elle ouvrit son sac de voyage en cuir fauve, qu'elle avait fait venir de Londres et qui ne lui avait jamais servi, ouvrit ses tiroirs et ses armoires et, prise d'une espèce de frénésie, se mit à jeter sur le tapis tout ce qu'ils contenaient, retenant au passage une chemise, un jupon, une robe, un ruban, des bas jaune d'or, une robe, une autre, des chaussures, un chapeau, et des objets ravissants et inutiles... Une faible partie seulement de ce qu'elle avait retenu tiendrait...

Découragée, elle s'interrompit et s'approcha de la fenêtre. Le soleil, rouge, approchait de l'horizon. La brume, comme la veille, commençait à monter de la mer.

Elle arriva la dernière à la table du dîner. Son arrivée fit sensation : elle avait mis sa plus belle robe, la robe blanche du bal, et tous ses bijoux.

— Oh Griselda! dit Lady Harriet, quelle tenue!... Le jour où Alice nous quitte!

Elle porta le coin de sa serviette de dentelle au coin de son œil.

— Justement... dit Griselda, gravement. Ce ne doit pas être un jour de tristesse... Je trouve... Vous devez savoir... Si une de vos filles quitte la maison, vous ne devez pas en éprouver du chagrin... Elle s'en va pour vivre sa vie comme elle l'entend... Elle est heureuse... Vous devez l'être aussi.... Ce n'est pas un jour de deuil aujourd'hui, c'est un jour de fête!...

Elle se pencha vers son père et sa mère et les embrassa. Lady Harriet se mit à sangloter.

— Voyons, voyons, Harriet, dit Sir John.

Il tapota la main de sa femme qui se calma très vite. Lui-même se sentait à la fois très ému et réconforté par le comportement de Griselda. C'était encore un de ces éléments insolites qui se glissaient jusqu'au cœur de la famille à travers ses fêlures irisées. Le temps changeait, le monde changeait, il était comme à la fin d'un long printemps, les fleurs devenaient transparentes et s'effaçaient, une saison nouvelle s'approchait. Apporterait-elle des fruits ou la longue solitude de l'hiver?

En s'asseyant, Griselda eut un geste maladroit, fit basculer son assiette et en répandit tout le contenu sur sa robe. Elle poussa un cri, se releva et courut vers la porte pour se changer. Au milieu des exclamations, Kitty restait silencieuse, un peu scandalisée par les talents de Griselda à mélanger l'émotion réelle et la comédie.

Quand elle redescendit, elle était superbe, radieuse. Elle avait mis sa robe orange, la robe de la joie. C'était aussi la plus pratique.

Tout s'était bien passé. Shawn était sorti sans encombre. Le sac de voyage bouclé attendait près de la fenêtre, sous la cape verte. Elle y avait enfermé ses bijoux. Elle avait gardé sa montre. Elle était prête.

LA brume monta moins haut que la veille. Elle s'arrêta au-dessous des fenêtres du rez-de-chaussée, étrangement épaisse et immobile. On la voyait par-dessus, comme la surface bosselée d'une mer de crème qui aurait coulé sur le monde. La maison et les cimes de quelques arbres en émergeaient. Tout le reste avait été enseveli sous la douceur moite, silencieuse, figée. La brume devint grise puis de plus en plus foncée à mesure que s'en allait la lumière du jour. A dix heures du soir, le ciel était noir et plein d'étoiles, et la terre enveloppée dans sa couverture restait vaguement lumineuse. Pour une fois, il semblait que c'était elle qui éclairait le ciel.

Kitty avait rejoint Griselda dans sa chambre pour lui dire adieu. Molly avait déjà quitté la maison. Celle-ci était tout à fait calme. Tous les bruits, l'un après l'autre, avaient cessé. Amy avait veillé à expédier le travail de l'office et à faire coucher les servantes. Elle avait embrassé Griselda et lui avait dit :

— Je t'ai vue naître, je te vois partir, je ne te verrai pas revenir, si tu reviens. Ce que tu dois faire, tu le feras. Tu seras heureuse si tu le veux. Le bonheur ne dépend jamais des autres. Et après tout, c'est pas tellement important d'être heureux.

Kitty, énervée, marchait à travers la chambre et poussait de grands soupirs.

Griselda regarda sa montre : dix heures et demie.

— Bon... C'est le moment, dit-elle.

Elle se pencha à la fenêtre. La lanterne qui brûlait toute la nuit à côté de la porte de l'écurie éclairait vaguement la surface de la brume sur l'espace nu qui séparait la maison blanche des communs. Tout paraissait calme et désert. Griselda ne pouvait pas se risquer dans les couloirs avec son sac de voyage. Elle avait fixé à sa poignée l'extrémité d'un ruban de dentelle au point d'Angleterre. Elle fit basculer le sac par-dessus la fenêtre et laissa glisser la dentelle entre ses doigts. Le sac creva la surface de la brume, et arriva au sol. Griselda lâcha la dentelle qui tomba en se rassemblant en une sorte d'écriture. Quel mot? La brume l'avala. Puis ce fut le tour de la cape qui fit un remous dans le brouillard et disparut à son tour.

Griselda se retourna vers la chambre et s'agenouilla pour embrasser Ardann, qui avait été inquiet toute la journée, et depuis l'après-midi ne la quittait plus d'un pas.

— Sois sage. Tu es beau!... Tu es le plus beau!... Couche-toi... là! Reste couché... Je vais revenir... peut-être pas tout de suite... mais je reviendrai...

Elle l'embrassa sur les joues et les oreilles, et se releva.

— Tu en prendras soin? Tu t'occuperas de lui!...

— Tu le sais bien...

— Tu lui parleras de moi?

— Si tu ne veux pas qu'on t'oublie, tu n'as qu'à rester!

— Ne fais pas cette tête... Adieu Kitty... Tu ne veux pas m'embrasser?

— Je t'accompagne jusqu'à la barque... Dépêche-toi!...

— Par le lierre? Tu vas tomber!

— Si un invalide y est passé j'y passerai bien aussi!...

— Un invalide!... Tu...

— Alors! Tu y vas?...

Griselda haussa les épaules et se pencha à la fenêtre avant de l'enjamber. Mais elle se rejeta en arrière, vivement...

Au coin de l'allée, un demi-constable lumineux venait d'apparaître. C'était Ed Laine, portant à bout de bras devant lui la lanterne de sa bicyclette. Enfoncé dans la brume jusqu'aux hanches, il semblait glisser sur elle comme un vaisseau. A mesure qu'il montait vers la maison il grandissait. Quand il s'arrêta il avait récupéré ses cuisses et ses genoux.

Sur une mimique impérative de Griselda, Kitty éteignit les lampes et vint la rejoindre à la fenêtre. Elles entendirent la porte de la cuisine s'ouvrir, et Jane surgit, visible à partir des mollets.

— Oh lieutenant! comme vous êtes bon d'être venu!...

— J'étais de garde, Miss, mais quand j'ai reçu votre message, je me suis arrangé pour me faire remplacer ce soir. Je tenais à venir vous rassurer. Ce n'est pas possible qu'il soit ici...

— Je vous assure qu'il est venu hier avec son automobile!... Tout le monde l'a entendu!...

— Oh! souffla Griselda, quelle idiote!

— L'automobile est dans le lac, Miss... Je l'ai encore vue jeudi, toute entourée de petits poissons...

— Depuis jeudi, il a bien eu le temps de la sortir...

— Ce n'est pas possible, Miss, elle n'aurait pas fonctionné, elle est mouillée...

— Vous croyez? dit Jane d'une toute petite voix.

Elle restait immobile devant lui, la tête levée elle semblait attendre quelque chose. Il ne faisait rien et ne disait rien. Elle toussota, cherchant des mots qui ne voulaient pas sortir.

— Mais qu'est-ce qu'elle attend pour rentrer, maintenant?

— On n'a qu'à descendre par l'escalier... On ne risque plus de la rencontrer...

— Et mon sac? Et mes affaires? S'ils font trois pas ils vont marcher dessus!

Il fallait pourtant y aller...

— On les guettera du coin de l'allée, dit Griselda : Filons!... Cette Jane! Elle lui a écrit!...

— Ça t'étonne? Elle n'a du flair que pour les bêtises...

Elles descendirent sans bruit. Kitty avait mis un fichu sur sa tête. Griselda avait épinglé sur ses cheveux un petit chapeau de paille tressée, de même couleur que sa robe mais un peu plus foncé, que surmontait un bouquet de cinq marguerites. Elle venait de le recevoir de Paris. Elle ne l'avait encore jamais mis. Elle l'aimait beaucoup.

Elles firent le tour de la maison. La lune à demi pleine venait de se lever. Elle éclairait d'une lumière pâle la surface de la brume, y révélant une infinité de petites collines et de vallons d'ombre couleur de perle grise. Dans le creux de l'allée précédant le tournant, la brume leur monta aux épaules, puis au cou. Kitty, plus petite, s'y enfonça jusqu'aux joues. Ses yeux, au ras de la surface, voyaient la tête de Griselda, avec son chapeau et ses marguerites, avancer sur une mer de lait. Elles allaient doucement, elles s'arrêtèrent quand elles découvrirent Jane et le constable toujours au même endroit.

Leurs voix arrivaient faibles mais distinctes, glissant sur la brume.

— Vous allez rester encore longtemps dans l'armée, lieutenant? demandait Jane.

— Cela dépendra des circonstances, Miss, disait Ed Laine. Je peux m'en aller bientôt, si je veux, ou souscrire un nouveau contrat... J'ai une petite ferme en Écosse, qui me vient de mon père...

Quelque chose de lourd et de mou qui se déplaçait dans le monde invisible vint buter contre les jambes de Kitty. Elle poussa un cri étouffé.

— Qui va là? cria le constable.

Il leva sa lanterne. Kitty et Griselda s'accroupirent sous la brume. Kitty poussa un second cri. Juste à sa hauteur, dans le brouillard lumineux, un visage noir la regardait. C'était la brebis mérinos de Seumas Mac Roth.

— Restez ici, Miss, dit Ed Laine, je vais aller voir...

— Ne me quittez pas, lieutenant!... Ne me quittez pas!... J'ai peur!... Aaaah!...

Jane s'affaissa mollement, à demi évanouie ou faisant à moitié semblant de l'être, et se retenant juste assez pour que le constable ait le temps de la cueillir avant que la brume l'engloutisse.

Les marguerites de Griselda émergèrent, puis ses yeux curieux. Elle vit Ed Laine soulever Jane et l'emporter dans la cuisine, sans lâcher sa lanterne. Il referma la porte derrière lui avec son pied.

Griselda courut vers la maison, récupéra son sac et sa cape et s'élança vers la forêt. Kitty la rejoignit. Le cœur de Griselda dansait la farandole. Il n'y avait plus d'obstacles. Elle avait envie de chanter, chanter, chanter... A mesure qu'elles descendaient vers la mer elles s'enfonçaient dans la brume qui les recouvrit bientôt entièrement. La lune plus haute l'éclairait davantage et elles avançaient dans un chemin de lumière floue, entre les deux rives sombres des arbres. Griselda endossa sa cape, et, impatiente, se mit à courir sur ce chemin qu'elle connaissait tant. Une branche amie lui vola son chapeau, une autre embrassa ses cheveux qui ne dénouèrent et s'épandirent plus bas que sa taille. Lorsqu'elle arriva à la tour du Port d'Amérique, et se retourna vers Kitty, des milliers de gouttes de lumière emperlaient ses cheveux, ses cils et ses joues. Ses yeux verts brillaient, immenses comme la mer.

— Adieu, Kitty! Adieu!... Adieu...

Elle la serra contre elle, l'embrassa, la lâcha, courut vers la porte de la tour que la silhouette de Shawn emplissait tout entière. Il ouvrit les bras, elle s'y blottit. Il dit doucement :

— Griselda! Te voilà...

Kitty vit leurs deux ombres qui n'en faisaient plus qu'une tourner lentement et s'enfoncer dans l'ombre plus grise de l'escalier. Et la porte ne fut plus qu'une ombre vide. Kitty se sentit tout à coup affreusement seule, comme si elle venait de voir le soleil se coucher sans être sûre qu'il serait de nouveau là jamais.

Une forme rousse et blanche, haletante, galopante, passa au ras de ses jambes et s'engouffra dans la porte de la tour.

Kitty entendit la voix de Griselda :

— Ardann! Oh Ardann! Tu t'es échappé! Sauvage! Voyou! Tu as raison! Tu viens! Je t'emmène!...

Puis les voix confuses de Molly et de Meechawl Mac Murrin. Elle se demanda comment ce dernier pourrait les conduire à l'île Blanche dans le brouillard, alors que sur la terre ferme et en plein jour il avait besoin de son cheval cerise pour trouver son chemin. Heureusement il y avait Shawn, et peut-être aussi Fergan... Elle entendit ensuite un clapotis et un bruit de rames étouffé qui s'éloigna dans le gris sans formes et s'y éteignit.

Elle fut alors submergée par une énorme détresse, et se mit à crier :

— Griselda! Griselda! Reviens!... Griselda!...

Mais le brouillard prenait son cri au ras de sa bouche, l'enveloppait, et l'avalait.

Elle entendit, comme si elle arrivait du bout du monde, la voix de Meechawl qui chantait :

Mary! Mary où es-tu? Mary?
Oh Mary y y...

Mary ne répondait jamais...

Kitty tourna le dos à la mer et, lentement, remonta vers la maison. La brume n'était plus que du brouillard d'automne, et les arbres de chaque côté étaient des arbres comme tous les arbres, et là-haut, au bout du chemin, il y avait une maison qui n'était qu'une maison, maintenant aux trois quarts vide...

Kitty s'arrêta. Elle avait des larmes au bord des yeux. Elle dit :

— Griselda... ô Griselda, tu vas nous manquer...

Ô Griselda, tu vas nous manquer...

Nous voici obligés d'interrompre cette histoire. Un an environ après la nuit du départ, la mère de Molly, qui était devenue en quelques mois une toute petite vieille au milieu des fleurs, reçut de sa fille une lettre très courte dans laquelle elle ne parlait pas de Griselda ni de Shawn. Mais elle disait que tout le monde allait bien. Et elle avait souligné *tout le monde*. Le timbre étrange qui était collé sur la lettre représentait un tigre et portait le nom du Penjab.

Comment les quatre voyageurs — si « tout le monde » désignait Griselda et Shawn — partis pour l'Amérique étaient-ils arrivés au Penjab et qu'y faisaient-ils ? Erny mourut l'année suivante et on ne sut rien de plus.

Ô Griselda tu nous manques... Jusqu'à maintenant nous ne t'avons pas retrouvée, mais nous te cherchons et te chercherons encore...

La part que j'ai prise à ce récit, je la dédie à l'Irlande, à son courage, à son humour, à sa beauté.

Et je laisse la parole à celle qui l'a racontée avec moi, Olenka de Veer. Elle est l'arrière-petite-fille d'Helen et d'Ambrose. — *René BARJAVEL.*

Je dédie ma part de ce livre à la mémoire de ma mère, Helen de Veer, petite-fille d'Helen Greene, de St-Albans.

C'est par ma mère que j'ai reçu la tradition et le sang de la licorne, et la nostalgie de l'île. Elle est morte sans avoir jamais vu l'Irlande.

Helen avait quitté Ambrose après deux ans de mariage, emportant le fils qu'elle venait d'avoir de lui, pour venir se fixer à Paris. Son fils John épousa une Française. L'histoire des amours de John fut étrangement mêlée aux aventures de la bande à Bonnot. Une fille en naquit : ma mère.

Celle-ci, par les récits de sa grand-mère Helen, et sa correspondance avec sa tante Kitty, recueillit l'histoire de la famille et me la transmit, avec le regret de l'île. Voici ce qui arriva après le départ de Griselda :

Sir John fut moins affecté qu'on ne l'eût craint. Il reçut le prêt qu'il avait demandé à son beau-frère, James Hunt, et, sur son conseil, l'engagea dans l'achat d'une cargaison de coton sur laquelle il devait faire un gros bénéfice. Mais dans le temps que mit le bateau pour venir des Indes en Angleterre, le cours mondial du coton avait baissé de moitié. James Hunt, l'année suivante, exigea le remboursement de son argent et obtint la saisie de St-Albans.

Quand l'huissier arriva avec ses papiers, il trouva toutes les portes et les fenêtres barricadées avec des planches clouées en travers. Il ne put signifier la saisie. La famille était à l'intérieur, avec Amy et Nessa. Sir John avait congédié tous les autres domestiques, qui étaient partis avec un grand chagrin. Les uns ou les autres des cloîtrés sortaient la nuit, car la saisie ne pouvait être effectuée entre le coucher et le lever du soleil. Une nuit, Ed Laine vint demander « Miss Jane » en mariage. Sir John fut encore une fois surpris, mais, après avoir hésité, céda devant l'emportement de Jane. Elle devint fermière en Écosse. Elle eut beaucoup d'enfants et beaucoup de moutons.

Le départ de ses filles avait touché Lady Harriet plus que son mari. Elle sombra dans une innocence douce et un peu lasse. Elle croyait que toutes ses filles étaient encore dans la maison. Elle demandait : « Mais où est donc Jane? Que fait donc Griselda? Pourquoi Alice n'est-elle pas descendue? » Et Kitty lui répondait n'importe quoi, qu'elle n'écoutait d'ailleurs pas. Avec l'aide de Kitty et de Nessa elle restait très soignée.

Kitty parvint à convaincre son père que cette vie nocturne ne pouvait pas continuer et n'était pas digne de lui. Il écrivit à ses anciennes relations à Londres, et sa grande réputation lui valut un poste d'aide-conservateur au British Museum. C'était très peu payé, mais il y avait un logement.

Alors, un matin, à grands coups de marteau, Amy arracha les planches, et l'huissier vint. Mais James Hunt, qui convoitait St-Albans depuis si longtemps, fut déçu. Comme après la mort de Sir Johnatan, ce fut le notaire qui l'acheta.

Sir John, Lady Harriet et Kitty partirent pour Londres un lundi après-midi, au mois de juin, dans une berline. Ils emmenaient Nessa qui était presque une jeune fille. Il faisait beau, la mer était douce et tous les rhododendrons en fleur. Amy n'avait pas voulu quitter l'Irlande. Elle était partie la veille au soir, avec un petit baluchon à la main. Kitty, de la fenêtre d'une chambre, l'avait vue s'en aller dans le crépuscule. Au moment où elle mettait le pied sur la digue, une petite flamme rousse et blanche, au ras du sol, l'avait rejointe : Waggoo. Ils s'étaient effacés ensemble dans la nuit qui montait.

Sir John n'était pas excessivement triste : il avait sauvé l'essentiel : ses fiches. Et il allait retrouver les tablettes de Sumer. Pendant l'année qu'avait duré sa vie cloîtrée, il avait pris un peu de ventre, il boutonnait difficilement son gilet. Il avait un peu d'asthme.

Lady Harriet était radieuse. Le jeudi précédent, en montant à sa chambre, elle avait rencontré la Dame, qui pour la première fois descendait l'escalier au lieu de le monter. Et la Dame, en souriant, lui avait donné son enfant nu. C'était un garçon... Elle l'emmenait à Londres. Elle le garda toujours. Elle était la seule à le voir, mais il grandissait.

Kitty, vouée à ne vivre que pour les autres, allait veiller jusqu'à leur dernier jour sur ses deux grands enfants : son père et sa mère.

Le notaire a fermé la maison et a fermé l'île : il a fait construire au bas de l'allée, en travers de la digue, une lourde grille fermée par trois serrures. Mais il a laissé ouverte la porte de la tour, en haut de l'escalier du Port d'Amérique. Sir Johnatan est resté seul sur son cheval, dans le salon. Avec l'île, il s'est mis à attendre.

J'ai été hantée par cette histoire depuis mon enfance. L'île, la maison, Johnatan, Griselda... Devais-je aller en Irlande pour essayer de retrouver leurs traces ? Je risquais de détruire mon rêve... J'ai hésité pendant des années, puis je me suis décidée.

J'ai retrouvé le notaire. L'actuel. Il se nomme toujours Me Colum. Il ressemble d'une façon extraordinaire au portrait de son ancêtre qui est accroché dans son bureau. On dirait qu'il n'a fait que changer de vêtements et de lunettes. Les siennes ont des montures en matière plastique. L'île ne lui appartient plus. Mais il me l'a montrée sur la carte. J'ai trouvé la route et les ruines du moulin. J'ai trouvé la digue. Je m'y suis engagée. J'ai trouvé l'île. La grille est ouverte... — *Olenka DE VEER.*

Paris, 7 juillet 1974.

BIBLIOGRAPHIE

THE ANGLO-IRISH, par Terence de Vere White (Victor Gollancz, Londres 1972).

HISTOIRE DE L'IRLANDE, par Pierre Joannon (Plon, 1973).

HISTOIRE DE L'IRLANDE, par René Fréchet (Collection Que sais-je?, P.U.F., 1970).

HISTOIRE DE L'ANJOU (Collection Que sais-je? P U.F., 1971).

LA GRANDE FAMINE D'IRLANDE, par Cecil Woodham-Smith, traduction d'André Tranchand (Plon, 1965).

LA CRUCHE D'OR, par James Stephens, traduction d'Olenka de Veer (Presses de la Cité, 1974).

A SHORT HISTORY, par George Seaver (Dunlevy and C°, Donegal, s.d.).

*Achevé d'imprimer en juin 1991
sur les presses de l'Imprimerie Bussière
à Saint-Amand (Cher)*

PRESSES POCKET - 12, avenue d'Italie - 75627 Paris
Tél. : 44-16-05-00

— N° d'imp. 1782. —
Dépôt légal : 1er trimestre 1976.
Imprimé en France